收获60周年

纪念文存 珍藏版

人生访谈卷 《收获》编辑部 主编

已经忘却的日子
不合时宜

曹 禺　　张中行 等 著

人民文学出版社
PEOPLE'S LITERATURE PUBLISHING HOUSE

图书在版编目(CIP)数据

已经忘却的日子 不合时宜/曹禺等著；《收获》
编辑部主编.—北京：人民文学出版社，2017
(《收获》60周年纪念文存：珍藏版.人生访谈卷)
ISBN 978-7-02-013120-4

Ⅰ.①已… Ⅱ.①曹… ②收… Ⅲ.①散文集-中国
-当代 Ⅳ.①I267

中国版本图书馆 CIP 数据核字 (2017) 第 176670 号

总 策 划　黄育海　程永新
责任编辑　卜艳冰　杜　晗
装帧设计　汪佳诗

出版发行　人民文学出版社
社　　址　北京市朝内大街 166 号
邮政编码　100705
网　　址　http://www.rw-cn.com

印　　刷　上海利丰雅高印刷有限公司
经　　销　全国新华书店等

开　　本　720 毫米×1000 毫米　1/16
印　　张　23.25
字　　数　330 千字
版　　次　2017 年 8 月北京第 1 版
印　　次　2017 年 8 月第 1 次印刷

书　　号　978-7-02-013120-4
定　　价　99.00 元

如有印装质量问题，请与本社图书销售中心调换。电话:010-65233595

　　巴金和靳以先生创办的《收获》杂志诞生于一九五七年七月，那是一个"事情正在起变化"的特殊时刻，一份大型文学期刊的出现，俨然于现世纷扰之中带来心灵诉求。创刊号首次发表鲁迅的《中国小说的历史的变迁》，好像不只是缅怀与纪念一位文化巨匠，亦将眼前局蹐的语境廓然引入历史行进的大视野。那一期刊发了老舍、冰心、艾芜、柯灵、严文井、康濯等人的作品，仅是老舍的剧本《茶馆》就足以显示办刊人超卓的眼光。随后几年间，《收获》向读者奉献了那个年代最重要的长篇小说和其他作品，如《大波》(李劼人)、《上海的早晨》(周而复)、《创业史》(柳青)、《山乡巨变》(周立波)、《蔡文姬》(郭沫若)，等等。而今，这份刊物已走过六十个年头，回视开辟者之筚路蓝缕，不由让人感慨系之。

　　《收获》的六十年历程并非一帆风顺，最初十年间她曾两度停刊。先是称之为"三年自然灾害"的困难时期，于一九六〇年五月停刊。一九六四年一月复刊后，又于一九六六年五月被迫停刊，其时"文革"初兴，整个国家开始陷入内乱。直至粉碎"四人帮"以后，才于一九七九年一月再度复刊。艰难困顿，玉汝于成，一份文学期刊的命运，亦折射着国家与民族之逆境周折与奋起。

　　浴火重生的《收获》经历了拨乱反正和改革开放的洗礼，由此进入令人瞩目的黄金时期。以后的三十八年间可谓佳作迭出，硕果累累，呈现老中青几代作家交相辉映的繁盛局面。可惜早已谢世的靳以先生未能亲睹后来的辉煌。复刊后依然长期担任主编的巴金先生，以其光辉人格、非凡的睿智与气度，为这份刊物注入了兼容并包和自由闳放的探索精神。巴老对年轻作者尤寄予厚望，他用质朴的语言告诉大家，"《收获》是向青年作家开放的，已经发表过一些青年作家的作品，还要发表青年作家的处女作。"因而，一代又一代富于才华的年轻作者将《收获》视为自己的家园，或是从这里起步，或将自己最好的作品发表在这份刊物，如今其中许多作品业已成为新时期文学经典。

作为国内创办时间最久的大型文学期刊，《收获》杂志六十年间引领文坛风流，本身已成为中国当代文学的一个缩影，亦时时将大众阅读和文学研究的目光聚焦于此。现在出版这套纪念文存，既是回望《收获》杂志的六十年，更是为了回应各方人士的热忱关注。

这套纪念文存选收《收获》杂志历年发表的优秀作品，遴选范围自一九五七年创刊号至二〇一七年第二期。全书共列二十九卷（册），分别按不同体裁编纂，其中长篇小说十一卷、中篇小说九卷、短篇小说四卷、散文四卷、人生访谈一卷。除长篇各卷之外，其余均以刊出时间分卷或编排目次。由于剧本仅编入老舍《茶馆》一部，姑与同时期周而复的长篇小说《上海的早晨》合为一卷。

为尊重历史，尊重作品作为文学史和文学行为之存在，保存作品的原初文本，亦是本书编纂工作的一项意愿。所以，收入本书的作品均按《收获》发表时的原貌出版，除个别文字错讹之外，一概不作增删改易（包括某些词语用字的非标准书写形式亦一仍其旧，例如"拚命"的"拚"字和"惟有""惟恐"的"惟"字）。

特别需要说明的是，收入文存的篇目，仅占《收获》杂志历年刊载作品中很小的一部分。对于编纂工作来说，篇目遴选是一个不小的难题，由于作者众多（六十年来各个时期最具影响力的作家几乎都曾在这份刊物上亮相），而作品之高低优劣更是不易判定，取舍之间往往令人斟酌不定。编纂者只能定出一个粗略的原则：首先是考虑各个不同时期的代表性作品，其次尽可能顾及读者和研究者的阅读兴味，还有就是适当平衡不同年龄段的作家作品。

毫无疑问，《收获》六十年来刊出的作品绝大多数庶乎优秀之列，本丛书不可能以有限的篇幅涵纳所有的佳作，作为选本只能是尝鼎一脔，难免有遗珠之憾。另外，由于版权或其他一些原因，若干众所周知的名家名作未能编入这套文存，自是令人十分惋惜。

这套纪念文存收入一百八十余位作者不同体裁的作品，详情见于各卷目录。这里，出版方要衷心感谢这些作家、学者或是他们的版权持有人的慷慨授权。书中有少量短篇小说和散文作品暂未能联系到版权（毕竟六十年时间跨度实在不小，加之种种变故，给这方面的工作带来诸多不便），考虑到那些作品本身具有不可或缺的代表性，还是冒昧地收入书中。敬请作者或版权持有人见书后即与责任编辑联系，以便及时奉上样书与薄酬，并敬请见谅。

感谢关心和支持这套文存编纂与出版的各方人士。

最后要说一句：感谢读者。无论六十年的《收获》杂志，还是眼前这套文存，归根结底以读者为存在。

《收获》杂志编辑部

上海九久读书人文化实业有限公司

人民文学出版社

二〇一七年七月二十四日

| 目 录 |

钱谷融　　　且说说我自己　　　　　　　　　　　　　1

施蛰存　　　且说说我自己　　　　　　　　　　　　 15

汪曾祺　　　随遇而安　　　　　　　　　　　　　　 20

林斤澜　　　纪终年　　　　　　　　　　　　　　　 28

柯　灵　　　回看血泪相和流　　　　　　　　　　　 37

李　辉　　　云与火的景象——我所理解的巴金　　　 46

严　平　　　生命的执着　　　　　　　　　　　　　 55

萧　乾　　　关于死的反思——兼为之唱一赞歌　　　 62

丁亚平　　　水底的火焰　　　　　　　　　　　　　 68

姜德明　　　散落的故事　　　　　　　　　　　　　 79

荒　煤　　　小说梦的幻灭——说说我自己　　　　　 89

李子云	书生荒煤	96
卞之琳	毕竟是文章误我，我误文章	106
江弱水	圈子外的圈子外	110
王元化	自　述	117
胡晓明	一切诚念终当相遇	122
毛时安	活出生命的意义	130
陈伯吹	人生采访与自我采访	138
秦文君	单纯人生	141
季羡林	一个老知识分子的心声	146
许　明	心宇浩茫示苍生	152
杨　苡	散淡背后的执着——记杨宪益	157
吴冠中	霜叶吐血红——自己的心路历程	164
李　辉	在黑白灰的世界里——吴冠中印象	169
丁　聪	答读者问	180
陈四益	漫话丁聪	187

钟敬文　　　思絮录　　　　　　　　　　　　　　　199

汤学智　　　夕阳如火　老骥骋蹄　　　　　　　203

张光年　　　生命史上最荒谬的一页　　　　　　216

张中行　　　不合时宜——对镜看到的自我　　　222

叶稚珊　　　看"真"漫记　　　　　　　　　　229

曹　禺　　　已经忘却的日子　　　　　　　　　236

万　方　　　灵魂的石头　　　　　　　　　　　240

范　用　　　最初的梦　　　　　　　　　　　　261

李　辉　　　浪漫的余响——范用素描　　　　　269

黄　裳　　　掌上的烟云　　　　　　　　　　　280

杨　苡　　　沉默的墙　　　　　　　　　　　　290

冯亦代　　　期待的日子（1941—1942）　　　298

李　辉　　　陪都迷离处——冯亦代和他的日记　315

余秋雨　　　君子之道　　　　　　　　　　　　325

陈丹青　　　且说说我自己　　　　　　　　　　332

叶 辛	从七房桥走出来	338
草 婴	我为什么翻译	347
高 莽	翻译家草婴其人	352

且说说我自己

钱谷融

我一向不愿意谈自己。这倒不是因为别的，只是觉得自己实在一无可谈。人既平庸，经历又极简单，如果也一本正经地向人们大谈起自己来，岂不是太可笑了吗？尽管自己所写的文章，曾受到过大规模的批判，但这样的事，过去在我们这里多得是，有什么值得谈的？不过，却就正因为这一点，竟使我顶了一个作家的头衔，居然被列入四川文艺出版社所出的《中国现代作家传略》一书之中。六年前，我曾应该书编者的要求，把自己的主要经历，像流水账似的简单写了一下。现在，编者来信说此书即将重版，希望我能把自己的传略作些补充修订，如能重写那就更好。我把过去写的东西重新看了一下，觉得确乎写得太枯燥乏味了。虽然自己平凡的一生，原本就难于引起人们什么兴趣，但既然要写，就得多少能让人了解到一些你的真实的思想感情，真实的性格。如果只是一些简单经历的交代，使人读起来味同嚼蜡，甚或像咬到涩果子那样难受，那就太对不起编者和读者了。所以这次我几乎全部重新写过，目的无非是希望能使读它的人少皱几次眉头而已；究竟是否能如我之所愿，那就不知道了。

我原来的名字叫钱国荣，现在用的是笔名。一九一九年九月生于江苏武进。父亲早年教过私塾，因此当我一个比我大二岁的哥哥要上学读书的时候，尽管当时镇上早已办起了小学，他却仍把我哥哥送进了邻村他朋友办的一个私塾里去。我当时还小，本不到上学年龄，因为朝夕跟哥哥在一起玩，便也吵着要跟他一起上学，父亲也就答应了。第一天去拜老师的时候，在红毡毯上向老师磕了头，老师很和蔼，还给我们点心吃，觉得很有趣。可是后来，就渐渐地感到太拘束，不如家里自由，就常常想赖学。可父亲在这个问题上很严格，决不容许。先是哄骗，哄骗不成就继之以打，最后还是被强送到老师那里去。记得老师教我和哥哥读的是同一本书——《鉴略》。小孩子当然不会懂，老师也并不讲解，每天教一二句，只教我们跟着他念几遍，然后就让我们自己念。到了一定的时候就要我们背诵。每次我都能流利地背出来。我哥哥却常常要打格顿，甚至要老师提示。于是老师夸我聪明，我自己和家里人也都以为我比哥哥聪明。在私塾大概读了有一年多点吧，镇上那个被当地人叫作洋学堂的小学，逐渐得到了人们的信任，我老师的私塾办不下去了，我父亲才把我和哥哥送到镇上的小学去。因为我们已经读过一年多的私塾，可以不必从头读起。当小学里的老师拿我们读过的《鉴略》来考我们的时候，我尽管能够"天地玄黄，宇宙洪荒"地背诵如流，但当老师用手遮住上下文，单独指着一个一个的字要我认时，我就几乎一个也不认得了。我哥哥过去虽然常常不能背诵，却每一个字都真正认识。所以考试结果，我哥哥进了二年级，我却只能从一年级读起。记得那时是一九二七年的下半年，我已经八岁了。

在小学里读了六年，我一向是班上成绩比较好的一个，老师都很喜欢我。特别是五年级时候的一位老师，我还记得他叫王自治，字眺越，是绍兴一带的人，据说是大夏大学毕业的。他对我特别好，教了我一年就离开了。临走时，还特地把他的一部《天雨花》送给了我。并郑重地把我托付给一位同他比较要好的徐老师，要他以后多照看我。升到六年级时，教语文的级任导师谢老师，是新来的，刚从江苏省有名的省立无锡师范学校毕业。一次上作文课，我的卷子他批阅后发下来时，写了这样的批语："从别处抄来，何得掩人耳目？"我很惊诧，去向他说明这是我自己写的，不是抄来的。他非常主观，仍一口咬定我是抄来的。我要他指出是从哪里抄来的？他非常自信地说是从《模范日记》上抄来的。当时这本《模范日记》很流行，我就找了一本拿去要他指给我看是抄的哪一篇？他当然找不到，但还是支支吾吾地不肯爽快承认是他冤枉了我。我小孩子家，受不得这冤屈，就在他的批语后面反批道："批评之权在老师掌握之中，学生何敢乱道，然而……"这还不算，又在要交给老师看的日记中，把这件事写了出来，不指名地说，有一个老师硬把学生自己写的文章说成是抄来的，像这样的老师实在是太没有资格了。而且还标上《胡批》的题目。老师看了，并没有就我所记的内容表示什么意见，只在文后批了"字写大一些"这样几个字。老师是近视眼，但他之所以这样写，也许是为了可以让人理解为他根本没有看过这篇日记吧。事情本来可以到此为止了。不想我的一个正在江苏省立扬州中学高中部读书的表兄，忽然来我家玩，看到了老师的这句批语，并听我说了事情的经过，便怂恿我说："他要你字写大一些，其实你的字已够大了，谁叫他自己是个近视眼呢？你可以反问他：'你看不见吗？'"我当时实在不懂事，又抱着一肚子的委屈和愤懑，就真的照他的话在老师批语后面反批上"你看不见吗？"这样一句十分无礼的话。这下子这位谢老师就忍无可忍了。第二天上课时，他怒气冲冲地把我叫到他的讲台旁用戒方当众打了我十来个手心。他别的不提，只抓住我的"你看不见吗？"这几个字，说："我今天就打你的'看不见'。"我当时年幼，太不懂道理，实在做得太过分了。不知道我的谢老师如今是否还在，虽然事情已经过去了五十多年了，而且我当时已经为此挨过打，我仍旧要在这里诚恳地请求他的宽恕。后来，王自治老师临走时拜托他对我多加照看的徐老师知道了我被打的事，特地找我谈了一次话，一面安慰我，一面也责备了我。他说，谢老师最初对你不了解，冤枉了你，后来也有些失悔。但你太不懂事了，怎么可以一再冒犯老师呢？不过，他又说，谢老师还是喜欢你的，你以后要好好听谢老师的话。后来谢老师果然对我很好，我是班上他最喜欢的两个学生之一，跟我很接近。

我爱读小说的习惯，早在小学里就养成了。父亲虽然是个私塾先生，但家里并没有多少藏书。四书五经之类我没有什么兴趣，也读不懂，最能吸引我的自然是小说。不知怎的，我第一部拿到手的竟会是半文不白的《三国演义》。而且我家里的一部还是大本子的木板书，一共有二十本。我一九三七年就离家去了四川，中经战乱，这书自然早已不在了。我毫无版本知识，也不知道是什么时候的刻本。当时我大约正读小学四年级或五年级。看《三国演义》，自然多半只是似懂非懂。但故事情节是看得懂的，而且很有兴趣。譬如曹操的奸诈，刘备的宽仁，张飞的鲁莽，关公的义气等等，给了我很深的印象。他们的事迹使我深深地受到吸引，并开始知道了有好人和坏人之分，初步建立起一种朴素的正义观点。书中最打动我、最使我敬慕的则是诸葛亮。刘备为了请诸葛亮出山，三顾茅庐那一大段，把诸葛亮不求闻达的高远襟怀，野云孤鹤般的雅人深致，写得形神俱足，气貌毕肖，充满了动人的魅力。在读《三国演义》之前，我完全不知道诸葛亮是何等样人，读过《三国演义》以后，除了他的料事如神的超人智慧以外，给我印象最深的，并不是他所建立的显赫的功业，而是他出山以前的那副散淡的襟怀和那种飘逸的风神。不知为什么，我当时还只是个十一二岁的孩子，我所最敬慕、钦羡的诸葛亮，竟并不是后来成为蜀汉丞相的诸葛亮，而是高卧隆中时的草野隐士的诸葛亮。我在和小朋友一起玩耍时，也常常带着自豪的感情说自己是"山野散人"。这恐怕只能归因于《三国演义》中的这一段写得实在太迷人了的缘故吧！后来知道了诸葛亮有"淡泊以明志，宁静以致远"的名言，我心目中最初形成的诸葛亮的形象，就益发鲜明高大起来了。这就种下了我此后遗落世事、淡于名利的癖性。当然，事实上一个人是无法遗落世事，也不可能完全淡于名利的，但总算能够比较的超脱一些。因此，在我过去漫长的坎坷岁月中，尽管受到许多不公平的待遇，我也能淡然处之，省却了不少烦恼。《三国演义》还使我能初步读懂一些浅近的文言文，并在写文章时能用"之乎者也"来代替"的了吗呢"。这一点不久就给了我很大的帮助。我小学毕业要上初中了，为了便于照顾，家里自然就让我进了我哥哥已经在读的那所中学。这所学校原来是一所国文专修馆，里面的教师大多是前清秀才之类的旧派人物，他们都不喜欢白话。我哥哥在我考取了该校将要入学就读之前，就用一种半是吓唬我半是自豪的口吻对我说：中学不比小学，作文哪里能用白话，都要写文言了。我听了不免有些紧张。上学后第一次作文，就硬着头皮"之乎者也"地瞎凑了一通，居然顺利通过了，还受到了老师的赞许。这不能不归功于《三国演义》对我的帮助。

读过《三国演义》以后，我对小说发生了极大的兴趣。就把家里所有的小说书，一部一部的找出来读。那时也不能分别好坏，自然更不懂得选择，只能碰到什么就读什么。像《七侠五义》《施公案》《彭公案》《说岳全传》《封神演义》《野叟曝言》《金召平妖传》等等，就都是在小学里读的。那些年读过的真正的名著除了《三国演义》以外，就只有一部《水浒传》了。我生长在农村，村里的大人们农闲时常常央我给他们讲故事。我就把从书上看来的故事讲给他们听，他们听得津津有味，我也从中得到了不少乐趣。在初中时代，小说就读得更多了。但主要仍是读中国的旧小说。除章回小说以外，也看了不少笔记小说。如《子不语》《萤窗异草》《阅微草堂笔记》《两般秋雨盦》之类。同时也开始对中国的古典诗词和散文名篇发生了较浓厚的兴趣。较多地读外国的翻译小说是进了高中以后的事。那些书使我大开眼界，在我眼前仿佛出现了一片新的天地，我结识了许多与旧小说中所写的完全不同的人物。他们的思想爱好，他们所生活于其中的社会和风尚习俗，与我一向所熟悉和知道的完全不同。施托姆的《茵梦湖》、洛蒂的《冰岛渔夫》、歌德的《少年维特之烦恼》等书，给了我无限的欢喜和忧伤。特别是屠格涅夫的《罗亭》《贵族之家》，等等，引起了我对人生的思考，在我心头激发起对青春、对未来岁月的朦胧的憧憬和充满诗意的幻想。这时，我已开始深深地迷上了文学，迷上了这绚丽多彩、充满魅力的文学了！我此后的终于走上学文学的道路，可以说就是种因于中小学时代对小说的爱好。

因为家境贫寒，高中我读的是师范。师范学校不但不要交学费，还供膳宿。我考上的又是一所名牌学校——江苏省立无锡师范学校。这所学校的许多老师都是很有学问的，在中学教育界很有名望。因此亲友都为我庆幸，我自己也勤奋地学习着。一九三七年秋，我刚开始读三年级，九月间开学不久，日本飞机来轰炸，我们学校里也落下了炸弹，虽幸未伤人，但房屋毁坏了不少。警报解除后，师生纷纷逃离学校，战火也日益逼近，学校就此解散。我回到家乡，在母校南夏墅小学当了一段时期的代课教师。后来，昆山、青阳港等地相继失守，常州也岌岌可危。就在南夏墅小学一位年长的老师曹梦梁先生（后来听说他是地下党员，在五台山一带的游击战中牺牲了）的带领下，我们一共十一个人结伴奔向后方。辗转到了武汉。当时武汉聚集了不少各地涌来的流亡学生，国民党教育部怕这些学生跑到解放区去，就在四川、贵州等地办了几所国立中学，收容原来在各省省立中学读书的学生。我因为是江苏省立无锡师范学校的学生，就被送到设在重庆北碚的国立四川中学师范部继续读书。从一九三八年初读到那年八月，算是读完了高中的全部课程，取得了毕业资格。接着就参加了抗战期间首次实行的全国各大学的统一招生考试。我报考的是当时正内迁在重庆的国立中央大学的师范学院国文系，侥幸被录取了。中央大学共有七个学院，四十多个系科。师范学院是那一年第一次创立的。读师范学院不但不要交学费，膳、宿费也全免。中央大学虽另有历史悠久、声誉卓著的中文系，但它设在文学院内，不能享受免费待遇（实际上后来那时家在沦陷区的学生也都可以领取贷金，并不需要交钱），所以我报考了师范学院的国文系。这个系因为是新创办的，第一年都是公共必修课，不但没有自己的教师，就连系主任也没有。第二年才请来了伍叔傥先生当系主任。伍先生是五四时期的北京大学毕业生，思想较开明，颇能继承蔡元培先生兼容并包的思想作风。在他主持下，罗致了各方面的人才。先后来校任教的有罗根泽、孙世扬、顾颉刚、乔大壮、朱东润、曹禺、徐讦等先生，老舍也被请来做过讲演。此外还有杨晦、吴组缃、吴世昌等先生，不过他们到时我已经毕业了。

我是一九四二年毕业的，毕业后教过一年中学。一九四三年就由伍叔傥先生介绍，去当时也内迁在重庆的国立交通大学教国文。一九四六年交大迁回上海，我也随校到了上海。一九五一年华东师范大学成立，即调来华东师大中文系任教，一直到现在。先任讲师，一九八〇年升教授。我在大学任教已经有四十五年了，其间没有担任过助教，也没有担任过副教授。当讲师的时间竟有三十七年之久（在交大的头两年名义是教员，待遇同讲师），这种情况在我国历史上恐怕也是很少有的。

我在学生时代就养成了自由散漫的习惯。四年大学生活，大部分时间是在茶馆里度过的。一本书，一碗茶，就可以消磨半天。有时也打桥牌，下象棋。跟我经常在一起的几个同学也是以自由散漫著称的。不过，他们除了下棋打牌以外，还喜欢演戏、赛球等活动。这些，我就只当捧场的看客，不亲身参加了。我们还用墙报形式办过一种名叫《文艺风景》的纯文艺刊物，曾经出过好几期。我只提供稿子，不管编排、张贴等事。后来还准备办一种已经定名为《海市》的墙报，取"海市蜃楼"之义，我已为它写好了发刊词，但最后这个刊物似乎并未办起来。伍叔傥先生教我们的功课中，有一门叫"各体文习作"，经常要我们练习写作。当时在中央大学，"五四"以后的现代文学是不读的，写作，在文学院的中文系也都是用文言。伍先生却文白不拘，都可以。他出的作文题也十分灵活，很便于写志抒情；有时也可以由学生自己命题。所以同学们都不以作文为苦，而且很愿意听他看过我们的习作以后的评讲。我一向懒散，只爱看书而不喜动笔，自己主动写文章的时候很少。伍先生的"各体文习作"一连开了几年，至少每二周要作文一篇。我在学生时代，也就是在他的督促下，才写了一些文章。当年办《文艺风景》时，我所提供的稿件，就都是来自这些习作。它们虽大都是命题作文的产物，但由于我上面所说的原因，却很可以显出自己的真性情，我自己很喜欢。何况上面还有伍先生写的评语，特别值得珍惜。因此，时间虽已过去了半个世纪，并屡经播迁，"文化大革命"中还多次被抄家，这些文稿却绝大部分仍被保存下来了。如今，虽已纸质发黄，有的还被虫啮鼠咬，但有时偶然翻到，仍不免怦然心动。即使本来在忙着别的事，一拿到手，就会立即悄然凝神，展卷重读。于是数十年前旧事，恍然如在目前。一时思绪万千，此中情味，实在难以言宣。我自己虽然很喜欢这些文章，当时却很少想到要向报刊投稿。除了因偶然的机缘发表过极少的几篇外，其余都没有发表过。解放以后则因为文中的思想感情与时代气氛不合，就更想不到要发表它们了。也许它们是愿意永远陪伴我，并随我一同长眠于地下的吧！

喜欢看书而不喜欢写文章，这恐怕是很多人都相同的。但在我，这种不喜欢写文章，甚至怕写文章的心理，已经成了一种牢不可破的习惯，我对这个习惯的忠诚，真可以说是数十年如一日。要没有强大的外力的推动，我这个习惯是很难破除的。一九五七年《论"文学是人学"》的写作是这个习惯被外力冲破的一个例子，后来所写的其他文章，可以说也都是在外界的催逼下写出来的。

我想，我之所以被人知道，无非是因为我写了《论"文学是人学"》并受到了批判。大家比较感兴趣并愿有所了解的，恐怕也是与《论"文学是人学"》有关的事。那么，下面我就多谈一些这方面的情况吧。

这已经是三十年以前的事了。一九五七年三月华东师范大学召开了一次大规模的学术讨论会，全国各地许多兄弟院校都推派了代表来参加。校、系各级领导在此之前早就为召开这次会议做了多方面的准备，并多次郑重地向教师们发出号召，要他们提交论文。我在各方面的一再动员和敦促下，遂勉力于那年的二月初写成了《论"文学是人学"》一文。现在回想起来，如果不是在那时刚宣布不久的"双百方针"的精神的鼓舞下，如果没有当时那种活泼的学术空气的推动，单凭一般的号召和动员，我也不一定会写。即使写，文章的面貌，恐怕也将大大的不同了。

后来，许多批判我的人都在这个写作的时机问题上大做文章，尽管他们不免有用政治批判来代替学术争论的偏向，却也不是全无道理的。何况，在当时那种形势下，他们这样做也是很自然的事。

在学校举行的那次讨论会上，许多与会者都对我的论文提出了不少批评意见，几乎没有人表示同意我的观点，只有一个毕业班的学生（他就是陈伯海同志）最后站出来为我辩护了几句。在学术问题上，总免不了会有不同的意见。受批评，遭反对，也是常有的事。但看到自己的观点竟如此地得不到支持，却也不免有点懊丧。

讨论会后不久，《文艺月报》（即《上海文学》的前身）的一位编辑，由校内一同事陪同来访，我不知道他访问的目的是否与这篇文章有关。在谈话中，我这位同事向他提起我有这样一篇论文。我随即告诉他们我这篇论文已在讨论会上受到了许多人的批评。也许是出于通常的礼貌关系吧，他要我把文章给他看看，我就给了他一份打印稿。没过几天，这个杂志的另一位编辑跑来找我，说那篇文章他们编辑部理论组的同志看过了，并且经过讨论，认为它"既不是教条主义的，也不是修正主义的"（这是他的原话。我不知道这话究竟是否真是编辑部的意见，或者仅仅是他个人的一种随口而出的说法？）编辑部准备发表，要我再仔细校阅一遍后尽快给他们寄去。我也就依言照办了。本来，一个稍有自知之明的人，或者一个处世比较谨慎的人，在讨论会上听了那么多批评意见以后，是不会轻率地同意把文章公开发表的。个别同志知道《文艺月报》将要发表这篇文章后，就警告我说："别是钓鱼呵！"但我既缺少自知之明，又一向不甚懂得处世要谨慎的道理。何况，我还满以为自己的意见并不错，正希望能有更多的人来评断。能够公开发表，当然是很欢迎的。至于"钓鱼"之说，我决不相信学术界会有这等事，因此，甚至对这样说的人很有些反感。

后来，《文艺月报》正式刊出了这篇文章，出版日期是一九五七年的五月五日。就在这同一天，《文汇报》在《学术动态》栏里特地发了一则消息介绍了这篇文章，并冠以"一篇见解新鲜的文学论文"的标题。校内同事见了，有的为我高兴，有的则认为这是为了引起人们的注意，号召大家起来批判。实际上，五月五日这一天，《文艺月报》还没有送到读者手中，书店里也并无出售，《文汇报》这则消息的来源以及做此报道的背景究竟如何，是难免要引起人们的猜测的。但我自己对此也一无所知。因此，对周围的人的种种不同反应，只能一概抱着将信将疑，姑妄听之的态度。我也知道，文章发表后免不了会受到很多的批评和指责的，但根据"双百方针"，我也完全可以进一步申述观点，为自己辩护，并提出反批评。真理总是愈辩愈明，最后服从真理就是了。本着这样的认识，所以我对《文汇报》的报道中不符我原意的地方（如说我"否定了文学反映现实的理论"）也不想急于更正，认为尽可留到以后的答辩文章中再加以说明。谁知事情的发展，完全出于我的意料之外，反右运动扩大化的偏向愈演愈烈，对我的批判也逐渐从学术转向政治，我已没有机会进行申辩了。

对于《文艺月报》竟会发表我这篇文章，当时也有种种传说。有的说发表的目的就是为了批判；有的说是因为想展开一些讨论。在此文受到公开批判以后，一位同事告诉我，他参加了一个会议，姚文元在这个会上公开说是他竭力主张发表这篇文章的。因为他认为这是一篇典型的修正主义文章，公开发表出来，就是为了便于让大家来批判。这一说法，在"四人帮"粉碎以前一直是广泛流传；并为人们所普遍接受的。但"四人帮"粉碎以后，我却又听到了另外一种说法，说是姚文元当时是真心赞成发表这篇文章的，但后来政治形势变了，他就又转过来，以批判我的急先锋的姿态出现了。我不知这两种说法究竟哪一种更可靠。尽管前一种说法是当时就有的，而且是有人亲自听到姚文元本人在一个会上公开讲的，似乎不容怀疑。但后一种说法，却也并非全然不可信。因为像姚文元那样的人，一会儿这样，一会儿那样，是完全可能的。尤其是在当时那种政治形势下，翻手为云，覆手为雨之类的事情，真是司空见惯，毫不足怪的。就像《文汇报》那则消息，当初有些人就认定那是为了要对我进行批判而预先发出的信号。等到《文汇报》被指责是代表资产阶级方向以后，这些人又把这则消息说成是对我的吹捧，并以此作为我的文章思想反动的一个证据了。

大约是在那年的八九月间，即文章发表的三四个月之后吧，上海文艺界曾由叶以群同志主持召开过一个小型座谈会，针对我这篇文章做了初步批判。那时《文艺月报》大概已经接连发表过好几篇批判文章了。记得那天上海文艺出版社的代表曾在会上说，他们准备把有关文章汇编成集公开出版，这就是后来大家看到的《〈论"文学是人学"〉批判集》（第一集）了。以群同志虽然不赞成我文章的观点，但他是坚持把它作为学术问题来处理的。当会上有同志在发言中说到我的某些观点与胡风很相类这样的话时，以群同志连忙叮嘱各报记者在报道中不要提这句话，说这太可怕了。第二天《解放日报》在头版右上角以醒目地位报道这次座谈会的情况时，措辞也是极平允的。事情虽然已经过去了三十年，我对以群同志这句话和《解放日报》记者黎家健同志的实事求是的报道，却始终记得。

在那一段时期以及以后相当长的年月里，全国名地的报刊杂志上经常有批判我的文章发表，这些文章对我都是程度不同地有所启发，有所帮助的。虽然在态度上不免有点剑拔弩张，个别措辞也或失之尖刻，但在当时那种气氛下，这些都是很自然而正常的，不这样倒觉得可怪了。在华东师范大学内部的批判中，过火的现象当然要突出一些，但批判者大都是一些青年学生。他们年轻，对当时"左"的路线下所宣扬的一套东西，深信不疑。他们是抱着满腔热情来进行反对资产阶级右派，反对修正主义的斗争的。今天，大家一起来回顾这段历史，相信各自都是能够从中吸取自己应有的教训的。

最后，关于那篇文章的题目，还得交代几句。我原来在题目上是既未加引号，也没有"论"字的，就叫作：文学是人学。我虽然知道高尔基有把文学叫作"人学"的意思，却未见他说过"文学是人学"这样的话。所以在我长达三万五千字的文章中，也通篇看不到曾经出现过高尔基说"文学是人学"这样的说法，引号也只打在"人学"上，从来没有打在"文学是人学"上过。那么，后来题目怎么会变成《论"文学是人学"》的呢？那是因为接受了许杰先生的意见而改的。许杰先生是当时华东师大中文系主任，我的文章写成后第一个就是给他看的。他看后很鼓励了我一番，并建议我为了使标题更能吸引人，不如索性改为《论"文学是人学"》。我虽然并没有看到高尔基曾经明确说过"文学是人学"的话，但认为他显然是有这样的意思的；而且我的文章主要就是为他的这一意见作一些阐释和发挥，把题目写成《论"文学是人学"》，不但更醒目，立论的根据也更明确了。因此就接受许先生的意见照改了。这几年来，报刊上常见有把"文学是人学"作为高尔基的原话来引用的，这很可能是受了我的文章的题目的影响，我是不能辞其咎的。我曾想写文章说明，并准备在《论"文学是人学"》重印时，把题目改成《论文学是"人学"》。但继而一想，文学是人学这一观点已经流传开了，并已为文艺界的许多同志所接受，而且，正像我在《论"文学是人学"》一文中所说，这一意见"也并不是高尔基一个人的新发明，过去许许多多的哲人，许许多多的文学大师，都曾表示过类似的意见"。那么，只要不把这句话当作高尔基的原话，而只作为过去许多哲人，许多文学大师们（其中也包括高尔基）的意见的概括，我想也并无不可。因此，我就决定不去修改这个题目了。

《论"文学是人学"》的批判，从一九五七年下半年开始，大约到一九五八年的下半年渐渐地停下来了。上海文艺出版社的《批判集》出了第一集以后，也没有再出第二集。一九五九年是我国建国十周年大庆，华东师大各级领导又号召和动员教师提供科研论文了。我虽然受到批判，但未划为右派，自然也是号召和动员的对象。于是我又写了《〈雷雨〉人物片论》（后改名《〈雷雨〉人物谈》）一文，写成后交了一份给教研组，另外抄了一份寄给《上海文艺》。教研组认为我的观点有问题，《上海文艺》也决定不予发表。系里并召开了一次名为讨论实是批判的会议，还请了校外的同行来参加；会上几乎又是一致认为我的文章美化周朴园和繁漪，宣扬人性论，是《论"文学是人学"》一文中的"反动观点"的具体运用，受到了相当严厉的批判。接着是一九六〇年，文艺界的形势又严峻起来。上海作协举行十九世纪欧洲资产阶级文学讨论会，我当时并不是作协会员。会议却特地通过学校指名邀请我参加，学校在我第一次赴会时还特地派车子送我前去。我本来不想发言，会议主持者却一再打招呼，希望我谈谈。我不便固辞，又听到一些同志在会上对十九世纪欧洲资产阶级文学否定过多，特别对巴尔扎克、托尔斯泰等人的批判过于粗暴，于是忍不住讲了几句，这下就被抓住不放。这个"讨论会"断断续续开了七七四十九天，从批判资产阶级文学，转到批判资产阶级文艺思想，主要对象是我和蒋孔阳同志。罗稷南同志也被捎带着批了一下。与此同时，华东师大内部也召开了对我的批判会，开过几次以后准备结束了，领导上一定要我谈谈自己的感想。我一面对大家的帮助表示感谢，一面也稍稍申述了一下自己的观点，作了一些辩护。于是就又受到了更大规模的更加严厉的批判。会后不久，我十二指肠溃疡大出血，住进了医院。这样，大约到了一九六一年将结束时，学术界气氛又缓和下来了。我一直不肯相信我的《〈雷雨〉人物片论》会是毒草，这时就另外写了几句附记，把它改名《〈雷雨〉人物谈》寄给了《文学评论》。在该刊一九六二年第一期上发表后，反映不错，来约稿的很多。于是我又写了周冲和周萍两篇。周冲一篇写得早，发表了。周萍一篇写好后，正逢系里要开讨论会，经过教研组的讨论，又被认为观点有问题，我就没有再向外寄。与此同时，我还写了《管窥蠡测——人物创造探秘》一文，寄给了《文艺报》。《文艺报》编者立即来信表示要用，并要我以后多为他们写稿。不久，党的八届十中全会公报发表，强调阶级斗争要年年讲、月月讲、天天讲，我在《文学评论》上发表的《〈雷雨〉人物谈》，又立即受到了批判。这样，《文学评论》约我为他们写的《曹禺戏剧语言艺术的成就》一文，也就不能发表了。寄给《文艺报》的那篇，也许因为有言在先吧，拖到一九六三年的三月，总算还是发表了。形势如此，我就自然只能搁笔了。自那以后，学术空气一年比一年严峻，不久就来了"文化大革命"，许多人被逼含冤死去，我总算幸存下来了。"四人帮"粉碎以后的开头几年，像我这样的人，仍是被另眼相看的。直到十一届三中全会以后，才算真正得到了解放。但这时，我已经年近花甲，虽然很想改变过去懒散的习惯，勉竭愚钝，为我们的文艺园地贡献自己的绵薄，但精力毕竟大不如前，而社会活动和培养研究生的任务又日益加重，因此，多少年来，除了负责主编过几种大学文科教材，和一种正在进行中的国家"七五"期间重点科研项目《中国新文学社团流派丛书》以外，就只写过为数极有限的几篇文章，实在愧对这个新时代，深感歉疚。这几年间，我出版的著作（不包括负责主编的）有《〈雷雨〉人物谈》（上海文艺出版社）、《论"文学是人学"》（人民文学出版社）和《文学的魅力》（山东文艺出版社）等三本。

一九八八年一月二日

（原刊于《收获》1989年第2期）

且说说我自己

施蛰存

　　《收获》编者要我写一章文章，《且说说我自己》。据说这是刊物新辟的一个专栏。这是一个老办法，报纸副刊，或各种期刊的编辑常常用这个办法来组稿，一则是让组稿对象容易答应写稿。既然有了现成题目，就不必自己动脑筋，寻思应该写些什么。二则，一个命题可以组织到许多人的文章，无论分期发表，或集体发表，容易获得读者的注意。文稿内容精彩的，还能引起读者的兴趣。三十年代，我做刊物编辑，曾经使用过这个办法，深知它的效益。解放以后，这个编辑方法，冷落了多年，直到近几年来，仿佛又在时兴了。这大约是写家少而刊物多的缘故。

　　《收获》这个刊物，与我无缘，因为我已有几十年不写小说和新诗了。现在，编者邀我写这篇文章，使我有机会在《收获》上"亮亮相"，对我来说，真是机会凑巧，好比收复了一块失地。我又何乐而不为？

编者指定要我"说说自己",文章的题材内容,已经规定得很明确了。可是,临了提起圆珠笔来,发觉还是有一个问题。我"自己"?是什么?我有好几个"自己",该说说哪一个?一九四〇年以前,我写小说,编文艺刊物,当出版社的文艺编辑。那一二十年,我自己是一个"作家"。一九四〇年以后,直到如今,我和古代文学,顺便和历史,金石碑版打交道。我的日常工作是教书,管资料,下放劳动,带研究生。写了许多杂文,最多的是思想总结,小结,检讨,坦白书,改造日记,交代文件,全不是文学创作。这五十年间,我自己是什么?说是一个"教书匠",也还不能概括。最近我给自己拟定了一块墓碑题字,是:"钦定三品顶戴、右派分子、牛鬼蛇神、臭老九、前三级教授、施蛰存之墓"。这是第二个我自己。恐怕可以说是"盖棺定名"了。中间还有一个"我自己"。那是外国文学的翻译工作者。在这一行业中,我是一个"退役军人"。现在,要我在《收获》上说说"我自己",恐怕只能说说我第一个自己,其他两个"我自己",和《收获》全不"搭界",因此,我就不说了。

有一个从台湾去美国留学的博士生,买到了我的《唐诗百话》,也看到了我在三十年代写的小说。他写信来向我提出一个问题:"古典文学对你的作品的影响,除了语文的层次之外,是不是更深远呢?您对古典文学的研究,不知对你自己的写作有没有决定性的影响?"面对这个问题,我仿佛他是在问:"你的老年生活对你的青年生活有什么影响?"这不是倒挂了吗?

我在小、中、大学时,国文课(现在叫语文课)的教材,都是古文,或叫文言文(现在叫古汉语)。那些文章,都是古典文学。我们读那些文章,主要是学习语言文字,不是研究文学。在三十年代,我曾因为劝文学青年看看《庄子》或《文选》而博得臭名昭著,那也是为了语文修养,或说为了提高文学写作的基本功,而不是作为文艺创作的必要条件。鲁迅曾经指出,我是一个商人的儿子,难得看见一本古书,看到了《庄子》和《文选》,就沾沾自喜,提出来叫别人学习,以表示自己的渊博。实际情况，虽然不是如此，但也多少揭发了我的肤浅。研究古典文学，并且自己知道，有一些独特的见解，这都是进入中老年以后的事。在我写小说的时期，古典文学对我实在没有影响。甚至可以说，我当时还竭力拒绝古典文学的影响。不过，在语文的层次上，我不能不受古文的影响，因为当时流行的文体，还是所谓"语体文"，而不是"白话文"。

不过，在解放以前，语体文和白话文，这两个名词是同一个概念。就文体说，这些文章是用语言，或说白话，来写的，但写成的都是文。二十年代的新文学作家所使用的语文，古文的影响还很浓厚。三十年代的作家，他们写的文章，古文的气息就淡薄了。四十年代的青年作家，他们的语文表现，离古文相当远了。解放以后，每一代青年作家的语文表现，愈来愈多的白话化，也愈来愈明显的不是文。于是，我以为，解放以前的文体是语体文，解放以后的文体，却是白话文。这两个名词的概念，已不同了。近十年来，青年作家写的文章，几乎已和口语没有分别。"怎么说，就怎么写"，虽然是胡适早已提出来的新文体口号，但三四十年来，作家们笔下所写的，和嘴里所说的，还不是完全一致。他们要调整语法，选择语词，把口语中的别音别字，改用正音正字，有时还不妨借用一些传统成语。他们写下来的，尽管是"语体"或"白话"，但都是"文"，而不全同于"话"。

当代青年作家所写下来的，虽然一般还称为文章，其实已经是百分之百的口语。真正做到"怎么说，就怎么写"。我以为它们已不是文，而是一种书面白话。山东作家写的，都是山东话；上海作家写的，都是上海话。这样发展下去，会变成广州、香港小报上的粤语文。满纸的唔、嘅、乜，都是音符，没有意义。上海口语中的"啥"字，现在已普遍使用于文章里了。"做啥""为啥"，已公然代替了"做什么""为什么"。"煞煞白""刷刷白"，我见过不少，似乎没有人知道应当写作"雪雪白"。还有许多在口语中本来不错的语词，被不理解语法词性的作者改错了。"羞答答"，不知从哪一年起被改成"羞羞答答"，流行到现在，已没有人知道"羞答答"了。以此类推，凡是同样结构的语词，肯定会同样地错下去。最近我在一位著名作家的小说中看到一个"亮亮堂堂"，上海作家一定会写出"亮亮晶晶"，也可能会出现"亮亮精精"。"笑嘻嘻"会成为"笑笑嘻嘻"，"血淋淋"会写作"血血淋淋"。这一类的例子，都反映了当代作家的修辞水平。斯大林是二十世纪第一名暴君，他的一切政治思想和行为，正在要全部被否定，但是他的关于文学语言的几篇文章，我还是同意的。我希望当代青年作家能去找来看看。

说说我自己，却跑野马，溜了缰，说到别人头上去了。现在赶紧"言归正传"。再说我写的那些小说，早已被五十年历史埋葬掉了。文学也像女人的时装一样，风行一时，很快就会成为过时货。一个文学作品，愈有时代性，也愈容易过时。一九三〇年代，西欧文学，正在通行心理分析、内心独白，和三个"克"：Erotic，Exotic，Grotesque（色情的，异国情调的，怪奇的），我也大受影响，写出了各式仿制品。经过第二次大战，这一阵文学风尚，已被孤儿寡妇的眼泪和犹太人的血冲洗掉。它过时了。可想不到，我那些小说，却和秦始皇的兵马俑同时出土，乌灵成为宝物。自从严家炎编出了一本《新感觉派小说选》，封我为"新感觉派主要作家"，美国的李欧梵，在台湾刊物上推波助澜，封我为"中国现代小说的先驱者"。这样一吹一捧，使我那些"假洋鬼子"作品，被不少文学青年或青年作家奉为现代化的文学典范。自然而然的，有意无意的，有人模仿起来。查泰莱夫人的情欲，在中国小说里，已有了影子。几十句不伦不类的话，并在一口气说完，不见一个标点，这种乔伊斯和史坦因的文体，也颇为流行了。还有更大胆、更解放的作家，或艺术家，要把男女性欲写得更露骨，要表现原始的爱，要表现高粱地里的性交，要小便在酒缸里，画裸体女人要让她两腿分开，要把竹头、木屑、瓦块乱堆在一起，成为超现实派的雕塑。这一二年来，在我们文艺界，这种现象非常突出，使我觉得这些作家或艺术家，好像生活在第一次世界大战以后的十多年间，而不是生活在第二次世界大战以后的四十年间。

五年前，我在医院里，曾和应国靖谈起，我们国家，闭关自大了三十年，和外面的世界太隔阂了。现在一下子开放，就发现了东西方的文化代沟。因此，我以为，在文学上，我们必须补课、续断。我这个观点，当时是率尔出口，没有仔细思考。看近两年的文艺发展情况，似乎确是在补课和续断，不过，来势太猛，各方面都变本加厉了。

现在，我知道，地理上的鸿沟，是可以填补的；文化上的代沟，却是无法，也不必补续了。现在我们的文艺家，应该跨越代沟；争取和当今的世界文化，合辙并驾。我把五年前的观点，自我否定了。愿上帝保佑，让我的那些"新感觉"小说，安息吧！

一九八九年三月十六日

（原刊于《收获》1989 年第 3 期）

随遇而安

汪曾祺

我当了一回右派，真是三生有幸。要不然我这一生就更加平淡了。

我不是一九五七年打成右派的，是一九五八年"补课"补上的，因为本系统指标不够。划右派还要有"指标"，这也有点奇怪。这指标不知是一个什么人所规定的。

一九五七年我曾经因为一些言论而受到批判，那是作为思想问题来批判的。在小范围内开了几次会，发言都比较温和，有的甚至可以说很亲切。事后我还是照样编刊物，主持编辑部的日常工作，还随单位的领导和几个同志到河南林县调查过一次民歌。那次出差，给我买了一张软席卧铺车票，我才知道我已经享受"高干"待遇了。第一次坐软卧，心里很不安。我们在洛阳吃了黄河鲤鱼，随即到林县的红旗渠看了两三天。凿通了太行山，把漳河水引到河南来，水在山腰的石渠中活活地流着，很叫人感动。收集了不少民歌。有的民歌很有农民式的浪漫主义的想象，如想到将来渠里可以有"水猪"、"水羊"，想到将来少男少女都会长得很漂亮。上了一次中岳嵩山。这里运载石料的交通工具主要是用人力拉的排子车，特别处是在车上装了一面帆，布帆受风，拉起来轻快得多。帆本是船上用的，这里却施之陆行的板车上，给我十分新鲜的印象。我们去的时候正是桐花盛开的季节，漫山遍野摇曳着淡紫色的繁花，如同梦境。从林县出来，有一条小河。河的一面是峭壁，一面是平野，岸边密植杨柳，河水清澈，沁人心脾。我好像曾经见过这条河，以后还会看到这样的河。这次旅行很愉快，我和同志们也相处得很融洽，没有一点隔阂，一点别扭。这次批判没有使我觉得受了伤害，没有留下阴影。

一九五八年夏天，一天（我这人很糊涂，不记日记，许多事都记不准时间），我照常去上班，一上楼梯，过道里贴满了围攻我的大字报。要拔掉编辑部的"白旗"，措辞很激烈，已经出现"右派"字样。我顿时傻了。运动，都是这样：突然袭击。其实背后已经策划了一些日子，开了几次会，做了充分的准备，只是本人还蒙在鼓里，什么也不知道。这可以说是暗算。但愿这种暗算以后少来，这实在是很伤人的。如果当时量一量血压，一定会猛然增高。我是有实际数据的。"文化大革命"中一天早上我看到一批侮辱性的大字报，到医务所量了量血压，低压110，高压170。平常我的血压是相当平稳正常的，90—130。我觉得卫生部应该发一个文件：为了保障人民的健康，不要再搞突然袭击式的政治运动。

开了不知多少次批判会。所有的同志都发了言。不发言是不行的。我规规矩矩地听着，记录下这些发言。这些发言我已经完全都忘了，便是当时也没有记住，因为我觉得这好像不是说的我，是说的另外一个别的人，或者是一个根本不存在的，假设的，虚空的对象。有两个发言我还留下印象。我为一组义和团故事写过一篇读后感，题目是《仇恨·轻蔑·自豪》。这位同志说："你对谁仇恨？轻蔑谁？自豪什么？"我发表过一组极短的诗，其中有一首《早春》，原文如下：

（新绿是朦胧的，飘浮在树杪，完全不像是叶子……）

远树绿色的呼吸。

批判的同志说：连呼吸都是绿的了，你把我们的社会主义社会污蔑到了什么程度？！听到这样的批判，我只有停笔不记，愣在那里。我想辩解两句，行么？当时我想：鲁迅曾说费厄泼赖应该缓行，现在本来应该到了可行的时候，但还是不行。我们大概永远没有费厄的时候。所谓"大辩论"，其实是"大辩认"，他辩你认。稍微辩解，便是"态度问题"。态度好，问题可以减轻；态度不好，加重。问题是问题，态度是态度，问题大小是客观存在，怎么能因为态度如何而膨大或收缩呢？许多错案都是因为本人为了态度好而屈认，而造成的。假如再有运动（阿弥陀佛，但愿真的不再有了），对实事求是、据理力争的同志应予表扬。

开了多次会，批判的同志实在没有多少可说的了。那两位批判"仇恨·轻蔑·自豪"和"绿色的呼吸"的同志当然也知道这样的批判是不能成立的。批判"绿色的呼吸"的同志本人是诗人，他当然知道诗是不能这样引申解释的。他们也是没话找话说，不得已。我因此觉得开批判会对被批判者是过关，对批判者也是过关。他们也并不好受。因此，我当时就对他们没有怨恨，甚至还有点同情。我们以前是朋友，以后的关系也不错。我记下这两个例子，只是说明批判是一出荒诞戏剧，如莎士比亚说，所有的上场的人都只是角色。

我在一篇写右派的小说里写过："写了无数次检查，听了无数次批判，……她不再觉得痛苦，只是非常的疲倦。她想：定一个什么罪名，给一个什么处分都行，只求快一点，快一点过去，不要再开会，不要再写检查。"这是我的亲身体会。其实，问题只是那一些，只要写一次检查，开一次会，甚至一次会不开，就可以定案。但是不，非得开够了"数"不可。原来运动是一种疲劳战术，非得把人搞得极度疲劳，身心交瘁，丧失一切意志，瘫软在地上不可。我写了多次检查，一次比一次更没有内容，更不深刻，但是我知道，就要收场了，因为大家都累了。

结论下来了：定为一般右派，下放农村劳动。

我当时的心情是很复杂的。我在那篇写右派的小说里写道："……她带着一种奇怪的微笑。"我那天回到家里，见到爱人说，"定成右派了"，脸上就是带着这种奇怪的微笑的。我也不知道我为什么要笑。

我想起金圣叹。金圣叹在临刑前给人写信，说"杀头，至痛也，而圣叹于无意中得之，亦奇"，有人说这不可靠。金圣叹给儿子的信中说"字谕大儿知悉，花生米与豆腐干同嚼，有火腿滋味"，有人说这更不可靠。我以前也不大相信，临刑之前，怎能开这种玩笑？现在，我相信这是真实的。人到极其无可奈何的时候，往往会生出这种比悲号更为沉痛的滑稽感，鲁迅说金圣叹"化屠夫的凶残为一笑"，鲁迅没有被杀过头，也没有当过右派，他没有这种体验。

另一方面，我又是真心实意地认为我是犯了错误，是有罪的，是需要改造的。我下放劳动的地点是张家口沙岭子。离家前我爱人单位正在搞军事化，受军事训练，她不能请假回来送我。我留了一个条子："等我五年。等我改造好了回来。"就背起行李，上了火车。

右派的遭遇各不相同，有幸有不幸。我这个右派算是很幸运的，没有受多少罪。我下放的单位是一个地区性的农业科学研究所。所里有不少技师、技术员，所领导对知识分子是了解的，只是在干部和农业工人的组长一级介绍了我们的情况（和我同时下放到这里的还有另外几个人），并没有在全体职工面前宣布我们的问题。不少农业工人（也就是农民）不知道我们是来干什么的，只说是毛主席叫我们下来锻炼锻炼的。因此，我们并未受到歧视。

初干农活，当然很累。像起猪圈、刨冻粪这样的重活，真够一呛。我这才知道"劳动是沉重的负担"这句话的意义。但还是咬着牙挺过来了。我当时想：只要我下一步不倒下来，死掉，我就得拚命地干。大部分的农活我都干过，力气也增长了，能够扛170斤重的一麻袋粮食稳稳地走上和地面成45度角那样陡的高跳。后来相对固定在果园上班。果园的活比较轻松，也比"大田"有意思。最常干的活是给果树喷波尔多液。

硫酸铜加石灰，兑上适量的水，便是波尔多液，颜色浅蓝如晴空，很好看。喷波尔多液是为了防治果树病害，是长年要喷的。喷波尔多液是个细致活。不能喷得太少，太少了不起作用；不能太多，太多了果树叶子挂不住，流了。叶面、叶背都得喷到。许多工人没这个耐心，于是喷波尔多液的工作大部分落在我的头上，我成了喷波尔多液的能手。喷波尔多液次数多了，我的几件白衬衫都变成了浅蓝色。

我们和农业工人干活在一起，吃住在一起。晚上被窝挨着被窝睡在一铺大炕上。农业工人在枕头上和我说了一些心里话，没有顾忌。我这才比较切近地观察了农民，比较知道中国的农村，中国的农民是怎么一回事。这对我确立以后的生活态度和写作态度是很有好处的。

我们在下面也有文娱活动。这里兴唱山西梆子（中路梆子），工人里不少都会唱两句。我去给他们化妆。原来唱旦角的都是用粉妆，——鹅蛋粉、胭脂，黑锅烟子描眉。我改成用戏剧油彩，这比粉妆要漂亮得多。我勾的脸谱比张家口专业剧团的"黑"（山西梆子谓花脸为"黑"）还要干净讲究。遇春节，沙岭子堡（镇）闹社火，几个年轻的女工要去跑旱船，我用油底浅妆把她们一个个打扮得如花似玉，轰动一堡，几个女工高兴得不得了。我们和几个职工还合演过戏，我记得演过的有小歌剧《三月三》、崔巍的独幕话剧《十六条枪》。一年除夕，在"堡"里演话剧，海报上特别标出一行字：

台上有布景

这里的老乡还没有见过个布景。这布景是我们指导着一个木工做的。演完戏，我还要赶火车回北京。我连妆都没卸干净，就上了车。

一九五九年底给我们几个人做鉴定，参加的有工人组长和部分干部。工人组长一致认为：老汪干活不藏奸，和群众关系好，"人性"不错，可以摘掉右派帽子。所领导考虑，才下来一年，太快了，再等一年吧。这样，我就在一九六○年在交了一个思想总结后，经所领导宣布：摘掉右派帽子，结束劳动。暂时无接受单位，在本所协助工作。

我的"工作"主要是画画。我参加过地区农展会的美术工作（我用多种土农药在展览牌上粘贴出一幅很大的松鹤图，色调古雅，这里的美术中专的一位教员曾特别带着学生来观摩）；我在所里布置过"超声波展览馆"（"超声波"怎样用图像表现？声波是看不见的，没有办法，我就画了农林牧副渔多种产品，上面一律用圆规蘸白粉画了一圈又一圈同心圆）。我的"巨著"，是画了一套《中国马铃薯图谱》。这是所里给我的任务。

这个所有一个下属单位"马铃薯研究站"，设在沽源。为什么设在沽源？沽源在坝上，是高寒地区（有一年下大雪，沽源西门外的积雪跟城墙一般高）。马铃薯本是高寒地带的作物。马铃薯在南方种几年，就会退化，需要到坝上调种。沽源是供应全国薯种的基地，研究站设在这里，理所当然。这里集中了全国各地、各个品种的马铃薯，不下百来种。我在张家口买了纸、颜色、笔，带了在沙岭子新华书店买得的《癸巳类稿》、《十驾斋养新录》和两册《容斋随笔》（沙岭子新华书店进了这几种书也很奇怪，如果不是我买，大概永远也卖不出去），就坐长途汽车，奔向沽源。其时在八月下旬。

我在马铃薯研究站画《图谱》，真是神仙过的日子。没有领导，不用开会，就我一个人，自己管自己。这时正是马铃薯开花，我每天蹚着露水，到试验田里摘几丛花，插在玻璃杯里，对着花描画。我曾经给北京的朋友写过一首长诗，叙述我的生活。全诗已忘，只记得两句：

坐对一丛花，
眸子炯如虎。

下午，画马铃薯的叶子。天渐渐凉了，马铃薯陆续成熟，就开始画薯块。画一个整薯，还要切开来画一个剖面。一块马铃薯画完了，薯块就再无用处，我于是随手埋进牛粪火里，烤烤，吃掉。我敢说，像我一样吃过那么多品种的马铃薯的，全国盖无第二人。

沽源是绝塞孤城。这本来是一个军台。清代制度，大臣犯罪，往往由帝皇批示"发往军台效力"，这处分比充军要轻一些（名曰"效力"，实际上大臣自己并不去，只是闲住在张家口，花钱雇一个人去军台充数）。我于是在《容斋随笔》的扉页上，用朱笔画了一方图章，文曰：

效力军臺

白天画画，晚上就看我带去的几本书。

一九六二年初，我调回北京，在北京京剧团担任编剧，直至离休。

摘掉右派分子帽子，不等于不是右派了。"文革"期间，有人来外调，我写了一个旁证材料。人事科的同志在材料上加了批注：

该人是摘帽右派，所提供情况，仅供参考。

我对"摘帽右派"很反感，对"该人"也很反感。"该人"跟"该犯"差不了多少。我不知道我们的人事干部从什么地方学来的这种带封建意味的称谓。

"文化大革命"，我是本单位第一批被揪出来的，因为有"前科"。

"文革"期间给我贴的大字报，标题是：

老右派，新表演

我搞了一些时期"样板戏"，江青似乎很赏识我，但是忽然有一天宣布："汪曾祺可以控制使用。"这主要当然是因为我曾是右派。在"控制使用"的压力下搞创作，那滋味可想而知。

一直到一九七九年给全国绝大多数右派分子平反，我才算跟右派的影子告别。我到原单位去交材料，并向经办我的专案的同志道谢："为了我的问题的平反，你们做了很多工作，麻烦你们了，谢谢！"那几位同志说："别说这些了吧！二十年了！"

有人问我："这些年你是怎么过来的？"他们大概觉得我的精神状态不错，有些奇怪，想了解我是凭仗什么力量支持过来的。我回答：
"随遇而安。"

丁玲同志曾说她从被划为右派到到北大荒劳动，是"逆来顺受"。我觉得这太苦涩了，"随遇而安"，更轻松一些。"遇"，当然是不顺的境遇，"安"，也是不得已。不"安"，又怎么着呢？既已如此，何不想开些。如北京人所说："哄自己玩儿"。当然，也不完全是哄自己。生活，是很好玩的。

随遇而安不是一种好的心态，这对民族的亲和力和凝聚力是会产生消极作用的。这种心态的产生，有历史的原因（如受老庄思想的影响），本人气质的原因（我就不是具有抗争性格的人），但是更重要的是客观，是"遇"，是环境的，生活的，尤其是政治环境的原因。中国的知识分子是善良的。曾被打成右派的那一代人，除了已经死掉的，大多数都还在努力地工作。他们的工作的动力，一是要实证自己的价值。人活着，总得做一点事。二是对生我养我的故国未免有情。但是，要恢复对在上者的信任，甚至轻信，恢复年轻时的天真的热情，恐怕是很难了。他们对世事看淡了，看透了，对现实多多少少是疏离的。受过伤的心总是有瘢的。人的心，是脆的。

这是没有办法的事。

为政临民者，可不慎乎。

一九九一年一月三十一日

（原刊于《收获》1991 年第 2 期）

随遇而安

27

纪终年

林斤澜

汪曾祺一九二〇年旧历上元灯节，出生在江苏高邮。小时候，他多才多艺的父亲，自制了个兔儿灯，下带轱辘，让他过生日拉了跑前跑后，七十岁还惦念这灯，这乡土的烛光如梦的灯节。

终年七十七，"古稀今不稀"。好像走得也突然，刚写完的稿子还没有交稿，要画要字的正不少，还有官司盯着，小报上新有挑剔，当然，有邀请，有约会，有盼望见面的文友……

曾祺走后第二天，忽然觉得这回辞世早有准备。这一觉，仿佛眼前一亮，把些纷乱印象水洗一样清晰了。什么从容、豁达、安详……都成了陈词。我想说是一种境界。什么境界？想说是"审美"。他是一个真正的艺术家，先让我这么说着吧。

我们刚去四川，参加一个"跨世纪"的笔会，回来才一周。五月十一日晚上，他大量吐血，估计可有千多C.C.——一位特护指着吊瓶说，总有两三瓶。当即呼叫急救车，送到友谊医院抢救，止住了血，十六日上午八点还好好的，十点再次出血，这回是向下走，立刻摸不着脉息，量不着血压，继续抢救两小时，不治。

住院头尾才六天，友好同行都还不知道，辞世消息一传出来，我这里电话不断，大家当然是震惊。

其实早在一九九四—一九九五的春节前，他住过一回医院，检查出来肝不好，食道静脉曲张，如同瘤子。也考虑过手术处理，可要大开刀，年事又高，怕抗不住。只吃药，忌食硬的、干的、炸的东西，再，断酒。

一时间，精神委顿，反应迟慢，口齿也有点不清楚了。有青年同行近年练功，仿佛得道，他问汪老脸色怎么那么黑？我说生来就黑，小名小黑子。这位说黑跟黑不一样，这黑是肝的过，还有隐患。往下没有直白，只是沉下脸来。可是曾祺自己总说不过有的指标偏高。儿女们也是很后来才看见成沓的"病历"。

先后不少文友，都对脸色发生疑问。我因常见面，倒看得平常一些。到了秋天，力劝他和夫人施松卿到我家乡走走，散散心。我家乡温州，是江南水乡，又是浙东山"瓯"，经济发展，也别具一格。终于成行，同行中有比他年长的，但接待人员看外表都先去搀扶他，不止一位悄悄说，有可能汪老是最后一次出游了。我说不会。不能。不可从此滑坡。精神还是比在北京开朗。是不是断酒断得太急也有关系，可以喝点啤酒试试。

人们喜欢他的字，他也有兴致写。有天晚会，还登台唱了几句昆曲。车能去船能到的地方，都去，下车下船就近散散步。过后写了几篇散文，虽是星星点点，却生机葱茏。

平安进入一九九六年，服用"蚂蚁"偏方，请人按摩。气色日渐明亮，肌肉见壮，思想活跃，我说老头好像麦苗返青了。在他家里夸口出游是个转折点。

一天下半夜，老伴老施起夜眩晕，摔倒地上，曾祺惊醒。老伴是老年血管硬化，大脑缺血昏迷。咫尺之地，曾祺连拉带拽，竟努力了两个小时，才回到床上等待天亮。不想施松卿夫人从此衰弱，不久卧床不能自理。

这是发生在蒲黄榆旧居里的事。旧居狭窄，有的同行抱不平，说，这样的老作家有几个？还住在贫民窟里。曾祺自己从来不谈这些事情——家里议论，都不插话。这时长子汪朗，分到虎坊桥三室一厅的大单元，让给老人进住。儿女们包办了装修，置了新家具。门厅宽敞，进门焕然，我不觉贺道：老头发了！曾祺若无其事，发也谈都不谈。

他的书房小些，秉性不爱也不会收拾，立刻书本堆到地上，纸张捱的捱的不是地方。自己多半站着，躬身在大书桌上写毛笔字，画花卉。老伴躺在隔壁屋里，醒着时，刻把钟叫声曾祺，他就过去站一会儿。

有时候小声说：这怎么写东西呢！（指的是本行文章。）

曾祺的字比画好，但渐渐地只顾画花画草，写字不算多，说，写字要想词儿。

有天，打电话问我，你在缩编古典小说？报上说的。沉吟一会儿，小声：不要浪费生命。我说是少年读物，也不费很多时间。他不作声。我想说你也不要整天画画，想想还是先画吧，画吧，画段时间再说。

有天，来电话说，当天《北京日报》副刊上有篇好文章，作者不见经传。我说我家没有《北京日报》，他说他寄给我，又说太慢，有点着急的样子。我说我下楼到报摊上买一张。接着我转了两个报摊，都没有"进"这个报。只好打电话给我女儿，从办公室借一张回来。第二天，他又约了邵燕祥三人各写一篇短评一起发表。

有时候，曾祺沏一杯绿茶，坐在已画未画纸团纸卷中间沙发上，好像那张沙发倒是后来挤进来的；点烟，直眼，烟灰寸长自落，伸手在看不见的地方，摸稿纸，竟也能摸到钢笔。以后一气呵成，出来一篇小说。小说也越写越短。

几个人合编一套散文选，说好由他写序。等到编成，他差不多忘记了，给过他的资料也找不着了，再凑点资料给他，过几天又不知哪里去了，那就随便写吧，竟写了快三千字，大家叫好。

老来文章越好的话，不断听见。这里只记下他的沈师母张兆和先生说：下笔如有神。又感叹这样的作家不多见越来越少了。

这次去四川参加笔会前，我让他挑个头，约几个人谈谈短篇小说。他说谈什么？我说新近小会上，他有两句话没有展开来。一句是他在用减法写小说。还有一句是没有点荒诞没有小说。又要他把新近发表的，挑三两篇给我，有用处——卖了个关子。

我知道这几年他不看《北京文学》。我说现在是小章主事。今年搞了个短篇小说大奖赛，出了些好作品，特别是出了新人，刊物有了起色。不过有一点，现在的短篇小说，大多是字数少些就算短篇……仿佛是碰着了不知哪根筋，他立刻说：好吧，等四川回来。

我主张去趟四川，把一些事情推到回来再计较，这中间还有个由头：曾祺做梦也梦不到摊上官司。事关版权枝节，曾祺表示了歉意，谁知调解不成，后来人家还是开价要"费"。

儿女们劝他不要管，剩下的事务由他们承担。朋友们也说就这么点事，年老体弱，犯不着烦恼，放开，拉倒。

曾祺却总觉着名利上头，一生淡泊，临老却泼上脏水，把件汗衫脱也脱不下来，贴在身上好比裱褙。竟连续几天睡不着觉，下半夜两三点钟还睁着眼，只好吃药。这时候是不是喝点酒了呢？没有细问。不过他的女儿说吃饭时候只喝一杯两杯，可是家里的酒瓶好像漏了。

出去吧，散散心去吧。

四川的笔会活泼，接待隆重。只不过和曾祺不住在一处，出入不同车。两三天后，听说跟他要字要画的人很多，直写到半夜，也有躺下了还叫起来的时候。

从成都到了宜宾五粮液酒厂，听说他开了白酒戒。曾祺去年恢复喝点酒，我观察心理生理上都得到好处。先喝啤酒，后喝葡萄酒。汪朝说越喝越多，传达室小卖部的"中国红"，差不多是为他"进"的。现在又开白酒一戒,这可大胆了。但食不同桌,不知究竟。

同时登记归程车船机票,有人绕道三峡,又有九华山邀请,还有四川别地的逗留。我找到曾祺,问有什么思想活动,他说回北京。我说好,惦记老伴了吧。他小声说:归心似箭。我说宜宾就有飞北京的班机。他说还有点东西留在成都。我说那就一起回成都,立刻飞北京。只怕又有耽搁。

五月四日,各自回到家中,本打算休息一阵,再一同去趟江苏南通,这是到四川前约下的。不想才三两天,打电话来说,女作家们在太湖有个聚会,特请老头参加。我想了解一下怎么回事。又听说南京要曾祺先去他们那里,有点什么出版事务,还有电视台的什么主意,幸好儿女坚决反对,汪朝说老头"折腾"不起。幸好幸好,要不发生在路上了。

十一日晚上十点多钟大出血。电梯工说,廊道上都闻到血腥味儿。儿女们在各自家里,老伴精神不济,还不能全叫她知道。小阿姨急得直哭,这一通忙乱可以想见。

十三日我才接到电话。汪朝忙中抽空打了几次才打通。

十四日下午三时,"探视"开始,我走进病房,先看见大女儿汪明夫妇。汪明招呼道:您的好朋友来了。我看见了两个吊瓶,"特护"在右脚插针地方绑纱布,再看见枕头那里一把管子什么的,有插进鼻孔的,有堆在嘴边的。曾祺闭着眼睛,我小心轻轻走到床前,不想他睁开眼来,清晰说道:还是那个地方……我赶快接过来说:静脉曲张。

医生进来交代:不要说话,光听着。又缓和一句:少说,多听,好吧。

曾祺的脸变小了,不黑,倒苍白。摘掉假牙,又插管子,贴橡皮膏,下巴收缩潦草……怎么会有清晰的发音?睁睁眼睛,可又怎么闪闪光芒?早有人说过,汪老有冷光。有人说"奕奕",有人说"炯炯",大概都是有特殊印象,却说不准确只好沿用现成的词汇。

一个人从青年到老年,相貌当然会有变化,总有几个跳跃的阶段。经常见面的老朋友反倒感觉不明显,有一位杨早先生说"汪先生的生母是我祖父的堂姑"，一九九四年才初见"汪爷爷"，写下这么个印象：

"有文章说，汪老捂着嘴偷笑的时候，很显'猴相'。我悄悄地观察了一阵，果然不错，他眼里时时闪现的光芒，总让人想起一个字：精。而且我还发现了一点奇事：汪先生在仰头、低头、侧头的时候，从不同角度看去，模样都截然不同，就好像一个人有很多副面孔似的。"

这时我在病床前，发生奇异的感觉，恰好想到这个"精"字。想到不止一两位文友的议论：晚成。老来写成"精"了。

曾祺闭目养神，出小声，好像是"走四个不是"？

四个？哪来的数字？赶紧回想平日闲谈，有没有类似的意思，想不起来。

他小声：冯牧，荒煤，还有谁？

同年龄段中，端木蕻良也走了不久。为纪念端木，我约了几篇稿子。曾祺说难写，但还是如期交稿。有什么难？当是端木的坎坷我们都很清楚，清楚到难以下笔……这时又数上也难？多么像上路时点点同伴？我赶紧说没有了没有了，再也没有了。

一会儿，更像自言自语，提起刚走不久、可年轻得多的刘绍棠。说那天在八宝山，大家从灵堂出来，一位作家说，和绍棠的"礼数"——这两个字听不真——到此结束。曾祺大点声，一句一顿，清楚又平和：怎么这样。这叫朋友。可交吗。

北京京剧院来了两位，送来支票，代表领导慰问。曾祺睁眼，抬手抱拳，和善周到，说道剧院困难，我还添麻烦……那两位把话拦住，小心告辞。

我和汪明夫妇说，谁也不能永久，谁也得走。可是我们怎么也要进入下一个世纪，这已经是眼面前的事了，没有问题了，我和曾祺都约好了，下世纪也不服老，还要划拉划拉点东西。

曾祺不作声，面露安详的微笑。

"特护"谷女士在文艺界工作过，喜欢文学。她和汪明穿插着说，那天曾祺刚抢救回来，止住了血，平躺着，不想两手放到脑后——刚才是忽然抬手抱拳——说：以后写东西，可有得好写。

大家笑起来，曾祺还不作声，不过嘴边的管子有动静，"特护"过来整理。那个管子分岔，钳着三个夹钳，滴里嘟噜。"特护"又笑道：老先生逗着呢，说给他咬上"嚼子"了。

汪明夫妇有事先走，汪明到床前俯身，叮咛好好休息。没事了，只要好好休息就好。还说下回带两个小狗来，叫小狗来看看爷爷……

两个小狗指的是孙女小卉和外孙女小蕊，一个初二一个初一。曾祺不说什么，可是两眼慈祥，并且闪闪。

探视时间过了，我盯着他说，有什么事要办叫他们打电话给我。曾祺也不说什么，可两眼的光芒叫人不由得又想起精灵。我走过医院好像地下迷宫的廊道，那眼光一直在面前。

十五日他像睡足了，多像没有困劲了。虽也闭闭眼睛，但脑子在活动。从忽然开口说出的话听来，心情愉悦，思想格外敏锐。也不说谁谁走不走的话了。

他身体里有足够的水分，那是从吊瓶从插管进去的。但食道严禁食物通过，连一滴水也不许可。"特护"向我们解释的时候，曾祺闭着眼插上两个字：

"戒严。"

因此口腔咽喉，在感觉上，十分干渴。偏偏这个部位重要又敏感，舌头翻不过来……曾祺又插嘴：

"天安门戒严。"

"特护"笑起来，曾祺仿佛抓住机会，指指舌头。"特护"笑着拿个针管，滴两滴在舌头上，说只能两滴，才到不了食道，喉咙就给吸收了。

曾祺说他现在有了监护人。"特护"说再拍也坚持原则。我说等他好了给你画张画。"特护"说没有那么大的要求，送本书就行。昨晚上老先生还说这才知道上甘岭的日子不好过。

我们都夸起来，说思想进步，渴了想上甘岭，烫着想邱少云，做什么想雷锋，脑子里都是英雄形象。

曾祺闭着眼，徐徐说道：什么时候，还开心，这样的朋友不可交。

大家更加说得热闹，肯定体力逐渐恢复，精神一天比一天开朗。"特护"说前天做医疗透视，脱掉衣服拍片，老先生说怎么拍裸体照。

曾祺插嘴说：老头子有什么好拍的。

"特护"说，前天还总是说拍电视。一会儿说谁谁谁拍什么，什么镜头怎么怎么了，听不明白，也记不住。一阵一阵地迷糊，说胡话。

曾祺静默一会儿，觑着眼，小声说，前天看屋子是绿色的，豆绿？草绿？不像今天的奶黄……

我想着房间要是绿色可阴暗多了，另外一个天地了。

曾祺慢慢说道，不是迷糊，那是第二思维……

这时他儿子汪朗进来，曾祺提高声音：是，那是第二思维。

汪朗先一愣，接着说：怎么了，今儿第二思维了。

曾祺只管说自己的，这儿那儿，尽是镜头。

汪朗高兴起来，说，也怪，吐血当时，是最清醒的时候。交代哪张画放在哪里，送到哪里。什么文章写好了，交给谁。

曾祺小声解释：正好，都写出来了。

我说这还有完吗？都是什么呀？

曾祺说，都是约了的。小声：有一篇写铁凝，还比较满意。

我跟汪朗说，那是给"时代"那一组里的。

汪朗点头：交代清楚着呢。

我这才惊觉：第二思维！一个艺术家的鲜活想象。曾祺觑着眼，思索——凝视绿色，思索——凝视闪闪的镜头，他走进审美境界了。在生与死的"大限"地方，迷糊，却看见了美。

曾祺新近说，他把用思索的地方，改用凝视了。因为凝视是动态，还富有感情。

十六日中午，汪朝来电话，立刻想到有新情况，但汪朝的声音镇定。说上午八点钟还要眼镜，要看书。十点钟再次出血，这回是便血。我知道医生有言在先，再出血就没有办法了。不觉失声叫道，怎么会这样！

汪朝静默，再说什么不知是我没有听清还是她说不清楚了。

大前天，汪朝说虽没有什么要求，还是要把住院的事，通知中国作协和北京作协，可是医院里的电话不大好打，我说这些电话由我来打吧。

两个作协的电话都打通了。北京作协即将开作代会，换届，忙得赛过红白喜事。赵金九书记接到电话，当天下午就和我一道去了医院，看见曾祺精神很好，一起聊得高兴。才转天，我把辞世消息告诉北京作协办公室，刚放下电话，铃声又响，是赵金九和北京文联副书记陈世崇两位叫我在家稍候，他们立即来了，一同到曾祺家中，向汪朝夫妇表示震惊和慰问，对丧事提了建议。丧事由北京京剧院主办，中国作协和北京作协协助。

中国作协至此还没有露面。

施松卿夫人一直卧床，怕她承受不了，只好能瞒多久就多久。

沈从文先生的一位公子经营花卉公司，要包办灵堂，儿女们也谢绝了。

我这里电话不断，有本地有外地，有在旅途的，有辗转打过来的，有饮泣不成声，有埋怨诸多，有建议……归总说给汪朝，她说有些"抒情的"怕做不到，有些学术性的从长计议。一并附记文末。

有的报纸上对医疗存疑。有的竟做标题说是"累死的"。我没有说过这样的话，在这段时间里，和有些报刊也没有接触。曾祺一家，日常平和，在这重大变故中，也正如曾祺说的"凝视"世界而已。一并附笔说明。

（原刊于《收获》1994 年第 4 期）

回看血泪相和流

柯 灵

平生事，

此时凝睇，

谁会凭栏意？

——王禹偁：《点绛唇》

我是个平凡的人，不幸生在不平凡的时代，"城门失火，殃及池鱼"，无端惹出许多是非。旧中国风雨如磐，我身历其境，未免和许多知识分子一样，心怀忧患，情切兴亡，参加了一些志在改变祖国命运的活动，主要是舞文弄墨，摇旗呐喊，不涉及实际政治，却落得二度入狱，两遭通缉，几次隐匿逃亡。这好比灯蛾扑火，还可以说是咎由自取。到了新中国，欣逢盛世，满以为从此霁月光风，天下澄清了，怎么也没有想到，我的罪还没有赎净，还要到现代《神曲》的炼狱里受一回洗礼。

一九六六年，夏季酷热，一出以"无产阶级文化大革命"命题的荒诞剧出台了。历史脱了轨，饱经沧桑的上海又一次猛烈震荡。一群新的主宰者突然出现，戴着"红卫兵"臂章，洪水一样淹没了大街小巷、万户千家，随心所欲地抄家造反，打砸抢，谁也不能向他们说个"不"字。妇女光着脚在路上狼狈逃窜，成群结队的孩子拿着剪刀在后面呼啸追逐，因为高跟鞋和窄裤管也是革命对象。这场冲击波，最初波及的是文艺界。文学艺术一向被称为政治气候的晴雨表，现在作家以自己的厄运报道了暴风雨的来临。王西彦、孔罗荪、吴强、魏金枝纷纷落网，叶以群被迫堕楼，"黑老K巴金"的特大号大字报开始张贴出来，几乎从上海作家协会大厅的屋顶垂到地面。大毒草《不夜城》刚受过全国性批判，我自然也没有幸免的理由。九月三日傍晚，我在家接到电话，通知即刻到作协开会。当时在协会，当家的是"文革"领导小组组长，我一到，蒙他单独接见，脸部表情丰富，告诫我说："外面形势对你很不利，现在上面给你一个机会，一个环境，让你去考虑考虑自己的问题。"说到这里，如响斯应，门一开，蓦地进来两位武装公安人员，我还来不及领会组长语言的全部含义，就被架上汽车带走了。那戏剧化的方式，很像反特影片里对付恐怖分子的场面。（应该补充一句：后来这位组长自己也成了审查对象。）

我背着囚犯的十字架，面壁三年，在兽笼式的铁栏后面度过六十华诞，茫茫千日愁如海。还连累了我的妻子国容，陪着我在外面加倍地受罪，几乎赔上了生命。

国容是教会大学培养出来的，学的专业是教育，从事的职业是教育，少女时代就是地下党员。她社会经历单纯，自尊心很强，"皦皦者易污，峣峣者易折"，在这方面特别敏感，受不得丝毫挫伤。我忽然成了无产阶级专政对象，单是这一点，就够她受用了。我犯了什么罪，连我自己也不明白，她当然更莫名其妙，但她得对我莫须有的"严重罪行"负责，因为她成了侦破我这件大案的天然突破口。她没完没了地受审讯，被迫揭发交代。她无法编造我的罪行，不愿意和我划清界线，为了维护我的清白，被那种出名的"逼供信"游戏纠缠得几乎神经错乱。一次又一次的抄家，破"四旧"，抢房子，别有用心的人幸灾乐祸，肆无忌惮地上门捣乱。……我坐了班房，一了百了；国容孤军匹马，四面受敌，天大的灾难，都由她一人顶着。

　　接着是她自己成为审查对象。她是一个重点女子中学的校长兼支部书记，平时大家客气地称她"陈校长"，现在胸前挂着"牛鬼蛇神"的牌子，每天到学校接受批斗。据说妇女是半爿天，到了"文革"期间，这半爿天就塌了，只要男的靠边，女的就都是"臭婆娘"。国容顶着双重的恶名，邻家的孩子看见她就向她扔石子，吐唾沫。

　　我失踪以后，国容一直无法知道我在哪里。她孤苦无告，长年累月地到处去看大字报，希望从中得到一点线索。她听说，有的审查对象被押送出境，从此杳无下落。她满怀恐惧，怕我也遭到同样的命运。有一次她在路上遇见一位相熟的女同志，被打得满身伤痕，悄悄告诉她，听说我被公安局抓去了，她还不相信。在这三年里，我们完全隔绝，不通任何消息，唯一的联系，是她可以给我送衣服和日用品，都是送到作协机关，听候造反派处理。她受审以后，停发工资，生活陷于极度困难，靠她父亲的接济，竭力给我送高档的东西，为的是不让我发觉她的处境。她苦心制造的假象也确实给了我宽慰，因为这对我在难中有无限丰富的含义。终于有那么一天，她收到了一份油印的通知单，开列着需要的物品，还有送达的地点。她也不知道那是什么所在，兴冲冲地做了准备，修饰一番早已无心打理的仪容，换一身整洁的衣衫，怀着久别重逢的希望。那地点在思南路，她循着绿云暧蔼的林荫道，凄凄惶惶地向前走。据她的臆想，我大概在一个安静的环境里隔离审查。她终于发见阴森森的监狱高墙和大铁门，这就是租界时代对付中国人的法国牢监，现在是我们的第二看守所。门外排着给犯人送东西的长队，那多数是畸形社会的人物，形形色色的刑事罪犯家属。她这才明白过来，在我们为之奋斗多年的新社会里，落到了什么地位。她赶快靠在路边的墙上，才没有使自己晕倒。

所有这些，都是我在事过境迁、风平浪静以后，才陆续了解的。国容当时所受的精神创痛和折磨，那就只有她本人知道了！

我身罹法网，却还不时押解外出，接受各种批斗。一九六九年七月十六日午后，又被押到作家协会。走道上用白粉写着硕大无朋的"打倒柯灵"，我从上面践踏而过，俯首敛容，走进人头济济的大厅。大会主题还是百批不厌的《不夜城》，论旨还是"美化资本家，丑化工人阶级"。这次重点发言人，是一位以攻势凌厉著名的理论家。大会到了尾声，我忽然听到台上宣布：我被监禁是黑市委保护我，现在要把我放在革命群众中交代问题。于是我又被押回看守所，令在"无罪释放"的证书上签字。我被捕那一天，一位相当高级的公安干部对我说："你犯了那么多罪，还号称进步作家！这过去的十七年里，我们为什么不动你呢？那是因为黑线保护你，明白吗？"这几句自问自答的话，算是逮捕我的法律根据。现在经过漫长的三年，严鞫深究，穷追猛打，加上匪夷所思的心理战术，揭发调查，结果就是这轻描淡写的"无罪释放"四字。说关就关，说放就放，随心所欲，理直气壮，这里的确存在着极大的优越性。——不过这是就治人者而言，在治于人者那一面，是否真像布帛菽粟那样须臾不可离，就难说了。我虽然吃了三年冤枉官司，没有打成冤案，总是不幸中之大幸。"能忍则安"，是我们祖宗的传家宝，当时我神情麻木，只觉得松了口气，急于要脱身，因为我多么渴望那点可怜的人身自由。

我又被带到作家协会大门口，从牢房里带出来的衣物破烂，垃圾似的扔在马路边，一圈人把我围在核心，好像看马戏。我在牢里，曾经多次计划，有朝一日放出来，第一件事就是抛弃这些倒霉的东西，理一理发，若无其事地悄悄回家，好在邻居面前略为保全颜面，也免得国容过分伤心，没料到是眼前这样一种场面。我急于摆脱，提出要给我爱人打电话，押着我的工宣队员用手一指，说："这不就是！"他指的是一直站在我身旁的一位妇女，憔悴瘦损，风也吹得倒。我怔怔地望着她发呆，半晌才认出是国容。我可怜的老伴，竟变得对面不相识了！

我回到家，满目凄凉，恍如隔世。客厅、书房都贴着封条，只保留了一间四壁萧然的卧室。在那样地老天荒的年月里，国容罗掘俱穷，没有拖欠国家一文房租。房管局的造反派勒令受审查的住户到局里认罪，对着毛主席的宝像，满满跪了一地，国容照样参加。她本来奉公守法，现在更谨小慎微，逆来顺受。那时不知有多少人家扫地出门，我仗着国容，出狱后才有这一片容身之地。

　　我虽然经国家的专政机关查明无罪在案，却依然是个无罪的罪人，每天到作协劳动，交代检查，一切照旧。也依然到处游斗，"特务""汉奸"的帽子向我乱扣。我释放那天，作协的工宣队事先把国容找去，向她严厉警告：我罪行严重，拒不交代，在监狱里逃避斗争，现在要对我实行群众监督，她必须帮助我彻底坦白。这对她显然是又一次沉重的打击，把她推到了绝望的深渊。

　　我和国容历劫重逢，怎么也没想到，她会发生这样剧烈的变化。不但容貌变得我不认得了，而且丧失了语言能力，说话佶屈聱牙，格格不吐，完全像洋人生硬地说中国话。她本来健谈，却变得沉默寡言。又学会了抽烟，一枝一枝，接连不断，没日没夜，把自己埋在烟雾弥漫中。她绝口不谈过去的事，我一谈，她就用眼色和手势制止。有一晚，我靠窗坐着，窗上映着我头部的剪影，忽然一声锐响，我遭到了射击，没有击中，落在地上的是一粒小铅球，想必是邻家的孩子干的，那时这样的恶作剧很流行。国容惊魂甫定，轻声说："我们给人家当作特务在审查，你知道吗？四面都有耳朵。"说时神情惨淡，和我泪眼相向，久久无言。我心里很难受，眼看她从肉体到心灵，都给生生地摧残了。我在狱中，最牵肠挂肚的，就是怕她受不了这飞来横祸的袭击，更担心把她也拘禁起来，有一次听到牢房里仿佛有妇女说话的声音，再也摆脱不了那恐怖的黑影。我当时心有所感，常常构想些打油诗遣愁，为此曾有一首七绝，表示祝祷：

　　　　君是亭亭白玉莲，皎如幽谷出清泉。

　　　　我自泥泞君自洁，应得人天别样看。

有一次我得到她送的新棉鞋，情绪激动，另有一首：

　　　　莫道苍生正苦寒，谪居犹得试新棉。
　　　　名流千百无归宿，我在人间大有天。

我把这两首诗写在纸上给国容看。那天我们谈得很晚才休息。将近破晓，我在睡梦中被一阵钝重的抨击声惊醒，开了灯，只见国容躺在长沙发上，用毯子蒙着头，我过去揭开一看，我一生也没有经过这样的打击，天崩地裂也不会使我这样吃惊。

　　就在我写诗的纸上，她写了两行字："亲爱的，我们是无罪的。我先走了，真抱歉。"她把诗用橡皮擦掉了，只是还留着隐约的痕迹，可以看出她的平静和坚定。惨剧幸而没有酿成。国容送到医院抢救，医院里也是造反派当权，不但得不到正当的治疗，还受尽了白眼。"人生到此，天道宁论"，这是古人身陷绝境时无可奈何的呼声，我想不出还有什么比这更贴切的语言，能表达国容和我当时的处境。

　　人间毕竟还有温暖，国容年轻时的学生，不少走上社会后各有成就，始终没有和国容断绝交往，即使在那样万难的时刻，这是很可感谢的。有一位学生听到这消息，对我直跺脚叹气，说："我一直有预感，她的坚持是为了等你出来，你出来了，她可能要出事。"我后来才知道，她曾经割过腕动脉，只是为了不愿抛下我在不明不白的诬陷中独自挣扎，她才自己动手包扎，在生死一发间救活了自己。她就是这样的脆弱而又坚强！

　　一场风波刚刚过去，作协就宣布全体下乡，到松江辰山劳动改造。自从发生那场意外，我没有睡过一晚好觉。我实在不愿意国容一个人留在家里，但又身不由己。国容倒很镇静，忙着替我准备行装，等我动身，她决定回娘家，依靠她父亲过日子。

《圣经·创世记》里说，礼拜天是上帝赐予人类万世的节日。劳动改造另有章程，改为每月集体回上海，集中过四个休息日，因为下乡的不但有牛鬼蛇神，还有革命群众和工宣队、军宣队，他们的家都在上海。国容每月可以回家和我团聚一次。在寒冬的一月，我休假前写信和国容约定，准时到家，却发现室空无人，到处是灰尘，情况很反常。我满心惶惑，坐立不安，不知出了什么差错。正想出去打电话，听见了叩门声，我赶快开门迎接，进来的却是我岳父。他满脸愁容，强作镇定，说国容隔夜还在准备回家，睡下以后，却一直没有醒过来，现在已送到第六医院。是什么原因，他也说不清楚。又一次晴天霹雳击中了我，我一时目瞪口呆，手足失措，六神无主。

国容在病床上只是昏睡，经过三天的抢救，也没有醒过来。我和岳父最担心的是她再一次想不开，但彼此心照不宣，害怕说穿。医生给她洗胃的结果，证明没有服用过什么药物，才撂下心里的千斤重担。但医生同时明显地暗示，病人很难有苏醒的希望。我不分昼夜陪着她，望着她宁静的睡容，时不时叫她几声，希望把她叫醒，她没有丝毫反应。因为痰多，喉头壅塞，医生给用了吸痰器，轰轰震响。我听着她艰难的呼吸，惟恐一口气上不来，心弦绷得要断。想起她为我所受的委屈，所做的牺牲，我再也忍不住流泪。

造反派立法森严，审查对象不许乱说乱动，走到哪里，就到哪里消毒，宣布身份。我像脸上刺着金印，在医院里到处看人眼色。我本来患痔瘘，下乡劳动又造成了痛楚不堪的脱肛，身心交困，已到了崩溃的边缘。到第四天，国容依然昏迷，我的假期已经满了。我向工宣队请假，工宣队坚决不许。下乡的前夜，我整晚坐在国容的病床前，默默地向她告别。我深自歉疚，为什么那么卑怯，那么残忍，连给妻子送终的权利也不敢断然争取！岳父舍不得他爱怜的女儿，老泪纵横，劝我放心，他会来全力照顾。他已经为女儿料理后事，赶制了一套衬衣衬裤，说让她好干干净净地穿了去。我和岳父约定：万一国容不幸，就打电话或电报，我好赶回来给她送葬；如果病有转机，要尽快告诉我，但不要打电话电报，因为我再也经不起惊吓。

天毕竟比人宽厚，——"天无绝人之路"：国容到第七天，终于奇迹似的醒过来了。我在辰山收到了她的亲笔信，字迹歪斜潦草，难以认辨，写的是："我醒过来了，请放心。毛主席万岁！"——那时正在盛行"早请示，晚汇报"，文件布告，都得引用毛主席语录，作为"最高指示"开头。医生确诊，国容患的是中毒性肺炎。一般的病例，昏迷过久，醒过来就会神志失常，记忆消亡，过去成为一片空白。国容醒过来，发现自己在医院里，她开口的第一句话是一个问号，说："柯灵呢，他怎么不来看我？"她还记得我休假的事。护士指着我岳父试探说："你看，这不是吗？"她说："不，这是我父亲。"天可怜见！她还是国容。

我平生最怕烟味，也反对抽烟。国容沉湎烟癖的时候，我每月领到有限的生活费，总是先买好香烟，当作礼物送给她。因为我理解受难的灵魂需要缓解。经过一场大病，烟瘾自然祛除，使我感到欣慰。有一次我在辰山街上小店理完发，因为刚听人谈到吸烟的危害，就顺便到代办邮政的烟纸店里，就着柜台给国容写了封信，寥寥数语，敦劝她为了健康，万不要再沾香烟。刚写完，背后伸过一只手，把信抢过去了。我一回头，原来是军宣队的连长。他脸色铁板，和我作了如下的对答："你出来干什么？""理发。"（他一瞥我刚刚清理过烦恼丝的脑袋）"请过假了吗？""请过了。""写信请示了吗？""没有，是我临时想到的。"（他看完信，向柜台上一丢）"以后写信，要经我们审查批准。"我默然，把信封好，扔进了邮箱。

国容的体质完全损坏了，在医院里躺了好几个月，才能勉强下床，但两脚已不能走路，人瘦得只剩一把骨头，上楼下楼，都由我背着。

我刚出狱时，有朋友私下向我道贺，说："你幸亏进去了！"那神情又像庆幸又像羡慕。我当时听了很不受用，心想你倒进去试试！但渐渐地也就释躁矜平，承认了这个欲哭无泪的事实。

十年一觉，噩梦总算结束了。像四十年前一样，我们又一度为振兴中华的美好希望所陶醉。国容在"四人帮"治下已被迫从工作岗位撤退，腿部致残，失去行动自由，但并没有损伤她对生活的勇气与信心。繁琐的家务并没有束缚她的身心手足，兴致勃勃地拿起笔，翻译了根据格林童话《灰姑娘》改编的英国影片《水晶鞋与玫瑰花》的文学本，美国当代哲学家马修斯的名著《哲学与幼童》。在"文革"爆发前，她已在病中翻译出版了好莱坞《二十部最佳电影剧本》中的《史密斯先生到华盛顿》。她的教学生涯结束了，但没有忘情教育。她翻译的作品内容，都和教育理想有血缘关系。

"事如春梦了无痕"，过去的阴影并没有破坏我们暮年的恬静心境，因为我们没有把这种惨痛的经历当作个人恩怨。但对大是大非，我们不能因年考而无所容心，因为我们热爱自己的祖国和人民。

列宁说："忘记过去，就意味着背叛。"这句话被反复引用得老掉了牙，现在已经不大有人提了。但忘记历史，掩盖历史，终将受历史的惩罚。

一九九一年五月二十一日

（原刊于《收获》1991 年第 4 期）

回看血泪相和流

云与火的景象

——我所理解的巴金

李 辉

　　每次和冰心老人闲谈之后，我都会带回一些轻松而有趣的话题与友人分享。我很佩服老人的睿智幽默，几乎每一次她都会随意之间挥洒出一两句让你觉得够得上列入"警句格言"的话来。而且在仔细琢磨之后更会感到，这样的表述，大概只有由她这样身份这样高寿这样性情的人说出来，才能具备它的幽默愉快的意味。

　　譬如有一次我和萧乾先生、洁若老师一道去看她，谈到她正在写作的"关于男人"系列文章。她指指萧乾对我说："他们我都要写的，你不知道，他们可都是我的财源。"她没有笑，我们大家却自然感到一种诙谐而笑了。还有好几次，不管是我还是别人问到她的近况，她总是平静地说："我是坐以待 bì。"和她不太熟悉的来访者，起始以为老人是谈到命运，便会得体地安慰她几句。其实，对死亡看得透彻的她，是借用"毙"的谐音，表述的本意是"坐以待币"，是说她每日坐在那里等待着稿费的来临。

这样的谈话，自然让人感到老人的淡然、豁达、有趣。

但是，有一次她谈到巴金的一句话，却使我在当时乃至以后的好长一段时间里，久久感到语词背后的复杂和沉重。她对我说："我写信告诉巴金，你干吗那么忧郁。我看他痛苦的时候也就是快乐的时候。"

忧郁。痛苦。……对于冰心，这些表述该如何界定，是否准确，并不重要，因为那是在经历几十年的人生风雨之后她对巴金性格的一种感悟。它深深触动我，则是在于这句平淡却又耐人寻味的话，竟和我对巴金的印象相吻合。于是，在我还未动手写作这篇印象素描之前，首先闯入我的思绪的不是巴金本人，而是冰心，而是这两个有分量、难把握的词汇：忧郁，痛苦。

在我所熟悉的老人中，除了巴金，我大概都能在记忆中轻易地勾画出一个两个轻松的画面，一个两个轻松的话题。冰心自不必说。萧乾谈到羊羔谈到猫谈到乌龟以及花，可以抖出一串有趣的故事。沈从文在患半身不遂之后练习走路时，会因为在房间是否该多走一圈少走一圈而像小孩般斤斤计较，或者在听家乡戏时一边笑一边落泪。他们身上，或多或少都会有一些幽默。那是一阵清风，几缕活泼跳动的阳光，或几声清脆悦耳的鸟鸣。

巴金则不然。与他同时代的友人谈到他时，几乎无一例外地说他常常是沉默着坐在众人之间，听别人侃侃而谈，只是在回答别人的问题时，他可以一口气讲许多话，但话一讲完，便又归于沉默。在未见过他之前，我便是首先根据这样一些文字，来设想与人谈话时巴金的模样。十年前，还在复旦大学念书的时候，我和陈思和第一次走进他的客厅，坐在他的面前，谈了一些有关他的研究方面的话题。那天，有没有阳光从窗外飘洒进来，有没有落叶铺在庭院，我已经记不确切了。只记得我是带着敬意带着紧张走进他的会客厅，老老实实提问，然后仔仔细细地记录。他呢，似乎也是老老实实地回答，没有临场发挥，没有妙语连珠，如此而已，虽然那时他的身体远比现在要好。我顾不上捕捉当时的感觉，只是留下这样一个淡淡的印象：他并非言语不多，但绝不是那种很会谈话的人。他的表情一点儿也不丰富，甚至可以说显得过于严肃，也许这是因为他面对的是几个陌生人，他得集中思路向提问者解答与他有关的历史或现实的一个个或大或小的问题。

后来见到他、同他交谈的机会多了，每一次过后，我都觉得仿佛对他的理解又加深了一些，虽然实际上并非如此。但可以肯定的是，我对他的印象更深切了。我发现，虽然时而他也会开心地一笑，但总体来说他的严肃是一贯的，不管是讲话还是静静地坐在那里，沉思好像是他的表情的主要色调。那些年，正是他一篇篇发表《随想录》的时候，作品中所表露出来的对自己灵魂的拷问，带着浓重的挥之难去的忧郁。每当读到那些文字时，我总要假设地去体会体会他内心的痛苦。这些从文字中感受出来的忧郁和痛苦，当坐在他面前时，我觉得完全可以从他的表情、他的声调，甚至目光那里得到印证。在他的客厅里，我见过一尊他的雕塑头像，从那上面我感觉到有一种痛苦沉思的美。我认为那尊头像捕捉住了巴金的精神形象的特征。一九八二年，思和与我合作写的《巴金论稿》交人民文学出版社出版时，我请丁聪先生为封面画过一幅巴金的肖像画，在丁聪的笔下，巴金也是一种痛苦地沉思的神情，我以为它也准确地突出了我所理解的巴金的特点。

我的印象中，就表情的严肃和凝重而言，唯一和巴金有所相似的是胡风。一些年过去了，胡风的影子在我的脑子里依然清晰，我和他散步谈话时的一个个场景也依然清晰，但他那时的生命中同样决然没有清风或鸟鸣。他总是严肃着，满脸凝重和倦容，似在思考，又有些像是茫然。如果不是回答问题，他几乎总是保持着沉默。我想，那是因为他是一个理论家，一个痛苦的思想者，受了太多的灵与肉的折磨。几近垮掉的身体和神经，已经使他来不及也不可能对历史对人生做深刻的思索了。

巴金应该说是幸运的。他赶上了改革开放、思想解放的时代，他能够思考历史和人生，能够把一段段业已遥远的流逝的岁月重新铺开在记忆中，用他那经历过文革的精神磨难而变得成熟的目光来加以审视，来无情反思，从而在他的创作生涯中又矗立起一座令世人仰视的高峰——《随想录》。有时候我会想，如果没有《随想录》，后人该会怎样评说巴金？有一点大概可以设想，那时人们心目中的巴金，绝不会是现在我印象中的这一个巴金。《家》和《寒夜》等固然重要，可以在文学史上光彩夺目，但是，若没有《随想录》，那该是多么令人遗憾的一个残缺的"巴金"！以我的理解，只是因为有了《随想录》，巴金才完成了他的人生追求，一个丰富而独特的人格才最后以这种方式得以定型，并且与他早年希望成为思想家、社会活动家而做出的那些未能实现的努力，无意有意之中形成一个完美的连接。他影响读者影响社会的，不再仅仅限于文学人物或委婉动人的故事或强烈的感情共鸣，《随想录》的存在，以它的思想性社会性历史性而早已超出了文学本身的意义。

一次，我收到他寄来的《随想录》，现在我仍能记得当时的心情。看着他的签名，我想象千里之外的他如何颤巍巍地拿着钢笔的样子。那一瞬间，我的思绪飞得很远。这样虚弱的老人，这样发颤的手，却写出了几乎可以令许多人汗颜的巨作。我很珍爱地一页页翻开它，感到跳跃在字里行间的形象，不是一位老人，而是当年那个对生活对社会对理想充满热情的年轻的李芾甘。是的，他没有老，他对祖国对人民的爱依然那么强烈，他的思想依然年轻依然充满活力。这时，我更多的是将他视为一个思想者，而不仅仅是一个文学家。

然而，他毕竟是一个感情极其丰富极其敏感的人，这种丰富和敏感，决定了他不可能具备类似于大多数思想家所具有的那种必不可少的冷静甚至超然于外的态度。更何况他有那么多的忧郁，那么多的痛苦。

忧郁和痛苦，巴金给我们带来多少话题。

按照我的理解，忧郁和痛苦应该属于两种不同范畴的概念。前者是性格的，后者是精神的。前者受先天遗传童年环境等诸多因素的影响，后者则更多的是因抽象与形象、理想与现实、接受与摈弃之间种种矛盾的碰撞而产生。或者说，忧郁是可以从文字从表情上看出来，痛苦则需

云与火的景象——我所理解的巴金

要从它们的深处感觉到认识到。一个形而下，一个形而上。但是二者又是紧紧糅在一起，密不可分。没有忧郁的性格，对生活的思考也许就不会有那么多的痛苦；没有精神矛盾的折磨，性格也许就少去许多忧郁的阴影。对于巴金，这两者恰恰构成了他的文学生命的核心，构成了他的情感、思想的基调。

我愿意作出这样的比喻：忧郁和痛苦，是云，是火。在巴金漫长的一生中，云或火从未消失过，哪怕有时它们似乎失去了踪影。

云，永远飘动着，在他的灵魂上投下浓重的影子，使他的作品中总是一方面对未来充满信心，另一方面又流露出感伤、忧虑、惶惑。云的形状随着时间消长而变幻，他的心境也随之变化。但是，如果忧郁和痛苦对于巴金只是云，那么，他留给我们的可能只是愁，是怨，是言情小说一类的感叹。

忧郁和痛苦也是火。这是永远燃烧于他的灵魂之中的火。过去人们（包括我自己）常常谈到热情是巴金心中不灭的火，有热情，才有巴金的创作，才有巴金的风格。我现在觉得，这种表述未必准确，或者说，可能只是一种着眼于外在形态的概括。不错，热情是一团火，巴金自己也一再强调他在创作时，心中总是充满着激情，而且有的作品，完全是受某时某事激发出来的热情而创作的。但是，热情这把火的燃料是什么？或者说他的热情不同于他人的热情的原因是什么？这就是他的忧郁，他的痛苦。他的热情往往因忧郁和痛苦的相拥抱而产生，而发泄。热情的形态，本来就应该是千姿百态。忧郁和痛苦，未必一定是消沉冷寂，在巴金那里，恰恰形成他胸中炽烈的情感。正是这由忧郁和痛苦形成的火，使他注定不可能按照少年立下的意愿去成为理论家思想家，而是不得不受它们的驱使，将思想、将心中的矛盾、将生活赐予的一切转换成文学的样式。

巴金性格中的忧郁来自何处，父母的遗传？童年环境的影响？走入社会后理想与现实发生矛盾的折磨？他本人并没有清晰地叙述过；另外，根据我的看法，一个作家对自己往事的回忆或性格的解剖，有时不一定准确，不一定完整。性格，与生活中呈现出的丰富多彩一样，会有许许多多的话题。在我看来，过早地失去父爱母爱，应该是巴金的忧郁产生的主要原因。年幼的他，生活在那样一个充满矛盾的旧式大家庭里，种种不期而至的感觉，如孤独、寂寞、恐惧等等，会一日日一夜夜侵袭他的心灵，走进他的梦。这种心境，这样的环境，自然会给一个开始形成的性格，蒙上了阴影。

我见过一些巴金早年的照片，特别是有两幅他和大哥尧枚和三哥尧林的合影，给我的印象最为深刻。两张照片拍摄的时间一是一九二五年，一是一九二九年，从照片上看，他们弟兄三个的目光给我的感觉都是忧郁的，他们的表情一点儿也没有年轻人的朝气。他们似是都在思考着什么。从巴金的回忆文章中，我们也能得知他的大哥和三哥的性格，和他有相似的地方。这更证明了父爱母爱的过早失去，对他们忧郁性格的影响。我不止一次地凝望过这两幅照片，写这篇文章时，我又一次将它们放在了我的面前。

巴金也曾经有过没有忧郁没有痛苦的时候。五四运动在四川掀起浪潮之后，十五六岁的他，接受了无政府主义的信仰。他走上街头撒传单，坐进阁楼编杂志，或者参加集会。孤独寂寞消融在年轻人的友爱之中，忧郁也被参与政治参与社会的急切愿望和热情所代替。用他自己的话说："我随处散发我的热情，我没有矛盾，没有痛苦。"（《片段的记录》）

没有矛盾，没有痛苦，假如真能永远如此，该是多么美好的梦！忧郁也好，痛苦也好，是不该属于一个刚刚走进社会的对信仰对未来充满浪漫情感的年轻人。可是，在我看来，没有了忧郁，没有了痛苦，一颗透明的心，一种单纯的感情，又怎能去感受丰富复杂的现实呢？

巴金后来未能像早年那样继续全身心投入政治活动，而是转而走上了文学之路。于是，他为此感到痛苦，于是，他几乎无休止地自责。自创作第一部小说《灭亡》起，他就陷入极度矛盾的痛苦之中。理想与现实、爱与恨、思想与行为、理智与感情，等等，一对对冲突折磨着他的灵魂，他又将它们化为文学形象。他自责，抱怨，他把当一个文学家视为自己人生的一大失败。他甚至将这一切归于他的忧郁性格。一九三三年他便说过这样的话：

"我的一生也许就是一个悲剧，但这是由性格上来的（我自小就带了忧郁性），我的性格毁坏了我一生的幸福，使我在苦痛中得到满足。有人说过革命者是生来寻求痛苦的人。我不配做一个革命者，但我却做了一个寻求痛苦的人。我的孤独，我的黑暗，我的恐怖都是我自己找寻来的。对于这我不能有什么抱怨。"（《新年试笔》）

每次见到巴金，我都会想起他对自己的这种自责，我真想直截了当地对他说："你错了。你的忧郁性，你的性格并没有毁坏你的幸福。"我觉得，他自己可能没有清醒地意识到，这种性格这种痛苦对他本人、对中国文学和社会意味着什么。他也没有自觉地去比较，这种痛苦与早年那种热情、单纯、幸福，哪一种更有意义。我看正是有了这种精神上的痛苦，他的小说，他的文字，才会那样深深打动读者的心。因为生活中，人们原本就有着各种各样精神上的痛苦。读《爱情三部曲》，读《家》，读《随想录》，不同时代的读者，都会从中找到感情的、思想的共鸣。如果说一个人的幸福不只限于个体，而是应将之置放于更为广泛的范围来理解，那么对于巴金，有那么多的人能从他的作品中得到启迪，得到安慰，也包括得到美的享受，并且因这些文字，人们而敬仰他的人格，这不就是真正的幸福吗？他没有实现成为理论家政治家的愿望，但却完成了一个文学家、一个思想者的跋涉，通过由忧郁和痛苦而升华的思想情感，获得了一种他未能预料到的、永恒的精神幸福。冰心所说的"他痛苦的时候也就是快乐的时候"，是否就是我所理解的这种含意呢？我没有问过她，但想必有相通之处。

不过，我自己也时常陷入一种理性和感情的矛盾。从理性上说，我信服上面那些我对巴金的幸福的表述。可是，当坐在巴金面前看着他苍老的面孔时，我又深深同情起这位老人。我不由发出这样的感慨：他活得太累，太不潇洒，太不超然。

从年龄来说，"文革"之后他本可以早早将忧郁和痛苦忘掉，对历史和现实的思考，完全可以由别人来做。他也不必做那么多的噩梦，在梦中、在梦醒后揪住自己的灵魂询问，做那么多忏悔和解剖。小小文坛有多少丑的恶的卑鄙的无聊的人与事在人们眼前表演过，人们怎么会去在乎他这个并没有失去善良和正直的老人，曾经有过的那些小小过失。他那种身体，那种在"文革"中失去妻子之后的心境，本该让清风、阳光、鸟鸣来慰藉，安度一个平稳轻松的晚年，何必再让许许多多的从未间断过的误解和歪曲来折磨他的心灵。可是，性格就是这样顽固，它使巴金不能不在忧郁和痛苦的驱使下，重又走文学的路，思想的路。有这样的性格，有这样的思想，他只能活得如此之累。

我最近一次到上海，是在一九九一年的十月。北方已是深秋，每天早上起床走到窗前，都能看到一夜间地上又洒满了落叶。上海还没有这种萧瑟，巴金的庭院里，小草依然青青，阳光照在身上，尚觉得有些暖融融的。在上海的那些天里，虽然见到他好几次，但基本上没有像过去那样采访他，与他长谈。在见到他之前，我刚刚读过他写给在四川举行的巴金国际学术研讨会的一封信。在这封信中，他又一次强调说真话。他这样说：

"我不是文学家，也不懂艺术，我写作不是我有才华，而是我有感情，对我的祖国和同胞我有无限的爱，我用我的作品来表达我的感情。我提倡讲真话，并非自我吹嘘我在传播真理。正相反，我想说明过去我也讲过假话欺骗读者，欠下还不清的债。我讲的只是我自己相信的，我要是发现错误，可以改正。我不坚持错误，骗人骗己。所以我说：'把心交给读者'。读者是最好的评判员，也可以说没有读者就没有我。因为病，以后我很难发表作品了，但是我不甘心沉默。我最后还是要用行动来证明所写的和我所说的到底是真是假，说明我自己究竟是一个怎样的人。一句话，我要用行动来补写我用笔没有写出的一切。"

我感动了。从字里行间，我又一次感受到他的人格的力量。我惊讶面前如此衰惫的老人，瘦小的身躯里却依然有着如此令人钦佩的活力。他没有停止思索。从而我相信，他的思考与他的生命同在。

　　谈话中，我向他提到了这封信，这时他只缓慢地说了这么一句话："人总得说真话。"

　　简单到极点朴素到极点的一句话，但对于巴金，他是在用全身心拥抱它。它的所有内涵，已经包容在他的全部思想全部情感之中了。

　　如果把这句话看作一个世界，我看到了那片云，看到了那团火。我知道，这个世界也是巴金的忧郁和痛苦所升华出来的。看到了这样的人生风景，我感到充实，我感到满足。于是，我把云与火构成的景象，我把我所敬重的老人的这句话，一并装进了我的记忆我的思想中：

　　"人总得说真话"。

一九九一年十月二十日
写于三十五岁生日之际，北京

（原刊于《收获》1992 年第 1 期）

生命的执着

严 平

这个冬天，沙汀老人终于回四川去了。

在北京的这些年，他总惦念着四川。他深深眷恋那个生他养他、他为之献出了青春和心血的地方。虽然他也常得空便回四川住上一阵子，可返回北京后他依然惦念着那里。近几年，随着身体愈发衰老，他就愈发多地说起四川，总说人老了叶落归根嘛。终于，他决定把行政关系转到四川，彻底地返回家乡去。可是没想到他的回乡计划却因种种原因拖延了下来。老人只得耐心地等待着。最后问题总算妥善解决了，沙老的愿望这才得以实现。

沙老离开北京之前，我陪社科院文学所的几位领导去看他。走进他的小屋，他正默默地坐在他习惯坐的沙发椅上。我走到他面前，弯腰望着他，他脸上的每一条皱纹都展现在我面前，可是他毫无动静——他已经看不见也听不见了！我忽然不知道说什么好，心里一阵怅然。

　　第一次见到沙老是在一九七八年。那一年他被任命为文学所所长，和陈荒煤、吴伯箫、许觉民等一起调到文学所。当时我只是一个刚到所不久的小青年，在他们和全所工作人员的见面大会上，我拖了把椅子坐在门外，后来又被人硬推进挤满了人的会议室。这样我第一次见到这位大名鼎鼎的作家。他讲了些什么现在我已经记不清了，只记得他人又瘦又小，眼睛挺有神，走进会场时腰挺得笔直，步子敏捷，话虽不多但很热情。和身材较胖，脸色有些阴郁，说话声音也很低的荒煤同志正好形成了一个鲜明的对比。

　　以后我做了秘书，和他接触的机会就多了起来。一开始他给我的印象就是一个事事都很认真的人。那时，除了开会，他不常到所里来，有事情多是写信。他的字像他的人，很小很工整，也很有力，听他说是在一个老师的指导下，用铁笔在沙盘上练出来的。他总是用一张很小的纸，工工整整地把事情写在上面，然后用一个旧信封封好，让人带给我。每每，我捏着那只有二指宽的小纸条，仔细地辨认着那些蝇头小楷时，便觉得这老头儿实在有些好笑。在繁杂的公文信件往来之中，我真担心那小纸条会丢失了。所以，凡是该送给他的公文、信件等，我照例用公家的大信封、信纸，封好送给他。终于有一天，我收到他写给我的信，内容是正式告诉我，给他送公文、杂志等不要再用新的信封，写信也用不着那么大的纸，利用些废信封、小纸条就可以了。并让我通知所里别的部门。尽管心里有些不以为然，但我还是照他的意思去办了，并在以后很长的一段时间里，都是坚持这么做的。我想这大概是他在艰苦的战争年代，在四川东躲西藏的日子里，养成的习惯吧。

　　那些年，文艺界非常活跃，各种各样的会很多，但他却很少参加。他似乎不大喜欢开会、讲话，也不大喜欢参加各种活动，一门心思都在自己的创作上。坐了八年牛棚、年届七十高龄的他，老是觉得时间不多了，一心想要在有生之年再写几部小说。他见荒煤同志开会多，又被日常行政事务缠身，总为他惋惜，常抓着他的手说："老兄哟，你还是要多写些东西哟！"接着便津津有味地说起他自己的创作计划，说起他的家乡，说睢水关、那个给了他太深太深印象的地方，说得荒煤同志也和他一起兴奋起来，也嚷嚷说要写小说了。

常听一些老作家叹息：人老了，写散文、回忆录容易，写小说特别是中长篇小说却总觉力不从心了。可沙老却从不顾及这些，他坚信现在写的一定比过去的好。每次去他家，总看见他坐在那张普普通通的书桌前，胳膊上套着一副旧套袖，在全神贯注地写作。有时候我不忍心打扰他，就悄悄地坐在一边，看着他沉浸在自己的小说世界里。后来，他的《青枫坡》出版了。记得他签名送给我书时，高兴得像个孩子一样。又后来，《木鱼山》也写成了。可是没想到，发表后却遭到了冷遇。那时候，一大批青年作家正在兴起，文坛出现了各种流派和新潮，一些人对这类农村题材的作品早已不感兴趣。为此，沙老感到不解和伤心。我以为他会就此歇笔了。但他只沉默了很短的一段时间，就又开始写作他的第三部中篇《红石滩》。《红石滩》是他八十岁上的最后一部作品，这一次的创作几乎倾注了他的全部心血。他索性把行政关系从文学所转到中国作协，关起门来一心专事写作。小说发表后，他又反复修改了三百多处，才出版成书。对于他晚年创作的这三部小说他是非常喜欢的。一次，他告诉我，师陀去世前曾写信给他说：看你的样子像个烟鬼一样，你还能写出《红石滩》这样的艺术珍品来。"是艺术珍品哟！"他欣喜地强调，然后又压低了嗓门："不过这些话你不要说出去呀，他还说我像个烟鬼……"说着，他"呵呵"地笑了。有时候他也笑自己是"有点自我欣赏"，虽然这么说，他还是要欣赏。我知道，不论外界怎样评论，在他心目中，这三部作品的地位，显然高于他的其他在文学史上有着显著地位的作品的。因为他从一开始就坚信自己能写，并且能写好。他是用生命的最后火焰在燃烧、在追求的。我想，凡是了解他，看到他在晚年是如何呕心沥血创作的人，都能理解这一点。

时光一点点地流逝，沙老的身体也越来越衰弱了。他总被各种各样的病所纠缠。加上南北方地域环境的差异，给他带来很多烦恼。对于衰老和疾病，他是既恼火又有些不服气。刚到文学所时，他住在东单干面

生命的执着

胡同四层楼的一套房子里，上下楼一次连我也要喘上一阵，可他却把爬楼作为一个锻炼的机会，常常在完成了一天的写作之后，就从楼上下来散步。他下楼很快，出了楼门走得更快。有几次我跟在后面，他竟然很快就把我给甩掉了。过后，他会很得意地笑着，说他的身体还是很不错的。后来，他的病多起来了。常住院，也常因为北方的不适回南方，又因为南方的不适回北方，而疾病始终像个老朋友似的紧紧地跟随着他。有时他非常烦躁，像个孩子似的发脾气，叫嚷："不行喽，要翘辫子喽！"但有时又似乎一副无所谓的样子："管它，反正××不也是这样，不也挺好！"初住木樨地时，他依然坚持散步，出了电梯腰杆照样挺得笔直，照样走得飞快。有一次他竟然一个人走到小河边，结果不慎摔了一大跤，被一个好心人扶起来送回家，也没有什么事。再后来，他就越来越弱，越来越瘦，瘦得全身只剩下一些骨头，瘦得让人碰上去都会吓一跳。有时你会觉得他简直就像是一片随时都可能被风吹落的树叶。可他却依然那么顽强地支撑着，迎风站立着。

不料，他的眼睛在突发的青光眼病中也失明了。本来耳朵就听不清，现在又失去了眼睛，这对一个虽然年事已高但仍充满活力、仍在执着地追求的人，对一个热爱创作、将其视为自己第二生命的人来说，会是一种怎样的打击！我不敢想象。一天，我陪荒煤同志去看他。走进他那间小屋，他正一个人坐着，傍晚的夕阳照在他的脸上，他睁着眼睛呆呆地面对着寂静的空间。在他面前的那张书桌上，已经没有了那些摞起来的书，摊着的纸，甚至没有了茶杯、笔……什么都没有，那是一张为了防止一个失明的人打翻东西而什么都不放的空桌子。我伸手去扶他，他机敏地问："哪个——？"我大声地报出姓名，他没听清。我又喊了一遍，他才露出些笑容，"噢，是你这个女子……"笑容里带着无奈。我不知道最初他是如何承受这个沉重的打击的。听沙老的儿子刚宜说，刚刚失明时他非常烦恼、不习惯，但后来还是挺过来了，并且在千方百计地学习使用录音机和做些生活上的琐事。那天，一听见荒煤同志的声音他就很恼火地说："你看看！我这里成了什么？又是马桶间，又是睡房，就不是写作间!"说着无可奈何地摇摇头,本来话就不多的荒煤同志一时竟找不到话来安慰他。或许,他知道任什么话都是安慰不了这位兄长般的老友的。倒是沙老自己又主动地和荒煤同志谈了起来。这一番谈话与其说是谈不如说是喊,他们两人都聋,互相大声地喊来喊去,我夹在中间再帮他们喊一遍,顿时屋子里喊声一片,还夹杂着笑声,听起来真是让人又高兴又心酸。那一天他讲了不少话,而且越说越兴奋。说到有一篇文章至今找不到他非常着急;说到他还想写写周扬,他说在现在还活着的人里面,他和周扬的交往算最深的了,他想写,许许多多的事都应该写。说起这些,他就显得很不平静。我发现,他虽然眼睛失明了,但脑子依然和过去一样机敏,记忆力也没有衰退,而且还和过去一样事事认真。谈着话,他会大声喊家里人:"倒茶——"过一会儿,他又会突然停止谈话问:"喝茶了没有?!"我赶紧说:"在喝!在喝!"他才松一口气,继续谈话。和过去一样,他还惦念着许多小事,这次他又问我:"你这个女子,写了小说怎么也不给我看!"我解释,我实在为自己的那些幼稚文字感到不好意思,待我写得好一些,我一定会送给他看的。他先是点点头,立即又摇摇头自语道:"噢,我现在也看不见了。"我们都沉默了。在那一刻,我实实在在地为自己的疏懒、不刻苦,以及过去种种的自我开脱而感到愧疚。他坐着,渐渐地被伤感所包围了,他叹了口气说:"清明节快到了,我很想去八宝山看看周扬、苏灵扬,但是我的眼睛……"他的声音哽咽了。他的虽然看不见却依然睁得大大的眼睛里闪出了泪光,慢慢地溢了出来。我看见荒煤同志的眼睛也湿润了……沙老好像并不愿意让我们过多地被他的情绪所感染,他又说了起来,他说他的眼睛虽然看不见了,但是有录音机还一样可以工作,他的腰还很直,腿也还有劲,不让人搀扶还能走十几步呢……我们告辞时,他坚持要送,荒煤同志坚决不肯,两人僵持不下,最后还是由我把他扶进小屋里坐下,我走到门口听见他在背后高声喊:"代我问大家好!"我转过身,看见他又一个人留在了寂寞的空间里,天已经黑了,他孤独地被黑暗包裹着。我心里一阵酸楚,很想在那黑暗中陪他再待一会儿,但是我的理智提醒我,那是没有用的，这黑暗终归要由他自己一个人来对付。

　　沙老行期一定，许多人都来看他。他显得很累，也很不平静。

　　那些日子，我曾几次去看望他，每次去都见他或是坐在沙发椅上沉思，或是面对录音机侃侃而谈，虽然多讲一会儿话就使他声音嘶哑倍加疲劳，但他坚持每天录一些，终于完成了几篇文章，并且把对三十年代"左联"的回忆都录了下来。他仍然坚持锻炼身体。有时，他并不知道我来了或是走了，我坐在一旁和刚宜讲话，看他在护士的帮助下练习走路。他不让人搀扶，也不拄任何拐杖之类的东西，依然腰杆挺得笔直，两腿有劲地迈动着，两只手一前一后地摆动，那认真的样子就像小学生走在马路上似的。他可以什么都不碰地穿过客厅，走到房间的另一头，然后便站在那里一丝不苟地做他自己编的操。有时我们也谈话，我坐在离他很近的地方，听他回忆过去，说现在。他说他在四川有好几个儿女，他们已经帮他找到了专治眼病的医生，据说还有希望治好他的眼睛呢！"真希望有那么一天呵——"听到老人发自内心深处的叹息，我也顾不上细想，只连连安慰他说："能治好！能治好！"老人听了高兴地笑了。他惦念的事情太多了，他想着他的"左联"回忆录，打算整理出来后让荒煤同志帮他看看；他计划着再写些传记、回忆，写与他同甘共苦的老友，写在四川历史上有过卓越功绩的人；他也惦着即将召开的祝贺他创作六十周年的作品研讨会，他并不希望开得多么隆重，只希望有些了解他的人能去；他更多想的还是要再写小说……每当说起小说，他的脸上就充满了柔情，像母亲在谈论自己的孩子一样的兴奋、自豪。

　　一次，谈话中我问他："说说看，你是一位革命者还是一位艺术家？"他立刻回答我："我是一个革命的艺术家。"我有些不满意这个回答，开玩笑说："这个说法似乎有些过时了。"他听清后大声反驳道："不管别人怎么说，我就是这样！"说完，就不吭声了。他坐得很直，两眼向着前方，穿过黑暗不知他都看见了些什么？我离他很近很近地望着他，我觉得我似乎是想寻找一个答案，一个我认为更真实更确切更能接受的答案。在我的印象里他是一个充满了情趣和人情味的作家，很少讲大道理，更少讲官话。那次文学所的几位同志来和他告别，当一位领导郑重地提出请他对文学研究事业提些宝贵意见时，他立即大声地说："不敢！不敢！"停了一会儿，当大家都在等待听他的意见时，他忽然兴致勃勃地说："哎哟，前几天某某来看我，他竟生了六个孩子，咋个整！"说得一屋子的人都大笑起来。……然而我也记得他总是在认真地提醒我，让我不要忘记他是一个革命的艺术家，他是用小说这个武器为革命服务的。不知为什么，我对他的回答却总不能满足，我总觉得那是一层外壳，我总想探寻那外壳里面的东西，但几乎每一次我都只能更加强烈地感受到他那种不可动摇的使命感。艺术和责任是那么牢牢地扭结在一起支撑着他的整个生命——这确是不容置疑的事实。

当一个人在接近生命的终点时，仍能拥有充分的自信，是一件多么值得庆幸的事。沙老有。他守着这份自信，正是这自信支持着他去对付以后漫漫的黑夜……我不知道自己是否找到了答案，我仍然想探寻。在思索中我觉得有时离他很近、很近，有时又离他很远。也许，那答案本身就是个谜。

沙老终于返回四川了。

他是带着新的希望走的，尽管在别人看来那希望多么小，但他仍然希望着，不止一个人叹服他对生命的执着。

我也在希望，希望不久能去四川看他，希望自己能写出点像样的文字送给他看，更希望能看到他的新的小说……

一九九一年冬

（原刊于《收获》1992 年第 2 期）

关于死的反思
——兼为之唱一赞歌

萧　乾

　　死对我并不陌生。还在三四岁上，我就见过两次死人：一回是我三叔，另一回是我那位卖烤白薯的舅舅。印象中，三叔是坐在一张凳子上咽的气。他的头好像剃得精光，歪倚在婶婶胸前。婶婶一边摆弄他的头，一边颤声地责问："你就这么狠心把我们娘儿几个丢下啦！"接着，那脑袋就耷拉下来了。后来，每逢走过剃头挑子，见到有人坐在那里剃头，我就总想起三叔。舅舅死得可没那么痛快。记得他是双脚先肿的。舅母泪汪汪地对我妈说："男怕穿靴，女怕戴帽。我看他是没救了。"果然，没几天他就蹬了腿儿。

　　真正感到死亡的沉痛，是当我失去自己妈妈的那个黄昏。那天恰好是我生平第一次挣钱——地毯房发工资。正如我在《落日》①中所描绘的，那天一大早上工时，我就有了不祥的预感。妈一宿浑身烧得滚烫，目光呆滞，已经不大能言声儿了。白天干活我老发怔。发工资时，洋老板刚好把我那份给忘了。我好费了一番周折才拿到那一块五毛钱。我一口气就跑到北新桥头，胡乱给她买了一蒲包干鲜果品。赶回去时，她已经双眼紧闭，神志迷糊，在那里捯气儿哪。我硬往她嘴里灌了点荔枝汁子。她是含着我挣来的一牙苹果断的气。

登时我就像从万丈悬崖跌下。入殓时，有人把我抱到一只小凳子上，我喊了她最后一声"妈"——亲友们还一再叮嘱我可不能把泪滴在她身上。在墓地上，又是我往坟坑里抓的第一把土。离开墓地，我频频回首：她就已经成为一个尖尖的土堆了。从那以后，我就开始孤身在茫茫人海中漂浮。

我的青年时期大部分是在战争中度过的，死人还是见了不少。"八·一三"事变时，上海大世界和先施公司后身掉了两次炸弹，我都恰好在旁边。我命硬，没给炸着。可我亲眼看到一辆辆大卡车把血淋淋的尸体拉走。伦敦的大轰炸就更不用说了。

死究竟是咋回事？咱们这个民族讲求实际，不喜欢在没有边际的事上去费脑筋。"未知生焉知死！"十分干脆。英国早期诗人约翰·邓恩曾说："人之一生是从一种死亡过渡到另一种死亡。"这倒有点像庄子的"生也死之徒，死也生之始"，都把生死看作连环套。

文学作品中，死亡往往是同恐怖联系在一起的。它不是深渊，就是幽谷。但丁的《神曲》与密尔顿的《失乐园》中的地狱同样吓人。英国作家中，还是哲人培根来得健康。他认为死亡并不比碰伤个指头更为痛苦，而且人类许多感情都足以压倒或战胜死亡。"仇隙压倒死亡，爱情蔑视死亡，荣誉感使人献身，巨大的哀痛使人扑向死亡。"他蔑视那些还没死就老在心里嘀咕死亡的人，认为那是软弱怯懦，并引用朱维诺的话说，死亡是大自然赐给人类的恩惠之一，它同生命一样，都是自然的产物。

---

① 《落日》，上海良友图书公司 1937 年版。

"人生最美的挽歌莫过于当你在一种有价值的事业中度过了一生。"这与司马迁的泰山与鹅毛倒有些异曲同工之妙。

死亡，甚至死的念头，一向离我很远。第一次想到死是在一九三〇年的夏天。其实，那也只在脑际闪了一下。那是当《梦之谷》中的"盈"失踪之后，我孤身一人坐了六天六夜的海船，经上海、塘沽回到北京的那次。那六天我不停地在甲板上徘徊，海浪朝我不断龇着白牙。作为统舱客，夜晚我就睡在甲板上。我确实冒出过纵身跳下去的念头。挽住我的可并不是什么崇高的理想。我只是想，妈妈自己出去佣工把我拉扯这么大，我轻生可对不起她。我又是个独子，这就仿佛非同一般。其实，归根结底，还是我对生命有着执着的爱，那远远超出死亡对我的诱惑。

只有在一九六六年的仲夏，死才第一次对我显得比生更为美丽，因为那样我就可以逃脱无缘无故的侮辱与折磨。坐在牛棚里，有一阵子我成天都在琢磨着各种死法。我还总想死个周全，妥善，不能拖泥带水。首先就是不能牵累家人。为此，我打了多少遍腹稿，才写出那几百字无懈可击的遗嘱。我还要确保死就死个干脆，绝不可没死成反而落个残疾。我甚至还想死个舒服。所以最初我想投河自尽：两口水咽下去，就人事不省了。那天下午我骑车到自己熟稔的青年湖去，可那里满是戴红箍的。我也曾想从五层楼往下跳，并且还勘察过——下面倒是洋灰地，但我仍然不放心。所以那晚我终于采取了双重保险的死法：先吞下一整瓶安眠药，再去触电。我怕家人因救我而触电，所以还特意搬出孩子们写作业的小黑板，用粉笔写上"有电!"两个大字，我害怕临时对自己下不去手，就先灌下半瓶二锅头才吞安眠药的。没等我扎到水缸里去触电，就倒下失掉了知觉。

我真有一副结实的胃!也谢谢隆福医院那位大夫。十二个小时以后，我又坐在出版社食堂里啃起馒头了。对于又重返人世，我感到庆幸，尽管周围的恐怖气氛没有什么改变。我太热爱生活了，那次自尽是最大的失误。我远远地朝着饭厅另一端也在监视之下、可望而不可及的洁若发誓：我再也不寻死了。

从一九六六年至今，又快三十年了。我越活越欢实，尤其当我记起自己这条命——这段辰光，真正是白白捡来的。当年，隆福医院大夫蛮可以不收我这个"阶级敌人"，勒令那辆平板三轮把我拉走了事。那时，这样做还最合乎立场鲜明的标准。即便勉强收下，也尽可以马马虎虎，敷衍了事。没有人会为一个"阶级敌人"给自己找麻烦。然而那位正直的大夫却收下了我。当然，他（她）只好在我的病历上写下了"右派畏罪自杀"几个字（我是后来看到的）。这是必要的自卫措施。但是他（她）认真地为我洗了胃，洗得干干净净。

人在一场假死之后，对于生与死有了崭新的认识。从此，它使我正确地面对人生了。死，这个终必到来的前景，使我看透了许多，懂得生活中什么是可珍贵的，什么是粪土；什么持久，什么是过眼浮云。我再也不是雾里看花了，死亡使生命对我更成为透明的了。

死亡对我还成为一个巨大的鞭策力量。所以七九年重新获得艺术生命之后，我才对自己发誓要"跑好人生这最后一圈"。"最后"二字就意味着我对待死亡的坦荡胸怀。我清醒地知道剩下的时间不会很长了。我并不把死看作深渊或幽谷。它只不过是运动场上所有跑将必然到达的终点，也即是天下没有不散的筵席。所以在医院里散步每走过太平间，我一点也不胆怯。两次动全身麻醉的大手术，我都是微笑着被推入手术室的。心里想，这回也许是终点，也许还不是。及至开完刀，人又活过来之后，我就继续我的跑程。

我的姿势不一定总是好的，有时还难免会偏离了跑线。然而我就像一匹不停蹄的马，使出吃奶的劲头来跑。三十年代上海有过跑狗场，场上，一个电动的兔子在前头飞驰，狗就在后边追。死亡之于我，就如跑道上的电兔子和追在后边的那只狗。

有人会纳闷我何以在写完《未带地图的旅人》之后，还有兴致又写了文学回忆录。一九五七年大小报纸对我连篇累牍地揭批以及那位顶头上司后来写的《萧乾是个什么人》，对我起了激励作用。我就是要认认真真地交代一下自己。

这十二年，我同洁若真是马不停蹄地爬格子。就连在死亡边缘徘徊的那八个月，肾部插着根橡皮管子，我也没歇手，还是把《培尔·金特》赶译了出来。当时我确实是在跟死亡拚搏，无论如何不愿丢下一部未完成的译稿。是死神促使我奋力把它完成。

我已经好几年没进百货公司了，却热衷于函购药物及医疗器械。我想尽可能延年益寿。每逢出访或去开会，能直直地躺在宾馆大洋瓷澡盆里痛痛快快洗个热水澡，固然是一种有益于健康的享受，我却不愿意为此而搬家，改变目前的平民生活。

我酷爱音乐，但只愿守着陪我多年的双卡半导体，无意添置一套音响设备。奇怪，人一老，对什么用过多年的旧东西都产生了执着的感情。

既然儿女都不急于结婚，我膝下至今没有第三代。但我身边有一簇喊我"萧爷爷"的年轻人。他们不时来看我，我从他们天真无邪的言谈笑声中，照样也得到温馨的快乐。

死亡的必然性还使我心胸豁达，懂得分辨生活中各种事物的性质和分量，因而对身外之物越看越淡。我经常对自己也对家人说，"什么也带不了走！"物质上不论占有多少，荣誉的梯阶不论爬得多高，最终也不过化为一撮骨灰。倒是每听到一支古老而优美的曲子就想：哪怕一生只创作出一宗悦耳、悦目或悦心的什么，能经得起时间的磨损，也不枉此生。在自己的生活位置上尽了力，默默无闻地做了有益于同类的事，撒手归去，也会心安理得。

在跑最后一圈时，死亡这个必将使我与家人永别的前景，还促进了家庭中的和睦。由于习惯或对事物想法的差异，紧密生活在一起的家人有时难免会产生一瞬间的不和谐。遇到这种时刻和场合，最有力的提醒就是"咱们还能再相处几年啦！"任何扣子都能在这一前景下，迎刃而解，谁也不愿说日后会懊悔的话，或做那样的事。

怕死，以为人可以永远不死或者死后还能带走什么，都是彻头彻尾的唯心主义。死亡神通广大，它能促使人奋勇前进，又能看透事物本质。我想来想去，唯一的解释就是：死亡的前景最能使人成为唯物主义者，因而也就无所畏惧了。"人只有一辈子好活。"认识了死，才能活得更清醒，劲头更足，更有目标。

愿与天下老人共勉之。

一九九二年二月五日

（原刊于《收获》1992 年第 3 期）

水底的火焰

丁亚平

　　大河温柔，但却曲曲折折，不屈地向前伸展，终而平坦地溶入到了遥远而空阔的天际之中。当你的目光消失在这浩瀚的水面和广阔的天宇的汇合处时，你的胸中会涌漾着莫名的感激。某些情愫某些思绪，虽然恍惚迷离，捉摸无定，却也颇为微妙颇为强烈让你回想不已。是的，这里表面平和宁静，一派温婉，但其内里却流动着一种宝贵的素质，奔涌着一股自自然然缓重激烈不可制服的力量，就仿佛水底秘藏着熊熊燃烧的不息的火焰一样，总在发散和显露着本质的绚烂与激昂。

　　我在与萧乾的接触和交往的过程中，常会想到这样的大河，这样的一个色彩丰富的火焰的景观，而在内心深处，则往往会升腾和回响起一种庄严的生命的弦乐。随着时间的推移，这种感受和体验，竟也愈趋强烈、深入。

　　其实，我结识萧乾很晚。那是七八年前，我在北京的一所高校里读文学专业的研究生。为研究有关课题，经导师介绍，我去拜访萧乾先生。当时的萧乾，似乎正在奔向一种难以想象的辉煌：文思泉涌文章不断犹如秋天的长风里翻卷着的滚滚波浪；国外邀请应接不暇，飞北欧西欧飞北美飞新马，风风火火，很忙。他抽时间接待我，我很高兴，也很感激。当我站到复外一幢高层建筑里的他的寓所门前时，心头竟掠着一阵阵兴奋和紧张。然而，门打开时，现出的却是一张圆圆的、让人倍感释然与亲和的笑盈盈的脸容。萧乾用他那双柔软的手拉着我往里走。到他那间稍显凌乱的兼做客厅的书房，他紧挨着和我一齐坐了下来。他听我说，我也听他说。他的话语，温和而低柔，深厚而亲切。眼前的他，和我通常见到的老人比较，竟是一样的慈祥，一样的普通、平凡，既感觉不出他曾遭遇怎样的风吹雨打，精神上忍受过如何的曲折苦难，也一点看不到他当年在欧洲战场在滇缅公路壮怀激烈奋勇奔驰的强悍而矫健的身影。

也许，我与萧乾的相识实在也并不算晚，甚至可以说适得其时。因为，这时的萧乾，往昔的青春虽然已经去而不返，自己用眼睛刻画过的一幕幕清晰生动细致的图景也已再难进入与亲历，但是，他毕竟已经完整了，丰富了，有了最深湛的积累最丰厚的收获和最宝贵的拥有——

> 年岁是些最可爱的人：
>
> 它们送来昨天，送来今日。

已经逝去的过去，给了他回忆的快乐。他充分体验到了生命的欢悦与丰盈。对生活对人生对历史的了悟与投入，使他不仅有了一长串著作，而且收获了许多旁的东西，比如勇气与担当，深省与渴望，光荣与梦想，等等。对生命本真状态的寻求流连与体认，使他沉浸到了一种独属自己的永恒体会之中。原来，忧伤与激昂与静默之中，到处会发现珍贵的东西。他潜进那留不住的往事，去作无止境的旅游，尝试追回被忘却的花朵。他写了许多文字，本意是"改正"是拨去历史迷雾抚慰自己心灵深处的创痕，不意却有这许多意外的收获。这是他所始料未及的。

或者是因为穿过长长的历史时间的隧道，有了距离感的缘故，在萧乾，记忆中的童年，总是笼罩着一种异样的色彩。甚至过去的痛苦，也有别于现实生活中的痛苦。就像一个人抚摸自己的疮疤：没有了生理上的疼痛，剩下的却只是一片仿佛还颇值得骄傲的平滑而光润的疤痕。"早年的事，犹如一碗酸辣苦甜咸的菜汤，有一种难以代替的风味。有时它像是远方吹来的一支儿歌，温存而又委婉，恰似春日垂杨柳梢在脸上拂过；有时又像一场噩梦，仿佛看到自己孑然一身踏过一道独木桥，四面虎狼都在睁大了眼睛，张开血口，等待吞噬。"在他早年的那本"褪色的"相册里，布满了窄巷陋室和活动其间的一些瘦骨嶙峋、神色怔忡的人们。他土生土长，在北京东北城的贫民窟里出生并长大。父亲看城门，不幸命薄，在他出生之前就已离开人间。舅舅卖白薯，姨夫搬运工，而他最亲爱的妈妈也为贫困所迫，给人佣工，最后，在贫病交迫之中撒手而去，留下幼子独自一人漂浮在这茫茫的人间。小小的萧乾，织地毯、送羊奶，到书局当练习生，顽强生活，饱尝了人间的酸辛与精神上的凌辱。

他后来收在他那几个短篇小说集里的作品，大都就以此为基础和背景，是将早年的这些经历、见闻和感受、体验，用有形的文字记录下来的结果——正如那个时期的大部分的作家一样，他是要让读者走进他那个窄陋的小世界，去分享他的喜悦与悲哀，真纯与忧伤。萧乾在与我交谈以及给我的信中，曾多次说过：对心灵，记忆有时是沉重的负担，有时又是无法估价的财富。童年的贫穷以及寄人篱下的生活所留下的记忆，竟是这样的稀罕而又值得珍重。贫穷曾使幼小的萧乾感到矬人一头感到自卑，在心灵深处烙下了难以愈合的伤痕。然而，在多少年之后，萧乾一往情深的，虽说有难言的忧伤，却更有贫穷所赐予他的精神的富有。从消逝的悠悠岁月里，传来的是一个平和而亲切的声音。他感到温暖。

每回去见萧乾，总见他穿着老式的对襟衫之类的衣服，非常诚朴、随便。唯一的一次例外是一九九〇年三月三十一日，他去参加加拿大使馆为祝贺他翻译的《里柯克幽默小品选》的出版而举行的酒会。

那天下午四时，我远远地看见刚从车里出来的萧乾，穿一身崭新的黑西服，内着雪白的衬衫，脖子上打着领带，手里拖着一柄手杖，正脚步轻捷地朝外交人员办公楼的一个门洞里走去。跟在身后的文洁若老师及随行的其他几位，竟是在急急地走，才不曾被他拉得太远。仿佛是在一刹那间，我猛然觉得萧乾的青春很鲜明也很陌生地出现了。——眼前的这一幕，使我很快就想到，一九三九年深秋，就在英法对纳粹德国宣战一个月后，年轻的萧乾来到战云笼罩的英伦三岛，肯定也是这般意气风发，激情蓬勃。熟悉萧乾的人都知道，当纳粹每晚出动上千架次飞机对伦敦进行"饱和轰炸"时，他是唯一来自中国的记者。无论是敦刻尔克大撤退，是有名的"不列颠之战"，还是随美国第七军由法国向德境挺进，他都显露出了一种超乎寻常不可思议的热情与坚韧，反映了风雨奔驰气吞万里的激昂与悲壮。

那时的他，是穿一身棕黄色的军装，佩带着带有"中国：战地记者"字样的肩章，在隆隆的炮声中，作那使他名声大噪的穿梭访问与扫瞄追踪的。他曾经踏着威廉街的废墟，去看过希特勒那个当年向大半个欧洲发号施令的魔窟，他曾采访过波茨坦会议，采访过联合国成立大会，也曾有过刻骨铭心感慨良多的瑞士之行。当年的他每一身征尘每一次奔驰都那么非同寻常而又动人心魂，让人顾念回想不已。

在半个世纪之后，经历了风风雨雨坎坎坷坷而终获一份静美的萧乾，一定清晰地觉得自己在苏醒。就在加拿大使馆举行的酒会上，看着他端着酒杯在来宾们中间来回走动，见他用流利的英语与加拿大驻华大使交谈，用一口柔和悦耳的京白向国内的同行、朋友们一一致意，我就不禁要想，他身心里正涌入与流淌着的这股悠长而甜美的液浆，会使他如醉如痴重温过去的旧梦吗？无论怎样，与多少年驻游无定的风雨人生比较，他现在显然是已经整个地消融在一片金灿灿的阳光之中了。

在这次酒会上，应大家的要求，萧乾当众朗诵了他译的里柯克的一个小品。

　　当时，我没有怎么留意里柯克的"幽默"，倒是更多地注意到了萧乾朗读里柯克这个幽默小品时的"幽默"神情：他高高捧起这本新出的印制精美的译作，将它送到自己的眼前；他架在鼻尖上的那副老花镜，仿佛随时都会滑下来似的，很让人提心吊胆；读着读着，他的头就自觉不自觉地仰了起来，以至到了后来，他的下颏已经水平地直冲他面前的听众，而他头顶上那些稀疏的头发也已全部隐去不见，他那原本就圆的脸就显得益发的圆了。他的这副神态，不仅幽默，而且简直滑稽，让人忍俊不禁。

　　其实，幽默原是萧乾自塑的肖像的底色。在他的写作与生活中，我强烈地感受到了他的这种色彩。记得一位朋友曾跟我说起这样一件事，给我印象很深：这位年轻的朋友为联系美国一所大学的一项研究基金，请与他相熟的萧乾写一份推荐书。萧乾二话没说，慨然应允，当时就提笔写了起来。但这位朋友在看了萧乾写好的推荐书之后，却不无惶悚与不安地说："萧老，您把我写得太好了——"萧乾听了，对他摆了摆手，说："嘻，瞎吹吹呗。"

　　萧乾的这份幽默，不仅可爱，而且让人觉出其中的真纯与善良。当然，有的时候，尤其是在他的文章里，他的幽默也让人感到有更多、更深厚的意味。譬如我读他的《改正之后——一个老知识分子的心境素描》一文，印象最深的就是与幽默有关的这样两段话：

　　一段是他在回忆一九六六年的"红八月"里他服安眠药自杀一事时说的："倘若隆福医院按照当时通常的做法不收我这个'阶级敌人'，或者收而敷敷衍衍，不给好好洗一下肠子，我也早就化为灰烬了。"幽默中含有温情、感激，也有调侃、批判。

　　另一段是写一九七九年，也即"文革"后他首次出访美国归来后的情况："回到北京，真像是刚去了趟月球。政协、民盟、文艺界、出版界都得去讲讲。讲什么呢？这时，步步设防的机器又开动了。我记起六十年代一位诗人出访非洲，回来做报告时，讲了点那里贫穷落后的情况，因而受到了批判。又有一位同事去了个西方国家，回来谈了几句富裕的情况，因而也成为罪行。我决定还是不去正面谈美国本身的好，只谈海内外关系。"然而就是光谈这个"关系"，心里也很不踏实。讲时字斟句酌，这一点不提，那一点冲淡一下。第一次讲完之后，"洁若告诉我，听的人大都表示失望。我说，那就很好。倘若他们听了过瘾，我就该担心思了。"这真可以说是带着眼泪的微笑。里边的一种哀音，虽然细藏深躲，但我们还是能听得出来。

读他的这类作品，我常常总在想，萧乾回忆并写下这些文字时，怀揣着的该是怎样一颗紧皱的心呵。在和厄运的邂逅中，在遭遇生活之恶的侵袭时，他始终保持着青春的骄傲，坚韧而决不屈从。无论是五七年还是"文革"，多少年，笔被夺了过去，人被强制沉默，被批倒批臭；接受劳动改造，叫挖沟就挖沟，叫插秧就插秧，人好像已经麻木了，灵魂却是清白的，决不卑污。

显然，那时的萧乾，是在用自己实际的行动，维护着沉默的正直；由自己隐微的生命，提示着真理的崇高。他的这种维护与提示，涵蕴他的魄力、骄傲、信仰和青年时代的勇敢，同时也透示了他在人生态度上的一以贯之的乐观与积极。

他把自己看作广义上的记者，把人生看作一次采访（他很早就出了一本叫作《人生采访》的书），主张酸甜苦辣都去尝尝。他坚信历史的车轮肯定会滚滚向前，而绝不会倒退。在两年前写的那篇《八十自省》中，萧乾说：

> 人到老年，幻想少了，理想主义的色彩淡了。然而我仍坚决相信这个世界总的趋向是会前进，不会倒退。它前进的路程是曲折的，有时或局部上还会倒退。但整个人类历史向我们表明，社会总是从不合理走向合理，从少数独裁走向多数的民主。凡迫使世界倒退的，终必一败涂地。

这种信念在萧乾确是根深蒂固是很认真也很执着的。然而，在与他不少次聊天的过程中，有时我也觉得在有些问题上他未免太过乐观。对他的乐观，我往往感到惊异：多年来，他饱经忧患，原是该有多大一堆悲哀深埋心底的，可现如今他却似乎已将往昔的一切一股脑儿抛开，而对周围物事报之以宁谧的微笑和永恒的憧憬。我的这种不解与讶异的消释，是在前不久的一次偶然翻读海涅诗集的时候。当时引起我注意与深思的，是海涅那首著名的《我的心，你不要忧悒……》。诗这样写道：

> 我的心，你不要忧悒，
> 把你的命运担起。
> 冬天从这里夺去的，
> 新春会交还给你。
>
> 有多少事物为你留存，
> 这世界还是多么美丽！
> 凡是你所喜爱的，
> 我的心，你都可以去爱！

这首诗使我幡然猛醒：原来，在萧乾那里，不仅时时回荡着他从悠长而复杂的人生阅历中采集到的种种体验与信仰，而且更鲜明地流溢与充盈着一种与此诗吟唱的颇为相似的深刻的爱情！我深深地感动了。我终于了悟，纵使最简单的风景，也寓示着最多彩的内容，最深厚的意蕴。当你遭遇挫折面对许多沟沟坎坎曲曲折折的人生羁绊的时候，无谓地自我折磨，徒然地忧戚哀伤，又何如脱颖出你的微笑你的潇洒你的期待呢？

与萧乾接触多了，便发现，面对许多人事许多风景，他有幽默，有乐观，更有一份难得的睿智——那是历尽沧桑毕生领受人间阅历的老年的智慧。他当然有高远的理想，有深在的执着，但是他毕竟已经习惯并谅解了许多。他知道如何珍藏自己。

一次谈话之间，他忽然对我说："在咱们这儿写文章，最需要讲究技巧。"又一次他在谈到与他有半个多世纪友情的老友巴金时，说："巴金这些年不遗余力地倡导说真话，很让人钦佩，但是我和他不同，我只是尽量说真话，坚决不说假话。"仅仅是一言半语，却对人生世相的纷纭复杂做了睿智的注解。一切都是点到为止，尽管不无遗憾无奈，但却多少让人领受到了中国式的含蓄中国式的智慧的底蕴。仿佛面对一本最耐看的书，你细细地读，总会收获纯净与丰盈；就像啜饮一杯烈酒甘醇，你慢慢地寻索，总能品出其中隐然的浓度。

每次和萧乾坐在一起，听他悄声碎语，总觉得心头流动着阳光，感到非常温暖。记得有一、两次，他特别地把我找了去，作促膝长谈。与我谈人生、谈写作。许多话语许多关切、指点，全发自内心的诚恳与设身处地的了解和同情，以至直到现在我写这篇文字的时候，这些潺潺地涌入我深心里的话语，仍然清晰地在我耳际回响。

在我的心目中，萧乾始终是一位令我倾服与敬慕也使我深感可爱的智者。他同我谈 E.M. 福斯特、乔治·奥威尔、阿瑟·魏礼，谈冰心、巴金、沈从文，也同我谈他养过的猫、龟、兔，谈生活、爱情。他甚至多次要我去读他的"恋爱哲学"《终身大事》!

一次，我不慎将自己一直很看重的"联络图"通讯录搞丢了。我辗转写信把这事告诉了萧乾，并希望他能抽空把他的详细讯址、电话号码重行示知。谁知隔日收到的他的回信，除了一口气为我列出的他的三个通讯地址以外，竟还详细地和我讨论了通讯录的重要意义、他的通讯录的制作经验，以及我的通讯录的重建与补救办法、措施等等。整整两大张信纸，正面反面，上下天地空白处，十好几点，写得密密麻麻的。也不知是信纸上再没地方呢还是他忘了，总之在这封信上没能找到他的署名。

最奇怪的是收到此信后的第二天，又收到他的另一封信。这封信除了补充一些"建议"外，他还叮嘱我：（1）"现在再不要轻易丢信封——上边有邮编号码"；（2）"你再来时，可参看我把人名按笔画和汉语拼音排列的国内、国外各一册的通讯录"。这第二封信，自然照样是写得密密麻麻的，照样没有署名。

郑重其事地对待这样一件事情，多少算是有点儿认真有点儿浪漫太过执着了吧？但是，假使是你在和萧乾对谈，是你一连收到他这样的两封信，是你格外地受到他的照顾与关爱，你又会作何感想呢？你肯定也会觉得这里阳光和晨风在起舞，充满着清气，充满着温煦，充满了人与人之间最可宝贵的真诚，而全无一点俗世的纠缠与敷衍。因为，萧乾与你，与我，与我们大家交流着的，归根结底，乃是一种内心的诚挚，一种浪漫的执着。

这是一种黎明的感情，满溢纯净而圣洁的美。由这种感情这种美，我想到了萧乾用以围护自己的音乐和宗教。

大概是从旅英七年、负笈剑桥时开始的吧，萧乾成了一个西洋古典音乐迷。"文革"浩劫中，他最伤心的是从国外辛辛苦苦搜集来的数百张唱片被一股脑儿抄走。现在，他的枕畔，书桌、饭桌旁边，都放着收录机。一有空闲，他就将自己沉入到一派悦耳的音乐之中。

听音乐的时候，往往是他最快乐最惬意的时候。这种时候，什么都可以想，什么都可以不想。随着音乐的节奏，脑袋轻轻摇晃，心里会时而跳起欢乐的舞蹈，时而又像得到一张宁静的手掌的抚摸，恍若进到一种禅定的忘我境界。即便音乐之声戛然而止，或者早就已在耳边消失，那乐声、乐思也会仍然悠悠地长久地留在他的心上。徜徉于乐海之中，他会忽然发觉心底正涌起一股热热的浪头，会于刹那间意识到自己已经获得了一个激动人心而又含义深长的蜕变，会彻骨透心地感得并体悟出种种庄严的启示，比如关于历史与生命，人生与社会，等等。

或者许多人怎么也不会想到，萧乾喜欢的西洋音乐，其中相当多的一部分，竟是宗教音乐。一些带有宗教色彩的古典名曲，像莫扎特的《安魂曲》、海顿的《创世纪》、亨德尔的《弥赛亚》，都使他沉迷不已、流连忘返。

萧乾的这个爱好，自然和他与宗教的不解之缘有关。如所周知，萧乾的幼年和童年生活是在十字架的阴影下度过的。由于亲身的经验与遭际，萧乾对基督教有着本能的反感。——或者，确切地说，他反感的不是基督教本身，而是那些虚伪的善男信女，那些发生在十字架阴影下的不愉快不光彩的黑色的罪恶。早年，基督教对他确曾有过深深的吸引力。

萧乾从小害怕黑暗。在孤寂而又苦难的童年，宗教犹如黑暗中的一盏灯，一支蜡烛，抚慰着他那孤独、寂寞的心。他回忆说：

> 圣诞树上那彩色的灯泡，墙间悬挂的五颜六色的纸环，以及在大风琴伴奏下的充满喜悦的歌声，都曾给过我莫大的快慰。我不愿人家强迫我在教堂里下跪，祈祷时硬逼我合眼，然而我还是很喜欢教堂那高大的拱顶，尖形窗上五彩缤纷的玻璃嵌成的图案和人物故事，更爱那肃穆的气氛。

小时候，他看到教堂礼拜时人人手执的一支支蜡烛火焰上下跳跃，颂诗与乐曲格外深沉悠扬，感到很是新奇。那悦耳动听的有着银铃和雪橇的《小城伯利恒》之类的歌曲，那仿佛是与世隔绝、直通云霄的教堂里缭绕着的灵气与氛围，深深地吸引了他。小小的萧乾，对宗教的认识当然还仅仅限于一种直觉。他仅仅是以和小伙伴们一起编的那个"基督爱我一脸泥，我爱基督没炕席"的顺口溜，来表示自己对耶稣基督的认同与好感。只是到了老年，在饱经霜雪与世情历练之后，他对幼年时的这种直感，才有了深长的回味。

现在在饭桌上，萧乾每每总要打开收录机，将自己浸沉到圣诞歌曲的旋律中去。有了空暇的时候，他就在一派静默之中，将自己沉入种种遐想之中。他会去咀嚼、回味"神说，要有光，就有了光"的底蕴，会去想象"起初，神创造天地，地是空虚混沌的，渊面黑暗。神的灵运行在水面上"该是怎样的一种景象、境界，甚而在一片宁谧静穆的斑斓中，他也会去追问灵魂的有无这样的叫人很费思量的问题。这方面，他探询、思考的确实很多。譬如，说宗教是"精神鸦片"，这是从政治上否定宗教，那么，从科学上呢，科学意义上又该如何认识、判断呢？宗教作为一种社会势力作为一种手段是一回事，宗教作为一种本体（宗教作为宗教）又该是怎样一回事呢？世界最终会往何处去，人类最终命运又复如何？诸如此类，不一而足。

水底的火焰

77

不消说，萧乾本人当然并不是一个基督教徒，他的这类思考也远未达到"衣带渐宽终不悔"的地步，事实上，有些思考在他仅仅是一个闪念一种回想而已。然而，正如阿多尔诺所说："被思考过的东西会被窒息、被遗忘、被冲淡。但是，不可能回避某种东西还存在的事实。"是的，在这里，最值得回味与注意的，不是他曾有过怎样的徘徊低回，不是他与宗教有过如何的关联，而是他在超越性思考中汲取到的种种价值追求与内心资源。

为了响应自己心中一个紧急的呼唤，为了永恒的憧憬，怀着渴望，带着热情，他在努力作一种开放的超越性的寻求。虽然需要坚忍地承受着世俗的个体生存的宿命，虽然会挟带着命定的太过沉重的负荷，但是，从心底深处升起的普泛的超越追求，却毕竟是一种真的存在，一个深沉而又单纯，热烈而又执著的念愿。无论遭遇怎样的磨砺锤打，忍受多少曲折艰难，都不能也不会埋没真实。既然你将拥有一片蓝天，既然你不愿做孤独的流云，既然你将拥抱一个炫人眼目的新世界，那么你就总能守卫住自己，并且全力以赴，趱程前往，实现你那青春的夙愿与梦想。

细雨寂寞地淅淅沥沥下个不停。透过窗户看去，外面竟是蒙蒙茫茫的一片。于是，我又一次想起那样的大河，那个水底火焰的景观。一定会是一股有魔力的火，虽然是在水底，却五色缤纷，灿烂辉煌，而不必灰茫茫的一片迷蒙；虽然熊熊燃烧辉光耀眼，却使你我如沐暖阳，感到温暖，而不觉着酷烈、灼人。你看不到任何刻意的安排，你会时时发现水底在奔涌着一股力量。就像听从神秘的召唤，不论是阳光普照晴空万里，是多云转阴罩上沉沉的乌云，抑或是遭遇台风旋风龙卷风的侵袭，大河总要执着地向前奔流，水底的火焰也依旧会不息地燃烧，闪烁它动人的光彩。

直到永远。

一九九二年二月下旬，北京

（原刊于《收获》1992年第3期）

散落的故事

姜德明

一

岁月如流，世纪同龄人的夏衍同志已经度过九十几个年头了。

本来同老人见面的机会就不多，自从他移家西城之后，我因路途遥远，又怕干扰他休息，一年之中也见不了几次。不过，直到最近一次去看他，虽然夏公讲到有时腰疼，胃口不好，也得过几次感冒，我看他精神颇健，头脑清晰，一如往年，这是令人分外高兴的。

老人仍然保持着衣饰整洁的习惯，那天上午我到他那里，夏公正举着一面小镜子，用电剃须刀在刮胡子。床边放着两本杂志，还有陈迩冬的一本随笔集《闲话三分》。我顺手翻了一下，夏公说："你看过这本书没有？"

我说："已经托人去找。早就听说有这么一本书，可是书店里没有。"

"你一定要找一本来看看，非常精彩。"夏公的眼界很高，他称许的书，我一定要找来拜读，更何况我也很喜欢陈先生的旧体诗，以及他写的那些隽永的《它山室诗话》。可惜如今仍是买书难，我先后托上海、杭州的朋友帮忙，至今还未到手。我问夏公与已故的陈先生很熟吗，夏公说：

"抗战期间在桂林时的朋友了。那时他和宋云彬、绀弩常常来《救亡日报》玩，一聊就很久，最后就一起到街上去吃碗面。"

"那时到《救亡日报》去的文化人不少吧？"

"好像是个联络站似的，很多流亡到桂林的朋友，都到报社来找人，或打听消息。可惜当时报社很穷，不能给大家很多帮助。吃两顿饭还是可以的。"

"我听林林同志说，那时在报社的工作人员并没有薪金，是吗？"当时我听了便感到意外，这是我们党公开办的报纸，至于穷到这种地步吗？

"当然没有薪金，连我这个总编辑也没有。报社只管大家吃饭，住集体宿舍。战时生活很清苦，吃的也是糙米、青菜，很简单。"

"那么，就跟解放区的供给制一样了。每月只有很少的一点津贴，买点肥皂之类。"我这样猜想，可是夏公稍作沉默后回答：

"我那时也不知道解放区的供给制是什么样，我们恐怕连供给制也说不上。我们既没有津贴，也不发衣裳，吃饭不分大、中、小灶，我跟大家吃一样的饭。在上海、广州办报时，大家上下班的交通费也都是自己出。"

"那么同志们参加报纸工作，完全是一种奉献了。为了革命，为了抗战，甘愿如此。"

"可以这么说。而且我们的编辑、记者写了稿子，包括我写的社论和文章，一律没有稿费。大家的零用钱，只好靠给别处写稿，得点稿费。"

"夏公，这些事情您应该在回忆录里写出来。虽然已经是过去的事情了，但是对于今天的读者还是有教育意义的。"

出于一种好奇，也怀有一种尊敬的感情，我继续问道："那么您在一九二七年从事工人运动，三十年代从事'左联'工作时，地下党是否也发给经费和生活补助？"

"没有，我没有领过一分钱。当时党组织的经费也困难。我的生活完全依靠我的稿费和版税。我那时靠翻译书过活，一天可以翻译二千字，每千字可以得两元钱的稿费。当时住上海的亭子间，连房租加上在房东家吃包饭，每月交二十元钱就够了。所以我的生活是不成问题的。你知道，那时我翻译的高尔基的小说《母亲》是畅销书，还有倍倍尔的《妇女与社会主义》等。得到的版税还能帮助一点穷朋友，都是地下党的同志。"

前些年，我在旧藏的抗战时期出版的土纸书中，找到一张一九三九年在重庆公演话剧《一年间》的戏单。那是话剧界为《救亡日报》筹办经费的一次大规模的义演，除了白杨、赵丹、舒绣文、秦怡等都参加演出以外，连郭沫若、阳翰笙等人也临时上台，扮演了群众角色，表现了对党报的支持。我复印了一份戏单送给夏公，不想他竟然记得当时义演共募得多少钱，用这笔钱买了多少令报纸。夏公说，这次义演的更重要的意义是扩大了报纸的影响，显示了我们党在社会上的威望，以及人民支持抗战的热情。当然，在桂林筹办《救亡日报》时，组织上还是给了二百元的经费，很快就用完了。这中间，夏公为了经费问题还两度赴香港，在廖承志同志的支持下，得到了华侨的热情赞助。可惜正在报社自办了印刷厂和出版社，想进一步解决办报经费时，国民党突然发动了皖南事变，报纸被查封，夏公奉命撤退到香港去工作。夏公跟我说，这次撤离桂林，组织上花钱给他买了飞机票。还有抗战胜利以后，夏公在上海主持的《建国日报》被查封后，他调到中共南京办事处去担任发言人，很快又奉周恩来同志之命去新加坡工作。临行前，组织上交给了他一笔旅费。夏公说，从他一九二七年入党，到一九四九年五月接管上海文化工作时为止，他没领过什么薪金和经费。所以上海解放后，一位华东局的人事秘书让夏公填写级别时，夏公回答没有级别，秘书还以为他在说笑话。直到这时华东局和上海市委才根据他的党龄和现任职务，定了个"兵团级"。

"当年参加革命要冒杀头的危险。在白色恐怖下做地下工作，无时不提防着特务的盯梢、搜捕，怎么会去想什么级别待遇，想到伸手要经费。实在滑稽。"夏公很平静地这样说。

历史掀到了九十年代的一页，我从这位老同志的谈话中，仍然感受到奉献精神的力量。现在从事革命工作，当然不存在什么杀头和有无待遇的问题了，是不是有的人又只顾讲钱，而不大讲奉献精神了呢！

二

我第一次见到夏衍同志是在一九五五年。

解放初期，毛主席和中央领导在中南海怀仁堂观看文艺演出，中直党委常常让直属机关的干部们同时去看，剧场不留空位子。有时中直管理局在外边包场，也分配给各单位一定的名额。我就被派去看过两场，一次是中国青年艺术剧院为庆祝成渝铁路通车而演的《四十年的愿望》，那次除毛主席以外，刘少奇、朱德、周恩来等同志都到了，我们曾经起立鼓掌。还有一次是在政协礼堂，由日本市川猿之助率领的歌舞伎团演出。两次都没有公开报道。特别是日本歌舞伎首次访华，中日两国尚未建立外交关系，领导人看演出也不便见报。那次剧场里还在观众席搭了"花道"，演员要从这里通过舞台和表演，这更吸引了中国观众。

我们被指定坐在楼上的边座。我发现只有陈云等同志坐在楼下的中排。楼上较早进来的是周总理，夏衍、阳翰笙同志就坐在总理的身后。可能为了不易被人发现，总理也坐中排。他不时回头向夏、阳两位询问什么，而且特意站起来看了看楼下的"花道"。总理还指着台上悬挂的横幅文字向夏、阳说些什么，翰笙同志马上出去了一会儿，回来又向总理汇报。我发现总理精力过人，夏衍和翰笙同志在他面前也很自然，一点也不紧张，彼此就像熟悉的朋友。这时夏公刚从上海调来北京吧。这也是我在最近的距离之内来观察总理了，因此对夏公和翰笙同志亦印象至深。

贺龙和陈毅同志一起来了，并且紧挨着坐在一起。廖承志和李维汉同志坐在两位元帅的后边。再前边的几个位子还空着，紧接着邓颖超同志搀扶着宋庆龄先生走来。很显然，邓大姐刚才是去迎候宋庆龄先生了。那晚演的是《劝进帐》《倾城返魂香》《双蝶道成寺》，可是我更多的时候，是在观看我所敬仰的中国革命史上一些传奇式的人物……对夏衍同志，我不知怎么也产生了一种感觉，从他那干练的风度来看，他不像个作家，更像一个外交家。

下一年，报纸改版，夏衍同志常常被邀请来开会，当了我们副刊的顾问。开会时，差不多都是我做记录。文艺部的领导林淡秋、袁水拍、袁鹰同志解放前都认识夏公，而来开会的胡愈之、巴人、李健吾、姚臻、唐弢等更是夏公的熟人。很自然地每次大家都围绕着夏公，以他为中心。特别是一九六二年开办《长短录》杂文专栏，吴晗、孟超、廖沫沙、唐弢等同志，还是以夏公为中心。他在随意而谈中往往语惊四座，给人不少启发。比如有一次，他谈到一位知名作家写到大革命时代地下工作者的男女关系问题，他说尽管小说很有名，但写到革命者的男女问题时并不真实。根据他的经验，当时绝大部分革命者都特别注意这个问题。"因为国民党正在造共产党的谣言，什么共产共妻，杯水主义，我们当时都非常检点。我在上海电影话剧界干了那么多年，可以说是在花花世界的包围之中，但是从来也没有犯过男女关系的错误。敌人的谣言栽不到我的头上，否则不知道会造成多么坏的影响，人民也就不相信我们了。"

还有一次开会，夏公刚刚出访归来，路经香港停留了几天。他很风趣地说："这次在香港，我看了好几部美国电影，大过其瘾。"夏公分工管电影，他了解外国电影的现状正是必要的，可是在当时"左"的情形下，我也觉得他说得随便了一点，若让"左"爷碰上，准会给他上纲上线的。

　　说到他对报纸的支持，除了出主意之外就是写文章。有的化名写的文章，至今也不为世人所知。这里也牵涉到夏公的笔名问题，去年有好心人给夏公的笔名统计出一个数字，足有三百零几个。我当时就想，只有约数才算准确，因为谁也无法统计出确数。比如有的笔名是我经手的，连夏公也记不起来了。一九五八年三月二十日的《人民日报》副刊上，夏公以"赵宗文"的笔名发表了一篇剧评《一次勇敢的尝试——看燕鸣京剧团的〈白毛女〉》。他是文化部副部长，发表意见不能不照顾到影响，而他有意见又不愿闷在心里，只好化名，并让我们严格保密，绝不要向外界泄露。文章表扬了赵燕侠剧团演京剧现代戏的努力，肯定了演出的成功，还具体地指出赵燕侠演喜儿系红绒绳时唱的那段流水，以及由喜儿变成白毛女后那段激昂的高拨子，都清新可喜，处理得很成功。可是同时也指出这出戏在艺术上的不完整，即艺术上、风格上的不统一，不和谐。他明确地提出京剧的程式可以突破，但是从何处突破，突破到什么程度，都值得探讨。赵燕侠除了在化妆和服装上的突破以外，还有两点，一是对话不用韵白，二是抛弃了舞蹈化的身段、动作、步法等。实际上这变成了话剧加唱，比已有的《三座山》《阿诗玛》等京剧现代戏所割弃的京剧传统更为彻底。夏公以为，京剧的现实主义表演方法重在内心，而不一定要在形式、细节上都一切如真，那样反而会破坏了更高的真实性。这个意见现在看来也不能说错，这是为了真正推动京剧改革，为了更健康地发展京剧演现代戏而进的良言。可是正当"一天等于二十年"的"大跃进"时代，处在"破字当头"的时候敢于发表这样的意见也要一定的胆识。在那种情势下，包括夏公也只好"曲线救国"，不仅化名，还要"绝对保密"了。"文革"当中，造反派们翻箱倒柜，让我们曾经"引狼入室"的当事人翻查报纸，开列出夏公所有的毒草文章，我还是信守了诺言，到底没有揭出"赵宗文"即夏衍的真情。因为江青一伙正在追查夏公的《从点戏谈起》是反对京剧改革，那么这不是火上添油，进一步给恶人们奉上祭品吗？我想跟坏蛋不说真话，在任何时候都不会有罪吧。

直到八十年代，夏公还以"王一诚"的笔名，为我们写了《外行人谈体育》《还是要狠抓"三大项"》等杂文。一个八十多岁的老人，还像个青年体育爱好者一样，那么热情地关怀着我们国家的进步，并较早地提出注重田径、游泳和足球这三大项目。他从奥运会的实际情况出发，指出田径和游泳是"富矿"，必须尽全力去开发。因为一个运动员拚一块金牌，和一二十人去拚一块金牌是大不相同的。而且更重要的，夏公还提出："五十年代我们一边倒，年久月深，成了习惯势力，因此体育界也要解放思想，也要清除'左'的影响，要对外开放，引进国外的先进科学和技术。"这更是提到思想路线的高度来认识问题了，不仅出于热情，也表现出他的远见卓识。

夏公，您已经是退居二线的八九十岁的老人了，兴趣还是这么广泛，是什么劲头儿促使您化名执笔为文呢？难道真的还有什么瘾吗？！

三

从抗战爆发，夏衍同志主持《救亡日报》工作开始，他爱上了新闻事业。甚至比他对写小说、报告文学、话剧、电影剧本，或从事翻译工作更加有兴趣。他两度参加《华商报》的工作，筹办《建国日报》、《消息》半周刊，并代理《新华日报》的总编辑。他说，为报纸写稿确实有瘾，当然也确实有言要发。这后一点更是事物的本质，因为他从来没有把自己当作革命队伍里的一个旁观者。上海解放后，夏公担任了那么多繁重的工作，然而他忙中偷闲，还为《新民晚报》撰写专栏。他在会场上、火车中都抽暇写稿。他得到陈毅市长的支持，答应为他保密，还嘱咐他不要把党八股带到民营报纸上去，要写得自由一点。本来是针对上海市民的思想问题，多做些工作，结果呢，还是遭到了风言风语，认为是不务正业，不得不停笔。当时的舆论环境，也太不正常了。

　　我问夏公，他在从事报纸工作中，写了无数不署名的文章，是否也有一些比较满意的作品？

　　夏公说："没有什么满意的，很多在当时起过作用的，现在都时过境迁，没有什么意思了。只能说有些文字还有点纪念意义，或仍不时被人家谈起。比如一九四五年八月二十八日毛主席由延安飞抵重庆，那时我正在《新华日报》工作，当时我也到机场去了，并奉周恩来同志之命，为《新华日报》写了新闻报道。这条新闻只署'本报讯'，没有署我的名字。"

　　"您把这篇现场报道收入作品集子了吗？"

　　"没有。我没想过收集子。"

　　"有些社论或时评也可以作为杂文来看吧？"

　　"我出版过一本《杂文与政论》，这两者如果细分的话还是分得开的。有的也难以分清。一九四五年，美国在广岛投下第一颗原子弹之后的第三天，我在八月九日的重庆《新华日报》上写了一篇时评《从原子弹所想起的》，我提出这是科学革命和战争革命在同一天发生了。由核裂变所引起的能的实际应用，应该说是个划时代的革命。我在大学是学电机的，我知道能的作用将使蒸汽引擎、内燃机、水力发电机等逐渐被淘汰，可是现在不幸竟用于战争、杀人了。因此我在评论中提出，原子弹的科学应该掌握在全世界爱好和平人民的手里，应该用于为人类谋福利建设，并由联合国安全理事会来控制。现在看来，这些意见仍是正确的，却显得很平常了，然而在当时却是最早的建议。我很高兴，日本历史学家井上清先生注意到这篇评论，他认为这是全世界最早提出原子能和平利用，和由联合国来控制管理主张的。不想，在'文革'中，这篇文章也成了我的一个罪名，批判我宣扬'和平主义'，对联合国抱有幻想。"

　　"这篇评论，您收入作品集了吗？"

　　"没有。但是，我在五十年代写的一篇杂文《从广岛到日内瓦》中，摘引了那篇时评的主要论点。你可以在三联书店出版的《夏衍杂文随笔集》中找到。"

我觉得夏公在谈到他过去的文字生涯时，依然表现出对新闻工作的热爱，对那段战斗生活的留恋。五十年代中期，《文艺报》改版为八开，从期刊朝着报纸型发展时，夏公竟不想当部长，而去编《文艺报》。这事当然没有成功。

从夏公一生风风雨雨的坎坷命运中，我有时会突发奇想：假如他从一九二七年入党开始，一直从事工人运动的话，也许他后半生就不致经历那么多磨难了吧。又如一九四九年建国以后，如果周恩来同志答应了他的请求，真的让他到电力部去工作的话，也许会躲避开文艺战线的种种遭遇？还有，已经正式任命了他担任外交部第一任的亚洲司长，如果不是陈毅市长坚决不放他，夏公一直在外交战线上工作的话，也许"文革"前后，他就不会蒙受那么多"罪名"了……夏公在日本留学时学的是工科，建国后正需要工业建设人才，他自信到工业部门工作，总要比外行强一些。长期以来，夏公又一直在白区做统战工作，积累了丰富的斗争经验，担任外交工作也是很合适的，而文化人从事外交职业的也不乏其例，如李一氓、巴人、戈宝权、林林、司马文森等人，不是在建国后都担任过驻外大使、文化参赞吗？

那天，我把这种奇想说了出来，夏公笑了，摇了摇头说：

"这也难说呀。我也有过类似的想法，比如一九六五年文化部整风以后，我再也不想搞文艺工作了，主动提出要去对外文委亚非拉文化研究所工作，而且坚决拒绝了担任所长。其实这样做也未必会躲开矛盾，因为我已经写了那么多东西，是客观存在。另外，我这个人从来爱说真话，有什么意见愿意直言，又爱多管闲事，恐怕即使改行之后也会业余从事写作，我想不一定会平安无事吧。个人的命运总是和国家的命运连在一起的。有些事情也很难预料，谁会想到还有一场'文革'的灾难呢。而且大环境一旦形成了，个人的力量也是很难去改变的。"

现在，夏公基本上是足不出户了。但是每次见到他，我都能感受到他那颗热爱生活的心仍在跳跃。他关心世界的风云变幻，企盼着国泰民安，思考着许多问题。有时我见他正拿着放大镜，认真地阅读刚送来的中央文件；有时正在翻阅报纸，旁边还放着用来剪报的剪刀。夏公，您是否还在搜集资料，又想写点什么了？

在这位清癯而又精干的老人身上，似乎还有许多事情讲不完，而我却只能捡拾一些枝叶，在这里记下一点散落了的故事。

一九九二年二月于北京

（原刊于《收获》1992 年第 4 期）

小说梦的幻灭

——说说我自己

荒 煤

　　"文革"期间，我被无数的"罪行"压得喘不过气来，我经常懊悔，我为什么没能早些跳出"文艺"这个怪圈，特别是"文艺行政工作"——这个似乎永远说不清楚的职责——的怪圈。

　　我始终认为，不论从性格、素质和水平等方面来讲，我最不适宜做什么行政工作和理论工作。可是偏偏做行政工作的时间最长，写的评论文章最多。

　　"文革"以前，在多次运动中，我总是被批评"右"，检查"右"，然后又起来反"右"。一九五九年反右倾运动中，我不仅检查了右倾思想，还狠狠批判了"无官一身轻"的思想。因为，我多次想摆脱"行政工作"。但我们这一代人，服从工作的需要，服从组织的分配，又是一个自觉的、不能也不应违反的原则。因此，老是不断地检查，却又的的确确在老老实实干工作。

结果，到了"文革"时期，长期做"行政工作"，就成了"走资派"，被打成一个"从三十年代到六十年代，一贯推行反革命文艺黑线的黑帮干将"！

"文革"终于彻底地扼杀了我的小说梦。其实，即使是写小说，我也难逃"黑干将"的厄运。

我并不认为，我有写小说的天才，只不过是从青少年时代爱好文学时起，就喜欢读小说，迷恋小说能够创造出那么多栩栩如生、真实感人的形象，有一种特别的魅力。于是，我就成了一个小说迷，而且我开始文学创作，就主要是写小说，因此，也就有了一个始终没能实现的小说梦。

几十年来，我曾为小说梦尽力来了一个三级跳；想长期到基层去做群众工作，到老了，退休之后搞业余创作，写一部自传体的长篇小说，完成自己的夙愿。

一九四五年日本投降前，在延安党校学习的各抗日根据地的同志，就到延安各个学校"招兵买马"了。山东根据地有一位同志来找我谈，因为我一九三七年秋到一九三八年在山东工作过一段时间（那时候我随着荣高棠、杨一辰、姚时晓、张枬、张瑞芳等组织的北平学生移动剧团在山东许多地活动），希望我再去山东。我问，去干什么？一听说是要去搞文联，我就拒绝了。

后来，鲁艺的党委书记宋侃夫同志决定随徐向前到鄂豫皖根据地去，他找我谈，说我是湖北人，应该回湖北去。我说可以考虑，但是不搞文化工作。他陪我一齐去和徐向前谈，徐向前同志表示，看形势的发展，鄂豫皖恐怕还要进行长期游击战争，同意我下基层做群众工作，至少三五年不搞文化工作。

于是，日本投降刚第六天，八月二十一日我就和鲁艺几位河南、湖北的同志动身去到太岳根据地济源县黄河边，一边参加农村的反奸清霸运动，一边等候徐向前大队到后就过黄河到鄂豫皖去。

离开延安前，我还曾专门给中组部打了个报告，要求废除"荒煤"这个笔名，恢复我小时候的名字——陈沪生这个最普通的名字参加今后的工作。结果未批准，我也只好走了。

我兴高采烈地参加原敌占区反奸清霸运动，吃糠菜窝头，和贫下中农一齐战斗，建立党组织……全身心地投身到火热的斗争中去了。

我觉得，我这一次大概可以长期跳出文艺的怪圈了。

没想到，春节后晋冀鲁豫边区中央局来了电报，让我们去邯郸。

更没有想到，第二天，边区党政军的四位领导人：邓小平、刘伯承、薄一波、杨秀峰一起找我谈话。

邓小平同志通知我，毛泽东在重庆和国民党签订了《双十协定》，中央已经决定解放军自鄂豫皖撤出，边区中央局向中央要求，把原来准备去鄂豫皖的干部留在晋冀鲁豫边区工作，已经过中央批准。现在再征求一下我们的意见。

我准备了许多意见，虽有些紧张，但还是表示了我想下到地方基层去做群众工作的愿望，还讲了在济源县参加反奸清霸运动的深切感受。

邓小平最后笑道：

"经过延安整风，你们这些文化人要求下去，这种精神很好，这种心情我们也理解。可是，随着形势的发展，也要从实际出发。"

最后还是做出了决定，我立即着手筹备，准备召开边区文化工作会议，并成立边区文联。

结果，我在文联成立之后担任了常务副理事长（范文澜为理事长），兼《北方杂志》主编，北方大学文艺研究室主任。

尽管一九四六年也还到冀南参加了一年多平分土地运动，但基本上没有跳出文艺圈子，还升了一格，担任了文化行政领导职务。三级跳第一跳，失败了。

新中国建立前后，我又跳了第二跳。经过宋之的同志热情帮助，在陶铸同志支持下，我离开了武汉军管会文教部副部长的职务，到中南军区、四野新华社当了专职随军记者。我参加了荆沙战役，写了两篇通讯：

《万水千山只等闲》《宋希濂的噩梦》，都在全国播发了。

可是，我刚参加完全国政协第一届会议，参加了新中国建立的盛典回到武汉，准备去参加解放广西战役的时候，陶铸同志又通知我，我自广西回来之后就要参加宣传部工作了，要我担任宣传部副部长分工管文艺。

我刚刚和陶铸同志争辩了几句，陶铸同志却爽朗地笑道：

"同志，军委的命令都下达了，我可莫得办法！"

这第二跳，仍然没有跳出文艺圈子。而且，从此结束了我的创作生涯。如果说那两篇通讯还可以算是创作，那么，这就是我在新中国建立前夕仅有的作品了。

直到一九六五年调离文化部，我在电影界工作的十几年间，虽然尽力去掌握电影艺术的创作规律，在扶植青年电影艺术工作者的创作中，也曾分享过一些创作的甘苦、收获的欢乐，不过，我还是想跳出文艺行政这个怪圈。于是，又来了三级跳最后一跳。大约是一九六一年，我正式写信给中宣部周扬同志，请求免除我电影局副局长的职务。因为，原来由文化部直属管理的长春、北京、上海三个制片厂，下放到省市委领导后，我和三个地方的宣传部长在创作问题上经常发生争执，无法协调。

但是，不仅没有得到批准，一九六三年又提升为文化部副部长。

不久，"文革"的前哨战开始了，一九六四年文化部开始整风，我被停职检查，又查出我在电影界推行了一条"修正主义路线"，决定在一九六五年春调离文化部。因为整风中态度较好，检查认真，从宽处理，调到重庆市去做副市长。

我就趁机向中宣部领导提出要求，希望通知重庆市委，我愿接受任何工作的分配，但在文化工作方面犯了严重错误，绝不宜再分工管文艺工作。

一九六五年五月我到了重庆，市委第一书记兼市长任白戈同志找我谈话，告诉我，周扬亲自给他打了电话，转达了我的要求，市委也已做出安排，让我参加工业和基本建设方面的工作。

我不禁喜出望外。到重庆的第一天的晚上，我感慨不已，度过了一个不眠之夜。我算算年龄，还只有五十二岁，下决心再来个"八年抗战"，踏踏实实干一番事业，到六十岁退休……也许还真能干出点成绩来，也许还可以写一个好长篇。

　　我于是精神振发，天天跑工厂、建筑基地，参加工厂的四清运动……真觉得别有一番天地。

　　我也不免经常想到周扬的一句话。那是我离开北京前，周扬找我到他家里谈了一次话；在和我紧紧握手告别时，我没有想到，这位我一向认为是坚强的马克思主义的理论家，显然有些激动，发出了这样一声感叹：

　　"你此一去，塞翁失马，焉知非福？"

　　我当时也感到心头一震，难道他也认为我应该跳出文艺这个苦海？我顿时又觉不应该这样来看周扬……反正，我总算是脱离了文艺这个怪圈了。

　　谁想得到，我只有一年的福气。

　　"文化大革命"开始了。一九六六年六月市委组织部长通知我，去北京开个会，大概两个星期，带点换洗衣服去就行了。

　　飞到北京立即被送到文化部集训班。一位解放军军官找我谈话，问我你这次来有什么想法。我就如实讲了组织部长是怎样通知我的。他神秘地笑了一下。

　　过了一两天，当时的文化部长肖望东做动员报告，要对文化部进行"犁庭扫院"，做彻底的清查。文化部门污七八糟；简直是上海的"四马路"。

　　然后，没有点名地说我：

　　"有人说，他来开两个星期会就回去。不行！问题不查清楚，两年也回不去！"

　　后来形势的发展，证明他也缺乏远见。我不仅是两年没有回去，而是九年之后才押送回重庆的。

更可悲的，越查越查不清楚，不多久，肖望东同志也成了"走资派"；还和我们文化部老"走资派"同台被斗了好几次。我经过无数次的批斗，然后送到中央新闻纪录片厂由群众专政，在锅炉房监督劳动，终于在一九六八年秋天，被北京卫戍区宣布实行"监护"，入狱将近七年，于一九七五年五月才恢复自由，又被送回重庆，在重庆市图书馆历史资料宝库清理旧书刊，写了三年的卡片。

一九七八年的春天，我这个六十五岁的老人终于迎来了一个真正的春天。

原来是夏衍同志在春节之前，突然给我寄来一个小包裹，是一包花生米和一些香肠——他知道我爱吃花生米。三年困难时期，夏衍同志在四川饭店请上海电影界的几位朋友吃饭，让我点菜，我就要了三盘油炸花生米。他还戏称我为"花生米大王"。

夏衍信上只说这是"探路"，不知道我能否收到，如果收到，就赶紧给他去信。我热泪盈眶地立即回信和他联系上了，然后他劝我写一份申请复查的信寄给他，他设法转给邓小平同志。

我请求党中央对我的问题重新审查的报告，经夏衍同志托方毅同志转交给邓小平，他很快地就批交国务院一办复查。

春节前夕，重庆市委书记钱敏同志找我谈话，说国务院一办打电话来，我的问题已决定平反，一过春节专案组就来宣布复查的结果，先通知我，好好过一个春节。

当时《人民文学》的主编张光年同志从夏衍同志处知道我的问题即将平反时，就来信约我为周恩来诞辰八十年写一篇纪念文章。

我在三月初，重新提起笔来，写了《永恒的纪念》。

从一九六四年文化部整风到一九七八年平反，整整十四个年头，除写了无数的检查、交代，我没有写过任何东西。

我真没有想到，重新拿起笔来写作，却又是从一个幻想开始。

我在《永恒的纪念》中写道："多少次，我想拿起笔来写点悼念、回忆总理的文章。但是我被剥夺了这个权利。悲痛都有罪，悼念更有罪。

写了也没有地方发表。我只得在痛苦的熬煎中发誓：一旦能拿起笔来时，就首先要写回忆总理的文章。自然也觉得，这可能只是幻想……"

我的第二次创作生涯，从这个幻想开始，这真是个悲剧。

我实在没有想到，我从六十五岁开始，又重新恢复了写作的生涯——其实，这是一场最后的拚搏。到今年为止我已经写了十四年，正好弥补了那失去的"文革"前后十四年的空白。

新时期以来，我的工作调动频繁，还是忙于行政工作，也还是以写评论为主，写了近一百二十万字的各种评论。能够称作创作的散文，才不到五十万字。如果说，我的著作中还有少量可以留在人间的，大概也就是这些散文中的部分篇章了。不是我写得好，而是那些美好的人格和心灵，真诚的信念，真挚的情感——人间的真情，是永远不会消逝的！

明年我就进入八十岁了，在极为有限的暮年烛光的摇曳之中，我还能写多久，写多少？还能给读者留下多少可读的作品？谁知道！

我的小说梦幻灭了。

但我真挚地期待一个百花齐放、丰富多彩、气势磅礴、真实感人的小说大潮的到来！

但愿，这个小说梦能够早日实现。

一九九二年八月二日

（原刊于《收获》1992 年第 5 期）

书生荒煤

李子云

在我的印象里，三十年代的作家常常成双成对地出现，比如，尤兢和凌鹤，丽尼和荒煤等等。他们不仅是同时出现于文坛，而且在其作品的体裁形式、内容风格方面也有某种类似之处。在初中时代，有一段时期我最喜欢散文。文化生活出版社丛书所收入的何其芳、丽尼、陆蠡的《画梦录》《黄昏之献》《鹰之歌》《竹刀集》，等等，我几乎无不反复诵读。连同该出版社出版的翻译的作品，比如屠格涅夫的《门槛上》，我也不漏过。

初中时代，正是做梦的年纪，喜欢文学的少年，自然最喜欢那种带有梦幻色彩的，以轻盈曼丽的文字承载着淡淡的怅惘与哀愁的美文。何其芳、丽尼这些作者的名字本身就美丽得惊人，而那些集名如《黄昏之献》《画梦录》等则更令人回肠荡气低回不已。当时，我常常将这些集子中的文字，整段整段地抄录在本子上反复背诵。"文化大革命"中被抄家时，我还发现那些已经破损的本子保存在书橱里。至今，丽尼所译的《贵族之家》的结尾，我仍然背得出来，而且后来每次再读这段文字时我都能记起第一次读到时在心中所引起的颤动。那种感情境界正好与那种还不知愁却要强说愁的心情相契合。

当时，我认为荒煤写的也是散文，也将他归入这些一咏三叹的诗人的行列。我觉得他们大概都是一些羸弱、憔悴、面露迷惘之色的书生。

到我进入高中以后，我开始参加反蒋学生运动，与"强说愁"的心情告别，同时也就与这些作家的作品暂时疏远了。当然，它们对我的影响并未消失。

没有料到，一九四九年之后，我进入宣传文化部门工作。而且很快就得到直接接触那些我心仪已久的作家的机会。我在好几篇文章中已经写到过，相见之下，大部分作家与我想象中的他们有很大的差异。每逢第一次见到某一位作家时都有很不同的感受。第一次见到何其芳，我非常惊讶《画梦录》如何出自这样一位五短身材、肢体和面部器官都胖胖圆圆而且全无神采的人士之手。在他身上完全找不到那种做白日梦的诗人的气质。他的外部形象与他后来所写的理论批判文章倒比较接近。这时，我突然悟到，这大概就是不断进行所谓"脱胎换骨"的改造所得到的"正果"。这种"正果"对于我们这类年轻人来讲是不可企及也很难想象的。

见到荒煤时我的感觉则是另外一种。那种感觉只能用"别扭"二字来形容。在他身上，既缺乏领导干部的那种威严，又没有文化人的那种随意。让人在他面前不知所措。

我第一次见到他大概是在一九五二年，在我随夏衍同志去京开会的时候，见到他之前我已经知道他是中南军区文化部长，是位部队首长。但是，见到他之后，我觉得军装穿在他的身上并不合适，略嫌纤瘦的身体在军装里面显得晃晃荡荡。那身军装和他脸上的表情更不协调。那张中间微凹的脸罩着一层说不清的忧郁。这还不够贴切，也许应该说是郁闷压抑。他说话时声音很低，并且很少注视谈话的对方，让人觉得无从与他接近。在他于一九五三年调到北京任中央电影局副局长之后，我见他的机会增多了，但是，我仍无法与他进一步熟稔起来。不仅对我，我看到他对不少人仍然说话极少，从来没和谁开过玩笑。似乎满脸挂着一层霜。这可不大像个文化人。当时文化电影界的前辈对我们这些"小鬼"们，大都很亲切，有时还流露出一种对晚辈的"爱怜"。今天回想起来，大概是当时我们朝气蓬勃地为革命奋力工作的种种表现，让他们想起了他们自己的年轻时代。因之，我们对于他们，在大多数情况下，都不感到拘束，有时还直呼某些人的诨名绰号。但对荒煤我们可不敢。

当然，他也并非永远表现得冷若冰霜。在与夏公或其他电影界人士谈到什么可笑的事情，别人都开怀朗声大笑的时候，他的脸上也会绽出一个无声的笑容。在这个时候，他的面部表情完全改变了。他的眉目舒展开来，嘴角上弯，似乎罩在他脸上的一层透明的硬壳化解了。整个面部的线条都变得柔和起来。然而，这种表情转瞬即逝，笑容一去，脸上阴云重新密合，又恢复了常态。

因此，那段时期，我一直觉得不知为什么他总是拒人于千里之外。特别是由于我和他有一次直接的谈话，更加强了我的这种看法。

那是在夏衍因潘汉年事件去京接受审查、决定留文化部任副部长不再回上海之后，正好荒煤来沪。夏公来信要我就我今后工作去向的问题去和他商量。当时我的心情极为惶恐不安。因为这是我第一次受到政治运动的冲击，我完全没有思想准备。第一次接受审查就涉入如此严重的"反革命"案件，并且由张春桥这样的人物亲自找我谈话，要我交代揭发有关潘汉年的一切反革命活动。他不容我分辩一句。而我又实在没有什么可交代的。我所受到的压力非常大。正处于这种不知所措的困境中的我，自然希望有一个人能为我指点迷津。当然我也非常想从他那里知道夏公当时的真实处境。虽然夏公已被任命为文化部副部长，但他毕竟是去接受审查的呀！夏公既然不回来了，那我究竟到哪里工作为好呢？我是绝不愿意留在张春桥领导下的市委文艺部，可是去哪里呢？我满心惶恐却找不到一位可信赖的长辈去倾诉。荒煤的到来，对我来说真是及时雨。我满怀希望地跑去看他。然而，这次见面使我好失望！见了面，他一如既往，点点头让我坐下，连个笑容都没有，更别说主动问我什么了。我满肚子的话全都烟消云散，一句话也说不出来了。他当时和我讲过什么，我一句也记不起了。我只记得当时在他面前如坐针毡，心里只盘算着如何告辞出来。

出门之后，我好不懊恼，原是不该跑来的呀，自己本来就跟他不那么熟悉，怎么向他来讨主意呢?！真是多此一举。

这件事我至今未和夏公、荒煤讲过，很可能荒煤早就把这件小事忘了，可在我心中留下难忘的印象。

我重新认识荒煤、改变对他的看法是在一九七八年之后。其实，他并不是一个我所认为的那种对一切都无动于衷的"冷面人"。他本质上是个书生，是个性格内向感情丰富纤细的书生。

这种看法的改变出自两个方面的原因。首先是在我与他的接触机会增多、摆脱了某种上下级关系的拘束之后，对他的了解深入了。另外一方面，也是更主要的原因是，一九七八年他重新拿起笔，开始进行中断了三十多年的文学创作，写出了一系列动人的散文。在散文中他打开了自己封闭已久的内心世界，回顾过去，审视现实，让人看到了一个充满人情味的荒煤。

非常有趣的是，许多人（当然不是所有的人）在经历过几遭灾难之后，突然幡然觉悟，实行了自我解放。他们既挣脱了长期以来环境加诸自己的种种压抑人性的清规戒律，也解除了为了自我保护而进行的自我约束，显现出自身的本色。荒煤也意识到了这点，他在一九七九年写的怀念齐燕铭的文章《不能忘却的纪念》中讲到了类似的意思，但他讲得委婉有致，而不像我这样直截了当。他说：

真正了解一位老同志是不容易的。因为他们经历过革命的风雨锻炼和考验，原来性格中的某些东西已经被掩盖了，只能在一些特定的场合下才又重新显露出来。仅仅在一般常见的工作情况下，不容易发现他灵魂深处的东西。只有在一种特殊的情况下，似乎由于偶然的机遇，一种潜藏在灵魂深处的火花突然爆发出来，涌现出激情、痛苦、真诚甚至天真的东西，也就是说，在这闪现的火花中，突然显现出性格上本质的光辉。

他说的是齐燕铭，其实这也是一段自我写照。

我第一次发现这种变化是一九七八年我在中国社科院文学研究所见到他的时候。那时他刚刚就任所长，我则是在经历了"文革"之后第一次到北京。一见面彼此就兴奋地讲起共同熟悉的同志的近况。他还极力怂恿我立即去看那天正好来社科院办公的周扬。这时我发现他与过去判若两人。好像蜕下了那层硬壳后，人变得轻松自如了。从此我在他面前也像在某些熟悉的前辈面前那样无拘无束。在某些问题上遇有看法不同的时候，我也会直言不讳地和他进行争论。有时讲话甚至没轻没重。比如，他在文学所工作时，和后来他从文化部退下来之后，他仍对电影事业恋恋不舍、念念不忘。按照我们一般人的看法人退下来就该撒手了，有意见可以写文章表达。因此，我就常以开玩笑的方式有意地激将他说：您何必"单相思"，让人觉得您恋栈。他虽面孔微红地申斥我：瞎说！却也并不恼怒。

我真觉得他阴差阳错地回到文学岗位上来对他是一大幸事。他的所长原本在于文学创作，而不是行政管理。从他发表头几篇悼念文章开始，我就觉得他不愧为一位散文高手，搁笔三十年后文字未见滞涩。他的悼念文章不像有些文学新手那样毫无节制地一味悲天恸地地哭号。在他的文章中固然也流露出哀伤之情，但他更善于通过一些富于表现力的细节进行抒情，显示了作者细致的观察力、精确的记忆，和细腻的感情。特别是怀念齐燕铭的那篇《不能忘却的纪念》，是写书生挨整遭难的一个精品，读来不但令人回想起那个可怕的年代而心悸，为之心酸，而且读到某些段落还会让人发出感叹的苦笑。在此我引录两段。

（1964年）有一天，文化部党组务虚，研究究竟为什么犯错误，犯了什么错误，有的同志有不同意见，另一位同志则侃侃而谈，说他早已预料到会犯严重错误……燕铭突然站了起来，说了一句，"文化部搞得这个样子……"就失声哭了起来。夏衍接着紧紧把一双手捂着脸，低下头来。我也再不能睁着眼睛去看别人了，也觉得眼前一片模糊。燕铭这一哭，把大家的心情都弄得很沉重。我甚至埋怨他，真是书生气。哭什么呢？——

这种没有任何铺排渲染的白描式的写法，反而留给读者更多思索的余地。另一段写到"文革"中闻名全国的一件事：造反派在北京工人体育场召开几万人的批斗"黑帮"的大会之后，立即印发了一张所谓《百丑图》流传全国。凡见过那张印满一幅幅被扭曲得千奇百怪不成人形的"牛鬼蛇神"照片的印刷品的人，大概都不会忘记那些惨不忍睹的形象。荒煤写到齐燕铭也被揪去了，回来之后，他没对荒煤说自己遭受到什么样的折磨，反而评说"这个会开得不好，秩序很乱，发言听不清"，还讲到有位比他更大的"黑帮分子""在散会后，居然对造反派头头们埋怨了一句，'你们怎么搞的，这个会开得乱七八糟的！'结果马上被人揍了一顿。"这还不算，荒煤紧接着写道：

第二天我上街去买小报，我在一家机关门口看到了昨天揪斗大会的一张"百丑图"。燕铭那一张照片的姿势实在很不妙，是"飞机式"，弯着腰，两手被扭到背后，头却被拽着不长的头发向上仰，于是燕铭那双近视眼就翻着白眼，像是惊恐，又像是痴呆的样子。一想到昨天他回来后那么高兴的神气，我真感到难过。

回到宿舍我告诉了燕铭。没想到他向我详细打听这个机关的地址。他居然要去看看这张《百丑图》。我不同意，说："别让人认出你来，多麻烦。"他笑笑，说："我想去看看是什么样子。"他犹豫了一会儿，但还是戴上个大口罩，把帽檐拉得很低，跑出去了。可惜没有找到，回来还觉得很遗憾。

读到这里，真是说什么好呢？只能说：书生啊，书生！你们真是要多傻有多傻！这些书生中既包括齐燕铭，也包括荒煤。

由这些散文，我就想起了四十年前与丽尼齐名的那个荒煤。一次我向他讲起我初中时代读过他的散文，未想到闹出个大笑话。他当时十分诧异地说：我没写过散文，你说的是丽尼、何其芳吧。我十分有把握地报出他文集的书名《忧郁的歌》和《长江上》。他宽容地笑笑说：那写的是短篇小说和报告文学，不是散文。我还有点不服气，事后找出他当年的作品来看。应该说，他的小说和报告文学都带有散文的气息。他的小说不注重情节。他的报告文学也不像夏公的《包身工》那样严守客观纪实的界限，而侧重抒情。它们多以感伤的调子向人们诉说那些辗转挣扎于饥饿、死亡线上的社会底层的贫民的种种痛苦与不幸。与丽尼、何其芳的那种具有梦幻色彩的情调相比，他所表现的显得更实际一些。但是，他也是以悲凉无助的调子唱着一首首忧郁之歌。它们可以说是散文化小说和带有散文色彩的报告文学。

我认定荒煤的作品更接近散文。他是一位擅长抒情的散文家。

他在一九七八年以后所写的散文，绝大部分是回顾自己的过去和悼念谢世的友人。许多散文带有回忆录性质，但它们不仅限于记叙事实，它们不但记叙了他的人生不同阶段的状况，而且抒发了当时的各种感受。他写了童年少年时代贫穷的家境，小小年纪就不得不出入当铺、不得不到亲友家去告贷。由于付不起学费，他曾不得不忍受校长、同学的冷眼。他写了他所经受过的饥饿，他所写的饥饿比张贤亮和阿城的饥饿早了三十年，比张贤亮更为不幸的是他没有马缨花的接济，而且在他同样感到来自于饥饿的眩晕的时候，还是把仅有的三个铜板送给了比他更可怜的六岁的孩子。他写了一九二七年大革命带给他的憧憬与希望，也写了它的失败给予十四岁的他几乎是毁灭性的打击。他写了在朋友们特别是丽尼的帮助下，走进"左联"、走上文学道路，然后走向延安。他写了始于一九六四年的文化部整风和"文化大革命"中的监狱七年。他写得情真意切。他坦诚地袒露出自己的内心世界。通过这些文章，他告诉了我们，从童年开始的无法摆脱的贫穷和屡遭挫折，造成他终生多噩梦和从少年时代就患上了忧郁症。这不是那种时髦的置于口头的忧郁，而是病理上的真正的忧郁症，以致造成了他的孤僻、忧郁、内向的性格。特别是在《梦之歌》中，他围绕着一生无法驱除的噩梦，将昨天、前天和今天，将一生中所经受过的最大的痛苦和一些美好的记忆和憧憬，尤其是对母爱和家庭温暖的渴望交织写来，使我们看到在冷漠的外壳下是一颗布满伤痂的心。我感到了惭愧。单凭自己几次极其表面的接触就对别人进行臧否的评价，这是多么幼稚。我不仅对他有了进一步的理解，而且，对于他在某种情况下，可能仅仅是为了逃避寂寞而表现出的有限度的妥协，不免产生一种同情与谅解。一个晚辈说这种话，也许是对长辈的冒犯，但是，我说的是实话，希望荒煤同志别生我的气。

荒煤的这些散文不仅让我增加了对他的了解，其中有几篇还引起了我长时间的思考。那就是忆及何其芳和丽尼的那几篇。不知道荒煤自己是否意识到，它们分别表现了由同一出发点同时走上创作之路的三位散文家的三种截然不同的结局。这是怎样造成的？是由于机遇？还是性格？可能这些因素都起了一定的作用吧。

也许由于我的期望太高了，因而对于《忆何其芳》这篇文章感到有些失望。它记叙了荒煤与他之间由上海到延安再到北京断断续续的交往和友谊。也生动地赞叹了何其芳一直未泯灭的书生气，但是，他未能解开我心中长期存在的那个疑问：诗人何其芳是如何消失的？如何评估他的成败得失？虽然文章也隐隐约约透示出这是一个最终将自己思考的权利托付给别人的知识分子的悲剧。只是不知道这种叙述的简略和隐晦是来自荒煤对他的变化过程了解得不够充分，还是由于对他的变化理解得不够充分？

回忆丽尼的文章则完全不同了。不仅在悼念丽尼的两篇文章《一颗企盼黎明的心》和《告慰丽尼》中，而且，在其他文章中，凡是出现丽尼的地方，无不流露出在荒煤身上笔下少见的柔情。（请允许我横插出几句。这类感情我所见到的还表现在他对待夏公的关系上。他经常去看望这位已过九十岁的老人，话不多，停留的时间也不长，往往还带些老人喜欢的东西。就在那种经常不断对坐中流动着一种真情。）当然，荒煤与丽尼的关系非同一般，丽尼不仅是他文学上的带路人，而且在他最困顿的时候曾以自己的家为他遮风蔽雨。这种关系自然动人。但是荒煤对他的追忆并不限于两个人之间的情谊，而是细心地描述了他的充满矛盾与苦难的毕生经历。他不能抛弃为他叛离了家庭的妻子和稚女奔赴革命前线，他又永远不能忘情于青年时代的理想。他一生良知未泯，拖着沉重的家庭重负，他仍于独行中坚守自己的信念。他曾在最危险的环境中为革命提供过重要情报，做出过极大贡献。但是在后来的一次一次政治运动中，他却受到极不公正的待遇，直到抱屈含冤而死，他也不肯为自己辩白一句，哪怕是对至亲的人。荒煤的描述让人看到，一只擅长于忧郁的爱情之歌的夜莺，一度曾想和鹰一样振翅高飞，但它毕竟缺少鹰的体魄和力量，终于铩羽陷于泥沼。最后连夜莺的婉转的声音也发不出来了。我们不禁想到，何其芳和丽尼，前者一直置身于历史的中心旋涡，唱着他并不擅长的歌；后者置身于旋涡之外，但也完全沉默了下来。他们选择了不同的道路，然而在一点上是相同的，那就是作为美文家，他们都陨落了。在历史剧烈的变动过程中，难免有人牺牲于历史前进的车轮下，作家也不例外。这令人感到遗憾而又无可奈何。

荒煤有幸，在风风雨雨之中走过了曲曲折折的道路，但终究在晚年回到了作家的岗位，使他的书生本色得以复归，虽说这一复归毕竟来得太迟了一些。从荒煤在他文章中屡屡发出的年龄不饶人，所余时间无多的叹息中，我们可以清楚地感受到他的于心不甘和到底意难平。然而，人生哪能没有憾事？比之那些终于没有能够圆上作家之梦的朋友们来说，他毕竟在有生之年找回了自己，应该感到自慰了。您说是不是呢？荒煤同志。

一九九二年八月十二日

（原刊于《收获》1992 年第 5 期）

毕竟是文章误我，我误文章

卞之琳

　　远在一九四八年尾我离开客居年半的牛津中世纪大学城及其西乡柯茨渥尔德中世纪山村，乘船转经香港，于次年三月回到北平，此后三十年间，虽然在报刊上发表过不少文字，只偶得机缘出版过两卷著译：一是抗美援朝初期印行，随即自嫌其庸俗鄙俚的失控诗集；二是"大跃进"前夕问世，常引以沾沾自喜的莎士比亚悲剧《哈姆雷特》诗体译本。一九七九年开始，才得以编理出版新旧著译多种，先是着手汇编诗卷《雕虫纪历1930—1958》，接着编出杂类散文卷《沧桑集1936—1946》，后者于一九八〇年交去付排时，曾撰卷头题记，篇末近似自作小结说，早年在上海四马路一家唱片铺觅得几张已成绝响的南昆旧唱片，记得从其中一张听到过一段曲词，有句云"文章误我，我误"什么，什么，曾被我记成了"文章误我，我误文章"而感慨系之。仿佛唱片的一面标有曲段名《扫松》，说不准是否即出此，当即不顾会不会以无知见笑，贸然写信问俞平伯大方家，承老人家亲自函复，答称两句"文章误我"后边，应是"我误爹娘"和"我误妻房"，见《书馆》一出，我才恍然：原来竟出自我从不感兴趣去翻读的宣扬封建伦常的《琵琶记》曲本，竟出自我太不敢恭维的剧中主人公蔡伯喈之口！这个传奇化人物号称忠孝双全，实际上在官场情场两方面都自鸣得意的，到二十世纪二十年代，在留美中国学生把原曲剧改编成英语话剧演出中，还荣获梁实秋青睐，亲自登场，饰之以粉墨，赋之以血肉，实属稀世的幸运儿，"误"了他什么呢！

现在，我宁愿从记忆中剔除这个人物太令人不愉快的面目，趁感谢俞平伯为我指出这两句话的原样和出处的时机，捎带提一下当年他的老师知堂老人喜说他的一个笑话：一天这位弟子兴冲冲带了笛师去老师家为他清唱昆曲，不料唱到高亢处，竟然惊起了院中家犬的狂吠，大煞风景，云云。我亲听到此说，是在一九三四年秋后，当时我协助靳以执编《文学季刊》，主要分担附属创作月刊的编务，找知堂老人约稿，由与他相识的李广田陪去八道湾，承老先生慨允供稿（后如约寄来《骨董小记》和《论语小记》先后发表在《水星》月刊上，至今还是耐读的小品），在苦雨斋受苦茶款待，佐馔了这则隽永的笑料，这则并非虚构的新"世说"，令人开怀，令人难忘。

至于我引这两句酸溜溜的曲词，则纯属不自量力，妄学人家才子气或者道学派口吻，借以为自己的不成器推诿而已。想当初，先父被赶鸭子上架，为接管祖业而弃学从商，最后在破产前勉力挣扎，因时势所迫，不得不每每趁我放学在家，敷衍教我打打算盘，无奈我天生不会算数，冥顽不灵，而老人家也抑止不住私心的爱好，假托作为遣兴，就在算盘旁边，摊开一本《千家诗》《唐诗三百首》之类，教教我翻读，这倒引发了我对有限的家藏词章方面的书籍产生兴趣，也暗自学诌过几句韵语。这可真的促使自己误入迷津，踏上了文章小道，蹉跎此生，因此如今也就多少可以借用人家现成的推诿之辞了。

可是，细细想来，到底文章又"误"了我什么呢？

比如说，我是个曲迷，却总是外行。不管看懂了多少，听懂了多少，就习惯于欣赏昆剧的一般唱腔、舞姿，一些俗得雅和雅得别致的曲词，无论见诸《游园》一类的旦角戏，还是出自《夜奔》一类的武生戏、《醉打山门》一类的黑头戏，等等。记得小时候在上海逛城隍庙，曾忽然起意买洞箫，承一位内行顾客从旁为我代挑了一枝，带回家去却怎样也学不会吹，工尺谱也不耐烦学认，遑论日后会精于擪管去侍候曲家，更无意攀比顾曲周郎，所以在这方面，根本谈不上有什么受"误"。

再如，上小学的时候我放学回家，在家父早年科举落第，改试考洋务又不成的一堆遗迹中，我总是撇开八股文范之类的抄本，而耽展几张印得古拙的世界地图，耽读《纲鉴易知录》简编什么的，一时倒有过长大去搞史地研究的遐想，后来没有耐性去钻研，去自成一家，也只能怪自己兴趣转到了文章方面，也还谈不上为文章所"误"。

长江三角洲，靠近上海一带，曾受西方帝国主义入侵所带来的精神污染较深，甚至在乡间一些地方，哪怕非教会学校，从初小高班就开始有英文课。在自然经济凋敝过程中，乡镇破落户人家往往冀望子弟能到洋人当权的邮务海关机构从业进身，以博较丰厚的薪给。受潮流席卷，先母难撑困顿家境，也就特别鼓励我多学点英文，想不到这却导致我对西方文学的关注。然而我也本不是会从邮务海关出身而成为经世大才的料子，所以也不能怪文章对我有"误"。

凡此种种，似都无从推诿文章误了我什么。说我有误文章，倒有点道理。我幸承师友提携，俨然"少小知名翰墨场"，不免有点飘飘然，反误了我日后自我加鞭，做出一点什么贡献，有负当年长者厚望，实无法作任何别的推托。

暮年萧瑟，为了稍自解嘲，撇开令人令己两不快的琐忆，试举一度倒确曾为文章（《红楼梦辩》）害苦了的俞平伯前辈，和他那位当年还保持清白的知堂老师的一段小插曲，供大家一粲，即使阿Q式聊自提提精神，不好吗？只怕在这个场合，信手拈出这个笑话，可能反弹到自己身上，所以我得声明一下，我还决不至于借此暗示自己的文章是对牛弹琴而徒惹犬吠，那就太不像话了。

就事论事，说来也妙，知堂老人倒真的是被文章所误，应算是舍不下苦茶庵，留连文章光景，一九三七年北平沦陷，他就是不肯出来，市隐守书城，遁世终落水，从此声名扫地，却又只能叨光过去一手好文章传世了。世事就这样颠三倒四！

再回到我自己，本来当真记错了两句曲词的原文，确是想实事求是，将错就错，即以此给自己作一个好玩的题词，结果却显得出言不逊，俨然像自命已经身历了《人间词话》里用现成词句取譬的人生与学术追索的三步境界，特别从"望断天涯路"跳到了"灯火阑珊处"，不像吗？

弄真成假，反成了虚伪的借自谦以自傲，直弄得啼笑皆非！

善哉，舞台一世界，世界一舞台，人生在世，谁都得不由自己演一下愿意不愿意担当的角色，令人肉麻也罢，可资玩味也罢。所幸，《错中错》总是喜剧，因此到头来《皆大欢喜》，但愿如此。

一九九三年十一月二十五—三十日

（原刊于《收获》1992 年第 5 期）

圈子外的圈子外

江弱水

到北京去拜访卞之琳先生，在我已是十年来的第四次，而妻子却是头一回。她一直就很想见老人家一面。那年我们结婚，我和她曾收到卞先生寄来的一份极不寻常的礼物，他新出版的最得意的译著《莎士比亚悲剧四种》，"以志双喜"。记得当时我跟妻子开玩笑说，悲剧，悲剧，人都说婚姻是什么坟墓，这不，麦克白是给太太坑的，奥瑟罗又把夫人杀了。咱俩要是合不来，只图个好聚好散吧。想必卞先生早料到自己的礼物会引起这番骇人的联想，所以他在信中说，相信你们不迷信，不会有什么忌讳的。

夜的北京城越发显得光华四溢了，相形之下，卞先生曾为之一"鸣"的"漏室"，灯光却有些黯淡。什么都没有改变，他老人家，清癯，慈祥，依然戴着那副旧式的半圆边眼镜，依然坐在旧书桌前那张老式的圈椅里，缓缓的语调是浓浓的吴音，偶尔为沉思打断。每一次这么面对着卞先生，总是有一种特别的感觉，就像五十年前陈世骧先生所描绘过的，觉得他像影子般虚幻，叫人想起远天的浮云。

我们谈起二月间去世的冯至先生。我曾在《人民日报》上读到了卞先生不久后所写的悼念文章，深深感受到两位老人长达半个多世纪的情谊。一九九〇年，北京为卞先生八十诞辰和著译生涯六十周年举行庆贺会，冯老特写了《读〈距离的组织〉赠之琳》一诗；九一年，香港《诗双月刊》出版《冯至专号》，卞老也作了《忆〈林场茅屋〉答谢冯至》一文，情往以赠，兴来而答，是两位老人之间最后一段文字因缘。那座林场茅屋，是冯至先生四十年代初在昆明东郊山间为避空袭而借得的临时寓所，他曾在那里写成了一生中最有分量的诗、散文和小说。一九四三年暑后，冯先生返校开课，曾邀请卞先生去那儿独居了半个多月。在一个中秋之夜，卞先生写下了他一直写了几年的长篇小说《山山水水》初稿的最后一个字。那是一段极其素朴而又美好的日子，每天工作之余，一个人恬然剔米洗菜，生火做饭。干枯的松球在炉膛里炸裂，溅出噼啪的火光，就像他迸发的诗情与文思。隔了半个世纪的烟尘回望，俨然已成新文学史上闪闪的星星，正如冯至先生赠卞先生诗中形容他的："这星座不显赫，/却含蓄着独特的光辉。"

记忆的蛛丝在逝去的年光中飘忽游移，竟勾起了一些小小的虫豸。卞先生对我们说起了当年的趣事。

六十年代中期，中科院文学研究所将外国文学研究人员分出去，到安徽寿县"下乡建所"，新调来冯至先生当所长。有一阵子，卞先生和他一起住在公社的中心住所，俩人对卧一室。稻草垫，木板床，受臭虫滋扰，卞先生总是转侧难安，只好眼睁睁地看着对面床上冯先生酣然入梦。天晓得他如何睡得着？晨起一问，冯至先生得意地声称：他不怕臭虫，臭虫怕他！

再就是更久远的事了，远在一九三八年与一九三九年之间，卞先生随八路军陈赓旅七七二团转战太行山一带，同行的有吴伯箫等人。他清楚地记得，有一回与两三位延安来的搞美术宣传的青年学生同炕过夜，其中有一位内穿的红色毛线衣上，密密麻麻嵌满了虮子，就像是一身雪花。卞先生难免受到"移民"之灾，深以为苦。在战斗的间歇里，或行军的稍息中，大家一起避风晒太阳，就脱下棉军衣，翻开衬里捉虮子。每捉到一个，便用两只大拇指使劲一夹，即爆出一声脆响。卞先生边说，边兴致勃勃地给我们做起示范动作来。

照说，当年在抗日军中有这番扪虱的纪录，大可在往后的日子里时不时痒痒地挠给人家看，说不定可以免于再遭臭虫叮咬之苦，可是卞先生从来没有那么显摆过。他不会把"虮子"翻译成"抗战"。这说的是卞先生耳闻而未身历，却在好几处文字中提起的一件妙事儿。一九三八年英国诗人奥顿与小说家衣修午德来中国作战地访问，台儿庄战役后，在汉口的一个有军政要人们到场的集会上，奥顿朗诵了他的新作《一个中国兵》，由一位通晓英文的中国作家即席译出。衣修午德大概听见掌声响得不是地方，事后便问陪行的翻译，那第一行"被他的将军和他的虱子所抛弃"是怎么个译法，方知被译成了"穷人和富人联合起来抗战"，不禁莞尔。十年以后，也就是一九四八年，当他邀卞先生相晤于伦敦的皇家咖啡馆时，想必还忘不掉这则趣话，忍不住拿来开胃佐餐了。

也就在那年年底，卞先生离开英国到了香港，然后又同戴望舒一起冒充货船押运员从天津塘沽登陆。此后三十年里他与诗歌发生的几次短暂的联系，总是招惹别人的攻讦，或是增添自己的遗憾。"大跃进"之后的二十年，更是与诗界了无关涉，就像前些年在给一位台湾诗人的信中所说的，他本职是外国文学研究，属于"外"字号，自从一九五八年新诗发展问题大讨论后，就益发见"外"了。

说是见外，其实不如说是自外吧。卞先生对一切占地盘、爬高竿的事儿都搞不懂，做人就像他的做诗，情感偏于内敛而心思特别执着，用他自己的话说就是矜持，碰到许多场合就自然行不通，更谈不上吃得开了。比如，一九三九年他曾写过一首致毛泽东的诗，跟千千万万用滥了的意象用油了的腔调格格不入的是，他以一种平等的姿态，以近乎冷处理的方式，写那双下棋、开荒、写《论持久战》的手，写那个著名的指挥"打出去"的手势，这在习惯了"红太阳"、"大救星"的读者看来，简直不可思议。又如一九五八年那场争论，那些主张新诗形式民族化，说穿了也就是民歌化的人明显具有政治上的合理性，可他和何其芳仍然坚持要借鉴西方诗歌形式，洋为中用，这又是不合时宜，甚至不识时务了。

近年来，米兰·昆德拉小说中的"媚俗"主题引起了人们深入的思考。我想，卞之琳先生是当得起"不媚俗"这三个字的。当然，不媚俗的人也就不可能为俗所媚，但他不以为意，而自甘淡泊，自守寂寞。他最是看不惯那些疏于学术却精于术学、忙着捧人更急着人捧的文化人，他说这种人是一身的"江湖气"，而许许多多的学术会议上，就数这号人多。的确，我自己就见到过这阵势，心里直想着金庸小说里常写的、洋溢着喜气和怒气的武林大会。

我们谈起现在的诗。卞先生指着桌上一堆诗刊诗报，生气地说："玩得是不是太过火了？到处都是波德莱尔的通感！"对此，我正有同感。大家都在歌唱心灵和官能的热狂，都在用眼睛听，用耳朵看，倒弄得好像不大会用眼睛看，用耳朵听了。事实上，梦也好，疯也好，在波德莱尔那里，原是经过了精打细算的，就像在卞先生自己的诗中一样。三十年代中期的卞诗，由于多层次，多角度，富感性，富智性，加上批评家的一些曲解和他本人不得已的几句辩解，从而招致了晦涩的名声。但是，同后来这些非理性色彩过于浓重的一路诗人不一样，他一直主张诗要从"实"到"空"而不是从"空"到"空"，一直强调诗歌文本表层意思的清楚明白，讲求诗思的逻辑性和诗意的可解性，虽说不一定非作唯一的解释。一句话，他反对扭断语言的脖子。

作为一个诗人，三十年代的他，人目为先锋派；晚年的他，自认为保守派。弗洛斯特说过，他年轻时不敢太激进，怕的是老来变得保守。

可是在卞先生的场合，早年的先锋性并非出于自封，其中就有他一贯的坚持。但世事说来总让人啼笑皆非，如今那些晦涩得过分容易的诗人，说不定正以卞之琳为一个始作俑者亦未可知。他不是一直就被人认定了"看不懂"吗？芦沟桥事变前夕，梁实秋化名为一个中学教员攻击过他的一首并不晦涩的诗"看不懂"；抗美援朝时期，他写的几首颇为浅俗的诗也曾被人评为"看不懂"，这个名号仿佛他一辈子都坐定了，以至于有一次，我写了一首运思艰涩、下语隐曲的长诗，卞先生看了，戏说自己已观念落伍、反应迟钝了，"我不得不把过去人家动不动总给我戴的'难懂'的帽子顺手转抛给你。"

说起梁实秋，倒有几句题外话。大约是五六年前，我跟卞先生谈到余光中纪念梁去世的那篇《秋之颂》，卞先生来信说，那篇文章写得真好，不过，他因此想起一件事，现在怕是治新文学史的人都未必了解的，那便是梁实秋误信了所谓卞之琳在某某场合说他的英文不行的谣传，于是匿名为文攻击卞诗并顺带攻击何其芳的散文，发表在胡适主编的《独立评论》上，当即引起了很多人不满。周作人、沈从文撰文为之一辩，废名则当面质询胡适，而胡适自己也发表意见说，卞之琳那首诗实在没什么不好懂的。事情过去半个世纪了，旧事重提，只在提醒我，现在年轻人多知道梁实秋《雅舍小品》的一面，却不知道他"秋郎"的一面，《骂人的艺术》的一面，未免偏颇。

起先，我只认识一个"丧家的""乏走狗"的梁实秋；渐渐地，我知道了他有一个家，叫"雅舍"，而且就在我日后所在的重庆北碚。眼下，各种版本的《雅舍小品》怕已出了不下百万册，而鲁迅那篇文章想必也已从中学课本里给删去了。从前的标语，现在的广告，都无意于给我们一个囫囵的人，却老是片面而且极端，用《哈姆雷特》戏中戏里的一句话说："要少，就没有；要有，就多到非常"。

卞先生说他已老了，所以爱提当年的轻松事儿。他一生都不愿意人家以文弱书生看他，但似乎对自己的体魄又确实不很自信，结果，他好像一直在用行动证明自己。回头看去，正如方敬先生有一次对我说的，他真是凭了过人的毅力，做出了超量的工作，应算是文而不弱了。方老回忆说，一九三八年在成都，卞先生骑自行车，爬峨眉山，可就是不肯随方老他们脱了衣服下水游泳，盖体格单薄深恐暴露之故也。然而正是他，几个月后竟第一批去了延安，且在军中敌后跋山涉水达半年之久，叫人们不由得刮目相看。

现在，卞先生说，仿佛作为惩罚，他和戈宝权先生一样都步履维艰了，想当年在河南息县干校，却都称得上飞毛腿。他俩被分配往返邮局收发信件，常常大步流星，自我感觉像是希腊神话中的信使迈库琉斯。更多的时候，卞先生是在大田作业，他把他所属的行列叫作"野战兵团"，割稻禾，砍高粱，脱砖坯，粗活重活，东跑西跑，如今自己真不敢相信居然没有被落下。

再说冯至先生，有时也随他们一起干庄稼活。河南的八月天正是秋老虎，烈日烤得人汗流浃背，大家就索性把背心脱了。冯老也想图这个痛快，可两三回下来，那张不怕臭虫叮咬的虎背，硬是生了一层水泡！

到了八十年代，于诗于文，该说是重续前缘呢，还是了结前缘，卞先生心笔俱健，一本书一本书地出来，可精力却大不如从前了。读这些年他写给我的信，越来越多地流露出一种迟暮之感，一种衰飒的秋天的气息。一九八七年十一月四日的来信中有这样一段话：

今年北京冷得早，十月三十日阴历重九晚就下中雪，报上说是解放以来第一次下雪这么早这么大。我若没有记错，一九二九年我初来北平的那年重阳节也恰好下了雪，一转眼五十八年过去了。人老了，怕冷怕热，现在向阳的室内白天最高温度仅得七、八摄氏度，身上穿了重重衣服，行动越发不便，还没有生暖气……

一读之下，令我怆然！他从小就喜欢云，也爱写云，他自己就让人想起那一片远天的浮云，那么轻灵、纤柔的，仿佛染有洁癖，从不浓墨重彩，电闪雷鸣，却飞过了那些山，那些水。北平的荒街，太行的曙色，昆明的林场，牛津的迷雾……一一都消逝在他身后。或许他此际的心中，更爱品味着那一段珍藏的记忆，默诵着那人含嗔的赠语："轻云不解化龙蛇，只贴鬓凝成珠饰。"

我和妻子离开北京的头一天，卞先生和师母请我们去一起晚餐。餐桌上，看见卞先生拿筷子的手抖得厉害，心里一阵酸楚。道别的时候，老人家送我们出门，忽然一个趔趄，站住了，手用力把住门框。我心头一紧，只觉眼泪要涌出来。卞先生从不讳言老，也不讳言死。记得香港出版一套现代作家作品选集，其中有他的一册，他为之写了一篇序，序中说，他不得不写这篇序，是因为编辑部看他人还在，老，而不死，所以饶不了他。我想，我尽可以用"华枝春满，天心月圆"来形容他老人家现在的境界了，只是，生命的秋天对我来说总是可哀的。因此，看见那双十年来曾将我扶持、把我拂拭的手在颤抖，我的心也在颤抖。

一九九三年岁末于重庆北碚

（原刊于《收获》1994 年第 2 期）

自　述

王元化

学不干时身更贵，书期供用老弥勒。

——录公严先生句

　　我从一九三八年开始写作，到目前已有五十六年了。但认真算起来，我从事研究和写作的时间并不多。生活环境的变化也使我有好几次不得不放下笔来。一九四一年太平洋战争爆发到一九四九年，我只写了几篇短文。一九五五年反胡风到一九七九年末平反，在这二十多年中，由于偶然的机缘，我才鼓起勇气记下当时的感受。我并不奢望这些文字将来可以发表，只是为了排遣生活的空虚，想在流逝的岁月中留下一点痕迹。这期间我两次患病，一次在三年灾害时期，因营养不良得了肝炎。一次在"文革"前两年，正是我写作《文心雕龙创作论》进入高潮的时候，突然少年时期所患的静脉周围炎（眼底回血管出血症）复发了。一天早上醒来，我的右眼一片黑暗，完全看不见了。我对这意外的打击感到恐惧，那时写作是我的唯一寄托，我不能想象眼睛完了我将怎么办。在这愁苦的日子里，我的亲人为我找到上海最好的眼科医生。我接受了医生直接在我眼球上的注射，每周一次，一共打了九针。由于疗效不大，剩下的一针就停止不打了。我从消沉中渐渐振作起来，但还不能使用目力，只有请求父亲帮助。那时他已八十出头了，早已从北京交大退休回来，和母亲住在一起。每天他步行到我家，以极大耐心为我阅读资料，作口述笔录。现在我还保存着他为我誉写的八大本手稿。当我的眼睛病刚刚有所好转，持续十年之久的"文革"发生了。

我生活在一个动荡的时代，青少年时期是在战争烽火中度过的，接踵而来的则是运动频仍的严酷岁月。从事研究工作，需要摆脱世事的困扰，无拘无束地进行潜心思考。黑格尔于一八一八年荣膺柏林大学的讲席，他一登上讲台就在开讲词中说："世界精神太忙碌于现实，太驰骛于外界，而不遑回到内心，转回自身，以徜徉自怡于自己原有的家园中。现在现实潮流的重负已渐减轻，使得几乎已经很消沉的哲学也许可以重新发出它的呼声。"（大意）黑格尔说的使精神返回自身那种内心的宁静，不是生活在动荡不安环境中的人所能享有的。但是从另一方面说，艰难岁月也使人有可能将环境施加在自己身上的痛楚，转化为平时所不容易获得的洞察力。没有经受这种痛苦，没有经受环境施加给人的无从逃避的刺激，就不可能产生这种深沉的思考。这是在远离尘寰的书斋中通过苦思冥想所不能得到的。大概神秘主义者雅科布·伯麦（Jakob Böhme）把"苦闷"（Qual）作为能动的本原就含有这种意思吧。为什么有不少人一旦离开养育他的土地，在尚不熟悉的新生活中过着很少变化的宁静日子，思想反而逐渐枯窘起来呢？恐怕那些曾经使他感到不安的刺激因素的全然消失，也是其中一个重要的原因。我们应该把环境施加给我们的影响，作为我们丧失宁静生活的某种补偿，虽然这并不是我们所追求、所愿意的。相反，我们却要为命运所作的这种安排付出重大的代价。

忧患意识长期以来促成中国知识分子的思想升华。太史公所谓"西伯拘而演周易，孔子厄而著春秋，屈原放逐乃赋离骚，左丘失明厥有国语……"可以说是对中国思想史所作的钩玄提要的说明。我以为不能单单列举"五四"时代那些把学术当成实现某种意图工具的学人作为维持"救亡压启蒙"这一观点正确性的唯一依据。我们应该从他们的思想本身去找寻问题的答案，纵使当时没有救亡的压力，他们也不会做出其他的选择。直到今天还有人把这一时期和他们不同的另一些人，如王国维、陈寅恪等，看作只是一些从事纯学术研究的冬烘学者，殊不知他们对独立思想和自由精神的追求，并不比前面所说的那些人逊色。他们以为学术而学术的观点，弘扬传统重建中国文化，未始不含有救亡图存的动机，但这并没损害他们的学术研究。

一位友人曾从我的书中摘出这样一些句子："人的尊严愈是遭到凌辱，人的人格意识就愈会变得坚强起来。这是施加暴虐的人所不能理解的。"——"心灵的相契有时比观点上的分歧更为重要。"——"思想是古怪的东西。思想不能强迫别人接受，思想也不是暴力可以摧毁的。"……他认为这些见解不是来源于读书，而是直接来自阅历。这话是不错的。生活经历激发了思考。这些年我所写的谈龚自珍、谈韩非、谈公意、谈道德理想主义、谈杜亚泉，以及对于黑格尔、对于"五四"等等的反思……也都是在同样情况下进行的理论探讨。在历史和现在的关系这个问题上，我觉得克罗齐（Bendetto Croce）说的"史家对已往史实的兴趣永远是和他对当前生活的兴趣连成一体"这句话最为透彻。但它也包含了一条界限，史家一旦越出这条界限，把对当前生活的关怀变成用历史去影射现在，那么也就使历史失去了它的独立自主性。这种现代关怀是隐含在历史研究之中的，史家本人往往是不自觉的、无意识的。

我希望读者从我的《论学集》中可以看出我的思想历程。我的早期文字，在一九四五年编第一本集子时，大部分就未收入。这些文字多半是抄袭苏联的理论模式，很少有自己的看法和感受。我从这种模仿中挣扎出来，已是"孤岛"时期结束以后。日伪直接统治下的上海成了一个恐怖世界，我的许多藏书都自行销毁了，自然更谈不到发表文章。但幽居生活却使我可以沉静地思考。我对教条主义感到了厌倦，浸透着人文主义精神的西方十九世纪文学，几乎成了我当时的唯一读物，引发了我的浓厚兴趣。也许这是由于小时在家庭受到宣扬邻人爱的基督教义的影响，使我对这些文学作品产生一种契合感吧。抗战初，我结识了满涛，他刚从美国经欧洲返国。由于共同的爱好，他成了我最好的朋友。我们都是鲁迅的崇拜者，喜欢他的小说的沉郁，也欣赏他的杂文的犀利。我们对鲁迅精神作了自以为深刻其实不无偏差的理解，以为在论战中愈是写得刻骨镂心、淋漓尽致，也就愈是好文章。偏激情绪对于未经世事磨炼、思想不够成熟、血气方刚的青年来说，并不是什么好的征兆。一九五五年，我受到胡风案件的株连，引起心灵上的大震荡，接着陷入一场精神危机之中。在隔离审查的最后一年，我被允许阅读书籍。这时我完全被黑格尔哲学所吸引。我认真地读了可能找到的他的著作，其中《小逻辑》《美学》《哲学史演讲录》三种，成了我熟读不倦的书。仅仅《小逻辑》这部著作，我就读过四次，每次不止读一遍，写了两次笔记，共有十来本练习簿。我潜心于思辨的海洋，不再像过去那样迷恋于令人心醉的激情世界了。

这以后有许多年，我只读那些不容易读懂的书，以为只有这种著作才蕴含深刻的哲理。幸而那时以艰深文浅陋的赝鼎之作，尚不像今天这样弥漫于理论界，而我对它们也有了一定的识别能力。我深深服膺德国古典哲学自康德以来所倡导的批判精神。这里说的批判精神，就是对过去各个哲学范畴重新衡量与估价，也就是对那些未经过追究过的范畴进行考核，探讨这些范畴在什么限度内具有价值与效用。批判是不接受未经考察过的前提的。它具有反对盲从、反对迷信，提倡独立思考的意义。十七、十八世纪的启蒙学者开启了批判精神的先河。他们不承认任何外界权威，不管这权威是宗教、自然观、社会、国家制度，一切都必须在理性的法庭面前为自己的存在作辩护。这种理性的批判精神给予了我很大的影响。直到这两年当我对黑格尔哲学进行反思时，我还是以它去清理由惰性和习惯所形成的偏见和谬误。这不仅限于对黑格尔本身的再认识，而且也是对"五四"以来在进化论思潮下所形成的新与旧、激进与保守、进步与反动等等既定观念的重新估价。这些观念作为知人论事的标准，至今仍牢牢支配着思想界，成了遮蔽历史真相难以破除的偏见。

我感到，自己没有充分掌握材料并对材料作出仔细的鉴别和考察，是造成误差的原因之一。这就很自然地联系到传统的训诂考据问题上去。这方面的思考使我发觉，过去所深信的所谓逻辑和历史一致性的说法，其实只是理性主义的过分自信。在历史进程中虽然也可以发现某种规律性，但历史和逻辑毕竟不是同一的，逻辑推理不能代替对历史的实际考察。史家的史识必须建立在对历史事实的实证上。清人钱大昕说训诂考据乃"义理所由出"，也就是阐明此义。可是长期以来，只有观点才是最重要的这种看法始终占据上风，而训诂考据则多遭藐视。据说一位论者准备批四书中的儒家思想，竟以为用不着去读原著，只要请人把四书中的有关观点罗列出来供他使用就行了。这可以作为上述那种看法的一个实际例子。不必讳言，过去不少训诂考据文章，往往流于琐碎，有的甚至变成了言不及义的文字游戏。但不能因此断言训诂考据是无用的，正如不能因为曾出现过大量假大空的理论文章，就断言观点义理是无用的一样。我不同意把观点义理置于训诂考据之上，作出高低上下之分。这个问题不能抽象对待。对于庄稼来说，下雨好还是晴天好？这是要看具体情况才能判定的。对于研究工作来说，观点重要还是考据重要？也属于同类性质的问题。马克思曾经嘲笑莎剧《科里奥兰纳斯》（Coriolanus）中的美尼涅斯·哀格利巴（Menenius Agrippa）荒唐地把人比作他自己身体的一个断片，由一个个体供给其他所有个体以营养。他认为各司不同职能的人是像珊瑚一样，每个个体都供给全体以养料。我觉得，学术工作所采取的各种研究手段，其作用虽有大小，但也应作同样的理解。庄生所谓"泰山非大，秋毫非小"，也即阐明万物并育而不相害之理，这句话隐隐涵有平等与自由的意蕴，是值得细细玩味的。

一九九四年八月十四日于沪上清园

原刊于《收获》1994 年第 6 期

一切诚念终当相遇

胡晓明

　　衡山宾馆门前的大广告牌粲然亮起时，我正左顾右盼地穿过面前的车水马龙，然后，绕到高大的吴兴公寓背后。这里有一方草坪，花木宛然。我的心里有一点安静。此时，可以看见他在那里了。薄暮中那熟悉的白 T 恤白球鞋，越发地鲜明起来。同时，他也很快发现了我，我就会听见他打招呼，那是舒展、响亮、厚实的男中音。——很久以来，我已经习惯于在这里跟他见面，陪他一起散步，看着身边的楼影消融于温柔的夜，看着脚下的青青草，渐渐发黄，又渐渐转绿……

　　一直有一个愿望想写写业师王元化先生。一提起笔来，却不知为何，眼前首先出现的就是上面这幅图景。我心目中的他，从不是一副青灯苦读的老儒生模样，他的形象总是与春天的青草地、与夜色背景中的白 T 恤白球鞋联系在一起，总是不断走动着的同时不断地思索着的样子。他的步子硬朗，且总比一般的散步者更显得有些急促有力。

我从来没有看见过先生捧读高文大典、挟册吟哦的时候。虽然，在我为他查找资料时，曾发现他的线装本《十三经》有密密的圈点和批注；虽然，我更知道他有一摞关于黑格尔、莎士比亚以及关于佛学的读书笔记。我常常想，先生属于那样一种学者：他们的时代，他们的生活道路的确干扰了他们的学问世界，但是同时，他们又深受其厚赐，因而凝炼造就了他们独特的学思风格。当他们回首往事时，他们有很多这样那样的懊悔，但是他们的内心里，也充盈着对于他们所纠缠、所执着的时代的复杂的情愫，因为他们知道，这当中有许多其实是不必悔的。恰恰因为他们将其时代生命的体验，一点一滴融入其学问生命之中，其学问生命与时代痛痒相关，其思也深，其言也切，这正是一般书斋学者所未能企及的。或许真如吾国先贤老子所云：天道其实并无所谓亏盈。

我在这篇随笔里，应尽可能地忠实于自己的感觉，而不应以陈词滥调去欺瞒先生以及他的读者。就以先生为例罢，他在研治古今文学理论的巅峰时期，忽然停止了，进而扩展到思想史、文化评论。这着人先鞭的举动，吸引了不少青年人。尤其是在今天，"文学评论"的范围，渐已经扩大到一切作品，包括哲学、社会理论、学术思想等等，早已不是旧的"文学"的概念所能容纳的时代。先生的学思历程，尽管没有尽其能事，致其曲折，却也不期然而然地暗合了学科的内在生命。可是，这却也不是先生所能自己左右自己的，甚而不是先生所愿意的，而是他的时代，以及他身上的思想传统之推转运移之力所使然。中国的学问与西方的学问，我以为在一个根本点上有不同。西方学人的终极关怀，可以与他们的现实关怀分开，而中国学人则有一个根深蒂固的传统，其终极关怀与其现实关怀，往往是合而不分的。先生正是此一传统中人。我个人以为，这是一个不以人的意志为转移的传统。惜乎今人狃于西学偏见，识此者万无一人。昔人论梁任公先生与中国五十年之时代问题不能绝缘，因而影响其学术成就。独陈寅恪先生深不以为然，为之辩解云：先生"本董生国身通一之旨，慕伊尹天民先觉之任"，其不能与时代问题绝缘，"实有不获己之故，此则中国之不幸，非独先生之不幸也"（《寒柳堂集〈读吴其昌撰梁启超传书后〉》），不仅是同情的了解，且更是平正的通识。

还有一个传统。中国的学问，自孔子开始，就讲究学思并重的传统。用今天的话来说，即文献功夫与思想功夫并重。先生这两种功夫都很好，他关于《文心雕龙》等的考辨、论析与裁断，在学术界有决定性的影响。但从总体上说，先生的学问风格，却不能不说是思想功夫第一，文献功夫第二。这样他就常常写得比一般书斋里的学者苦。记得冯芝生对钱宾四先生说：先生著书，乃古人之说大字，自己之见小字。我著书，则自己之见大字，古人之见小字。元化先生也是属于要写大字的人。而且，他处于一个新学说五光十色的时代，却又绝不受各种走马灯式的新学所诱惑，所以他写得很苦，而且不能成为一个"高产"的学者。但是只要我们想到，有不少高产的学者，却对于时代与生命漠不关心；有不少追逐时尚的学人，却无奈成为时代吸尘器中的灰尘。记住这一点，我们就会理解他，尊重他，更发生一份真心的敬意，而不是发自学生的本能的崇拜。

七十四岁的老人了，先生的心情却不像一个老人。他的思想不是一潭死水，而是一条船，不断向前方划进。近年来，他在一系列重要文章中，倡导研究近代学人，表彰自由思想与独立人格为学者最重要的品格，提出对于"五四"传统与众不同的新见，提出中西文化异质的新见，以及大胆对自己的旧著重新反思，其思想之勇锐，思考之严肃认真，体现了一个古稀老人尤为可贵的思想家品质。想想我们现在的青年，都会成为老人，但我们会不会像他那样拥有一种精进的生命呢？正如他的散步，是绝不会找一个清凉的地方，点上一支烟斗，坐下来摇摇大蒲扇，观赏观赏风景。不，他总得不停地走，他也没有烟斗与大蒲扇。有一次，我有些倦了，有意识落后了几步，瞧着他的背，自己问自己：中国历史上，这号气分的人物，究竟有哪些呢？

我不来的时候，先生散步常是一个人。师母眼不好，而且步调不一致。

写先生，不可不写师母张可。清秀的脸盘，清澈的眼神，而又是那一头的银发，俨然大家闺秀。我们在先生面前童言无忌，常常夸先生何等福气，现在你到哪里去找一个这样气分的女孩子来？有一回与师兄一起帮先生清理柜子，清出一张师母年轻时的照片，那一瞬间，相觑无言，我们都被镇住了。

去先生家，师母总是要留饭的。她留饭的方式跟一般不大一样。如果她不说，就表明你是要在这里吃饭的了，而且往往有好菜。如果她说：没有什么菜，你吃饭不？这是表明她希望你留下来，却因真的没有什么菜而又感到有点不安。为了解除她的不安，我说：有面吃面，有酒喝酒。这时她笑了，开心得反像一个被教师宽宥了的学生。最忘不了我当学生时每个周末到先生家去改善生活。师母总是换着花样，把或烤、或炖、或蒸的鸡、鸭、或鱼、蛋，搛到我的盘子里，然后在一旁惬意地看着我像一个灾区的饥民一样吞咽。还记得当师母站起来为我们分菜时，先生总是不高兴："你不能总这样，人家有人家不吃的权利嘛。"其实，除了天上飞的飞机，地上跑的火车，只要能吃我还有什么不吃的呢？后来我分到了房子，找机会也做了一桌子菜来酬谢先生师母，却失败地发现，他们二人的胃口加起来也不及我的一半。

师母吴人，先生楚人；师母如吴侬软语，先生如楚骚汉赋。师母是静的，先生是动的。有了师母在边上，显得先生的性格尤为鲜明。先生有时会为这样那样的事情发脾气，师母总是不哼声，那一副眼神，依然平静如常。这时候，我们总是暗地里很欣赏师母的慈慧与品性。我在家里是"母党"，在先生家里，同样被视为"母党"。有时亦引以为荣。

先生似乎不是那种一团和气的温厚长者。接触过他的人，都会对他那种惊人的耿直、火热的道义感、不屈不挠的性格，留下极深刻的印象。画家丁聪曾在《读书》杂志上画过一幅先生的头像，突出的正是他的那双眼睛。先生的面相其实很一般，但最有个性的正是那一双炯炯有神的大眼，像煤炭一样亮，甚至一样灼人。他就是这样久久地注视着所有的人。惟其是这样一种人，所以他敢怒敢言，绝不只说半句话。西方谚语有云：一大早起来就大声骂的人，不会得癌症。先生当然不会无故动肝火，但是他老人家却绝不会把气窝在心里留给自己受用。于是不免有时也得罪人。他亦有他特有的"迂"，有讲"原则"讲得"讨人嫌"的时候。譬如人家好生生拿来一本叫作什么"舌战"的畅销书，请他老人家题个词，他却题了个"以气势胜不如以道理胜、以人格胜"，这岂不是给人难堪么？他不是个完人。但是正如古人所说，"人无癖而不可以交，以其无真气也"。我们看惯了社会上谨言谨行，圆滑世故，举手投足都得其所当的"君子"们，就会觉得先生这样有棱有角的人，自有其可爱之处。我喜欢他的真率，他也大概不把我当作一个世故的人，所以我们还谈得来。所以我对先生说，你老人家的敢怒敢言，主要是缘于个性，用中医的说法，就是个气血的底子旺。用文学一点的说法，就是个血性的汉子，或者说就是个有"真气"的人。我当然不是说他不是出于道义热肠，代表着中国知识人的良知，我如果老是这样赞美先生，先生听多了也会烦。

人们往往将中国思想中的"浩然之气"理解成一种抽象的概念，朱子却说得十分地合我意："浩然之气只是个血气之气"；"血气助得义心起来。人之血气衰时，义心亦从而衰"（《朱子语类》卷五十二）。先生常说我们"做不来事"。其实，做得来事做不来事，这就是个有气魄无气魄的样子。先生喜说"君子坦荡荡，小人常戚戚"这句话。世界上相当多的人并非不想做事，只是不能以"气"、以坦荡荡的人格去"张王"诸如道义、事业等等。于是道义也好，事业也好，永远成了个虚架子。久而久之，由于缺少了"气"的支援，渐渐，整个人就越来越枯竭，人的气质变得馁败、昏浊、颓塌，哀哀戚戚、嗟叹自怜。我们在先生那里得到最受用的，就是这整个儿大气的人格的感染了。先生确是当今极少数"做得来事"的知识人、学者。这方面，我们不能得其万一。

先生的刚硬拗直，当然与他饱经磨难的人生经验有关。命运的砂石与风雨，磨砺了他经得起摔打的灵魂。这一点，我有直接的感受。记得有一回，我因某事而甚感冤屈，跑到先生那里去诉苦，先生宽慰了我一番，又说此等事体无须怨尤。晚上我又打电话找他诉说，先生在电话中不仅没有安慰而且给予严厉批评。他的批评中有一句话，"灵魂要粗糙一点"，对我来说，这是很受用的一句话。

了解王元化的人，都说其人虽然脾气大，但对人却是极真诚，极好。先生其实是很近人情的。我毕业求职，他写了十几封推荐信。他主持的答辩会，人们说颇富有人情味。有一次他对我说："有我这样的人对你说些心里话，你将来会觉得很难得的。"忽然间我的心里有一种感动。想起春天里有一次同他一起散步时，我去踩软绵绵的青草，他叫我赶快下来，说："那些草正在长哩。"所谓"望之俨然，即之也温"，先生是也。

先生的客厅不拒三教九流。从中央的要员，到县城里的文化人；从美国的教授，到大学里的本科生；从著名的作家，到市井的骗子。有一回，他心爱的一幅林风眠的山水画，就被一个骗子说拿去装裱，从此泥牛入海。但是他的客厅依然向每一位来访者敞开。每到圣诞或元旦春节，他那宽大的客厅里鲜花纷呈，贺卡环室，他可以在温暖的煤气炉边，尽情沉浸于各种美好的想念、感谢、祝福的辞语之中，亦可以沏一壶清茶，浮想联翩于北国的雪、江陵的古城、南方的花市，大洋彼岸的钟声，以及北欧的海天一色的明朗。先生的晚年，得此足矣。

但是，先生真的不寂寞么？

先生背得好多古诗，尤其是老杜的诗，这着实使我钦佩过好一阵子。但是最使我心动的，还是那天他坐在暮色来临的窗前，吟起那句唐诗：日暮乡关何处是，烟波江上使人愁。是时，晚风极畅，餐室的窗帘全部撩起，我忽然惊异——，大敞的窗户竟是如此绝妙的一巨幅画框！放眼看去，远方可辨处是静安寺，霓虹广告光影流荡，鳞次栉比的万家灯火，傍晚的天空大片大片地挥洒着蔷薇或绀青的余辉。先生坐在窗前，似有所思。

他的乡关在哪里？

《清园夜读》中有一篇文章记熊十力先生，以亲切的回忆，拈出了十力先生不被人注意的另一面：温厚柔和，平易近人，具有理解别人的力量，尤其是对于弱者的同情。先生近年来多谈待人要宽厚，读书治学要"躁释矜平"。对于学界的意气之争与帮派之习，对于为人的锋芒毕露与小肚鸡肠，深不以为然。我以为这不仅是先生性格气质的某种变化，而且，乃是他一直在思考的一个大问题，关乎"文革"中的中国知识分子的表现，关乎鲁迅以及"五四"的另一面，甚而关乎中国近现代思想进程中某种走极端、趋激进的一面……先生已有文章涉及此问题，我们有理由期待着他这方面的思考继续问世。有人以为，思想家的思想应是永远向着一个目标作直线运动，我非常怀疑此说。陈寅恪先生说："余少喜临川新法之新，而老同涑水迂叟之迂。盖验以人心之厚薄，民生之荣悴，则知五十年来，如车轮之逆转……"这几句话，值得看问题过于简单的学者们细参。

先生近年越来越发现中国文化与西方文化相异的一面，尤其是中国艺术中的种种特美。他的《文心雕龙》研究修订版序，正是充分体现此一种趣向的典型。在某些问题上，我容或有不同之见，但在关于中国艺术的特美这一点上，我是无保留同意的。作为一个见证人，我可以有资格说，这是完全可以理解的一种变化。一方面，只要是一个真正的学人，他就不会隐瞒自己的观点，他就应忠实于自己的心灵的指引。另一方面，只要中国文化中的某些东西是真实地存在的，那么，一个诚实的学者就不可能不与这种存在，真实地照面，真实地相契。先生的学思历程，既是自己对自己尽心、负责，同时也是中国文化精神的一种真实的呈示。

先生近来越来越好谈京剧。记得有一天中午稍事休息，突然被他的一个电话惊醒："晓明呀，快打开电视，有好节目！"我揉着惺忪的眼，使劲捅了一下遥控板。原来是京剧《赵氏孤儿》正在播出。节目完了，又打电话来问："怎么样？是很好吧？你怎么不说话？到底看了没有？"

先生对于京剧不仅是一般票友的陶醉，且有一种相当深切的理解。

"青灯有味是儿时"，先生近年来多谈及小时候的故事。如何与赵如兰等小朋友嬉戏于清华园南院；如何与熊秉明穿越一座大林子，到成志小学去上学，那林子里只有蟋蟀的声音叫破了寂静；熊秉明如何又跌入浅水小池，哭着回家，而他一副吓坏了的样子跟在后面……如何在父亲的呵斥下出逃，又如何在母亲的弹词吟咏中恬然入睡。读他的那篇《思辨随笔》序，他第一次深情地提到感谢母亲了，字里行间充盈着中国文化中所说的那种"孺慕之情"。

烟波江上，乡关何处？先生在想什么呢。我发现我和他的心情这时很近。

先生在窗前有所思。"多美的一幅油画啊。"我说。

"不，是水墨画。"先生不同意地说了一句。

（原刊于《收获》1994 年第 6 期）

活出生命的意义

毛时安

华东师大中文系有几位年高德劭很受人敬重的老教授。他们是许杰、施蛰存、徐中玉和钱谷融。我一九七八年进大学的时候，除满头霜雪的许先生只给研究生上课外，其他三位老先生都偶尔给本科生开课。大家知道，这样的机会难得，今后不会很多。但凡他们上课，总是早早地到教室占座位，把偌大个文史楼大教室挤得水泄不通。施先生学贯中西才华横溢，即使年逾古稀依然才思敏捷，又是鲁迅先生文章里挂过号的人物，他讲课一如九曲黄河，大开大阖古今中外跑野马一般牵出连珠妙语。钱先生，我们早就在图书馆悄悄读过他五六十年代名震文坛的长篇文学论文《论"文学是人学"》，对他的《〈雷雨〉人物谈》更是佩服得五体投地。他讲课从容不迫潇洒自若，对周朴园、侍萍、繁漪，每个人物的每个动作每句台词，都能抽丝剥茧细腻地讲出许多意想不到的道道来，艺术感觉惊人得好。徐先生是系主任，讲的是古代文论。他的课质朴平实，没有任何外在附加的华丽和趣味。大量的引证材料分析阐释，像一堵方砖砌起的城墙，严严实实密不透风，压得人喘不过气来。对于刚进大学不久、喜欢新奇趣味的低年级中文系学生来说，听徐先生的课无疑是枯燥乏味最吃力不过的事，和听数学课一样生涩。因为我喜欢古代文论，一直硬着头皮听下去，听久了，犹如在品尝武夷山的乌龙茶，不香很苦但另有一股绵长的回味。和功夫茶一样，先生讲的是功夫课，重的是学问的苦修积累。长天君曾不止一次对我说起先生的为人，以为已经到一份很高的境界。我想，先生的这份境界主要不是靠天才顿悟得来，而是积八十年人生的每一天苦苦修为的结果。

先生是个线条刚硬的人。国字脸剑眉硬梢梢的短发，脸上的每一根线条都像刀刻上去的。行如风站如松，身板硬朗挺直，站在天地之间，与其说是文人不如说更像军人。说话处事干脆利落从不吞吞吐吐。他的字也是这样，力透纸背转角处棱角分明顿挫有力。他的文章慷慨质朴，字里行间总是承载着过重的忧患意识，悲天悯人，奔走呼号。即使古代文论的论文，也可以听到时代激越的回声。他永远不是那种能回避民瘼疾苦、"躲进小楼成一统"的象牙塔里的文人、纯粹书斋里的学者。先生最反对《水浒传》里教师爷中看不中用的锦拳绣脚，他写的是动真情讲真话的文字。即使在讲真话有风险的时候，他也还是要讲真话。

他一生多次因言获罪。上海解放前夕，他在和姚雪垠主编的刊物上发表《彻底破产的教育》，险遭不测。一九五七年，他帮党整风，主张大学里"专家治校""学术至上"，顷刻间由自我感觉的新中国主人、领导的诤友，变为"右派"打入另册。但他似乎从来没有吸取教训。一九七四年，他以刚被解放的"反动学术权威"的身份，居然公开在会议上对"评法批儒"表示"不理解"。谁都知道，在"四人帮"高压淫威的时代，这种"不理解"意味着什么。这些年，凡是先生觉得于国于民于党有利的话，从干部中的严重腐败不正之风到商品大潮挟裹下文化的失落教育的困境道德的沦丧，该讲的他都讲了，不仅私人场合讲而且在公众场合大声疾呼。有好几次谈到大款一掷千金摆豪门宴，先生情不自禁地吟起了杜诗"朱门酒肉臭，路有冻死骨"的名句，掩不住一股忧心如焚的书生意气。真是国事家事天下事，事事在心。以致有时候做学生的我都暗暗为先生捏一把汗。倘若有什么能概括先生形象特征的词汇的话，在我看来，最准确的莫过于"风骨"二字。

先生不苟言笑，话很少。说话的时候大都很严肃。在当学生很久的时间里，我一直有一种敬畏感。读大学时，我们真正的私人谈话只有一次。那天，我走过系主任办公室，先生走出门来叫住我："把你的那篇论文改一改，压缩一下，不要超过八千字。放在《文艺理论研究》上发表。"我站在门口惴惴不安地听先生讲完，告辞走了。前后不会超过两分钟。然而就是这两分钟的谈话，决定了《文艺理论研究》将首次全文发表一个学生单独署名的论文，也决定了我以后的人生道路。先生是那种外刚内柔外冷内热的人。对于晚辈学生，他从来只把爱深藏在心里而不放在嘴上。

我读大学的时候，年级里学业竞争有时厉害到了白热化的程度。有一年校庆，系里让一位同学做学术报告。报告会的前一天晚上，任课老师在办公室门缝里拣到一张纸条，说是那个同学的论文是抄袭的。并且白纸黑字列举了所抄篇目。任课老师不敢怠慢，报告了徐先生。徐先生找到有关材料，认真对比，发现并没有抄袭之嫌。当场关照那位老师，明日学术报告照做，你坐镇现场，千万不要告诉那位同学，影响了他的情绪。不久徐先生又推荐那篇论文发表。那位学生全然蒙在鼓里。毕业前夕，那老师将此事一五一十告诉了学生。学生激动得哽咽不已。他与徐先生非亲非故，先生为他担了风险和肩胛，却从来未言只字。多少年后，他遇到先生，先生依然是守口如瓶的缄默。那同学告诉我，他将一辈子将这件事埋在心里，努力用踏踏实实的工作来回报先生的厚爱。我的一些有才华却也有争议的师兄弟，正是因为先生的一再坚持和力荐，才得以找到最合适发挥才能的工作岗位。

这些年，我和先生在师生关系上又添了一层工作关系。一九八九年，上海作协换届，先生担任主席，和我同处作协一个办公室。先生高大的形象日见平易，在敬畏之外又多了一份亲切。我看到了先生严谨学者的另一面：随和而热爱生活。一次我随先生去外地出席一个学术会议。给先生安排三个人合住一室。我觉得有点不妥。正想向会议主办单位提出，谁知先生豁达地笑笑："能这样住蛮好。现在开这样的文学研讨会不容易。"有次吃饭，先生兴致勃勃地突然当众提议让我为大家唱一首歌，而且亲自用手来推我，让我大吃一惊。我不知道，这是不是先生的"老夫聊发少年狂"？

也许年岁大了，先生变得很念旧。他常常怀着一种不见诸文字的温柔，怀念着自己的母亲姐姐，怀念着自己的恩师，怀念着为国捐躯的乡梓、同学，怀念着青岛大学门口摆水果摊的老人。《劳动报》有人去北京，行前先生托他带一盘磁带去。他在磁带里录了自己问候思念老友陈荒煤、张光年、姚雪垠等人的讲话。那天我碰到先生，先生正把一台小录音机凑到耳边："我也很想念你啊……"来自远方苍老温暖的问候弥漫着整个房间。这是从北京录回的老友们的声音。先生已然沉浸在一种忘我怡然的境界中。事后他对我说："这比写信好，方便还可以听到声音，很亲切的，空下来听听……"一脸自得的神情，显然很为自己的发明而满意。

先生无疑属于中国传统知识分子，但他很少耽于清谈溺于空疏，他是一个少见的行动型知识分子。行动充实饱满着他的生命。他的学术生涯不仅是著述，而且是用一连串小跑步一样步履匆匆的文学、学术组织活动，填满他的学术履历。粉碎"四人帮"后平反复出，先生以已近古稀之年，出任华东师大中文系主任。他广罗人才奖掖后进，开创了惜才爱才用才养才，提倡学术自由竞争、开明办学的学风，把个中文系办得红红火火，这已是有目共睹的不争事实。有感于文理分家的弊端，先生亲自主编《大学语文》，传播光大祖国的语言文学。这册书累计已达一千万册，受惠者遍及全国，何止千万！学术上有些变化是很难一言概之的。九十年代一度冷寂的国学已成显学。在学界似乎非国学不成学人。其实早在一九八〇年，先生已从建设有中国特点的马克思主义文艺理论的宏观基点出发，认识到国学在这一宏观框架中举足轻重的地位，举办了全国古代文论师资培训班。王元化、程千帆、程应镠、舒芜、吴组缃、王文生、朱东润、吴奔星……从四面八方来到师训班授课。一时间鸿儒云集名流荟萃，将祖国文化的精粹端陈在学员面前，真当得起"盛况空前"四个字。在这个基础上，又成立了中国古代文学理论学会，出版了《古代文学理论研究》丛刊。如今，这些当年的学员大都天南海北，成了我国高校国学研究的骨干，《古代文学理论研究》也成了海内外研治中国古代文论学者案头必备的典籍了。今天这门学科蔚然大观，先生筚路蓝缕的开拓功不可没。

一九五七年反右的时候，我还是个系着红领巾的孩子。什么也不懂，懵里懵懂，隐隐感到校园内外正风起云涌，并且按教导在自己心里替"右派分子"画了一张青面獠牙的脸谱。二十多年后，当我终于脱尽稚气，重读那部灾难深重的历史，才知道"右派分子"其实大都倒是有点才华有点学问敢讲点真话的人。我怎么能相信先生这样的人猖狂反党反社会主义呢？三十年后，先生还记得当年许杰先生被打成"右派"申诉无门时"沮丧、受辱而又无可奈何几乎绝望的表情"。这是一种让人心死的大绝望大悲剧。

本来像先生这样七十年生活在校园，加上所治的是与现实很少沾边的文艺理论中的古代文论，他的一生应该像一张白纸那样单纯，没有什么跌宕忧患的人生故事。不幸的是，他赶上了一个颠沛流离的动荡时代。从少年时的国耻到"文革"的疯狂，在这样的年代，即使校园也不能幸免，成了汪洋中的一条船，在惊涛骇浪中战栗不已。生在这个时代，先生的学术选择只能是与忧患意识相连的经世致用。这是他个人的选择也是他时代的选择。或者可以说是，患难中的别无选择。

荷马说过："在患难中，一个人会老得很快。"但是，令人惊讶的是，这句话对八十岁的先生似乎并不适用。几乎所有来访作协的友人都怀疑徐先生年龄的真实性。先生确实精力健旺过人。一次去马鞍山，一路上火车汽车会见考察参观宴请会谈，连喘气的片刻都没有，我们都累得人仰马翻，先生却毫无倦色。一到上海风尘未洗，又步履匆匆赶去参加他必须出席的学术活动。而且他从来没有午睡的习惯，而且他年轻时就靠每天一片安眠药入睡，而且他并没有什么养生秘诀，唯一的体育活动也无非是每天清晨到华东师大附近长风公园银锄湖边散步。八十岁历经风雨坎坷身体不老精神不老，行动思维敏捷，接受新事物新思想的能力，都像年轻人。担任系主任的那阵子，百废待兴，很少闲暇，他年近七十，竟能在公务繁忙之间的五一节，一人独坐书房从早到晚，写完一万多字的苏轼文学思想的论文。在我的印象中，先生这十几年中相貌几乎没有什么变化。时间之于他，似乎是一个凝固的存在。

我想，这样旺盛的生命力决不仅植根于肉体，更来自心灵，来自他人生方式的随和流畅，来自他人生态度的既执着又通达。从反右到"文革"，二十余年，他不自戕自沉，而另寻"自全"之径。在七百种典籍中撮录卡片四五万张，达一千多万字。还私心窃喜，得了"无用之用"。也许，这"无用之用"正是先生一生为人的奥义之所在。

中国文人历来有出世与入世两种。生民涂炭水深火热，出世于心不忍，固不易。但以出世求心境平和则易。而徐先生恰恰是一个极为入世之人。他信服"文须有益于天下"（顾炎武），"文必中当世之过"（苏轼）。一直以这样的信念介入人世和文学。他的文学观念很清楚，反对故弄玄虚脱离现实生活的文风，反对过于轻慢的"玩文学"的创作态度，反对过于华丽而不务实的藻饰。而且他总不隐瞒自己的文学观念，即使在为年轻人著作写序文时也揭橥自己的观念。面对当今不断变化不断丰富的文学，先生的文学观念难免会得罪一些人。但他不管自己出入怎样的风浪，都能如履平地地保持心的平和。从文化渊源上看，先生的行为更接近孔子，但他内心的自由无羁又很靠近老庄。这样，他就像一潭深湖，狂风能掀起表层的滔天巨浪，却在深处保持着静观的智慧。

学而优则仕。中国的知识分子有相当多的人长期生活在"地位志向性"的阴影下，倾向于通过谋取一官半职的地位来实现自己的抱负。先生强烈追求的是"目标志向性"，从年轻时代起就以"国家兴亡，匹夫有责"的人生目标为最高理想。除此而外，心不旁骛，别无他求。对生活没有任何额外的索求，一切都在可有可无之间，烟能抽，酒能喝，但大都限于社交场合，平日很少抽很少喝，而且从不讲究品牌。也没有什么特殊的非享受不可的文艺娱乐。更不去争名份。先生筹备组织过许多全国性的学术团体，如中国文艺理论学会、中国古代文学理论学会，一旦筹备结束，他就主动请更加年长的学者专家担任团体的主要领导，自己则仍然去做那些不起眼的日常事务性工作。上海作协在他倡导下，每年都要为八十岁以上老同志举办文学纪念活动。去年先生文学教育生涯六十年，华东师大中文系和作协要为他开个会。他听到以后心里一直很不安。当晚十一时他打电话给我，表示了他无奈之下妥协的条件。一连发出几个断断不能：会议地方断断不能放在热闹的市区，只能放在远离市中心他任教的华东师大；会议断断不能用作协的经费，"我是现任主席，万万不能开这个先例，否则我这个老头子要被人骂死了。作协是个穷单位，不能让作协出一分钱"。会议时间断断不能超过两小时，会议断断不能惊动有关领导，"否则，就你们自己开去"。放下电话，他严厉的口气依然在听筒里嗡嗡作响。没有任何商量余地，作为后辈，只能尊重老人自己的意愿。后来我们在华东师大为他开了一个朴素而热烈的纪念会。

　　一九九四年的大年初六，按中国人做九不做十的习俗，系里的老师和我们这些弟子凑了份子为七十九岁的先生做生日。一口气吹灭蛋糕上的八支蜡烛后，先生在大家簇拥下站起来致词。他说，他当年到华东师大工作，看到许杰先生的满头银发，一直在想有一天自己老了会怎么样。其实当时许先生才五十出头一点。一天天过起来很慢，但回头看看，过得真快。自己还没感觉到已经八十岁了。他说，他牙齿都好，眼睛也没有老花，耳朵不聋，手脚也还灵活。大家鼓起掌来。他说，他一辈子只是一个普通的教师，他最高兴的是学生都成了国家的人材。他只有一个愿望，做一个问心无愧的人。他想这样做，他努力这样做，但也没有完全做到。大家都比他年轻，他希望大家监督他，和他一起做这样的人。说到这儿，先生有点动情，大家的眼睛也有点湿润了。兴许喝了些酒，灯光下先生脸色微微泛红。

归家的路上，一位师兄对我说，你是不是觉得先生这个人好得很内涵。他用了"内涵"两个字。我默然。橙黄温暖的路灯光下，高架桥巨大的影子长龙般投在阒无人影的马路上。夜很静。我想起，这些年先生时常在追悔自己当年对俞平伯、胡风、胡适的批判，一直在追悔在那些荒唐的年代，自己为什么连和恩师老舍先生叶石荪先生通信的勇气都没有……

人生在世总会有痛苦。在这世上最理性的是知识分子。他们通过学理思考，凝聚整理自己对世界的基本看法基本模式。但是最浪漫的也是知识分子。因为一旦这种模式在他们治学和人生中确立，就意味着毕生将为这理想的模式去献身。所以，对于人类来说，知识分子这个职业本身就常常如西西弗斯一样，具有知其不可为而为之的悲剧意味。"文王拘而演《周易》；仲尼厄而作《春秋》；屈原放逐，乃赋《离骚》；左丘失明，厥有《国语》；孙子膑脚，兵法修列；不韦迁蜀，世传《吕览》；韩非囚秦，《说难》《孤愤》；《诗》三百篇，大抵圣贤发愤之所为作也。"司马迁的这番话，真是划破弥天大夜的一道闪电，照亮着我们身前身后的茫茫道路。知识分子其实只是灵魂始终在炼狱中煎熬的人。要活下去，就要在痛苦中找出意义。只有那些懂得"为什么"而活的人，才能经受得起痛苦。先生是一个活出意义，并且终生执守自己一方生命意义的人。

一九九五年一月二十五日

（原刊于《收获》1995 年第 2 期）

人生采访与自我采访

陈伯吹

　　将届九秩高龄，工作亦逾七十二载，年来足少出户，宾友光临甚鲜，自然而然地搁笔无声。但是心有所不甘，总想写出一点来。

　　知己莫如己。既然近水楼台，自可看清自己形影，不管是丑，是美，是西施当然好，是效颦的东施亦不坏，反正让自己露一面，也好获客观评价吧。

　　人的生活与工作是多方面的，我先是个中、小学里，甚至多年在大学里的教书匠，其后当上了编辑，兼职"文丐"（不上交易所，不进市场，纯文学工作者的自况）。

　　在我工作历程中，时间最长的，还是写作，虽是一个"无给职"，却心安理得。自一九二二年起，在教学与编辑之外，直至今天还在不停手地摇笔头。记得一九二七年三月，商务印书馆就出版了我的《学校生活记》，要不是当年的"革命风潮"迭起，该在一九二五年就出版。此后，这个写作工作，无论我在当教师，当编辑，它都长期地伴随着。后来教书、编辑工作先后退了，可是这一摇晃秃笔的工作，却长期地如影随形，尽管没做出成绩，但它是我爱好的生涯！

回忆我的写作生涯：先是诗歌，接着是"童话"，然后是"小说"与"散文"。当然，这是从工作发展来说，也从工作重点来看，大体上是这个样子，差不离。

友人读到我的童话了，时在一九三一年，良朋相聚，谈论起来，我是这样向他阐说的：

童话在文学园里是朵鲜花，也是朵灿烂的名花。它具有美满的姿态，神秘的哲理，语言含英咀华，事物千奇百怪。鲁迅在《看图识字》里这样写过："他常常想到星月以上的境界，想到地面下的情况，想到花卉的用处，想到昆虫的语言……"自然而然地心驰在美好的幻想世界中了。

英国著名作家卡洛尔，写出了《阿丽思漫游奇境记》，有着丰富奇异的幻想，浓郁惊人的兴趣，活泼可爱的小姑娘，活跃在变化无穷的童心天地，于游戏中表现着人生。

俄国著名作家普希金写的《渔夫与金鱼的故事》，则不仅有动人的美丽的幻想，且有浓厚的教育的意义。所以他在另一篇《小金公鸡》的童话中，在那故事的结尾，写下非常有意义的警句："童话虽然不真，此中却有教训。"

是的，创作童话不仅要写得有趣，激动读者，而且还要教育读者，否则，童话只是空洞的幻想而已。

我对这种体裁，也曾经屡屡尝试，为日文翻译出版的有《一只想飞的猫》，著名画家太田大八为之插了不寻常的图画。韩国作家宣勇，通晓外语中、日、英、法，曾经译载了我的《安琪儿夜游记》，我也还赞赏画家给我的插图。至于我自己欣赏的还有《骆驼寻宝记》，《落潮先生和涨潮先生》，《童话城的节日》与《一颗挺大挺大的豆子》，等等。但这许是主观的偏见。

如果说，写作童话用以采访人生，教育人生，那么，小说又置于何地呢?

我将回答说,小说在文学舞台上,是一出"重头戏",从文学整体来说,它的地位较优越于童话,而且更逼近了人生。

有人以为童话只是属于"小儿语",专为儿童写作,专供儿童阅读,这话至多只说对了百分之五十。安徒生的《海的女儿》,儿童不能了解它的寓意何在,只能领略它的故事而已。甚至他写得浅显一点的《皇帝的新衣》,也只能是觉得皇帝太愚蠢,惹得一个孩子惊叫出来。它们都深刻地揭露了人生。

有人以为小说只是成年人的文学读物,但是在小学的语文教科书里,都德的《柏林之围》与《最后一课》,也被选作课文,在课堂内朗读时,使人激动得下泪。所以小说也是儿童文学的一个部门,而且不是"小不点儿"的作品,写得好的,也乃是文学杰作。

在今天,世界的进步,社会的复杂,科学的昌明,那些新鲜的事物,不可能不让它们进入儿童文学的领域,只是在写作的笔底下,必须考虑到读者的年龄特点与他们的理解能力,也要多让他们领略人生的滋味。

那么,我在这方面做了些什么呢?从我"记忆的老屋"里,就能见到《华家的儿子》,《火线上的孩子们》,这与当时的国难有关系。解放后,写得比较多了,诸如《为了中队的荣誉》,《桥那边的海豹》,《飞虎队与野猪队》,《戈壁滩上的小羊倌》,《红孩子抗旱记》与《直上三千八百坎》,等等,都与当代的生活环境有联系。

我不仅为少年儿童写作品,也在这方面写些理论性的意见,例如在《人民日报》(1989年7月18日)上写过《文章从生活中来》,指出作品中的人类社会生活图景,是在美好的形象中表现着,透视着。理论研究与作品创作相辅而行,相互促进,岂不美哉!但这是不是"人生采访"呢?当然说来似乎有些距离,然而对某一个人的思想动态说来,不能说不是"人生采访"。

人生采访呢自我采访?自我也是单纯的人生啊。

单纯人生

秦文君

　　一九八二年我调进上海少儿出版社的那一天，才听说著名儿童文学作家陈伯吹先生也是这个老牌出版社的一员。那时我还是个踌躇满志到处投稿的业余作者。二十多岁，很迷我喜欢的名作家，所以听到大名鼎鼎的陈伯吹成了同事，在同一个财务科领取薪水，不免暗自激动，立刻对办公室的人说：到时你们指给我看。

　　不久，我就见到了陈伯吹先生，好像是一次茶话会，记不得那是什么季节了，反正那种茶话会我们一年四季都开，也就是众人七手八脚把食堂大厅的方桌推到中央，形成一个巨大的长方形台子，然后铺上一块虽然布满泛黄的暗点但粗看还体面的白桌布，在上面放一些橘子香蕉，或是陈皮梅瓜子，偶尔花匠也会放上几盆花点缀一下。总之在这个大家一生中会开无数次的简陋的茶话会上，陈伯吹先生出现了。

　　陈先生穿一件宽大的中山装，戴着眼镜，说话嗓音低低的，还带了点郊县味的本地口音，丝毫没有那种儿童文学泰斗的气势。他说话不多，而且并没有话虽不多、但一语既出四座皆惊的效果，所以，我只记得那次他是讲了几句话的，却一点记不起讲话的内容。大家嘻嘻哈哈地分水果，也有人在陈先生面前放了两个橘子。

那次我只觉得陈先生像个好脾气的老伯伯，周到、仔细，不入流但能包容一切。茶话会结束时，桌上已有点杯盘狼藉的样子，香蕉皮、橘子皮扔得一堆一堆的，陈先生小心地把面前的两个橘子收起来。在整个茶话会上，陈先生滴水未沾，也许他是不习惯在开会时大嚼大咽，也许那种带游戏性质的会是有点缺乏"会"的庄重，这种不伦不类的会议常使认真的人发窘。

后来又有几次见到伯吹先生，但都是在匆忙中一笔带过。似乎有两次是他来编辑部送一些作者托他代转的稿件，有许多都是投稿无门、而且名字永远不会出现在刊物上的后生们写的，我想他们中的有些人在寄出稿子时就没抱希望，也根本料不到陈先生会一一地读过，并且分送到各编辑部。处理陈先生转来的稿件似乎有点令编辑发怵，因为他往往会来询问下文，或是讨个说法，有时干脆提出由他来退还稿件，所以这会令一些常把稿件仍进字纸篓的编辑张口结舌。

几乎所有的编辑都对那些大量的乱糟糟的没头没脑的稿件产生厌倦，在填写铅印信时多少带点如释重负公事公办的心情；这种职业性的麻木当两年以上的编辑就很容易患上。陈先生每天经手四面八方的来稿来信，却仍像一个初次受托的人那样慎重，似乎那些信稿后面藏着眼睛，让他不忍轻慢任何一个人。

还有几次，是在饭厅和出版社的楼道上见到陈先生，他朝我微笑，其实那时他并不认识我，只是出版社太多他不熟识而别人却熟识他的人。同时，我还看见他向替他送挂号信的门房道谢。坦率地说，我并不喜欢没有架子的文人，在那时，我总觉得伯吹先生太谦和，缺少名人的狂放和不羁。

那种淡淡的遗憾心存了好几年，渐渐地，我过了那种追求锋芒毕露、讲究外在魅力的年龄，就如一条穿过山涧，喧嚣得乏了，忽然间到达一个平缓的地带的河流。在那一阵子，我在一本资料里见到陈伯吹先生年轻时的照片。在照片里，陈先生风华正茂，理着分头，穿着洋装，眉宇间有种特别的神采，既有书卷气的清高，又有热血艺术家的热情澎湃，让人看后心里一震，怎么也难以与眼前的穿中山装扣风纪扣的大知识分子挂起钩来。

我忽然感到岁月的沉甸甸，那一连串的风啸雨注对中国作家的特殊磨炼。

陈伯吹先生从事儿童文学创作已经七十多年，投进了一生的热情和全部的才华，其间经历了各项政治运动，坎坷不断，然而几十年的波澜起伏竟没有动摇他的初衷，他像识途的老马，只要不倒下就默默地耕耘。许多人是读着他的著作做起儿童文学作家梦的；也有许多人是经过他的栽培梦想成真的，更多的人在成长期通过他的作品汲取美和善的养分，成为大写的人。陈先生以及一批中国优秀的儿童文学作家的执着和激情在无数个人的童年期点燃了美丽的良知之灯。

我总觉得这个旧式打扮、外表谦和本分的老人之所以七十年如一日做儿童心灵之花的园丁，细心呵护幼小的灵魂，除了他对儿童的炽烈爱心，对人类的明天充满希冀之外，还有一种不可改变的本性，一种可贵的尊严。

又过了两年，那时我已成了初出茅庐的儿童文学新人，写了几本书也看了不少书。正在这时，出版社要编一本《世界儿童文学名著故事大全》，由陈伯吹先生主编，我作为参加编写的作者参加了编前会，看到了这本大全的书目。竟有那么多世界儿童文学名著是我以前没有读过，甚至没听说过的。当我听说这份可贵的书目主要由陈先生提供，就如一条知足的小溪目睹了大河的宽广。特别是听了先生谈起他推崇的几部名著，像《彼得·潘》《多立德先生的故事》，等等，我抽出这几部书细读，时时会感觉到难以言喻的默契和感动，那种在阅读时与作者的精神约会以及心有灵犀的彻悟我是在读这几部书时初次尝到的，因而事隔多年仍记忆犹新。

我很感激陈先生在我最需要时指点迷津，但我从未对他提及此事，也许是我一向不善于表达谢意，许多东西一经口头表达仿佛就消逝了它的珍贵；况且，我觉得陈先生不会在意这些，这个厚道的老人一向把提携后人当成本职的事，比方说他曾不断地帮助一个家境困苦的流浪儿，直至那流浪的爱书少年最终成为一个儿童文学作家。所以我羞于提这些，觉得那好比是对着一大片森林去赞美其中的一根枝条那么好玩。

这十多年，说来惭愧，我很少专程去拜访陈伯吹先生。我本是个散淡的人，只喜欢与家人厮守；更何况还有一种偏见，认为陈先生那样的名人可能常常门庭若市，多去打扰有所不妥。想来前后一共去过两次，一次是随编辑部同仁一道前去拜望，在先生的书斋中坐了大约二十分钟；第二次是知道陈先生找我没找到，觉得无论如何得去一次。

第二次踏进陈伯吹先生的书斋，才知道他找我是为了让我放弃"陈伯吹奖"的大奖。这个奖是陈先生捐款设立的。我的小说《四弟的绿庄园》已被内定为获大奖的作品，不少圈内人已知一二，纷纷向我祝贺，可未等颁奖，传来这篇小说在台湾地区亦获大奖。陈先生语气婉转但态度明朗地表达了他的意见：何必锦上添花，该把大奖给更需要鼓励的作者。当然，这对我并不是个好消息，可我却从先生的执拗甚至带点一板一眼的做法体会到他对儿童文学的酷爱。圆滑的人我们见得还少吗？况且那是先生出资办的奖，他完全可以不那么直通通地告诉我这一切的。不过，这一份坦率也让我对陈先生的为人处世肃然起敬。

陈伯吹先生没向我提及过他的人生观，可我却能从他的为人处世中看出他是个十分本色的人，他在办公桌和书橱中穿梭，过着他清高宁静而又有规律的书斋生涯，这在别人看来，近乎寂寞而刻板，而对于先生，这种单纯的生活正是他的准则。很少听到有人背地议论伯吹先生，因为伯吹先生对任何人都带着宽容，从不介入无谓的是非恩怨，人际关系简单单纯，所以他似乎活得不像别人那么累，人到暮年仍是精神矍铄，笔耕不辍。

即便是陈伯吹先生的儿童文学生涯中的几个文学趋向也体现了他的崇尚天然、单纯人生。他在激情澎湃时创作诗歌，少年的热切随诗喷发；他在青年时创作童话，幻想与爱心丰厚动人；他在最富有思索的中年壮年写作小说，融进他的人生感观；到了暮年，陈先生转向散文，成熟的经验和感悟溢于文章之中。

陈伯吹先生是个不善言辞的人，在任何场合他都是个安静的人，不摆名人身份，不争名利，不伤害任何人，因而也从不需要掩饰什么，或是提防什么。在我二十几岁时，我曾为伯吹先生的甘于平凡遗憾过，可现在我却懂得，只有小溪才会喧嚣不休，而大山，却总是沉默的。

（原刊于《收获》1995 年第 3 期）

一个老知识分子的心声

季羡林

　　按我出生的环境，我本应该终生成为一个贫农。但是造化小儿却偏偏要播弄我，把我播弄成了一个知识分子。从小知识分子把我播弄成一个中年知识分子；又从中年知识分子把我播弄成一个老知识分子。现在我已经到了望九之年，耳虽不太聪，目虽不太明，但毕竟还是"难得糊涂"，仍然能写能读，焚膏继晷，兀兀穷年，仿佛有什么力量在背后鞭策着自己，欲罢不能。眼前有时闪出一个长队的影子，是北大教授按年龄顺序排成了的。我还没有站在最前面，前面还有将近二十来个人。这个长队缓慢地向前迈进，目的地是八宝山。时不时地有人"捷足先登"，登的不是泰山，而就是这八宝山。我暗暗下定决心：决不抢先加塞，我要鱼贯而进。什么时候鱼贯到我面前，我就要含笑挥手，向人间说一声"拜拜"了。

　　干知识分子这个行当是并不轻松的，在过去七八十年中，我尝够了酸甜苦辣，经历够了喜怒哀乐。走过了阳关大道，也走过了独木小桥。有时候，光风霁月，有时候，阴霾蔽天。有时候，峰回路转，有时候，柳暗花明。金榜上也曾题过名，春风也曾得过意，说不高兴是假话。但是，一转瞬间，就交了华盖运，四处碰壁，五内如焚。原因何在呢？古人说："人生识字忧患始"，这实在是见道之言。"识字"，当然就是知识分子了。一戴上这顶帽子，"忧患"就开始向你奔来。是不是杜甫的诗："儒冠多误身"？"儒"，当然就是知识分子，一戴上儒冠就倒霉。我只举这两个小例子，就可以知道，中国古代的知识分子们早就对自己这一行腻味了。"诗必穷而后工"，连作诗都必须先"穷"。"穷"并不是一定指的是没有钱，主要指的也是倒霉。不倒霉就作不出好诗，没有切身经历和宏观观察，能说得出这样的话吗？

世界各国应该都有知识分子。但是，根据我七八十年的观察与思考，我觉得，既然同为知识分子，必有其共同之处，有知识，承担延续各自国家的文化的重任，至少这两点必然是共同的。但是不同之处却是多而突出。别的国家先不谈，我先谈一谈中国历代的知识分子，中国有五六千年或者更长的文化史，也就有五六千年的知识分子。我的总印象是：中国知识分子是一种很奇怪的群体，是造化小儿加心加意创造出来的一种"稀有动物"。虽然十年浩劫中，他们被批为"一心只读圣贤书"的"修正主义"分子。这实际上是冤枉的。这样的人不能说没有，但是，主流却正相反。几千年的历史可以证明，中国知识分子最关心时事，最关心政治，最爱国。这最后一点，是由中国历史环境所造成的。在中国历史上，没有哪一天没有虎视眈眈伺机入侵的外敌。历史上许多赫然有名的皇帝，都曾受到外敌的欺侮。老百姓更不必说了。存在决定意识，反映到知识分子头脑中，就形成了根深蒂固的爱国心。"天下兴亡，匹夫有责"，不管这句话的原形是什么样子，反正它痛快淋漓地表达了中国知识分子的心声。在别的国家是没有这种情况的。

然而，中国知识分子也是极难对付的家伙。他们的感情特别细腻，锐敏，脆弱，隐晦。他们学富五车，胸罗万象。有的或有时自高自大，自以为"老子天下第一";有的或有时却又患了弗洛伊德(?)讲的那一种"自卑情结"(inferiority complex)。他们一方面吹嘘想"通古今之变,究天人之际",气魄贯长虹,浩气盈宇宙;有时却又为芝麻绿豆大的一点小事而长吁短叹,甚至轻生,"自绝于人民"。关键问题,依我看,就是中国特有的"国粹"——面子问题。"面子"这个词儿,外国文没法翻译,可见是中国独有的。俗话里许多话都与此有关,比如"丢脸""真不要脸""赏脸",如此等等。"脸"者,面子也。中国知识分子是中国国粹"面子"的主要卫道士。

尽管极难对付,然而中国历代统治者哪一个也不得不来对付。古代一个皇帝说:"马上得天下,不能马上治之!"真是一针见血。创业的皇帝决不会是知识分子,只有像刘邦、朱元璋等这样一字不识的地痞流氓才能成为开国的"英主"。可是,一旦创业成功,坐上金銮宝殿,这时候就用得着知识分子来帮他们治理国家。不用说国家大事,连定朝仪这样的小事,刘邦还不得不求助于叔孙通。朝仪一定,朝廷井然有序,共同起义的那一群铁哥儿们,个个服服帖帖,跪拜如仪,让刘邦"龙心大悦",真正尝到了当皇帝的滋味。

同面子表面上无关实则有关的另一个问题,是中国知识分子的处世问题,也就是隐居或出仕的问题。中国知识分子很多都标榜自己无意为官,而实则正相反。一个最有典型意义又众所周知的例子就是"大名垂宇宙"的诸葛亮。他高卧隆中,看来是在隐居,实则他最关心天下大事,他的"信息源"看来是非常多的。否则,在当时既无电话电报,甚至连写信都十分困难的情况下,他怎么能对天下大势了如指掌,因而写出了有名的《隆中对》呢?他经世之心昭然在人耳目,然而却偏偏让刘先主三顾茅庐然后才出山"鞠躬尽瘁"。这不是面子又是什么呢?

我还想进一步谈一谈中国知识分子的一个非常古怪、很难以理解又似乎很容易理解的特点。中国古代知识分子贫穷落魄的多。有诗为证:"文章憎命达"。文章写得好,命运就不亨通;命运亨通的人,文章就写不好。那些靠文章中状元、当宰相的人,毕竟是极少数。而且中国文学史上根本就没有哪一个伟大文学家中过状元。《儒林外史》是专写知识分子的小说。吴敬梓真把穷苦潦倒的知识分子写活了。没有中举前的周进和范进等的形象，真是入木三分，至今还栩栩如生。中国历史上一批穷困的知识分子，贫无立锥之地，决不会有面团团的富家翁相。中国诗文和老百姓嘴中有很多形容贫而瘦的穷人的话，什么"瘦骨嶙峋"，什么"骨瘦如柴"，又是什么"瘦得皮包骨头"，等等，都与骨头有关。这一批人一无所有，最值钱的仅存的"财产"就是他们这一身瘦骨头。这是他们人生中最后的一点"赌注"，轻易不能押上的，押上一输，他们也就"涅槃"了。然而他们却偏偏喜欢拚命，喜欢拚这一身瘦老骨头。他们称这个为"骨气"。同"面子"一样，"骨气"这个词儿也是无法译成外文的，是中国的国粹。要举实际例子的话，那就可以举出很多来。《三国演义》中的祢衡，就是这样一个人，结果被曹操假手黄祖给砍掉了脑袋瓜。近代有一个章太炎，胸佩大勋章，赤足站在新华门外大骂袁世凯，袁世凯不敢动他一根毫毛，只好钦赠美名"章疯子"，聊以挽回自己的一点面子。

中国这些知识分子，脾气往往极大。他们又仗着"骨气"这个法宝，敢于直言不讳。一见不顺眼的事，就发为文章，呼天叫地，痛哭流涕，大呼什么"人心不古，世道日非"，又是什么"黄钟毁弃，瓦釜雷鸣"。这种例子，俯拾即是。他们根本不给当政的最高统治者留一点面子，有时候甚至让他们下不了台。须知面子是古代最高统治者皇帝们的命根子，是他们的统治和尊严的最高保障。因此，我就产生了一个大胆的"理论"：一部中国古代政治史至少其中一部分就是最高统治者皇帝和大小知识分子互相利用又互相斗争，互相对付和应付，又有大棒，又有胡萝卜，间或甚至有剥皮凌迟的历史。

在外国知识分子中，只有印度的同中国的有可比性。印度共有四大种姓，为首的是婆罗门。在印度古代，文化知识就掌握在他们手里，这个最高种姓实际上也是他们自封的。他们是地地道道的知识分子，在社会上受到普遍的尊敬。然而却有一件天大的怪事，实在出人意料。在社会上，特别是在印度古典戏剧中，少数婆罗门却受到极端的嘲弄和污蔑，被安排成剧中的丑角。在印度古典剧中，语言是有阶级性的。梵文只允许国王、帝师（当然都是婆罗门）和其他高级男士们说，妇女等低级人物只能说俗语。可是，每个剧中都必不可缺少的丑角也竟是婆罗门，他们插科打诨，出尽洋相，他们只准说俗语，不许说梵文。在其他方面也有很多嘲笑婆罗门的地方。这有点像中国古代嘲笑"腐儒"的做法。《儒林外史》中就不缺少嘲笑"腐儒"——也就是落魄的知识分子——的地方。鲁迅笔下的孔乙己也是这种人物。为什么中印同出现这个现象呢？这实在是一个有趣的研究课题。

我在上面写了我对中国历史上知识分子的看法。本文的主要目的就是写历史，连鉴往知今一类的想法我都没有。倘若有人要问："现在怎样呢？"因为现在还没有变成历史，不在我写作范围之内，所以我不答复。如果有人研究去推论，那是他们的事，与我无干。

最后我还想再郑重强调一下：中国知识分子有源远流长的爱国主义传统，是世界上哪一个国家也不能望其项背的。尽管眼下似乎有一点背离这个传统的倾向，例证就是苦心孤诣千方百计地想出国，有的甚至归化为"老外"，永留不归。我自己对这个问题的看法是：这只能是暂时的现象，久则必变。就连留在外国的人，甚至归化了的人，他们依然是"身在曹营心在汉"，依然要寻根，依然爱自己的祖国。何况出去又回来的人渐渐多了起来呢？我们对这种人千万不要"另眼相看"，当然也大可不必"刮目相看"。只要我们国家的事情办好了，情况会大大地改变的。至于没有出国也不想出国的知识分子占绝对的多数。如果说他们对眼前的一切都很满意，那不是真话。但是爱国主义在他们心灵深处已经生了根，什么力量也拔不掉的。甚至泰山崩于前，迅雷震于顶，他们会依然热爱我们这伟大的祖国。这一点我完全可以保证。只举一个众所周知的例子，就足够了。如果不爱自己的祖国，巴老为什么以老迈龙钟之身，呕心沥血来写《随想录》呢？对广大的中国老、中、青知识分子来说，我想借用一句曾一度流行的，我似非懂又似懂的话：爱国没商量。

我生平优点不多，但自谓爱国不敢后人，即使把我烧成了灰，每一粒灰也还是爱国的。可是我对于当知识分子这个行当却真有点谈虎色变。我从来不相信什么轮回转生。现在，如果让我信一回的话，我就恭肃虔诚祷祝造化小儿，下一辈子无论如何也别再播弄我，千万别再把我播弄成知识分子。

　　　　　　　　　　　　　一九九五年七月十八日

　　　　　　（原刊于《收获》1995 年第 5 期）

心宇浩茫示苍生

许 明

　　我的导师与季老同辈，也是名满天下，加上我住在京城，经常能听到大师级的先生们的演讲，所以，我因主编《中国知识分子丛书》第一次去见季老时，心中并没有那种惶惶不安的朝圣感——我后来亲眼看到一位学报主编在季老面前连话都讲不连贯的情景。这往往是后生的迟钝之处：不知自己正在与历史遭遇，季羡林注定是要写进中国学术史与中国文化史的。季老的生活、工作环境是门对门的两套二居室，一套作了书房满屋子都是书，桌上、椅上，满满的，有点杂乱无章，文史哲经法，几乎样样都有。临窗是大写字台，正铺开写着的稿子。我和同伴对季老八十出头还是坚持天天写作啧啧称奇，但我马上想到我的导师，他八十六岁还在写新作，这辈老人大概都这样吧！季老对做我们丛书的顾问一口答应，这也没有出乎我的意料，季老的热情，对后辈的提携，早已名闻遐迩。然而，我却想不到谈到当前的学术，季老问我是否见到刚刚出版的《混沌论》，还有一本刚刚上市的思维科学的书，我有点悚然了。像季老这样的名满天下的老先生，在不少后辈眼中，是偶像，也是与新知无缘的"古董"。不少人要去见他们——我敢保证，要么去请他们题词，要么去请他们当嘉宾，要么去请教几十年前的人物典故，很少人真的为当前的学术问题去求教的。我初来的心情何尝不是怀着这样的无知和"渺小"呢？然而专治中印文化史的季老却密切注意当前学术发展的前沿理论，与我们谈起了日后人们熟知的"三十年河西，三十年河东"——二十一世纪是东方的世纪，谈起了"东方思维"的特征。他拿出一篇在朋友们中间传阅的发言稿，正是我渴望得到的那一种关于中国思维与中国文化关系的内在联系的深刻的分析。刹那间，那种巨大的年龄差距在我心中消逝得无影无踪。我在当日的笔记中记下了我无法忘记的那些闪光的思考：中国思维的模糊性以及中国语法研究长久以来笼罩在西方阴影下的状况。他风趣地打比方，中国人的思考就是有自己的特点，我们打电话，拿起话筒，常会说"我是北大"，其实你怎么是北大，你就是某某，这不过是你省略了许多。谈笑之中，问题就被点得玲珑剔透……

季老送我们出门的时候，爱看武侠小说的我闪电般的想起金庸笔下的一个人物：风清扬风太师，那清癯的脸庞，高高的个子，深藏不露的敏锐和高超都像。弟子无礼，我有点惶恐了。

不知诸君如何区分"大家"或"小家"。最近有人撰文评钱钟书、郭沫若、鲁迅，提出了"小巧精致"与"阳刚大器"的区分，提出了"名家"与"大家"的不同。我自有一个标准：学术大家绝不是一个书蛀虫，一生只是抄书、摘书、注书，缺少敏锐的思想、火热的激情、奔放的感受，缺少对当下的关注，是成不了大家的。看看季老的散文，《哭冯至》写得真是情深意切啊！而《我的心是一面镜子》(载《我与中国二十世纪》)早在我们编辑过程中就流传开了。我们几个《中国知识分子丛书》编委读了不过瘾，又复印传给亲朋好友，最后，我干脆割爱让《东方》先刊发了。这位与二十世纪风雨同舟的老人，在回顾自己的一生后感慨万千地写道：

"我在二十世纪生活了八十多年了。再过七年，这一世纪，就要结束了。这是一个非常复杂，变化多端的世纪。我心里这一面镜子照见的东西当然也是富于变化的，五花八门的，但又是多姿多彩的。它既照见了阳光大道，也照见了独木小桥。它既照见了山重水复，也照见了柳暗花明。我不敢保证我这一面心镜绝对通明透亮，但是我却相信，它是可靠的，其中反映的倒影是符合实际的。

"我揣着这一面镜子，一揣揣了八十多年。我现在怎样来评价镜子里照出来的二十世纪呢？我现在怎样来评价镜子里照出来的我的一生呢？呜呼，概难言矣！概难言矣！'却道天凉好个秋'，我效法这一句词，说上一句：天凉好个冬！"

这就是季老，写下了中印文化关系史、印度古代语言、原始佛教等论著，翻译了《罗摩衍那》等名著，精通德、英、梵文，有全中国最崇高的学术头衔的季老，功成名就，他在晚年的感慨却是"天凉好个冬"！有一次我们请季老给我们课题组讲一讲东方思维这个题目，我陪他走过未名湖畔那条被高高的绿荫掩映的小路时，谈起《我的心是一面镜子》，我问季老，像您这样成功的人生，为什么回顾时充满了如此的忧患感呢？他说，二十一世纪，我们将面临许多影响人类生存的大问题：人口爆炸，大自然被污染，生态平衡被破坏，粮食生产有限，淡水资源匮乏等等，中国文化面临的要解决的课题已经与人类的生存相连了……我这时的感受与读鲁迅诗句时的感受是一样的："心事浩茫连广宇""风雨如磐暗故园""花开花落两由之""心随东棹忆华年"……这位朴素（常常穿一件洗旧的中山装）的老人在燕园的小道上默默地坚韧地走了几十年，他常常停下脚步与他的邻居德籍老太太用德语唠上十分钟家常，也常常和蔼地与问候他的学生教师打招呼，普通得再普通不过了。然而，与鲁迅一样，他的笔端流淌着一个真正的人文学者所应具有的怀抱世界的激情和对人生的关注。

我无法想象季老是如何有这么充沛的精力工作的。他写了洋洋数千万字，现在仍然每天在写。有一次我送《中国知识分子丛书》的样书去，他正在写《中国糖史》，而且已写了五十万字。我听了几乎不敢相信：他有九十多个头衔，无数顾问、专家、委员、主任、主编……有许多推不掉的会议，上至国务院，下至我们这样小字辈的讲课请求。我周围的不少学者，穷其一生也没有写过一部二十万字的专著，疏懒与胸无大志成为正比；相反，胸怀天下，正好与勤奋工作形成映照。这种勤奋是什么呢？是中国知识分子的特有的节操吗？抑或说这是真正的科学家的特有的人格吧！而这种人格，无论东方、西方，都是相通的。

"德国给我一月120马克。房租约占40%多，吃饭差不多。手中几乎没有余钱。我在德国住了那么久时间，从来没有旅游，一则因为'阮囊羞涩'，二则珍惜寸阴，想多念一点书。"——这是季老在《我与中国二十世纪》一书中的回忆，很凑巧，我刚刚看过居里夫人的女儿写的《居里夫人评传》，其中的描写如出一辙："玛妮（如今改称玛丽）·斯克拉朵斯卡（居里夫人）每月靠40卢布生活、研究、学习。孤独，半饥半饱，没有取暖设备的阁楼生活，所有这些都无所谓，只要每天能在实验室里至少待上一段时间就行。"艰难是摧毁不了良知和理性的，恰恰相反，艰难能造就伟大的心灵。当一个人关注着历史、人类、科学，而不只是关心自己那渺小的一点点私利和浅薄的感觉的时候，才是那么的令人可敬。

作为真正学者气质的一个有机的成分，季老的宽厚也是出了名的。我碰到过这样一件事：我正在与季老谈事的时候，闯进一个东北来的年轻人。他的热络，对季老的亲近，弄得我不好意思将未说完的话说完。我只好静静地坐在一边。机灵的年轻人毫不客气地让我拿着他的相机，替他与季老留影。我当时有些木讷，在他不容置疑的指挥下，按了好几下快门。随后，他又缠着季老，要季老对录音机说几句。季老推托再三，场面有些尴尬，但拗不过这个年轻人的坚持，季老只好对着塞上来的微型话筒说："我对中国文化的认识也是极粗浅的……"终于，季老拒绝了这个过分热心的青年题词的要求。我开始对这个来路不明的"记者"怒目相视了，最后他悻悻地走出了门。季老其实并不认识这个人，他只不过曾经来过一封信，说他是中国文化书院第几期的学员。季老说，这样的外地青年，愿意学中国文化，我又是文化书院的导师，不好推辞啊！中国有句古话："小鬼难求，阎王好见"。相比之下，我真有点褊狭和小家子气了。人家不过是慕名而来，想见见季老，听听这位大学者的声音，合一张影留个念，即使动机不纯，比之时下的追星族来，总要好一点吧？追一个港台歌星与仰慕一位学界泰斗，总还表露了这个青年的文化气吧？宽厚地理解人是一种修养——它恰好与人生阅历成正比。我们有个经验，找大首长比找小科长好办事，做大学者的学生比做小学者的学生舒心——七十而随心所欲。这又是一次触动。

我不是季老的学生，也不是北大人，前前后后一共见过季老十来次。但季老对我每求必应，我一句小心的请他在有空的时候为《知识分子丛书》写几句话的请求，一周后就成为《光明日报》上一篇二千字的书评。恩泽和宽厚来得太容易了，以至于我很久没感觉到里头的分量。只是在我们一起到澳门参加国际会议时，我才进一步了解到他老人家人格中的另一面。澳门会议的参加者来自四面八方，主持者对洋人的过分热情引起了季老的反感。开幕式那天，全场都着西装，季老偏偏一身中山装坐在主席台中间，他离开原稿，大讲"三十年河西与三十年河东"，不知底里的人面面相觑，惟独我们心中有数。事后，季老说："我识人识事是非常仔细的，我这是有意而为之。"我在葡京大酒店的高速电梯里听到季老仿佛是不经意随口说说的感受，我至今仍可清晰地描绘出来。说实在的，我有点受宠若惊的感觉——读者可以明白我何以产生这种心情，读者也可以从我前前后后心情的变化中感受到一点什么。我真的以为：人格力量时常比学识还要伟大。

一九九五年七月十六日于京西稻香园

（原刊于《收获》1995 年第 5 期）

散淡背后的执着

——记杨宪益

杨 苡

> 凡事包容、凡事相信、凡事盼望、凡事忍耐，爱是永不止息。
>
> ——新约·哥林多前书第十三章

老用人潘福右手高举刚刚才买来的一大把香，左手习惯地手背朝后，那高大的个子一歪一斜地小跑似的进了堂屋。虽是夏天，也必须穿戴整齐，白细布小褂前面扣子一直扣到领口，下身着了扎腿的广东香云纱黑裤。他一边走着，一边用他含糊不清的绍兴口音嚷嚷着："小少爷辞祖喽！小少爷要出洋喽！"

打扫干净的供桌已围上大红缎子的桌围，供菜一排排摆好，从来没数过有多少碗，反正撤下供后，这些丰富的菜肴都很好吃，全是南方菜。

重重的一对大蜡烛盘威武地摆在供桌前方两边，早已插好了一对大红烛，中间一个显然是属于一套的大香炉，很奇特的样子，重得也只有潘福可以挪动，供桌背后是一张雕工讲究的红木条桌，上面有祖辈的牌位放在红木神龛里，条桌案正中摆有一张极大极大的父亲半身像，据说是当年天津金融界的巨头，开明人士，去过日本，因此留着东洋人的小胡子。好像思想并不迂腐，拥护民国，鼓吹革新，慷慨好施，这从挂在条桌两边一副对联可以看出，是曾任总统的徐世昌写给这位杨大爷的，称他为"霁川世兄"，上写："自非北海孔文举，谁识东莱太史慈"。这位在民国初年慷慨下令中国银行为政府摆脱困境的天津行长却在一九一九年英年早逝。

这时在照片中，他的眼睛慈爱地凝视着长得如此酷似他本人的唯一的儿子"小虎子"，在父亲逝世时，小少爷才五岁！

现在十九岁的小少爷要"出洋"念书去了。潘福点燃了蜡烛，又在蜡烛的火苗上引燃了那把香，穿上白纺绸大褂的小少爷把香接过来插在香炉里，然后开始跪在跪垫上弯下身磕头，直起身来双手朝后一背，再磕头，再一背，如此三次，完了之后，再向娘跪下辞行。

娘从藤椅上站起来搀起儿子，她已哭得需要人搀扶，女佣丫头忙个不停，热毛巾、水烟袋、点着的纸媒子、盖碗茶……这个出身扬州富户的太太当然不能大哭说："我的儿！"因为谁都知道这不是她的儿子。虽然孩子生下来便"移交"给她，由她做主找奶妈喂养，而且睡在她卧房隔壁的房间里。

称为"姆妈"的母亲站在一旁忍着泪水，她用不着当众哭泣，她也不喜欢这样做，何况她已被准许亲自送她自己的儿子到上海登上外国轮船，到了上海，再流泪也自由多了！

辞行的仪式结束了，小少爷转过身把站在一旁的小妹正抱着的他的宠物——一只黑白花的小哈巴狗抢过来，忽然说："小花，我就是舍不得你！"这句怪话谁都听见了，但谁都装作没听见。大妹本来要哭，又在用手绢擦眼泪了，小妹并没有那么多伤感，她觉得哥说这句话真是棒极了，使她终生不忘！她羡慕哥能离开这个处处有旧礼教管得死死的"家"，她也为了接管"小花"而感到开心，更开心的是从此逢年过节，祖上祭日包括送灶接灶，既是家里没有少爷，那么小妹可以替哥去上酒、洒酒、磕头了，这一切多么好玩！

若是一个十九岁的女孩从小受着两个母亲不同方式的照顾甚至溺爱，也许她会为今天的远行而流下加倍的眼泪，但小少爷是轻易不流泪的，可能他懂得男儿有泪不轻弹的俗语，至少他不会当众流泪，一旦不小心给人发现小少爷哭了，那就要全家大乱！小时候有一次带着小妹，还有归他专用的用人跟着去逛中原百货公司和天祥市场，回来后他忽然闷闷不乐，眼泪汪汪，谁也说不出怎么回事，用人被盘问着：小少爷碰着哪儿啦？摔了跤没有？又去问小妹：你们到哪儿玩的？小妹灵机一动，说："去天祥市场看过卖洋狗小猫的那个地方，哥喜欢一个颈上戴铃铛的小白狮子狗。"于是上边赶快吩咐去买来了。小少爷依然不笑，小妹却开心得想大笑，然后说："哥在中原公司要过一个好大好大的手电筒看来着。"于是又派人去把那个手电筒买来，最后小少爷微微一笑，当然不是为手电筒，谁知道他心里想什么，可能只是觉得"忧郁"一下也挺好玩。

书读得太多了，就成了书呆子，母亲有时给他一个爱称："呆瓜"。小时看了一大堆武侠小说，这个那个"演义"，然后又迷上了"侠隐记"等等，不管是法国的达特安，或是罗马的恺撒，或英国的亚瑟王，只是路见不平，他总是向往拔刀相助，但他没有刀，小时只会从堆柴禾的小屋里挑根白白的麻秆挥来挥去，但没有人怕他，也没人敢跟他对打着玩，万一有个闪失，那还了得！因此杨宪益从小只能做文弱书生，只能以笔抒怀，放假时和堂兄堂妹组织个"消寒会"，用复写纸叫大家抄稿，办个小本的只有一期的刊物，里面有诗词、随笔、章回小说，大多来自大主编——老虎哥——的天才构思。到了一九三四年在那个近乎环球旅行的一个月中，他以拉丁文 Terra Marique（陆地与海洋）为名，用英文写了一系列旅途随笔，写在一个练习本上，极漂亮的英文手稿，可惜寄到天津后没几年在抗战中丢失了。

其中有一篇恰恰有一个字被一点水迹弄得模糊了，这个惟恐被误会的作者便在旁边仍用英文加了注解，写上："这是 tea（茶），不是 tear（眼泪），虽然只有一个字母之差。"这个十九岁的中国青年正处在思乡或还有一种说不清楚的朦胧感情中，仍然不会失去他的幽默。从此以后他也不可能没有想哭一场的时候，但从小就有这样的习惯，在激动时，他总是拚命眨巴着眼睛。直到几十年之后，我认为杨宪益是最会抑制自己的悲痛或愤慨的强者！

书呆子作了个漫长的新奇之旅，睁大着好奇的眼睛到处观光，从亚洲到美洲，又从美洲到了欧洲，最后走进了多雾的伦敦，这之后便成了世界著名高等学府牛津大学的高材生。在书海里并未沉溺，过了两年又和吕叔湘、向达在伦敦办中文报向留学生华侨提供国内抗战的消息，因为全面抗战已经开始。在当时"救国不忘读书""读书不忘救国"的两个口号下，他选择了后者。一九四〇年他居然没有时间参加硕士毕业仪式，便带着他那心甘情愿跟他过苦日子的英国少女，卖了好几箱书，又带了剩余的几箱书，抵达香港。仍旧是老用人潘福奉命去接小少爷和未来的少奶奶回天津，小少爷傲然说："我干吗要去日本鬼子占的地方？"何况他并不想再回到"娘"的身边。他俩即飞重庆和自己的母亲和大妹重聚，和大妹两人同天结婚，他和妹夫身着绸棉袍，属于两个国家的两位新娘也都穿着定做的川绣白缎旗袍，大妹身上绣的一树红梅，这"番邦女子"则是前身一只蓝色大凤凰。这是一个废除繁文缛节的不中不西的婚礼，他和妹夫坚持反对新郎新娘相对鞠躬，都说："肉麻！"

之后去重庆中央大学分校教书，这还是爱才的罗家伦校长聘请的，才子却不安分，同大一学生一起创办一个英文墙报，指责国民党当局，公开点名孔祥熙这个大人物，于是便又被怀疑他们是否英共间谍而被解聘。

颠沛流离的生活——重庆的柏溪小镇、成都的华西坝、贵阳的花溪，还有重庆的沙坪坝和北边的北碚——这可不是当年阔少爷的新奇之旅，而是为了生活。杨宪益乘过破破烂烂的长途汽车，坐过摇摇晃晃的木船，也曾抱着小儿子、拖着小妹寄存的还走不稳的瘦弱小女孩三天两头去"跑警报",后面是他那年轻美丽的英国妻子毫无怨言地跟着,两人都穿着一色的蓝布长衫,大步向防空洞一起走去……

如果你现在问他那时有什么感受,他会想一想,说:"不记得了!打仗呗!日本鬼子滥炸,官方不抵抗,老百姓只好倒霉!"

这是一个不善于发牢骚的人,即使过了几年坐着北碚国立编译馆租的木船顺流而下,抵达南京后,十分狼狈,问起他路途中遇到的艰辛,他却把一切淡化,只说:"翻了一只船,可惜我那些书掉到江里了!"

过了三年,天亮了!杨宪益吃过午饭在家里哼哼着:"我们祖国多么辽阔广大……"兴致勃勃。他已胜利地完成他的使命——护馆任务,他扣下来几十箱待运的书和稿件,他认为这是属于国家的十分珍贵的文史资料。他的地下情报工作也已结束,同朋友合开的古玩店"绛舍"也早已关门大吉,楼上再不是同志们交换情报的联络站了。"绛舍"开张时,他笑眯眯地说:"绛者,红也。"关门时,他又笑眯眯地说:"已完成历史任务,外国人都跑啦!"

不久奉召入京,放弃了才买下的小庭院,又放弃了他那只忠心耿耿的宠物——名叫 Robert 的大黑狗,以后接二连三的运动把他搞得晕头转向,但还懂得"沉默是金"的名言,终于有那么一年,一天夜晚,已经被戴上"漏网右派""反动学术权威""反革命分子""间谍"等等帽子的学者推开《红楼梦》的译稿,把酒杯里没喝完的酒喝干,默默地随"造反队"走进办公室,戴上了手铐,糊里糊涂做了长达四年半的阶下囚。

他不知道他那善良温顺的英国妻子也在同一个夜晚从家里被铐走,关在另一座监牢里,不见天日。而她也没想到丈夫被叫去办公室,不是批斗,而是逮捕。两人关在不同的牢房,不同的生活待遇,杨宪益被剃了头,和刑事犯、政治犯关在一起,大小便都有定时,一天发两个窝窝头。妻子却是独自一人,饭食中也有米面。两人却有同样的想法:"关我不要紧,反正家里有他(她)照顾三个孩子。"也就是这个信念鼓励他们苦熬岁月。他们并不知道家里已上了封条,孩子也被发配到湖北、沧州和北大荒了。

一九七二年初夏这个以助人为乐的潇洒书生被释放了，当然放之前总要告诫一番："抓你是对的，放你也是对的！"出来后赶快理发、洗澡，去看那些年扫过马路的老母，再到厨房打开柜子，看看是否还有没喝完的酒。然后奉命住到对门一套空房子里，原有的住处要粉刷一新，领导当局叫他去买点鲜花水果布置房间好迎接妻子回家。他又是晕头转向，跑到大妹那里问："什么地方可以买到花？"大妹大叫："你怎么还有资产阶级那一套？怎么可以买花？"他讷讷地说："不是我要买，是上边叫我买，要派车送我去接乃迭回家。"

的确是"改造"过了，把家里所有的古玩字画上百件最名贵的都无偿地献给故宫博物院！他这一生受书之累，古玩之累，也受够了！

偶尔说起狱中生活，也是淡而化之，又像是说故事。像讲传奇，却没有他自己。只有一次，大概是一九七八年，他去上海参加几天的外国文学会议，会议结束后他约了许久不见的老友赵丹吃了一顿，两人喝了不少酒，互相交流各自坐牢的体会，大概谈个痛快！也许酒可以使他达到有鲠在喉一吐为快的境界，但他懂得喝酒不等于会喝糊涂，而不喝酒也不见得不会糊涂的道理。

无论如何，言多必失，杨宪益这一生尝到了一串串苦果，他却仍然喜欢唱《空城计》中诸葛亮的"我本是卧龙岗散淡的人"这一段。曾经有老朋友想去说服他什么，去了两次，他却满脸茫然的表情，老友告辞时叹曰："看来我还得'三顾茅庐'了。"已是七老八十的"杨老"忽然莞尔一笑，说："你为什么不说'七擒孟获'？"

这就是杨宪益的幽默。他一生受书之累，却仍然酷爱书，一生最不喜欢生活上没完没了的折腾，他喜欢宁静，却在半个多世纪中搬过几十次家。如今已是耄耋之年了，却又不情愿地搬到友谊宾馆内的一排专门给外宾长住的公寓里。他咕噜着："多滑稽！我这不是等于住到外国去了吗？还要国家花这么多房租，我干吗要搬呢？"别人只好安慰说："还不是为了照顾戴乃迭，何况你一出门上街就是中国味了！"

但一上街就发现国门大开，人们竟以洋味洋气洋腔洋调为荣了，于是他写了一首一向自谦为"打油诗"的《有感》，他写道：

语效鲜卑竟入迷，

世衰何怪变华夷，

卡拉欧咳穷装蒜，（Karaok）

品特扎啤乱扯皮，（Pint draught beer）

气死无非洋豆腐，（Cheese）

屁渣算个啥东西，（Pizza）

手捏 BP 多潇洒，

摆摆一声便打的。（Bye-Bye；Taxi）

　　这个自小要人侍候、竟连剥虾吃蟹都不会的书呆子少爷，如今已经变成一个非常能干，把家务事一把揽的老爷子了。他已无法继续译事工作，他得照顾病妻，上街采购买菜，回家又要为她忙得团团转。也许他会笑眯眯地说：这有什么呢？这叫作活到老，学到老。

　　的确，这有什么呢？戴乃迭跟着杨宪益吃了那么多苦，付出了多大的代价，你们知道吗？谁不爱自己的祖国呢？杨宪益是中国人，这里是他的根，但她的根却从她的国家的土地上拔出来了，两人的根缠绕在一起，开花结果，他们为这个伟大的国家已经奉献出毕生的精力，很多，很多的了！现在他们老了，在斗室里默默地点燃香烟，端着酒杯，回忆着那苦难的历程。支撑他们的是爱情，一如涓涓不断的泉水灌溉着他们的根，还有那对祖国的爱，对人类的爱，对崇高事业的爱，对书之爱……它如此执着，永不止息！

写于一九九六年元月

杨宪益八十一寿诞

（原刊于《收获》1996 年第 2 期）

霜叶吐血红

——自己的心路历程

吴冠中

永远这样推向新的边岸，

无尽长夜中有去无返，

在岁月的海洋中我们几曾能够，

仅仅抛锚一天？

——拉马丁:《湖》篇首

性格决定命运。坚毅克服困难，似乎凭意志总能抵达目标。但，终于觉察自己成了老人，毕竟来日无多，任凭怎样拚搏也追不回青春，留不住时光，是再也无法挽救的哀伤了，人们观赏红叶，红叶，血色黄昏。

歧途的选择决定命运。一九一九年我诞生于宜兴农村，家庭贫困，逼我个人奋斗，去投考不花钱的学校，毕业后有职业保证的学校。这类学校都极难考上，我在考试中永远是优胜者，且名列前茅。先念省立无锡师范，后念浙江大学代办省立高级工业职业学校电机科。十七岁的青年感情似野马，一个偶然的机缘我接触到了国立杭州艺专，那个艺术的天国使我着迷了，苦恋了。一见钟情的婚姻往往潜伏着悲剧吧，但我心甘情愿，违背着父母的劝阻，我转入了杭州艺专，从此投入了艺无涯的苦海中沉浮。这是人生第一次歧途的大抉择，决定一个人一生的命运。我非不知学艺者他日将贫穷落魄，但我属于我自己，自己糟蹋自己谁管得，只暗暗愿我的父母在没有见到我落魄前满怀希望中逝世，我唯一的恐惧，就是我自己刺伤他们。读莫泊桑小说《牡蛎》，我似乎已经是飘泊在海轮上卖牡蛎的浪子了。

　　日本侵略，国土沦丧，我随杭州艺专内迁沅陵、昆明、重庆，开始艰苦的流亡教学历程。因家乡沦陷，音信阻隔，我们沦陷区的学生享受教育部的贷金，我靠贷金读完了艺专，毕业后被国立重庆大学聘任为建筑系助教。在沙坪坝这个文化区任助教很幸运，任教四年也就在中央大学文学院听了四年文史课，主要攻法文。日本投降后教育部在全国九大城市同时举行各学科的公费留学考试，金榜挂名，我争取到了留法公费。于是于一九四七年到达巴黎留学，实现了最美满的梦想，似乎前途无量了。

　　满腔热情投入法兰西的怀抱，成了艺术圣地巴黎市的子民，心想从此开始飞黄腾达，不再返回苦难落后的旧中国。我认真学习，探索古典的、现代的艺术精髓，确乎大开眼界，深受启迪。但，一个渐字，渐渐，我的内心在起着深刻的变化。我当时给在上海的吴大羽老师写过不少信，吐露衷曲。不意大羽师家在"文革"中被抄家后发还的材料中还残存我的部分信件，今日读来更看清了当年的自己，不禁战栗。今录一九四九年初，即我到了巴黎一年半以后的信中章节：

　　"羽师，……在欧洲留了一年半以来，我考验了自己，照见了自己，往日的想法完全是糊涂的。在绘艺的学习上，因为自己的寡陋，总有意无意崇拜着西洋，今天，我对西洋现代美术的爱好与崇敬之心完全动摇了，我不愿以我的生命来选一朵花的职业，诚如我师所说，茶酒咖啡尝腻了，便继之以臭水毒药，何况茶酒咖啡尚非祖国人民当前之渴求。如果绘画再只是仅仅求一点视觉的清快，装点了一角室壁的空虚，它应该更千倍地被人轻视，因为园里的一枝绿树，盆里的一朵鲜花，都能给以同样的效果，它有什么伟大崇高的地方，何必糟蹋如许人力物力。我绝不是说要用绘画来做文学的注脚，一个事件的图解，但它应该能够，亲亲切切，一针一滴血，一鞭一条痕地深印当时当地人们的心底，令本来想掉眼泪而掉不下的人们掉下了眼泪，我总觉得只有鲁迅先生一人是在文字里做到了这功能，颜色和声音的传递感情，是否不及文字的简快易喻。

"十年，盲目地，我一步步追，一步步爬，找一个自己也不太清楚的目标。付出了多少艰苦，一个穷僻农村里的孩子，爬到了这个西洋寻求欢乐社会的中心地巴黎，到处看，听，一年半来，我知道这个社会，这个人群与我不相干，这些快活发亮的人面于我很隔膜，灯红酒绿的狂舞对我太生疏，我的心生活在真空里，阴雨于我无妨，因即使美丽的阳光照到我身上，我也感不到丝毫温暖。这里的所谓画人制造欢乐，花添到锦上，我一天比一天更不愿学这种快乐的伪造术了。为共同生活的人们不懂的语言，不是外国语便是死的语言，我不愿自己的工作与共同生活的人们漠不相关，祖国的苦难憔悴的人面都伸在我的桌前，我的父母，师友，邻居，成千成万的同胞，都在睁着眼睛看我，我一想起自己在学习这类近变态性欲发泄的西洋现代艺术，便觉到无限的愧恨和罪恶感。我想一个中国人更爱一个皮匠，他不要今天这样的一个我，因他更懂得皮匠的工作，那与他发生关联。踏破铁鞋无觅处，艺术的学习不在欧洲，不在巴黎，不在大师们的画室，在祖国，在故乡，在家园，在自己的心底……"

及三年学习期满，在矛盾的心态中决定不再延长公费，返回解放后的新中国，这是第二次人生歧途的大抉择，影响着我今后的整个艺术生涯，毕竟今后选择的范畴将愈来愈缩小了。

一九五〇年秋回到北京，我先任教于中央美术学院。我将西方取来的经统统倒进课室里，让比我更年轻的学生们选取，他们感到新颖。但后来，文艺整风，我和我取来的经统统遭到批判，说是资产阶级的，是毒害青年，而在巴黎时我还以为我属于无产阶级。我一心想表现苦难中的父老乡亲，不习惯画程式化的工、农、兵形象，更画不了年画、连环画、招贴画。每作画，总被认为是丑化了工农兵，要我学了社会主义的艺术再来教课，到哪里去学社会主义艺术呢，大概是苏联吧，于是我被调出美术学院，到清华大学建筑系教素描、水彩，技法而已，离开了文艺思想斗争的旋涡。后来又调到北京艺术学院任教，归队文艺界，则正当提出二百方针的时候了。艺术学院八年是我教课最多的时期，其后院系调整，我调入中央工艺美术学院，教绘画基础课，见缝插针讲点形式美，似乎也是悄悄的。

面对具体作品，在审美观的争论中我绝不屈服。但对两个大前提是认同的，即"来源于生活"与"油画民族化"。不肯迁就庸俗的审美趣味，我下决心改行从事风景画，风景画当时不受重视，不提倡，甚至可说被瞧不起。甘于寂寞，我从此踏遍青山，在风景画中探索油画民族化的道路，这可说是第三次歧途的抉择，为苟全性命（艺术生命），走僻偏的孤独之路，通向艺术伊甸园的羊肠小道，但风景中似乎难于发挥在巴黎时所憧憬的艺术功能了。从此开始了我三四十年背着笨重的油画箱走江湖的艰苦生涯，往往被偏远乡村的老太太们认为是修雨伞或收购鸡蛋的。

我采用民族的构思、构图与西方的写实手法及形式美规律的结合，更着力于意境美，因此在每幅作品的创作中都须转移写生角度与地点，移花接木，移山倒海，运用各局部的真实感构建虚拟的整体效果，这与印象派的写生方式是背道而驰了。那封闭的岁月，在封闭中我探索只属于自己的路，这三四十年呵，像埋在土里，倒正是我土生土长的大好年华。我之甘于寂寞，不合时宜，还缘于早先看清了外面的世界，绕过了"孤陋寡闻"，也正由于自身的实践体会，令我衷心欢呼改革开放的新时代。我的一句屡遭批判而至死不改的宣言："造型艺术不讲形式，那是不务正业。"形式美的基本因素包含着形、色与韵，我用东方的韵来吞西方的形与色，蛇吞象，有时感到吞不进去，便改用水墨媒体，这就是我七十年代中期开始大量作水墨的缘由，迄今仍用油彩和墨彩轮番探索。油彩、墨彩，一把剪刀的两面锋刃，试裁新装，油画民族化与中国画的现代化，在我看来是同一实体的左右面貌。

作品是升华了的现实，她与现实的关系我曾比作风筝，风筝放得愈高愈好，但断不得线，这线，指的是作品与启示作品的现实母体之间的联系，亦即作者与人民大众间的感情，千里姻缘一线牵。我遇到了严峻的考验。在国内外的展出中，有人欣赏那线，凭着线，他们懂了，似乎这是欣赏美的向导。有人认为不需那多余的向导，自己欣赏更自在，应断掉那线。人民大众的欣赏水平确乎在不断提高，阳春白雪终将流行成下里巴人。自然而然，我那风筝的线在变细，更隐匿，或只凭遥控了，但仍没有断，永远不会断。如果说我先承白居易的情，则继后着意探李商隐之境了。

岁月匆匆，今耄矣，又见世事沧桑。为了躲避破四旧或烦人的批判，我曾将我的作品分藏亲友处，考虑到待我死后总会有后来的赶路人探寻我的足印做参考吧，那时这些生不逢辰的画图也许将成为"出土文物"。换了人间，不意图画忽有价，我的画价且大步上升，早已流出去的作品被炒来炒去，一度沸沸扬扬。有了身价，从此不得安宁，索画的、出卖友谊的、写匿名信来行凶的、别人为我的画作案入了狱的……不幸我自己也落入了官司的陷阱，就是那指鹿为马的"炮打司令部"荒诞案件，祥林嫂不愿再诉说阿毛的故事，有心人可查阅一九九四年三月号《新华文摘》，其中载有"黄金万两付官司"已说得明明白白。鹿死于角，麝死于麝，我将死于画乎！

（原刊于《收获》1996年第3期）

在黑白灰的世界里

——吴冠中印象

李　辉

　　一次欣赏吴冠中的画册，我注意到一幅名为《修女》的油画。这不是传统的肖像画，而是大刀阔斧的抒情风格，主要以单纯的黑白色块来构成整个画面。海轮上两位修女倚窗而坐，一个完全是黑色背影，另外一个侧坐的修女，也没有任何细部的勾画。没有眼睛，甚至没有规则的面孔，只有大块大块的黑色，涂抹出衣袍披覆中的修女。这里，海只是无关紧要的背景，蓝得几乎近似黑的两小块色彩，仿佛就是修女的延伸。作者显然在追求宗教的、同时也是生活的表达。黑和白，一种静穆，一种安适，但却又显得深沉而悠远。

　　这幅画作于一九八七年，这一年吴冠中即将步入古稀之年。

　　像他这种年纪的人，在走过人生长途跋涉之后，所有的风风雨雨跌宕起伏都贮存记忆之中，所有的酸甜苦辣的体验也装在了感觉之中。画家的每幅画,未必一定都反映出画家的内心,未必都凝聚着他的整个人生体验,但对于吴冠中,这幅画的意义却非同寻常。

这幅画的创作也许可以说是一个故事。一个几乎延续了四十年的艺术意愿,终于在晚年得以完成,而历史的、人生的、艺术的种种体验,使他的这一完成,融进了更多的内容。

在他的画室里,吴冠中为我讲述着。

这幅画是一九五〇年一幅素描的延续,那一年,留学法国三年的吴冠中从巴黎回国。归国途中当海轮行驶在地中海上时,他注意到靠近窗户的一张桌子旁,有两位身着黑色衣袍的修女喝着饮料,欣赏着窗外的海景。修女们很漂亮,也很悠闲安详,没有一点儿忧愁和感伤。他用艺术的目光注视着她们,大海涌动,修女安详,黑色醒目,这无疑是一个很好的构图。他悄悄拿起笔,画了一幅素描。他计划回国后再在这个基础上画一幅油画。

然而,回国后他很快便发现他在法国所形成的艺术观,他所擅长的绘画方式,不适宜于盛行的时代风尚,甚至被视为"异端"。他不得不放弃自己的形式和风格,转而走进年画、宣传画创作的行列。这样,地中海那一美丽的印象,便没有变为油画,那幅素描也束之高阁,任记忆消失。

艺术家的他却不可能抹去一旦形成的深刻印象。于是,当八十年代进入自己创作的自由期时,他又拾起三十多年前的那一瞬间,又重新端详那幅素描,他决定延续当年的意愿。不过现在的他,不再会像当年那样按照肖像画的笔法,将记忆中的修女重现。他不愿意那样做。他寻找的是印象,是感觉,而且要把自己的人生体验融汇其中。

他选择了黑白主体。他有意识地隐去人粉的面容,突出黑与白的色彩给人的感觉与冲击。

他说过他爱黑,喜欢强劲的黑,黑的强劲。"文革"中虽然经历过批"黑画"的境遇,但这丝毫也没有割断他对黑的色彩的偏爱。生活中黑被用来象征死亡，但对于他，黑色的意味则更为丰富。黑是沉静的，也是深邃的；黑是悲哀的，但也是热烈的。黑色是视觉刺激的顶点，当他的绘画在八十年代从具象趋向抽象时，正好与从斑斓彩色进入黑白交错是同步的。

在我看来，色彩既是画家的眼睛，又是他的生命。这就像诗人一样，语言绝不仅仅只是一种工具，在很大程度上也是他的眼睛他的生命，对语言的拥抱程度，决定着他的作品，从而也决定着他的生命意义。吴冠中正是以一种独特的方式拥抱着色彩。色彩对于他，当然不是五光十色，不是赤橙黄绿青蓝紫交替出现的一种笔墨形式。在回望人生旅程时，他对色彩的理解，已经超出单纯的技巧范畴，而是将色彩与生命的体验紧紧联系在一起了。

不少人把他视为典型的形式主义的画家，可是，坐在他面前听他讲述自己的故事，画的或者生活的，便会觉得他远不是那么简单，也很难以用"形式主义"这样一个概念来归纳他的艺术。所有似乎是形式意义的东西，譬如色彩、线条、结构，等等，在他那里原本是自己生命表现的一种方式。

和吴先生进行这样的交谈是很有意思的。一般来说，画与音乐一样，不需要作者的过多限定与解说，关键在于随欣赏者情绪的变化而产生各种各样的感觉。在这里，感觉比认识可能更重要。不过，对一个画家性格和人生的把握，还是需要更为深入的了解。作品背后发生的故事，作者不同时期的精神状态，同样会引起人们的兴趣，至少对于我是这样。

认识吴先生是在八十年代初，是他的文字而不是绘画使我同他开始建立了联系。

画家中擅长于文字的人为数不少，但我颇为欣赏的是吴冠中和黄永玉。前者笔触细腻，写情写景有如作画，说古论今显示出其学识深广。后者文风潇洒而不拘一格，活泼的句式和独特的譬喻，给人深刻印象。我常常认为，这种类型的画家文章堪称当代散文创作的奇葩。

记得当时专门选收文学评论文章的《评论选刊》，有一期破例转载了吴冠中一组关于画展评奖的文章。文章是日记体裁。他的活泼文风和坦诚吸引了我。他没有常见的人云亦云，也不是死板枯燥的论说，而是细致地分析参展作品艺术的得失，理性与感情出色地结合起来，超出了一般评论文章的水平。说它是评论，却分明如随笔一样轻松活泼，对于长期以来评论文风贫乏单调的文坛来说，这无疑是由画坛吹来的一股清新的风。

我当时正在《北京晚报》编副刊，而且刚开设一个栏目"居京琐记"，专门邀请居住在北京的文人撰写随感，每期文章都请丁聪先生配一幅作者漫画像。读了吴先生的评选日记后，我对他的文章产生了兴趣，便写信约稿。很快他寄来了文章，从此他便成了这个栏目的常客。后来我到了《人民日报》，但联系一直延续至今。

最初吴先生的画与人给我的印象是不一样的。八十年代他创作的以江南水乡为题材的画，清新淡雅，给人以平和静谧的感觉。我想，大概经过"文革"的风风雨雨之后，他更加留恋儿时家乡秀丽景色给他的印象，需要用水乡的温馨来慰藉疲倦的心灵。春天的江南，浅绿淡红，雨雾袅袅。在他的眼中，这素淡的色彩，也许很适合此时的心境。于是，他的笔下，平林漠漠，小桥流水人家，一派浅灰色调。他把这称作"浸透着明亮的银灰"。欣赏这样的画，感觉不出激情和热烈，而是清新，甚至还带着淡淡的冷静。

生活中的他却给我完全不同的印象。他很健谈，与他在一起，你甚至不必考虑多说话，或者提什么问题。他会随着自己感兴趣的话题，侃侃而谈。他一点儿不像个古稀老人，即便到了十年之后的今天，我仍然感到他与过去一样，还是那样精力充沛，不知疲倦为何物。他的健谈，并不是絮絮叨叨讲些没完没了的闲言碎语，他从来不这样。他常常很投入地讲述中外艺术，讲述自己经历过的各种事情。这样的时候，我宁愿静静地听着，对于我，这是难得的上课，是艺术的，也是人生的。

他完全是一个激情的人。他容易激动，容易被生活中种种不平所刺激，从而发出感情色彩浓郁的评判。近年来他受那幅《炮打司令部》假画拍卖案的困扰和刺激，这种冲动似乎更加突出。每次见到他或者通电话，说到此事，他会气得声音发抖。不仅仅这一件与自己有关的事情，生活中有许多事情，他实在不能理解。不解，便为之苦恼，为之愤愤不平，他的不少文章就是这样写出来的。大到文艺创作规律，小到一张宣纸，都在他的议论之列。他看不惯外行官员对艺术创作的指手画脚，他看不惯画坛肆虐的吹捧风气，他看不惯生活中种种不道德的行为。读这样的文章，我再也不会觉得他仅仅是温和而冷静的风格，而是一团热情的火，还带有几丝辛辣。

后来读到他讲叙自己八十年代故乡之行的文章，我才深深体会到，他儿时的故乡印象为何那样深刻，也仿佛明白了他为何要用记忆中的温馨来描绘出风格清新淡雅的水乡。他写道："土地不老，却改观了。原先，村前村后，前村后村，都披覆着一丛丛浓密的竹园，绿荫深处透露出片片白墙，家家都隐伏在画图中。一场'大跃进'，一次'共产风'，竹园不见了，像撕掉了帘幕，一眼就能望见好多统统裸露着的村子，我童年时心目中那曲折、深远和神秘的故乡消失了。竹园不见了，桑园也少了，已在原先的桑园地里盖起不少两层小楼房。"他留恋自己的童年："孩子们是喜欢桑园，喜欢春天那密密交错的枝条的线结构画面，其间新芽点点，组成了丰富而含蓄的色调。"他的所有描绘水乡景色的作品，都可以使我们从这样一个角度走进艺术家心中的世界。淡雅和平静的背后，其实同样隐含着他的热情、他的惆怅。他是想用画笔为自己也为我们留住美好的、没有被破坏的风景，而创作的时刻，他的笔端，他感情的世界里，一定飞翔着大自然的精灵。

对自己的作品突然间成了美术市场中的"抢手货"，吴冠中根本没有想到。他很平静地看待自己取得的成就，对于市场冲击下画家面临的骚动、挑战，他也认为应该以平常心对待。他对我说过，对于他来说，金钱从来不在他考虑之列。

艺术才是他的全部生命。他说他敬仰的是莫奈，是石鲁，是他们置名利于艺术之外的风范。当法国文化部因为他的艺术成就而向他颁发勋章时，他想到的不是别人，而是莫奈和石鲁。他想起了印象派的猛士莫奈，在被官方嘲笑和咒骂中探索了一辈子，当其艺术被世界鼓掌时，法兰西学院终于提供了一把交椅，请九十高龄的大师进入这堂皇的殿堂，莫奈婉谢了。"文化大革命"前，北京人民美术出版社已印就石鲁画集，但被迫要抽掉《南征北战》一幅作品，不得不征求作者的意见，石鲁断然拒绝，并退回了稿费。他便是以这样的心情崇敬忠贞于艺术的探索者，并以同样的平静看待获得的荣誉。

他迷恋的是艺术，他从未停止过艺术创新，更多的时候，为了艺术，他会忘掉一切。

"文革"中他久病不愈，体质变得非常坏，他和妻子都觉得他是活不太久了，但彼此不敢明说，怕刺激了对方。在这种情形下，他索性发疯地作画，自制一条背带托住严重的脱肛，坚持创作。他说他是决心以作画而自杀。幸运的是他的病居然在忘我作画中一天天好转，这一奇迹令自己也令医生吃惊。现在，再回想当时的情景时，他为自己能够活到今天并继续着艺术创作而庆幸。

不管怎么说，吴冠中承认自己是一个幸运的艺术家。

当通往世界的大门被紧紧关上的时候，他已经在世界美术之都巴黎滚爬过三年，已经在古典大师和现代猛士们的艺术殿堂里遍游过，这就使他对世界毫不陌生。这样，当大门一下子打开之后，他不至于被外来的一切弄得手足无措，晕头转向。他仍然可以镇静，从容，走自己的路。

五十年代回到北京后，他在美术学院任教，一开始他的学术观点总是遭到压制、批判，他被迫搞年画宣传画，心情很不舒畅。但他后来被排挤出美术学院，调至清华大学建筑系教绘画技巧，这反倒好似走进了一个避风港，用他的话说是"避开了'左'的文艺思潮的压力"。尽管还有干扰，尽管有不少生活的磨难，但他仍然可以执着地在一种特殊气氛中进行自己的探索。更难得的是，盛行的对中国画的推崇，虽然一度让他放下油画创作，却从另外一个方面丰富了他的创作，使他在寻找东西方艺术交融的时候，发现了一片新大陆。

当不少艺术家受到突兀而至的市场经济的冲击时，他庆幸地已经获得了社会的承认。他不必为衣食操心，不必为自己作品的市场操心。这样，在艺术荣誉、社会荣誉接踵而至的同时，他更有可能潜心于创作，独坐于画室，在风格不断变化的过程中获得艺术的快感与满足。

当然，对吴冠中来说，最大的幸运应该说是在他的艺术起步时，遇到了两位大师，一位是潘天寿，一位是林风眠。他们不同的艺术见解和艺术风格，从一开始就深深地影响着他。两个性情、艺术观截然相反的大师，仿佛赐予吴冠中飞翔的两翼，让他飞得很高很高。

作为吴冠中的启蒙老师，国画大师潘天寿强调中国本位艺术，对西方艺术不重视，不关心，也不甚了解。但是，从一开始学习传统中国画，就遇上这样一位在吴冠中看来"品格高、涵养深、风格独特"的老师，这无疑决定了他终生的艺术探索将立足于中国文化传统。而林风眠给予他更多。他对绘画形式的执着追求，他那永不停息的革新步履，他那力求将东西方艺术融为一体的精神，都得益于林风眠。

按照美术史家的看法，林风眠是二十世纪中国绘画界中，最早清醒意识到应该开创一条既不是传统东方式的，又不是盲目照搬西方的艺术道路。他从二十年代起就开始注意探索。他的成功之处在于他自始至终保持着追求新东西的新鲜感，将东西方的艺术特点予以结合。为此，人们将林风眠看作真正意义上的艺术革新派。

吴冠中无疑是走在这条革新道路上的一位出类拔萃者。二十世纪即将过去，当我们对这个世纪的中国画坛做一审视时，便会发现从林风眠到吴冠中，其间一直流淌着一道清流，它虽然没有大江大河波涛汹涌的壮观，但自有它的清澈、执着与强劲。不同的是，五十年代后，林风眠更多的时候是在被人误解被人冷落的状态下度过，吴冠中则在八十年代达到声名显赫期，他的探索受到美术界和社会的承认。

在五十年代，林风眠的东西方绘画相交融的艺术观，被看作"纯艺术""形式主义"而不合时宜，甚至是"现实主义"的异端。在这样的情形下，林风眠不得不在讨论会上检讨自己绘画教学上的"形式主义"错误，不得不说出这样的话："错不在同学，是我们提倡新画派的人要负责任的。我们以前所走的路不对，所以影响了同学。"被误解被指责的林风眠，一九五二年虽然只有五十二岁，却退休离开教学岗位，从此几乎闭门不出，埋头作画，在寂寞中进行自己的探索。他的作品很少发表，更少参加展览，他的名字渐渐被人淡忘。等到七十年代末期人们终于认识到他的艺术思想和作品的价值时，他已即将告别世间。

吴冠中虽然在很长一段时期里，也遇到过林风眠同样的指责和批评，但他却有幸在八十年代达到他的艺术鼎盛期，所有的付出得到了报偿，而曾经有过的所有误解、指责，在他的艺术成就面前，一下子显得苍白。美术界接受了他，社会接受了他，他被公认是具有创新意识并达到很高艺术境界的艺术家。

吴冠中出色地体现着林风眠的精神。他永远有艺术的新鲜感，即便在古稀之年，他的风格也没有固定过，一直在色彩、结构诸多方面不断变化着。他坚持油画水墨画兼作，油画，中国画，西方，东方，他在它们之间寻找着交融点。他的作品，洋溢着浓郁的东方情调，但又有别于陈旧僵化的中国画传统格局，他吸收西方绘画的形式结构，来表现中国的意境趣味。他提倡抽象，但又不完全等同于抽象派，他将抽象寓于具象之中。他来到陕北高原，起伏不平的黄土高坡，纵横交错的山褶，如同老虎身上的花纹在他的眼中呈现。这花纹是活灵活现的线条，这黄土高坡也就具备了生命。在这样的对象面前，他的艺术观似乎找到了最好的载体。于是，他画中的黄土高坡，形体是起伏的高原，而生命却是具有气势的老虎。在他的笔下，线条、结构、色彩、具象、抽象等等，是一个完美的整体。

创新的吴冠中永远年轻。每次见到他，都不难感受到他身上充溢的艺术青春和生命活力。

一九八三年，已经六十四岁的吴冠中，被邀请参加"八十年代中国画展"，这是侧重于艺术创新的展览，参展者以年轻人居多。可是他走进了他们的行列。如今十几年过去了，我感觉他仿佛还那样年轻，还以同样的精神状态走在青年人的队列之中。

当时他有过这样的感慨："姜老的辣，艺术总在晚年成熟。苍劲、洗练、老辣……都属于老年作品的特征吧，但紧跟着成熟之后往往是保守与老一套。苍劲与老辣似乎易体现在笔墨技法方面，而保守与老一套意味着艺术生命过早的衰退，青春过早的消逝！"现在，他依然持这样的态度。在他的世界里，没有保守、老一套的位置，他也以同样的态度赞赏着艺术探索中的青年人。我相信，拥有这种艺术精神和人生态度的人，永远不会衰老。

我曾经设想，如果为吴先生写一本传记，就该写出他的浪漫、热情、纯真、执着。说实话，很少有人能够像他那样，总是以浪漫的情怀品味着与妻子的爱情。即便到了古稀之年，他身上艺术家所特有的浪漫与纯真，依然那么浓烈。他和妻子间那种深厚和真挚的恩爱之情，串起一个个动人故事。在他的世界里，少不了妻子这个角色，而且，正是因为他们半个多世纪的爱情，一直充实着他的心。他难以想象，没有她，他的创作他的人生会是什么样子。他也相信，如果没有妻子站在他的身后，他的艺术一定没有现在这样丰富这样耀眼。

吴冠中看重自己的这份浪漫。

四十年代到法国留学，他带去了一件红毛衣，这是他唯一的毛衣，是妻子在临别时为他赶织的。他很珍惜这毛衣。有一年春天，他同一位法国同学利用假期带着宿营帐篷，驾双人小舟，顺塞纳河而下，一路写生。但第一天就遇到了风暴，小舟翻了，不会游泳的吴冠中，几乎淹死。当时，他身上正穿着那件红毛衣，怀里揣着妻子的照片。他最终获救了。对于他，这次的死里逃生终生难忘，仿佛冥冥之中万里之外的妻子在保护着他。大概从那时起，他就有一种强烈的感觉：他将永远与妻子同在。

"文革"中的一九七二年冬天，为探望在贵阳生病的岳母，他们夫妇请假离开部队农场（那时艺术院校的师生们都在这种"五七干校"里劳动）。这样，吴冠中得以有机会途中在桂林逗留。他们来到了阳朔。只有一天一夜的时间，他十分珍惜这难得的机会。多年的"文革"，他一直处在压抑和封闭的状态，如此美丽的景色，足以让他陶醉。他执意作画。妻子理解他的这种心情。

作画那天，天却下起了雨。妻子没有去观光，而是举着雨伞为他遮住画架。他们淋在雨中，听凭冰冷的雨水浇在身上。他不断地挪动写生地点，她则不停地跟随着，手中的雨伞没有挪开过。可以想象，在雨幛中，这是动人的一个场景。雨之后又是阵阵强劲的北风，大风中画架支不住了。十几年后吴冠中说，他当时几乎要哭出来。这时，妻子伸出双手扶住画面，用她羸弱的身躯替代了画架。冬日的桂林，寒风刺骨，她的手指冻僵了，但一直坚持着不松手，直到他画完。

在这样的场景里，吴冠中顾不上端详妻子已经花白的头发，也顾不上劝阻妻子，他知道劝阻也是没用的。只是到了十几年后，他才又一次次回想当年的情景，感受妻子给予他的温暖。

我第一次去看他时，他们还住在劲松小区轻工部的宿舍楼里，房间不大，画室更小，就是在这样的环境里，吴冠中开始着他晚年创作的新的飞跃。那时他妻子身体还很好，忙着为我倒茶，忙着接电话，看得出是一个贤惠善良的女性。她原来并不懂美术，但在半个多世纪的时间里，她已经在吴冠中的影响下，成了一个出色的美术鉴赏家，并且吴冠中还承认，她对他作品的评说，常常使他颇受启发。甚至在他的影响下，她也拿起了画笔画速写，这些速写有时还给吴冠中以创作灵感。

后来她突然患了脑血栓，半身不遂。这对吴冠中是一个多么大的打击。在她住院期间，他的生活规律和创作规律都打破，他心神不宁地惦挂着妻子，而儿女又不让年岁已高的他常去医院。一天下午，他一个人独自坐在家里，似乎什么也不愿意去想，听凭时光流失。电话铃响了，过去都是妻子首先接，为他安排一切。他拿起电话，话筒里直呼他的名字，他听见是女人的声音，估计是哪个老同窗来问候她的病情吧。但恰恰是妻子！她也惦挂着家中的吴冠中，居然从病房被扶到电话机前自己同他直接通话了。中风后的她，声音已有所不同，他竟听不出她的声音！他为妻子挣扎着来打电话而感到意外。这突然和偶然使他丧失一切经验和理解，他哭了，哭她复活了。

吴冠中不止一次为妻子哭过。

一次他在长江巫峡附近的沿江羊肠小道上写生，妻子便自己沿着峭壁上的小道往前走去。他发现她许久不回，便高声呼喊，但没有回音。俯瞰峭壁下滚滚而去的江水，他着急了，为妻子而担忧。于是，他丢下心爱的画具，一路小跑，一路呼唤，仍然没有回音。他禁不住哭了。后来，在两里外的一个小山村里找到了她，原来她正在和一位老太婆聊天。短暂分离的重逢，那种喜悦只有他能够感受到。

最近我去看望他们，吴先生把我带进他的画室，欣赏他的新作。墙上挂着一幅油画，画的是他的妻子。他说，他答应为妻子画一幅画，可总也没有实现。这次妻子七十岁生日，他终于完成了这幅肖像画，了却一桩心愿。画中的她，显得慈祥而平静，目光里没有微笑，而是关切和沉静。面容有些衰老，但分明又透出一种坚毅。肖像的背景，是浓烈的黑色，仿佛隐喻人生的艰难。

看得出，这是他全身心投入而创作出来的作品。他把自己的浪漫、纯真、感激，把自己对人生的认识，都融进了妻子的肖像之中。

在生活中，在艺术中，他与她同在。

（原刊于《收获》1996年第3期）

答读者问

丁　聪

　　近年来，无论在办展览或记者采访和座谈会时，总会遇到一些相同的问题，而这些问题我从未想过。既然有人问，又有读者感兴趣，我就有义务思考，有义务解答。这次，《收获》杂志要我写一短文谈谈自己，我这人最怕的就是写文章，于是想出一个取巧的办法，借用这些问题来充充数。

你身体如此好，有何养生之道？

　　这是大家问得最多的一个问题，因为我走路轻便，头发乌黑，似乎不像一个八十岁的老人。而这个问题也是我最难回答的，我真的不知道为什么身体好，我没有什么养生之道，也从不吃任何补品，如果一定要归结到什么原因，我只能说是爹妈给的，遗传基因使然。这是先天的因素，那么后天呢？我苦思冥想了半天，大概是有个好饲养员吧。饲养员就是我的老伴（她自称"高级保姆"），她做什么，我吃什么，从不挑食，不挑食的孩子是好孩子，我大概就属于这一类。这话如果被老伴听到，准要挨批，什么不挑食！光吃肉，不吃蔬菜，能叫不挑食吗？我的说法可能不太科学，也许不太全面，即在肉食范围之内我不挑，什么红烧、白炖、冷拌、油炸，鸡鸭猪牛（除鱼以外）无所不好，咸点淡点也不计较，总之，是肉就好。蔬菜对我实在难以下咽，大概我的喉管结构特殊，吞咽蔬菜时极端痛苦。有时，老伴看着也有点心痛，她说，既然这么痛苦，就算了吧。我如获大赦，又取得一次胜利。我把蔬菜叫作青饲料，我只吃荤饲料。

人们说，饮食要均衡，这样对身体有好处。我的理论是，顺其自然，想吃，说明身体需要，不想吃，说明不需要，何必勉强呢！所以，我是想吃什么吃什么，当然还要在老伴管辖之下（我什么也不会做，因此只能逆来顺受），好在她还比较通情达理，不是花岗岩脑袋，所以我的日子过得还算可以。

总结我的养生之道，结论是"无道"。

记得一次来了位体育记者，要了解我之身体好，是从事什么运动的结果？这实在让我为难，如果说我的养生还有一点道的话，就是"不运动"之道，不，应该说我只从事一种特殊的运动——跑书店运动，因为买书是我最大的嗜好。

问的人听我说了半天，总也上不了轨道，就代我回答，看来是你的心态好，性格好！

你的一生应该说够坎坷的，现在你对这些问题如何看待？

解放后我的历史大致可分为三个阶段：一九五七年是第一个分界线，一九七九年是第二个分界线。

一九五七年前，我的生活比较安定，虽说物质匮乏，但精神很愉快。我认为解放了，战争结束了，前途一片光明，大家同心协力地建设社会主义，我也要全力以赴，为国家为人民多干点事。有共产党的支持，我毫无顾虑，勇往直前。在那一段时间里，我还是干了不少事，我是共产党的亲密的朋友。

到一九五七年，一夜之间风云突变，一个闷雷打下来，把我打昏了二十多年，从"亲密朋友"一变而为"不共戴天的敌人"，一个"大右派"。我怎么也想不通，但又非常相信党，认为伟大的共产党是不会错的，那么错的一定是我自己。于是努力把自己的思维方法纳入党所要求的轨道，接受了群众的批判，即我是一个满脑子资产阶级思想的人，用我这种思想来指导工作，必然就会走向资本主义，必然会把社会主义拉回到资本主义，这不是反党，又是什么！

于是开始了漫长的改造过程。因为接受了是自己错了的说法，所以倒也没有多少抵触情绪，唯一觉得不满意的是不让画画，也不让发表画。

我开始觉醒，应归功于"文化大革命"。那时，我已是"死老虎"，虽然批斗不断，毕竟不同于第一线的"走资派"，基本上属于陪斗性质。我自小受的教育是说老实话，做老实人，所以再逼再打，我绝不说瞎话，绝不乱咬人，于心无愧，我吃得下，睡得着。除了皮肉受苦以外，倒也没有什么负担。整天与猪、羊为伍，是我的运气，因猪比人好，不会瞎说也不会打小报告。直到"四人帮"倒台，我才真正明白过来，原来我们都是些争权夺利者的牺牲品。一个人有多少个二十年，怎么就让我赶上了！其实不仅是我，很多人都赶上了，这是我们共同的悲哀。

一九七九年，是第二个转折点。组织上给我平了反，我可以重新发表画了。宽松的气氛，开放的政策，使漫画也有了滋润的土壤。我如鱼得水，画了不知其数的画，在这短短的十几年间，我出了二十多本画集，我有什么好埋怨的？过去的苦难也不是我一个人的遭遇，我能活下来就是胜利，我还算运气，赶上了最后一个好时光。这是我个人的一段历史，也是国家的一段特殊的历史，如用历史眼光来看，个人的恩怨又算得了什么！我没有工夫去想别的，只有趁画得动时，抓紧时间，多画一点再多画一点。

年已八十，为何还自称"小丁"？

我在中学时即开始发表漫画。我父亲也是漫画家，朋友们称他为"老丁"，而我是他儿子自然称我为小丁。小丁两字只有五画，签名很容易，故发表画时，就署了"小丁"这个笔名，并一直沿用至今。

而今，我已八十了，似乎不应再称小丁了。当有人第一次叫我丁老时，我还以为是叫别人。因为我从来没有老的意识，即使是现在。不仅老朋友叫我小丁，连一些年轻的新朋友，有时也叫我小丁或小丁老。只是在前不久去成都办展览时，朋友们约我游青城山和峨眉山，下来后双腿发软发酸，几日走路不便，我才意识到，真的老了。但同去的年轻人仍很佩服我，说八十岁还能上青城山、峨眉山的，怕没几个了。

我仍然沿用"小丁"笔名还有一层意思。"丁"在中文有人物的意思，小丁即小人物。我一生学历不高（中学毕业），从未当过领导（除建国初期任《人民画报》副总编，也是主管业务，不管人），所以总认为自己是个普通百姓，不值一提。"小丁"这个名字很符合我的实际，提醒我要永远做一个普通小老百姓。

人们称你为多产画家，是什么力量推动你的？

我自幼喜欢画画，小时父亲不让我以漫画为职业，因它不能养家糊口。因此，中学毕业后找了个职业，业余画画、投稿。当时，上海漫画发达，报刊又多，是画漫画很好的土壤，加以父亲有一批漫画界的朋友如张光宇、叶浅予等，我深受影响。可惜好景不长，抗日战争爆发，我去香港编画报，后又随朋友去了内地，那里印刷条件差，无法刊登漫画，就改为从事别的职业如搞舞台美术等。直到一九四五年抗战胜利回到上海才又开始画漫画，我画了大量反蒋争民主的漫画。不久，国民党迫害进步人士，我又去了香港。到建国前夕应召回到北京，创建《人民画报》，行政业务工作缠身，没有画画时间。忙忙乱乱过了几年即被打成"右派"，当然更不许画画。紧接着"文化大革命"，一晃就是二十多年。人们称我为漫画家，实际我画漫画的时间并不多。直到七九年平反之后，我下决心一定要画了，要把失去的宝贵的二十多年时间补回来。我以全副精力投入漫画创作中去，人们形容我不要命地画，像个年轻人一样。十几年下来，我画了多少，自己也不知道。反正只要画得动，我会不断地画下去。

我对画画情有独钟，在不让画漫画期间，我就偷着画别的画如插图、素描等，所以虽然漫画中断了二十多年，但绘画始终未曾停止过。即使在北大荒劳改这样的恶劣条件下，我仍偷偷地画了不少素描和创作。

我认为我是为画画而生，不让我画画比什么都痛苦。三中全会后的好气候好土壤，更激发了我的创作热情，加以报刊蓬勃发展，约稿不断，推动我不停地画，一天天，一年年，画了多少连我自己也说不清了，所以在大家印象中我是个多产的画家也不是没有根据的。特别是近年来报刊新创、扩版、增刊如雨后春笋，实在使我穷于应付。

我虽已八十岁，眼还不花，耳也不聋，但精力毕竟不如年轻人，我很想留点时间画一些自己想画的东西。借用华君武同志画启功的话的大意，熊猫病了，别再去打扰他了。我也想说，小丁也老了，放他一马吧。

你的画基本上是针砭时弊，政治性很强，你是否认为自己是个革命者？

这个问题我自己不好回答，要由后人来评定。但有一点可以告诉读者，我始终向往革命，跟随革命，哪怕被打成"反革命"的日子，我也从未动摇过。过去我认识共产党是通过一些优秀的党员如廖承志、夏衍等，我认为他们人品好，作风正派，大公无私，我愿意接近他们，跟着他们走。国民党贪污腐化，欺压百姓，我就反对它。

我一生靠拢革命，只是基于一个简单的信念：要使国家富强，谁能使我国富强，我就拥护谁。对自己则要求做一个正直的人，好恶分明。我没什么政治头脑，如果说我的画政治性很强，其实只是出于一个爱国者的忧患意识罢了。有人问我对漫画怎么看？我认为漫画是一个锐利的武器，用它来刺向邪恶，目的是为了消除邪恶，过去是这样，今天仍是这样。那种认为人民内部不应过多讽刺的论点，我不赞同。有缺点就应指出，就要批评，目的是为了改正而不是其他。如果有缺点，谁都不指出，表面上好像平安无事，一旦爆发就不可收拾。我要做个健康的人，也愿我们的国家有个健康的肌体，我只是尽自己一份微薄的力量而已。

你的业余爱好是什么？如有时间，你最想做的事是什么？

我受家庭的影响，从小就喜欢京剧。上学的时候，业余不是听京戏唱片，就是跑到戏院去看戏，那时我认识一个剧场的收票员，所以经常去蹭戏看。我的画画也是从京剧开始，我看到一些漫画家看戏时拿着速写本，我学他们的样子，每次也带上一个本子，画上两笔，画着画着就上瘾了，直到现在我对画京戏人物仍很感兴趣。

解放后由于大部分时间处于逆境，不能看戏也没钱看戏，更没有心情看戏，逐渐这个爱好也淡化了，现在只是在收音机和电视里听听看看。

另一个嗜好是买书，可以说几十年不变。我的收入基本上都交给了书店。虽说解放后我的藏书和我本人一样，遭到几次浩劫，但只要一有条件，我又会重新开始。现在我家里又被书堆满了，桌上、地下、床边，哪怕有一小块空地立刻会被书堆满，老伴经常向我抗议，说她呼吸不到空气了。看着满满一屋子的书，别提有多满足，我和老伴说，哪怕我明天死去，今天还是要买书。

读者问，如有时间最想做的事是什么？当然是读书。我多么想坐下来好好把我买来的书看看，奇怪就是没有时间，好像永远都没有时间。整天被一根无形的绳子牵着，转呀转的怎么也停不下来。也许有一天我宣布不再画画了，读书的问题才能解决。不，我还要宣布也不写文章了，否则说不定第二个第三个《收获》杂志又找上门了。

（原刊于《收获》1996 年第 4 期）

漫话丁聪

陈四益

文章写完了，又回过头来看开头，觉得索然无味：

"丁聪有漫画，勾勒人物，惟妙惟肖。

"我只有漫话，希望能讲出我心目中的丁聪，哪怕只是他的一鳞半爪。"

这"破题"，虽然句句扣题，却头巾气十足，了无生趣。

刚好，丁聪夫妇来电话，报道已由四川返京，丁夫人还对此行勾勒描摹，令我大饱耳福。灵机一动，何不移花接木，搬来做文章的开头。

这次去成都办"丁聪画展"已是近年来第五次了。前几年在上海办画展，场地略狭，观众济济，虽不说"张袂成阴，挥汗成雨"，却也如"轧公共汽车"。记取教训，这次的场地较宽，但熙熙攘攘，也叫主办者吃惊，说是踊跃观摩，为多年所无。

"丁聪画展"一不举行开幕式；二不邀请要人、名流剪彩；三不开新闻发布会，就像他的为人，普普通通，不想闹个什么轰动效应。不料我本无心求轰动，宁知轰动逼人来。记者采访不断，报端评论连连，原想躲到成都清闲几天的丁聪，反成了逃不掉、躲不脱的新闻人物，他的画展，也成了那几天新闻报道的一个热点。

成都个体书店——弘文书局目光锐利，抓住丁聪签名售书，丁聪近年出版的画集，凡能搜罗得出的，一销而空，连那些小书摊上的零星散本也告售罄。许多人买不到书，便买一册《读书》——不管是哪一期的——请他签名，因为那杂志上每期都有丁聪的画作，总算是聊胜于无。

丁聪在成都，无论到学校、到部队，都受到了真诚的欢迎。偶尔出门"打的"，被司机认出，定然不肯收费；寻常逛街购物，售货员一旦发现，连称理当优惠。在成都，丁聪被真诚的友情所包围。

李白的《与韩荆州书》有言道："生不愿封万户侯，但愿一识韩荆州。"每读此文，总觉其中有诈。因为韩荆州做着大官，攀龙附凤之辈可以"一登龙门，声价十倍"。但蜀人之争识丁聪却全出敬仰，因为丁聪所能给予人们的，也只有他在画中体现的善善恶恶的一片赤忱。这一片赤忱，是丁聪做人的根本，也是他绘画的灵魂。

结识丁聪

我总说，结识丁聪，是我的福气。

十四年前，我拿着刚刚写好的十几则"新百喻"和华君武先生的"介绍信"敲开了丁聪先生的家门。一个不知名的作者，拿着一些不知读者会作什么评论的作品，去请一位年长二十多岁并久已成名的大画家配画，这桩事本身就够叫人忐忑不安的了，何况我与丁先生还素未谋面呢！但是，当胖胖的、一团和气的丁先生站到面前时，那忐忑便一扫而空了。一来他那神气好像我是他多年旧友，二来他那脱略形迹的招呼，让我觉得如平辈论交，毫无拘泥。

华君武先生的信，他接在手中，看也没看便先把我让进了"书房"。可一进去，我便被卡住，动弹不得。

那时，他还没有搬到现在的寓所。一间十来平米的小屋，橱里、桌上、椅上、地上，到处堆着书。他走进去轻车熟路，胖胖的身影一晃已到了工作台前，我则挪动一下，也得先从书堆里探清路径。

他的工作台，不过是一张小小的书桌。书桌四周也堆着书。书堆中那二尺见方的"盆地"，便是他的画案了。一盏制图用的长臂台灯从书堆外的桌角横伸过来，正好直照着那块"盆地"。他就在那灯下翻阅我刚给他的那些"新百喻"。

对我写的那些文字，本来我毫无信心，只是几位师友的鼓励，才决定公开发表。配画的目的，固然是求文图相生的效果，也有借此藏拙的私心。丁先生的裁定，当然对我非常重要。

"有意思，我画。"他开口就是这五个字。可就是这五个字，订下了我们之间至今已有十四年的"合作契约"。十四年间，我们的合作包括着"新百喻"、"诗画话"、"唐诗别解"及"杂咏"四个系列，丁先生可说是有求必应。有时文稿出得晚，报刊编辑催索又急，丁先生也略无难色，总是及时地画出他那精彩的配图。细心的读者定会发现，说是配图，其实每一幅又都是完全可以独立的创作。他的画不但准确地表现了文中的主旨，而且使之更为丰富、更为具象。

丁先生的作风是从不凑合。每作一图，总要先参详文意、构思腹稿，然后作出草图，然后再用铅笔画出定稿，最后是墨线勾勒。有人劝他不要那么费劲，丁先生答道："不费劲的画，我画不来。"这倒不是他想损人，他一生作画养成的作风便是如此，从不肯有一笔苟且。

许多熟识的朋友称我们为"双打选手""最佳拍档"，或揶揄为"丁陈集团"。但对这搭配，他们似乎都有意忽略了一个重要的事实：一位久已成名的大漫画家，肯在十几年间始终不辍地为一个无名晚辈的作品作画，这是很少有人能够做到的。单是这一点，我也要说"先生之风，山高水长"了。

所以，我总说，结识丁聪，是我的福气。

没人称他"英雄"

同丁先生熟了，也便有些忘形，忘了他是长我一辈的人。打电话，我称他丁先生，他也回我一句"陈先生"，我也便"当仁不让"，不再谦虚。他搬了家，住得较先前宽绰些了，我常常事先不打招呼便一头撞去，他也见怪不怪，招呼我坐下，好像本来就在等我。若是他要到外地，事前必先打电话告诉我，说是"挂号"，意思是若有急稿，趁他没走，赶紧送去。回到北京，又必先打个电话来，说是"报到"，意思是，有稿可以送来。时间一长，我才回过味儿来：他这是处处在替别人着想，处处在为他人创造方便。至于这样做，给他自己带来多少麻烦，从来是非所计也。这样的为人处事，并非对我特殊，而是一视同仁。

中国现在的体制，依然没有脱离以官阶论待遇的格局。前些时，陈景润去世了，有人为这样一位数学奇才去世前仍骑着自行车往还愤愤不平。其实，这类事到处都有，抱不平哪里打得过来！丁聪早在五十年代初，便已是《人民画报》的副总编辑，现在还当着全国政协委员。从第一届政协委员一直当到现在的，怕也没几个了吧。但是，他也没配汽车。不知是不会骑还是人到八十不敢骑，总之他连骑自行车的那个福分也没有，只能靠一张月票在北京城里闯天下。有几次，老朋友看到他呼哧呼哧地追赶正要进站的公共汽车，事后劝他："年纪大了，挤不动，叫主办单位来车接一下吧。"丁聪听了总是笑笑："我还行。"

这两年，他的活动越来越多了。请他主持会议的，请他参加评选的，请他开会座谈的，请他签名售书的。话都讲得万分恳切，就是总不记得他们所请的这位"小丁"，今年已届八十高龄——虽然他仍有一头不染的黑发。

为了这挤公共汽车的事，我也不止一次叮咛，他总是点点头说"对"，可回转身，依旧去轧汽车。有一回在他家，我刚说完不要再去挤车，他也点头称是，电话就来了。电话里声音很响，坐在旁边也能听清。当对方问到怎样接他时，我急忙插嘴："叫他们来个车。"但没容我说完，他已回道："不用，我自己去。"说完，便挂断了电话。我用责备的口气问："为什么不让他们接？"丁先生笑笑说："何必要麻烦人家呢！"丁夫人无可奈何地笑道："他这个人就是这样。"我气得差点要嚷："这是他们在麻烦你啊！"可是瞧着他那一副认真的模样，一肚子火竟发不出来。你能向一个处处为他人考虑的人发火吗？

约稿的人也络绎不绝，他作画又绝不肯马虎，因此常常忙得焦头烂额。好几次，他向我叹气："不能再有求必应了。我连休息的时间都没有了。"但等到约稿的编辑一番恳切陈辞，他又不忍拂人盛情。事后总说："人家那么恳切，又那么急……"于是，他只得玩儿命地想，玩儿命地画。

丁先生的养生哲学是顺其自然。一不运动，二不忌口。想吃就吃，想喝就喝。确实，我很少见他运动。他构思时，是在向阳房间的躺椅上，作画是在背阴房间的书桌前。虽然家近公园——紫竹院，但从未在公园里见到他的身影。不过，前两年可是例外。从不运动的丁聪，忽然天天往紫竹院跑，而且每次身边都有一位蓄着山羊胡子的老人。那人瘦瘦的，较丁聪略高。走在一起，体格魁伟的丁聪，便形如保镖了。

"就是保镖！"丁聪说。原来，那位"山羊胡子"便是叶浅予。他比丁聪年长，又是丁聪父亲丁悚的朋友。虽然丁聪后来在香港同他一起画救亡漫画，但始终把浅予先生当父执辈尊崇。浅予先生那时孤身一人住在中国画研究院，与丁聪比邻而居。因此，在浅予先生有生之年，丁先生便一直充当着逛公园的"保镖"，直到浅予先生仙逝，丁先生才恢复了先前那种懒动的生活。他连玩儿也是为着他人。

报章上赞扬英雄人物时，总喜欢说他们"心里装的都是他人，惟独没有自己"。丁聪确实处处为着他人，但他从不认为自己是个英雄，也没人称他"英雄"。

把他裁为三截

不但没人称他英雄，还有人将他打成"敌人"。

丁聪这一生，我把他裁为三截。

第一截是一九五七年以前，他一直是共产党的朋友——忠诚坚贞的好朋友。抗战前，他为姚苏风办的《小晨报》作插图，为新华、联华两家电影公司的画报作设计，并开始了漫画创作。抗战中，他参加救亡运动，编《救亡漫画》、《日寇暴行实录》，画揭露日本侵略者的宣传画，为进步戏剧作舞台设计。抗战胜利后，他又积极投身于民主运动。他的积极活动，招致了国民党当局对他的迫害。于是，党不得不命令他撤出上海，避地香港。地虽避了，人却未避。勾勒国民党反动统治的《现实图》便作于此时。如果有人把丁聪一九四八年以前的漫画作品集中在一起，那么，他便可以见到对国民党统治之腐败、黑暗的最全面、最辛辣、最形象的揭露。

这一时期的丁聪，生死置之度外，把自己的艺术同中国人民的革命斗争完全融合在一起了。一九四九年，根据周恩来开列的一份名单，一批党的、非党的文化人从香港来到北京，共商建国大计，丁聪也在其中。他后来成了全国政协委员、全国青联常委、全国美协理事。他视共产党为向导，共产党也视他为挚友。当廖承志要他去编《人民画报》时，二话没说便走马上任。从去上海买机器，到出版第一期，总共只用了短短四五个月时间。

他申请加入中国共产党，因为他真心相信，这个党能把中国引向光明。支部两次讨论，已经同意接收他了，只是因为有一段历史尚未找到证明人而被延搁。书记说："先入罢，我们相信你，如果今后发现问题，你自己负责。"丁聪执拗不肯："我不愿意背着包袱入党。什么时候审查清楚，什么时候再入。"真是直言相对，肝胆相照。

可是，谁也没有想到，十几年肝胆相照、荣辱与共的朋友，会在一夜之间变成"敌人"——何昨日之芳草兮，今直为此萧艾也！

没有言论，没有罪行，昨天还在为《人民画报》的出版而忙碌，今天却突然宣布了"右派"——这便是那个特定的年代的特定的"幽默"。

丁聪相信沉冤可以昭雪，误会可以消除。他一直没有去找那些了解他而又身居高位的人。他的想法极简单——不要给别人添麻烦。但他没有想到的是，这顶"右派"帽子竟一直陪伴了他二十三年。先是"右派"，继之是"摘帽右派"，又继之是"改正右派"。现在呢？丁聪笑笑，说，或许可以称为"前右派"或"原右派"，如果归天，便称"已故右派"。

我同丁聪相识，已在他人生的第三截了。我很惊异于他的宽容。几十年的坎坷，他说来淡写轻描："希望以后再不要这样瞎搞……"对领导过他的那些真正的共产党人，如廖公、夏公、聂老，他充满敬意。讲到聂老（绀弩），他说："我真佩服他，在北大荒，还是那么认真地读马克思主义。"

丁聪敬佩执着如一的人。因为他自己就是那样的人。尽管我们可以依着他的遭际，把他的一生裁为三截，但三截之中，有一以贯之的信念。这信念便是用自己的画笔为人生作一记录，为社会添一助力。

丁聪的父亲是画家丁悚。但丁悚却不愿丁聪学画。为着自己的信念，丁聪第一次违拗了父亲的意愿。他学画，得自张光宇、叶浅予的帮助，远较他的生身之父为大。

丁聪不想以画笔作换钱的工具，也不想以画笔作消闲的玩具。他的画笔，是他战斗的武器。他是为人生的艺术家。这是他执着不变的信念。

一九三八年，他作《流亡图》；一九四三年他作《现象图》；一九四七年，他作《现实图》。这些长卷和他那些犀利的漫画，都是投向敌人的匕首与戈矛。

作家丁易曾为《现象图》配歌。歌曰："现象多幂幕／往往使人惑／小丁抉入画／历历便如活／展卷昂藏一报人／蒙目塞口徒具神／画末伏案乃学子／口封目语无吟呻／着爱憎／习丹黄／其中万象森光芒／汽车隐约两佳丽／风驰电掣尘飞扬／尘中幢幢如鬼影／肩挑手挈皆流亡／道上战士亦复冻且馁／却看官持霉布鼠食粮／募金赈费争夺耳脸赤／谁念湘桂军民多死伤／死伤幸免来后方／街头求业典衣裳／欲迎显贵摇手拒／徽章罗列

官而商 / 挽臂有女毋乃娟 / 掩鼻而过伤兵旁 / 谁芳复谁臭 / 此事费平章 / 直笔曲笔两俱难 / 情如偷儿脑已伤 / 不见其旁有只眼 / 虎视眈眈尺度量 / 何如闭眼画黄狗 / 斯世只此是琳琅 / 不然且去'安乐寺' / 偌大乾坤袖里藏 / 黄金美钞囤积足 / 肥头胖耳多脂肪 / 精研学术如自戕 / 请看教授手提篮 / 佣工女仆乳母一身任 / 犹且不得果腹敢求鲂 / 呜呼 / 现象百孔复千疮 / 收卷掩涕心惶惶 / 我欲摹印千万张 / 遍悬通衢告蚩氓 / 现象如此不可长 / 群起改革毋徬徨。"丁聪的这幅画,把悲惨世界的黑暗现实,高度集中而又淋漓尽致地揭示了出来。抗战时期,国民党统治的大后方,饿殍遍野,奸商横行,箝制舆论,压制思想,官僚营私,文人乞命,是非颠倒,香臭难分等种种情状,无不搜罗在卷,是投向国民党反动派的一枚重磅炸弹。

丁聪的漫画究竟有多大的威力?不妨说一桩"后事"。就在前两年,台湾的一家报纸忽然收集了丁聪一九四八年以前的漫画多幅,出为专刊。编者所加的说明道:看了丁聪的漫画,就可以知道当初国民党为何会惨败如此!即便在四五十年之后,人们仍旧能感受到丁聪的笔,有解剖刀般的犀利。那些被刺儿的当事人,彼时彼地的感受如何,就不言自明了。

丁聪近年出版的漫画集,在一九四八年以后和一九七八年以前,是几乎三十年的空白。空白的形成,套一句习用语,叫作"由于众所周知的原因"。既然"众所周知",自然不须饶舌,不说也罢。不过我仍想记下一桩小事:直到一九七八年,丁聪——这位优秀的大漫画家——依旧在中国美术馆里扫地、打开水,为一幅幅即将展出的他人的作品写题签。他的艺术才华,只有偷偷地在写废了的卡片后面作鲁迅小说插图时,才得以施展一二。

幸亏丁聪还有人生的第三截,否则,三十年的空白,已足以扼杀任何一个天才的画家。从一九七九年开始的这一段人生,使丁聪的艺术才华发挥到了极致。在这十七八年中,他究竟画了多少画,连他自己也说不清,仅同我合作的那一小部分,也已近半千之数。难怪丁聪那天感慨地说:"平常每天画不觉得,这几天翻出来一看,怎么画了那么多!"

经历了几十年的坎坷,经历了从挚友到敌人、又从敌人变朋友的悲喜剧，许多人恐怕早已棱角磨圆，但丁聪的画风依旧是那样犀利，锋芒毫无收敛。他的漫画，将讽刺的触角伸向了社会各个层面，对于讽刺的尖锐性与批评的分寸感，他的把握已到了炉火纯青。

一九七九年以来的十七年，无疑是丁聪绘画人生的光辉顶点。

丁聪什么样儿

大概因为觉着我同丁聪熟，许多人都向我打听："丁聪什么样儿？"及至我拿出丁聪的照片给他们看，却又不以为然地摇着头说"不像"。

谁不像？不像谁？原来并不是照片不像丁聪，而是丁聪不像他们想象的模样。

丁聪该是什么样呢？我曾试图向他们打听，说来说去，大致是这样一副尊容：瘦瘦的，高高的，薄嘴唇，待人冷冷的，喜欢挑刺儿，为人绝不随和，说话一定尖酸。他们觉得，若不是这副尊容，怎么画得出那么多的讽刺画呢？可惜，丁聪的模样满拧。

这种对漫画家尊容的想象，大抵出于对讽刺艺术的误解。人们总觉得讽刺需要"冷"，看要冷眼，说要冷嘲。其实，讽刺最需要的是"热"。如果真是冷眼看这个世界，一切弊端、一切丑恶，与他何干？只有对一切丑恶的东西有热烈的憎，对一切美好的事物有热烈的爱，他才会有热情冒着危险去揭露黑暗、揭露丑恶、揭露腐败，恨不得"与汝偕亡"。讽刺的目的便是想使大家都看清那黑暗与丑恶，一起动手，加以铲除。

丁聪是政协委员，常常参与一些专题的调研。我经常听到他为一些丑恶现象忧心如焚：

"怎么可以这样……"

"再这样下去怎么得了！"

"真不像话！"

"胆子也太大了！"

"……"

他热切地希望这个国家、这个社会、这个社会中的每一个人都变得更好。他手中无权，不能运用权力去改变这一切；他手中无钱，不能设立基金或捐赠钱财，广施善举。他只有一支笔，于是便用这笔画作漫画，把那些丑恶的、阻碍社会进步的形形色色揭示出来，呼唤人们起来共歼丑类。

浏览丁聪这十几年的漫画，他的题材几乎涉及社会的经济生活、政治生活、文化生活中的各种弊端。矛头所指，特别是对于官僚主义、文牍主义、形式主义、崇洋心理、腐败行为、扯皮作风，以及看风使舵、专横跋扈、口是心非、不讲科学、敷衍塞责等种种不良风气，更是深恶痛绝，鞭挞不遗余力。若不是有高度的社会责任感，这些乌七八糟的东西干他甚事！

可惜，漫画家们的一腔热血，每每并不被人——主要是各色官员——理解。因为他们主管着某一种工作，如果讽刺的触角伸到他所管的领域，便对号入座，以为是在讽刺他。还有一些人出于关心（？），也每每规劝漫画家："有那么多好人好事，为什么不多去画画？表扬为主嘛！"遇到这种情况，丁聪常常哭笑不得。

有一次，一位领导请漫画家座谈，丁聪终于有机会一申悃忱。他说，一个社会要进步，一要有追求，二要有剔除。有追求就要有理想，努力把社会建设好；有剔除就要有批判，清除那些妨碍社会进步的东西。这就像一个人要保持健康，固然需要增加营养、加强锻炼，但一旦有病，也得用药，不管是内服还是外涂。不同的文艺样式有不同的作用。漫画主要是做剔除的工作，就像外科医生主要是把有病的肌体拿掉一样。剔除是为了社会更纯净、更美好，这就是剔除中有追求，剔除中见理想。如果漫画家也要歌颂为主，那就像要外科医生不做手术，只向病人传授如何增加营养。做领导的对于漫画，不要去盯着他是歌颂还是讽刺，而要看他讽刺得对不对。如果他把健康的、进步的事物拿来讽刺，当然不对；如果他讽刺的是那些应当剔除的消极现象，就应当大力支持，不管他有多么尖锐。我画了一辈子漫画，不求有功，但求无罪。如果大家都同意有"剔除"的必要，许多事就谈得通了。

的确，漫画以及其他各种讽刺艺术，是揭露社会的病症的。不喜欢讽刺的人，常常因为自己便是讽刺的对象。他们以为取消讽刺便天下太平。然而，取消了揭示社会病症的讽刺艺术，却无法取消客观存在的病症，结果不过是大家糊里糊涂地听任病症发展、恶化罢了。

丁聪什么样儿？始终保持着崇高的社会责任感，始终饱含着为社会进步呐喊的激情，不计个人得失地为社会诊病，而且对未来充满乐观的期望——这便是丁聪。

妇唱夫随

许多人写丁聪都要讲到他称夫人为"家长"，并且每每要在背后诉苦，说"家长"管束如何严格，如何不可通融，他又如何规矩，如何不越雷池一步。

据我观察，丁聪对这种"管束"并无怨望。他的诉苦，实是一种欣赏。

丁夫人管得也真多：

吃饭，她管，"马大嫂"（买、汰、烧）一条龙，直到一顿吃多少。

穿衣，她管，什么要添，什么要买，什么要洗，什么要晒，什么料子，什么样式，丁聪一概不必操心，只保留评论权与更换权。

办画展，她管，从清理作品、联系展出、制作挂板、编辑版面、撰写说明，全套文武行。

出版画作，她也管，同出版社联系、策划、整理，一应事宜全包。好在她自己就是编辑，轻车熟路，弄得井井有条。

我到丁家，丁聪先生照例陪我闲聊。丁太太则必要问"喝咖啡还是喝茶"？如果我说"咖啡"，丁先生就开腔道："喝完咖啡再喝茶。"他自己是并不动身的。于是丁太太把冲好的咖啡和放好茶叶的茶杯都端了出来，然后交代丁聪："等会喝完咖啡，你给倒下茶。"丁先生答道："好吧。不过——等一会儿我可能会忘记的。"于是，丁太太又转回来泡茶。当然免不了要厉声责备道："什么忘了，你就是偷懒。"

"偷懒"，这词儿妙极。我发现丁聪之屡赞（以抱屈形态出现）"家长"管束，实在是甘心于这样的管束。对这些琐碎杂事，他巴不得有人包圆儿。

所以，"家长"一词，如果说是家务之总管，丁夫人名副其实。如果是一家之中心，全家之尊长，恐怕还得归名于丁公，因为丁夫人的一切，还不都是为了丁聪。

丁聪同丁夫人相识时，已近四十。四十岁的小丁尚未娶妻，曾使老朋友们挂肚牵肠。夏衍激将，同丁聪打赌："如果你在今年（一九五六年）年底以前结婚，一切费用我包了。"

果然，请将不如激将。就在年底之前，两人悄悄登记之后，丁夫人把铺盖搬了过来，就算是丁沈联姻。洞房花烛，为了怕夏公破费，只请了老朋友冯亦代，由丁夫人下厨炒了两个菜，算是证婚有人。过了几天，消息泄露，这才由叶浅予主持，在东四牌楼的大同酒家摆了两桌，旧雨新知一起闹了一回"新房"。

谁想到，不到一年，便碰上了反右斗争。从此，丁夫人成了"右派"家属，挺着肚子立即从原先的住房搬到一间潮湿阴暗的小平房去。二十多年，其间的磨难也是"人所共知"，不妨从略，给读者留下些想象的天地。就是在这样的环境下，丁夫人当然地成了一家之长——里里外外的家务总管。

丁聪找到这样一位太太（当然，丁夫人的说法不同，不是丁聪找到她，而是她看着丁聪可怜，把他捡回来的），可说是三生有幸。他的幸福感，便表现在不时地向朋友们抱怨家长的管束——这种近乎炫耀的抱怨，比单纯的夸耀要有趣得多。

（原刊于《收获》1996 年第 4 期）

思絮录

钟敬文

我们是历史之舟的搭客，同时又是它的划桨人。

天行健，人多自划于中途。

聪明人嘲笑孔子"知其不可而为之"是痴呆。
我却顶礼先生的大智大勇。

知名度应该是自然形成的——所谓"水到渠成"。
但有人却想用"拔苗助长"的方法去取得它。

见奶便认娘，固然可笑。
更可怕的，是他吸的并不是奶——它可能是毒汁之类。

崇洋媚外，跟我们要求的"现代化"并不是一回事。

因为它（前者）缺乏主体性。

眼空一切的人有两种：
一种是在某些方面小有成就的人；另一种是腹中空无所有的人。

权术不是万能的。
它也有"图穷而匕首见"的时候。

"直追穷寇"，与"留有余地"，两者在不同的场合都是需要的。

"斗争"的观念是重要的，但在任何地方都应用它，就不免走入魔
道了。

"托末契于后生"，年轻时读到这种古语并不关心，现在却是倍感亲
切了。

年轻人的长处在于行动勇敢；年老人的长处在于思虑周密。

我近来常常想：
休息的时间将是永久的，而工作的时间却只是短暂的。

个人的优越感不可有，民族的优越感不可无。

患红眼病的人，不仅显示了他的胸怀狭窄，同时也证明他在学术或
事业上缺乏真正的竞争能力。

有些原理，只适用于某种特殊境况。
如果有人无限制地应用它，那就不免自取失败了。

诗，在我不但是一种艺术，而且是一种宗教。

因为它密切地联结着我的整个心灵，乃至于整个生命。

人是理性的动物。

但是，在一般人日常的行动与心态中，却更多是"因袭的"和"情感的"。

欧阳修说："智勇多困于所溺。"这是不朽的名言。

而所谓"所溺"，不仅限于有形的事物（如声、色、犬、马等），而应包括无形的事物（如观念、信条等）。

恋人的精神世界，是一种异常的，乃至梦幻的世界。

但是，它的基础却是正常的、现实的。

"具体问题具体分析"——

这种科学法则，虽然不能在每一事上都办到，但那严谨的精神，却应贯穿在我们一切言行的活动中。

最初的恋是最顽固的恋。

没有牺牲，就没有胜利。

在战场上如此，在别的事业上也莫不一样。

想沾小便宜的人，有时不免吃大亏。

由于事实的证验，使我对青壮年时曾经烧过心香的人，撤回了虔诚的敬意。

我曾经轻蔑过老师的《人类协同论》。

现在回想起来，这只能证明我当时思想的浅薄而已。

想在学术上有较高的成就，就要敢于跟自己过去不成熟的见解做斗争。

即使是科学性很高的理论、学说，如果人们把它偶像化的时候，它就成了宗教。

淡泊，不但本身是一种高贵美德，而且是其他一些高贵美德的保证。

少年时形成的食物口味和艺术趣味，到了老年，总要留下或深或浅的痕迹。

宣传的力量在于真实。
花言巧语，不仅没有多大效果，还可能带来恶劣的副作用。

学术应该密切社会。
但是，它的效用，可能只限于一时的，也可能延及长久的（或只见于未来的）。
近视者只能看到前者。

使庄严的学艺屈膝于金圆之下，就等于把自己的灵魂出卖给魔鬼一样。

有钱有权，而缺乏知识，最容易成为罪恶的俘虏。

一九九六年七月二十七日抄于京郊八大处

（原刊于《收获》1996 年第 5 期）

夕阳如火　老骥骋蹄

汤学智

　　北师大西北角一栋小红楼里，住着一位世纪寿星，他，就是被尊为中国民间文学泰斗的钟敬文教授。

　　钟老生于一九〇三年，现在已是九十四岁高龄。提起这个年龄，人们立即会想起那些卧床不起或是老态龙钟的老人形象。然而，他却是一个例外，不仅起居自理，行动自如，而且思维敏捷，至今依然亲自指导研究生，亲自登堂授课，亲自运笔著文……

　　在我的心目中，钟老的一生是一部大书。这书，有的地方写着文字，有的地方一片空茫，——那是一部需要用心智去读去悟的包含了有形和无形的"活书"。

　　我同钟老相识，是一九八三年在桂林召开的全国文学学科"六五"重点项目协议书签订会上。那时，他八十一岁，我刚及他的一半；他是项目的主持人，我是项目的具体管理者（当时我兼任全国文学学科规划小组秘书）。打那以后，由于工作关系，加上我的妻子从事民间文学研究，经常向老人家请教，来往日密。一九九三年暑期，还曾有缘与他一起小住数日，朝夕相处，有过多次坦诚恳谈。如是，十多年间，我得以不断地读悟着这部"活书"。

最近一次拜访钟老，是今年六月二十六日下午。那天上午，他去参加庆贺周巍峙同志八十诞辰暨从事学术活动六十周年的会议。中午刚到家，我的约访电话打进，老人家一口答应下午三时以后可以前去。为了让他多休息一会，我挨过了三点半方才登门。谁知他早已坐在那间不满十平米的"客室兼书房"的旧沙发上等着哩。

一进门，没等我开口，老人便兴致勃勃地谈起来。从上午的活动，他同周的交往，谈到国家改革的进步，面临的严重问题，又谈到苏联的解体，东欧的巨变，一面说一面发着感慨。我知道，老先生又在"先天下之忧而忧"了，怕太伤他的精神，急忙把话题扯开。

我们谈起他与书的往事。

钟老天性与书有缘。在他人生的航程中，书始终是他最亲密的朋友。他对书的爱，似乎与生俱来，如痴如醉。

早在家乡小镇上小学的时候，他就对书表现出特殊的感情：如饥似渴地在本地觅书读；把父亲给的零用钱节省下来寄到汕头或上海的书店购书；每次进县城，"主要的就只是为着买书"，以致一踏进书店，"精神就像飞升起去了"。这一时期所读的大多是古书、旧书，由读书而学作旧体诗。

进入中学，适值五四运动热潮之时，新的诗集、小说开始出现。他如获至宝，"差不多是有一本买一本的"。他从新文学接受新思想、新文化，从此成为"五四"的儿子。

后来，长期住在大城市里，他总感到局促、烦忧、呼吸重浊，很不自在，惟购书方便成了"仅有的欢乐"。他说，如果没有这种欢乐，"我是宁愿一辈子做乡下人的"。在杭州期间，每个月差不多把收入的十分之七送进了书铺。他对书肆的熟悉，甚至连哪间铺子里有些什么书，哪些书放在什么地方，哪间铺子里的价钱便宜些，哪位老板有什么特别脾气，等等，都清清楚楚。即便是在日本求学时，也有五分之一的时间"消磨"在书铺街及夜市上。

他说："买书是一种痴情的欲望。它不知底止。得到一部又想两部，得着这一批，又想着那一批。"为此，他饱经了购得好书的欣喜，与渴望已久的好书失之交臂的懊丧，发现上当之后的苦恼，以及书多的累赘，失书的心绞鼻酸……苦辣酸甜的种种体验。

我想知道解放以后的情况。老人说进京后"痴心不改"。在很长的时期里，每到礼拜天，就跑琉璃厂（稍后改至孔庙）中国书店，在那里一待就是一天。到书店关门，背回一大摞书，竟然"不知其累"。

自然也有访书的苦乐。老人印象最深的是一本叫《绿云楼诗钞》的书。作者是一位晚清时期的革命者，名叫韩蓍伯，诗写得很特殊，有文采。钟老和他的好友启功、黄苗子等都很喜欢。老人多方托人寻访，终不得见，遂不存幻想。岂料一九八二年他在上海逛中国书店，不意中突然撞见，怎不喜出望外！连忙买回复制几册，兴冲冲分赠启、黄诸友。十多年过去，说起此事老人还有一种从心底溢出的喜悦。

我问钟老："有多少时间不去泡书店啦？"他想了想说："大约七八年了吧。现在年纪大了，一个人不太方便，恐怕此乐不可再得矣！"话语幽默中略带感伤。我说，钟老，其实您并没有离开书店，这不，您的书桌、窗台、地板上，到处都高高地堆放着新书，有大陆的，港台的，还有来自日本、韩国、美国等许多其他国家的呢。

钟老稍作沉默，谆谆说道："学问是无穷尽的，个人必须不断奋进，学习新知，停下来就没有进步了。康有为说他三十岁以后思想没有变化，不进步就变成保守了。"

我体会，老先生一生对书的追求，正是对生命的追求，对事业的追求。

说到事业，钟老另有一番甘苦，一番境界。

一般人选择目标，大都从兴趣出发，喜欢文学搞文学，喜欢历史搞历史。他则不然。按兴趣，早期他虽然在"歌谣运动"影响下曾积极参与民间文学的搜集与研讨，但更酷爱创作，特别是散文，出手不凡，受到文学界的称赞。其中许多优秀篇什，三十年代先后入选中国现代文学史上很有影响的《现代十六家小品》(阿英编)和《中国新文学大系·散文二集》(郁达夫编)。郁达夫评价他的作品"清朗绝俗，可以继周作人、冰心的后武"。然而，正当创作步入成熟的盛期，他却来了个急刹车(转为"副业")，毅然将目标最终选定在民间文学、民俗学研究上。

这一转变，旁观者不好理解，他自己心里想的是：外国人跑到中国大肆搜集民俗资料，视若珍宝，我们国家为什么不可以建立自己的民俗学呢？他说，我选择了民俗学研究，"因为这门学科在我国几乎是空白"。

对于钟老的这一选择，他的高足——现在已是博士生导师的董晓萍博士深有领悟。她满怀崇敬地对我说：钟老是从"五四"获得精神武装，然后自觉地把个人的人生选择同民族和时代的需求结合起来，所以才有深厚的动力，不屈的意志，才能七十余年如一日，终于取得辉煌的成就。这种认识与我的感受不谋而合。我想钟老作为导师，看到弟子与自己心灵的相通，定会感到欣慰的。

我常觉得，凡事立志固不易，守恒尤其难，曾多次探访钟老数十年如一日，"咬定青山不放松"的秘密。

老人家的回答是六个字：敢舍弃，有毅力。

他所说的"敢舍弃"，大致有三层意思。一是要敢于舍弃对生活享乐过多的追求，以免去物质之累；二是要敢于舍弃对功名利禄、个人得失的追求，以免去心理之累；三是要敢于限制自己其他的爱好，以免去精神之累。他认为只有这样，才能够最大限度地把有限的智力和精力集中起来，专心致志，一门心思搞研究。如此持之以恒，方能有所成就。他特别指出，这个道理，说起来都明白，但实际做起来就不那么容易了。有些人，很聪明，很有才气，本来可以在事业上做出比较大的成绩，但却不能摆脱上面说的"三累"，精力分散，心里也不得安宁，结果自我埋没了，很可惜。

关于"有毅力"，钟老这样解释：任何一项事业，它的过程都不会是一帆风顺的，总是要碰到各种各样的困难。有些困难来得很突然，持续时间又很长，例如"文化大革命"，从一张大字报开始，一下子搞了十年，那简直是谁也没法子预料的。在各种困难面前能不能坚持下去，这就需要毅力。

这些话令人感到亲切、真实。钟老自己的一生就是这样在"舍弃"和"坚持"中度过的。最让人钦佩的，是他在身陷"右派"的恶劣环境下，还是在苦难的"夹缝"中偷偷搞研究，写成几篇有关中国近代民间文艺学史的文章，填补了这一领域的空白。每谈及此，老人家总要感慨一番，一再地说："困难时期如果顶不住，坚持不下来，到后来是要后悔的。"

钟老对事业的执着，愈到晚年愈是炽烈。十年浩劫过后，一九七八年，他的"右派"结论得到彻底纠正。理由很干脆也很坦然："划错了！"钟老心里明白，在"划错了"三个字的背后，他整整熬过了二十一个年头，其间有多少委屈，多少痛苦，多少损失！然而作为一名富有爱国情怀和使命意识的知识分子，他更看到民族的灾难与损失，仅用一句"判牍俄成乌贼梦，明时终雪窦娥冤"的诗句，轻轻翻过了个人历史上这沉重的一页。旋即，把关注的焦点凝聚到毕生奋斗的事业上。

面对民间文学、民俗学的"烂摊子"，他无怨无悔，义无反顾，以七十六岁高龄向学界宣告："老牛破车，还要赶路"；"即便是烂摊子，也毕竟是我们自己的。自己的事，就要千方百计把它办好"。闻者莫不肃然起敬。

此后近二十年的时间里，他主动组织编写民间文学教材；多次主持有关的进修班、讲习班；会同其他老专家积极促成民研会的恢复和民俗学会的创建；跑遍大江南北（北至丹东，南抵昆明、贵阳，西走兰州，东临沪、杭），努力推动各地民研会、民俗学会机构的建立和活动的开展；先后培养来自国内外的研究生进修生近三十人；同时又奋力著述，发表《为孟姜女冤案平反》、《建立具有中国特色的民间文艺学》、

《晚清时期民间文艺学史试探》、《马王堆汉墓帛画的神话史意义》、《民俗学与民间文学》等重要文章四五十篇,出版《民间文艺谈薮》、《钟敬文民间文学论集》(上、下)、《新的驿程》、《钟敬文学术论著自选集》、《话说民间文化》等重要文集多部,还有散文十余篇,诗词近二百首。

人们很难想象,一位耄耋之年的老人,如何能完成这么繁重而艰巨的任务?然而钟老不仅很好地完成了,并且至今仍乐此不疲地继续工作着。目前,他还担任着中国民间文艺家协会名誉主席、中国民俗学会理事长、北师大民间文化研究所所长、博士生导师等职,案头正在进行的,除不断的应约稿件,尚有《民俗学概论》(高校教材)的修订等项。

我禁不住向老人发问:"钟老,您现在每天工作多少时间?"

"大约七八个小时吧。"回答轻松又满含着自信。

每天工作七八小时(包括会客等)——这就是这位九十四岁老人今日之"实况"!

不知为什么,此刻老人家的许多格言名句一起涌向我的脑海:

"争分夺秒余生事,宁用回头叹逝川?"

"老怀不作消沉想,禹城春光此日多。"

"舍得将身作泥土,春风酬尔绿茵园。"

"遥瞩前程红似火,拚同年少竞先鞭。"

"今日重来头已白,骋霜蹄,肯让追风骥?看晚景,夕阳丽。"

……

我的脑际迅速形成一幅"夕阳如火,老骥骋蹄"的壮丽画卷。这画卷有如一道五彩的生命之光,映照出钟老崇高的精神境界,也震撼着、净化着我的心灵。我又一次深切地感受到,老人家确实是把个人的生命同事业的追求融为一体了。在他的心目中,所奋斗的事业"前程红似火",个人的"夕阳"安能不美?

其实,就天性而言,钟老更富诗人气质。他的生命的深处始终涌动着热烈的情感，不只是深挚的爱心，甚至还保留着一片童真。这不衰的情感之流，充实着他的心灵，滋润着他的人生，更激发着他的灵感。

年轻的时候，同别人一样，他渴望着真正属于自己的爱情。二十年代中后期，在广州有了第一次热恋。对象是一位南洋富家女子，是他在岭南大学的学生。不知为什么，那女子后来不告而别，突然回南洋去了。他怅然若失，"爱而不见，搔首踟蹰"，"死既不得，生又不乐"，陷于极度的愁寂与痛苦之中。

一九二八年秋，他离穗赴杭时，正处在这种心境中。此行海路十天，每天不停地为他的"繁君"写着"日述"：诉说自己的"挚念"和"凄切的相思"；诉说梦中相见的温馨；告诉她，"我此刻什么都不想起，我只眷念着你"。读一读他的《海行日迷》，谁都会为其中的真挚和"痴"情深深打动。六十多年后，一九八九年，老人再去广州时，依然梦牵魂绕。他默默重访"繁君"当年在昌兴新街的寓所，但见楼栏依旧，不觉情思如潮，口占一绝："当年步履常临地／今望楼栏恍昔时／万里椰乡知道否／有人为念鬓边丝。"真是刻骨铭心！

失恋的寂寞和痛苦久久地折磨着他，直到遇上陈秋帆女士，欢乐和幸福才又重新浮上他的心头。从此以后，他们共同东渡，西行，南下，北上，最终定居北京，相亲相爱数十年。

他把爱情看得很重很重。他是用真情和生命去爱的。惟其如此，他的生命之流，才在爱的深度体验中，变得更加激越，色彩斑斓。

钟老的爱心同样无私地献给自己的朋友，留下许多文坛佳话。

在他的朋友中，结识最早、交往最久、情谊也最深的一位是聂绀弩先生。老人不止一次地向我说起他们之间的友情。他们相识于二十年代中期。初次交谈便互相感到意趣相投，相见恨晚。由此直至一九八六年聂去世，六十余年友谊长存，情同手足。一九六三年，聂老六十诞辰时，钟老有诗志云："往事迢遥四十春，少年肝胆剧相亲。而今文苑论交谊，首数戎装怪异人。"当年相见时，聂为国民革命军军人，又谈吐颇与一般青年人不同，故钟老戏称谓"戎装怪异人"。

钟老非常喜欢聂绀弩，尊他为"老大"。认为他聪明，有才气，不仅杂感散文写得令人拍案称奇，为诗造诣也很深，常常突出警句，新诗写得也好，那首追悼鲁迅的《一个高大的背影倒了》(一九三七年刊出)，至今读来还觉得"虎虎有生气"。

聂绀弩早年毕业于黄埔军校，后又留学苏联，长期从事革命工作，但解放后屡遭见运。对此钟老心中常抱不平（尽管他自己也横遭不公）。"文革"期间，他们再度共同落难，钟老心中所系者还是这位"老大"。一九八六年，在悼念聂的逝世时，他这样追述自己当时的心情：

> 我们又都成了罪人了。而在同样的灾难中，他遭遇却特别残酷。以一个忠诚和富有才能的党的儿子，经过政治巫婆的栽诬、锤炼，竟被插上了"现行反革命"的标签。他被押送到山西的某地区，过着长年累月的黑牢生活。直到七六年，才以国民党俘虏一类的身份被"大赦"出来。

其中情谊，深沉而浓烈，让人感到每一个字都沉甸甸的。

而聂老也把钟老视为除家人外最亲的亲人。一九七六年，当得知将被"大赦"回京的消息，他首先向北京飞函报告的就是家人和钟老夫妇。两位老人就是这样的心心相印。

接到此函，钟老的感受是："那是使接受者心里混合着多少悲喜的信啊！"万语千言尽在其中。及至重又见那穿着出狱标记的新棉衣的老朋友，他再也无法按捺住那沸腾复杂的情思，填词一首，"稍稍发泄"。词曰：

> 此生不意重相见，
> 瘦却容颜神尚健。
> 汾滨几载困阴霾，
> 忽睹天青妖雾散。

韦编三绝穷经典，①

遇寒无妨灵智焕。

从君正合乞余光，

补我平生闻道晚。

聂绀弩去世后，每有机缘钟老便会想起他。当年追悼会，他抑住悲思，献上一副挽联："晚年竟以旧诗称，自问恐非初意；老友渐同秋叶尽，竭忠敢惜余生？"一九九〇年，人民文学出版社编发聂绀弩纪念文集《聂绀弩还活着》时，他余绪复腾，又题一诗："少日耽书黠与呆／中年文战几擂台／怜君地狱都游遍／成就人间一鬼才。"一九九三年元月，他在病榻上记起聂的九十"冥寿"，思情再起，当即赋诗"纪念"，并请启功先生书录之。他似乎觉得只有这样，悲痛与思念的心才可以得到些许安慰。

钟老对聂老的情谊，不止于对其不幸际遇的同情与不平，更在乎对他所表现出的不屈精神和崇高品格的礼赞。他希望有更多的人了解他的这位老友，有好几回对我说，那本纪念文集的回忆文章写得很好，反映了那个时代知识分子的心理，很值得读，特别是青年人，读读这些，才会懂得什么是"文革"。

在同辈朋友中，相知较深的还有夏衍、黄药眠、黄苗子、启功等多位。由于种种原因，平时来往并不多，但一旦需要，钟老会立即送上一片真诚和温暖。

"文革"期间，夏公深受迫害，"四人帮"覆灭之后，他第一个去看他，并对人说："夏衍同志是老共产党人。解放前他在蒋管区，在当时极为困难的情况下，为党做了大量工作，团结争取了一大批文艺界人士。'四条汉子'的'罪名'几乎连累了他的后半生。但他还是敬仰鲁迅。为

---

① 聂在牢中曾反复诵读《资本论》，并写下许多读书札记。

夕阳如火 老骥骋蹄

了党和人民的需要，可以牺牲个人的一切，这一点我赶不上他。他虽然只大我两三岁，但我很敬重他，把他当先生看待。"

现在钟老走动最勤的是同住北师大的启功先生家。启老要晚他一旬，今年也有八十四岁了。两位老人，一个笔走龙蛇笑古今，一个勤勤恳恳著宏文，风格迥异，却心会神通，相交之深到了很随便的地步。稍有空闲，钟老喜欢到启老家坐坐聊聊（启老也是钟老家的常客）。有一回，他玩笑地对启老道：你字写得好，我当你的学生吧！启老不动声色，回敬说：我的水平只能教你的学生。一言一对，轻松诙谐。

钟老很欣赏启老的字，自己的诗文集常常请他题写书名，赠送友人的诗词、悼念故友的挽联，也常常请启老书录。启老呢，总是有求必应，尽心为之。

有时钟老还兴致勃勃地带上自己的诗词新作去请启去"指点"。有一回启老对他的一首诗认真地改了两个字，老人家非常高兴，说古人有"一字师"，启先生是"二字师"。

启老也常常想着钟老，每次出国带回的礼品都少不了钟老一份。一次从日本回来，送给钟老一只包装精致的小纸箱。打开一看，纸箱里面套纸箱，纸箱里面又装纸包，剥了一层又一层，最后"出场"的是一个很小的美人，令人忍俊不禁。

钟老九十寿辰时，启老送礼一千元。钟老当即转献民间文化事业，并赋诗抒怀："千金为寿古曾闻／岂意殊仪及我身／愿化青蚨为雨露／遍荣花卉博芳馨。"他说，启先生为人肯于奉献，没有私心，他捐赠给学校的款物，总值超过百万元，非常值得敬重。

钟老还有许多"忘年交"的晚辈朋友。他总是以长者和兄弟的情怀关心和帮助他们，尤其是当他们身处逆境的时候。

一九六三年冬，曾经和他一起参加过全国文联"读书班"的"右派"朋友王蒙要去新疆，黄谷柳要回广东。对于王蒙来说，此行无疑是一次充军式的发配。钟老心中明白，而且深知自己"右派"的帽子也还悬在头顶上，但他还是执意在家中设便宴为两位朋友送行，又特邀好友黄秋耘作陪。酒过几巡，老人诗兴勃发，即席口占一律赠送诸人："一灯明丽助朋欢／泼泼文心语涌澜／雪后菊花仍照座／梦中乡味忽登盘／英年已误矜文采／前路应回励岁寒／岭外域西原一室／心如满月共团圆。"三十年后，在庆贺钟老九十华诞的会议上，王蒙忆及此事，还是那么动感情。他风趣地说，那顿难忘的晚餐，既有物质文明，又有精神文明。

一九六六年，黄秋耘从北京调职广东，颇有迁谪之意。钟老闻之，随即在冠生园饭庄为之饯行，席间又填《金缕曲》一阕相赠，其中有句："送君万里回南粤。望乡关，英雄辈出，白云山屹。"鼓励他振作精神，乐观以赴。黄秋耘深受教益，后来他在一篇深情的回忆文章中说，十年浩劫期间，每当痛苦得几乎不想活下去的时候，总是暗自吟诵钟老的诗句，这时便可减除痛苦，增添勇气。为此他称钟老为"革命诗人"。

钟老的性格还有一个特征，就是他的童心和天趣始终不泯。这使他的心灵与生活别有一番滋味和情趣。

依照常规，"纪念册""留言簿"一类，是一个人青少年时代的偏爱。而钟老这种爱好却一直保持至今。他养成一个习惯，参加一些重要会议，都带上一本"纪念册"，见了自己敬爱的领导，要好的朋友，或地方来的同志，无论年龄长幼，都喜欢请求题词留言，长期积累，已有十多册。与此相近的，还有许多友人的赠言、赠诗、书函等，他都当作珍品仔细收藏。有时空下来，独自翻翻看看，让心灵在历史与友情的回忆中得到休息、滋润和鞭策。

每当看到周总理"为建设人民文艺而努力"的题词，他总抑制不住内心的激动。同时也勾起一片心底的遗憾：一九五七年上半年，在中南海开会见到毛主席，却偏偏那一次忘了带"纪念册"。四十年后老人说起此事，还不无惋惜之情："要不那次至少可以请毛主席写上几句话的。"他的老友夏衍从"纪念册"发现了他的"童心"。夏老在给他的题词中写道："昨日以此册见示，嘱书数字留念，可见童心尚在。"

"文革"期间，钟老同其他教授一样，经历了一阵批斗之后，被迫接受惩罚性劳动。对于高级知识分子来说，这自然是一种莫大的羞辱和痛苦，许多人经受不住，身心健康受到严重损害，甚者以致寻求轻生。钟老却没有消沉。一方面他坚信"穷阴终究要还阳"，黑暗不会长久；同时那颗不泯的"童心"也帮助他"忘却"羞辱，超越痛苦。面对惩罚，他把个人的荣辱置之度外，而将心灵悄悄潜入自然之中，并在与自然的融合中，悠悠然获得一种精神的解脱。

他写于那个时期的诗词，生动地反映了这种心境。如《夜守葡萄园》："酿雨云浓月不明／子时已过夜凉生／灯探眼索无情况／静听虫声答水声。"又如《念奴娇·扫落叶》（下阕）："不是对景寻诗，穿丛傍砌，日日相为伍。笤帚一枝横直扫，耙子有时兼举。棘刺钩衣，山坡滑脚，稍会樵童趣。一天活了，笑看黄日西注。"身处逆境，心自从容，这实在是人生一种很高的境界。

钟老是性情中人，童心、天趣、爱情、友情、亲情，活跃而持久，但他又始终在理性中生活。

他为自己制订的人生座右铭是：正直、勤奋、淡泊。他一生在政治是非、为人道德等大事上绝不糊涂，坚持原则，光明磊落，问心无愧。即使在"文革"期间，也坚守"正直"之本：既然认识到"文革"是在"毁灭文化"，就在"交心"汇报中直言不讳（尽管以"自我批判"的面貌出现，还是招来一阵痛批）；而"检举"同在受难者的言行的事，则从来不做。他要维护自己灵魂的安宁。

在事业上，他的勤奋，并不专于个人的著书立说，而更注重人才的培养。他说："一只麦穗如不播种将永远是一只麦穗，如播到地里就会生出无数只新穗。我的时间不多了，与其写一部著作不如培养出许多学生，谁知他们会写出多少专著来？"他给自己的要求是"知难而进，至死方休"。

在生活领域，他主张对功名利禄、赞誉和诽议，一概淡然处之。他非常反感学者的"贪"，说："如果名、利、烟、酒、色，'五贪俱全'，怎么还能搞学问呢？"又说，一个人不可太精明，如果对个人利害得失斤斤计较不仅将沦为庸俗之辈，成不了大格局，而且必将劳心分神，到头为"精明"所累。他经常把自己珍贵的书籍和资料供给学生，还常常自己拿钱买书送给学生，心里的期盼是：老师送给的书总不会不读吧？从老人的"淡泊"中，我们看到了一种"高尚"。

钟老的饮食起居亦有严格的自控。一日三餐，不外乎豆浆、油条、馒头、炒菜之类，简单而朴素。每餐他都有自己的定量，哪怕很喜欢吃的食品，也绝不过量。散步，是他基本的锻炼方式。每天早、晚以及上、下午工间，必到户外活动，总时间一般在一二小时左右，无特殊情况，绝不间断。其顽强，其毅力，可感可佩！

钟老的人生，精神（事业）运动、心理（情感）运动、生理（肌体）运动，三元互动，相济相生，达到一种内在的自由与和谐。这种自由与和谐，一面凝聚着生命的能量，一面又调节着生命的运动，从而形成旺盛的动力之源。我想，这或许正是钟老长寿的秘密所在。

我把这种感悟告诉钟老，老人家笑了笑，表示认同。

（原刊于《收获》1996年第5期）

生命史上最荒谬的一页

张光年

　　立意编选这本《向阳日记》——十年动乱期间下放湖北咸宁向阳湖畔文化部"五七干校"的那段生活实录，是受到难友陈白尘同志遗著《牛棚日记》的启发。去年七月，我在《怀念老友陈白尘》一文中写道："我曾经读过白尘的《云梦断忆》，感慨丛生。这次反复披阅《牛棚日记》，一时竟感到自己重新陷入牛棚而不能自拔。……为了清算文化部干校这一段非凡的感受，白尘同志已经奉献出两本著作。我能够做些什么呢？我总该做点什么吧？"

　　这样，去年七月起，从书橱角落里找出搁置二十几年的一批旧日记小本，闲来随手翻阅，用红铅笔将可选用者勾出来，可省略者勾出去。去年十一月间，用钢笔将一九七〇、七一、七二、七三年的选用稿正式抄写在稿纸上。今年五六月间，又将一九七三—七六年可资选用者抄写出来。选录的都是当年日记的原文；删节处多半加上省略号；新注的短语加上括号；必要时在篇末加小注。我在那十年浩劫中后七年的主要经历和感受，都在这里了。需要说明的是：一九七五年十月底，我将组织关系从干校留守处转到国家出版局，我的干校日记本可以到此结束。可是"四人帮"还在台上，不久又掀起"批邓、反击右倾翻案"的妖风。"文革"还在革。"向阳"还是梦。所以《向阳日记》就顺延到一九七六年底。

我在"文化大革命"中的日记，是从一九七〇年初来到干校时写起的。那以前的日子，不可能写日记。翻阅当年的小日记本，我曾在扉页上郑重题名《向阳日志》。这是因为，一来我们的干校、我们的连队滨临向阳湖（古云梦泽的一部分），向阳湖是我们劳动改造的主要工地。二来心有杂念（向阳之念），妄想有朝一日，拨乌云而重见阳光！所以现在出书，书名就基本上采用了当年日记的原名。我说到干校以前不可能写日记，我想年纪大一点的读者是可以理解的。"文革"初期那三几年，我们这些由老干部、老教师、老文化人（科学家、文学家、艺术家等等）组成的"黑帮"们，日日夜夜过的是什么日子？身受者不堪回忆。年轻人略有所闻。我此刻不愿提起。但愿给少不更事的"红卫兵"留点脸面，给"革命群众"留点脸面，也给我们自己留点脸面吧。

那年头，我处身于军宣队直接领导的中国作家协会革命组织和江青、康生主管的中央专案组的双重监管与隔离反省中。经过反复申请，于一九六九年十二月初得以下放到咸宁干校参加劳动改造，真是不幸中之幸事。何况，初到向阳湖畔的短时间，我和陈白尘、张天翼、臧克家、冯牧、冰心（冰心稍后转移到沙洋干校）作为老弱病残受到优待，轮流看管菜地，能够呼吸到新鲜空气，还不时领受村里房东和过路老乡的同情。（总说是"年纪这么大了，几可怜啰！"）更何况，下放不久，就碰到干校清查"五一六"运动，一批"文革"初期的积极分子被打成"反革命"，这就分散了对我们这些老黑帮的压力。虽则那日益紧张、日益扩大的战斗声势，那日夜不停的追查气氛，使得我们这些老家伙不知所措。

翻阅二十多年前受难期间那些日记小本，透过那些密密麻麻的字迹，那些不堪回首的人和事，经过温习、筛选、抄录而成书，对我这八十三岁老人来说，是又一次感情上的折磨和思想上的鞭打。在那样的政治气氛、恶劣天气、劳动条件，加之疾病缠身、动辄得咎的情况下，还能坚持写日记，这点毅力是可贵的。干校生活的艰辛，革命群众的呵斥，比之"文革"初期，那是文明得多、优待得多了。对我来说，最最不能忍受的，是中央专案组对我于一九二九年（十五岁时候，白色恐怖下）由地下共青团员转为中共正式党员期间一段"历史问题"的长期纠缠。既然江青对威特克夫人的著名谈话中公然点名"张光年是托派"，她所御用的专案组就得年复一年、月复一月地追查、逼供和取证。既然专案组苦口婆心的教育，软硬兼施的开导，长年累月的等待，都不能得到他们必须得到的东西，那就证明你是态度恶劣，顽固不化，是花岗岩脑袋，理应受到不客气的对待。这次选编《向阳日记》时候，一碰到受专案组折磨、同专案组顶牛的记述，仍然怒火中烧。同时，也从自己的遭遇，联想到许许多多老同志们曾经受到类似的甚至更残酷的折磨，为之悲愤不已！

个人受到一些委屈磨难不可怕，怕的是全家受株连。而这是许多老干部老党员难以避免的厄运。大动乱初期，远在乌鲁木齐市的中学教师、跟周扬从未见面的年轻的共产党员、我的小妹张蕙芳，因周扬"黑线"牵连，不堪凌辱而自杀身亡。稍后，我的衰老怕事的父亲，因两次抄家受惊及其他变故忧惧病倒，脑血栓发作而逝世。我的大妹张蓬（延安抗大、鲁艺出身）、二妹兰光（她的剧本《最后一幕》被江青点名诬陷）两家皆被打入文艺黑线；我的老弟文华早因冤案错判在沙洋农场劳改，都不用多说了。单说原住东总布胡同的我的八口之家，剩下的六口，稍后分散到六个省市。八十老母在北京坚持。爱人黄叶绿下放到文化部天津团泊洼干校（静海干校）。大儿子安戈分配到晋北代县农村插队（后转到廊坊工厂学徒）。女儿安迪分配到黑龙江萝北兵团接受再教育。小儿子安东投奔到广东阳山他舅舅处，在北江钢厂附中上学（高中毕业后回到顺义县农村插队）。"文革"后期，各大学开始恢复招生。儿女们因为不能报考升学，不能加入共青团，继续受到歧视而苦恼。女儿张安迪在萝北参加了北京外语学院招生考试。老师头天称赞她考得不错；第二天安慰她："你爸爸问题没解决，明年再考吧。"精神上受到沉重打击的女儿，写信到咸宁来问："亲爱的爸爸：您的女儿长大了。您要有什么事，不要瞒着她。"做父亲的，这时该怎样答复自己心爱的女儿？若干年后，我从安迪的一个旧笔记本里，发现她当年认真抄下了她的爸爸从咸宁干校忍泪写给她的长信。信上写出了少年张光年那一段曾被诬陷的革命经历；这段经历本是这父女二人值得引以自慰的。

青少年时期，我在城镇中长大，一向缺少农业劳动锻炼。到了干校，下水田，学农活，走泥路，开头很不适应，后来获益不浅。连队同志照顾我年老体弱，以后分配我在驻地值夜班。手脚腰腿是轻松了，夜里还可以看书。可是，冬夜要对付风雨的侵袭，夏夜要对付蚊阵的围攻，又苦于白天难以安眠。长期睡眠不足，引来各种疾病。虽然如此，我还是从夜读中得到好处。反复温习马克思主义经典著作，有时发现过去实际上未曾读懂的地方，特别是发现同当前怪现象怪言论颇有针对性的地方，独自拍案叫绝！赞赏之余，不免同已往坚持的东西，当前学习的东西对照一下。深夜自省：哪些是真经，十分宝贵；哪些是臆断，值得怀疑……这些都是以往工作忙乱、心情慌乱时候难以领会的。

十年动乱，七年干校，付出的代价是沉重的，而受到的锻炼和教育是珍贵的，永志不忘的。近来我常常想，像我这样一个虽然年事较高，饱经忧患，却是学而少思，惯于认直理，凭一股热情直来直往的人，要不是经过十年浩劫那样翻天覆地死去活来的震荡，我对周围事物的认识或许还停留在五十年代的水平。我们五十年代许多好东西，至今想起来还令人神往；可是自己那时看问题过于简单化了。

譬如说，我们伟大的革命机体，本来是半封建社会的对立物，同时又从旧社会承袭下来某些封建性的毒素。这些毒素、毒瘤长期被忽视，一旦扩散开来，加上林、江之流封建法西斯野心家的兴妖作怪，可以酿成十年动乱那样的滔天大祸，这是长时间难以理解的。又譬如，一个坚定的革命者或革命青年，一旦染上封建性个人崇拜的麻醉剂，嗜毒成瘾，可以达到是非颠倒、敌我颠倒、人转化为非人的地步，这也是"文革"中才见识到、体验到、觉悟到的。重温一九八一年中共中央《关于建国以来党的若干历史问题的决议》中清理"文化大革命"沉痛教训的论述，读到"长期封建专制主义在思想政治方面的遗毒"不易肃清；"党内民主和国家政治社会生活的民主"未能制度化；以及"党内个人专断和个人崇拜现象滋长起来"这些警世名言，真使人有拨云雾而见阳光的顿悟感。

一切违反人民意愿、违反历史规律的事物是不能长久的。一切符合人民意愿、符合历史规律的事物是长存的。

事过境迁，站在历史的制高点上，看到我们中国人民伟大的生命力，看到同人民紧密结合的我们中国共产党的伟大生命力，也看到我国知识分子百折不挠的强大生命力，眼前涌现出无穷的信心和希望。

从个人遭遇来说，生命史上最荒谬的一页翻过去了，以后不再提起它。可是，那年月，向阳湖畔经常接触的一些好人是难以忘怀的。

最难忘一批作家难友，首先是陈白尘同志、张天翼同志、侯金镜同志、郭小川同志、冯牧同志、丁力同志，他们都已先后辞世。他们当时的身影，多少保留在我的简略日记中。

最难忘一批热情的校友。每每在最困难、最狼狈的时候，他们向我伸出热情的手。其中一批比较年轻的男女同志，自己也身受委屈，越到后来，理解与友谊越是深厚了。

最难忘向阳湖畔一批农民朋友及其少年子弟。他们看得起我们这些落难的读书人，从不把我们看成异类；反而腾屋子给我们，邀我们到家里烤火，教我们一些农业生产知识……可惜限于当时的处境，向他们请教的机会太少了。

我还不能忘记李季同志、严文井同志、许翰如同志、葛洛同志、林元同志以及其他几位同志，他们身受委屈而被结合为连排干部，在力所能及的范围里给我以照顾和方便。李季同志的早逝，特别使我痛惜！我当然不能忘记诗友臧克家同志。这本日记里多处留下他的身影。

我要把这本《向阳日记》作为礼物赠给身受株连而能自强不息的我的好儿女——安戈、安迪、安东。我从不曾跟他们细谈过我在那些年月的遭际。不是有意隐瞒，而是认为没有必要。我跟很多好朋友也从未细谈过。我将要把这本小书分赠各位友人，让他们知道我那时是何等的低能、低水平、低觉悟，可也有坚强的向阳的毅力。

　　　　　　　　　　　　一九九六年八月二十八日于北京

　　　　　　　　　　　（原刊于《收获》1997 年第 1 期）

不合时宜

——对镜看到的自我

张中行

我碌碌一生，自知之明不多而他知之明不少。表现多端，举其煌煌者，如在伟大的时代，有所谓阳谋，我硬是不上当，三缄其口，万不得已就学凤丫头之应付邢夫人，说假的。其后就取得善果，虽无资格上升为左却未"派曾右"。而时间未变慢，一晃七十年代溜过，说点不三不四的真话不再有家破人亡的危险，于是"汝辈书生总是会说"的旧病复发，就拿笔，写些不登大雅之堂的。赖有权印书的和有钱买书的人宽厚，这样的不能升堂之文居然钻入本本，爬上书架。又是来于宽厚，古之"文人相轻"竟变为今之文人相重，心化为物，就成为常爬上报屁股的评介之文。而这类大作，有不少是灶王老爷"上天言好事"派，说罢文有可取之余，有时还老尺加一，说人也有可取。我看到，沿个人迷信的路，飘飘然一霎时之后，接着就忐忑不安，因为，至少是在此时，自知之明还有些力量，也就能够在耳边提个小警告：不要信这个；还是借老伴的小镜子，自己照照为是。

而就真来了被动照照的机会，先是上海的一位女士间接下令，接着北京的一位女士直接下令，让写写自己。我不隐瞒"优点"，对于女士的命令，我一向是遵照办理，何况是双料的。于是挖空心思，想如何完卷。青灯之下想，灵机不动；梦见周公之时仍然想，灵机还是不动；一直到"女曰鸡鸣"，忽然灵机大动，想到苏长公的"不合入时宜"，像是可以借用为纲，统一些目，敷衍成篇。饮水思源，举出处。手头没有近年印的《东坡志林》，只好抄绿君亭本《苏米志林》，苏子瞻部分卷上《是中何物》条如是说：

> 东坡一日退朝，食罢，扪腹徐行，顾谓侍儿曰："汝辈且道是中何物？"一婢遽曰："都是文章。"坡不以为然。又一人曰："满腹都是机械。"坡亦未以为当。至朝云，乃曰："学士一肚皮不合入时宜。"坡捧腹大笑。

苏东坡，名太高，不免有借光之嫌，所以要郑重说一下，这所借只是一点点意思，以表现自己的一生，实况总是与所想望距离很远，甚至南辕北辙而已。为了眉目清楚，大致以时间先后为序，分作六个方面。

一、宜于富厚而贫困。佛门的救苦弘愿表现为"我不入地狱谁入地狱"，我，至少是在这个小题之下，想暂不顾己身以外，只为自己打打小算盘。算盘小，却长鞭及远，远到禅师的机锋所常说，父母未生时如何如何。换为直说，是愿意生在这样一个家，既有金银财宝，又不少经史子集。有这些，早年，易得温饱事小，大事是可以多读些书，救成年后的浅陋，又借家世的余荫，书"外"也会走来颜如玉吧？如我的业师化为先师的俞平伯先生就是这样，曾祖曲园先生是晚清的大学者，父亲阶青先生是清末的探花，不用说幼年就有了读万卷书的方便，成年之时呢，用不着出入公园、电影院，挤死挤活，就迎来仁和许氏才貌双全的小姐莹环女士陪唱"良辰美景奈何天，赏心乐事谁家院"。对比之下，我就如由乔木而堕入幽谷，且不说衣食，幼年是吸收能力最强的时候，家里却没有书，语云，良机不可失，却失了，人间没有卖后悔药的，想到，也只能叹口气而已。气叹完又能如何？不幸是还有后话，是因为贫困出身，就不能如有些人，旧家是"百足之虫，死而不僵"，纵使世不清平，也小，可以不愁温饱，大，可以安坐在室中读《高士传》。我则无此条件，以致小就不能温饱，大就不能退隐。正如不久前写观我生性质的《流年碎影》时所安排，借先贤子路在《礼记·檀弓》中说的"伤哉贫也"为题，竟出现了三次。再而三，是因为困苦确是深重。主要表现在两个方面：一是八口之家不能无饥；二是所从事，或所谓职业，几乎没有一种是兴趣所在并可以看作事业的。是直到近年，老一辈需要仰事的已经往生净土（假定有），小一辈需要俯畜的已经自力更生，我可以不再慨叹"伤哉贫也"，善哉，可是又来了烛之武所慨叹："今老矣，无能为也已。"

二、宜于专精而芜杂。想不到与"伤哉贫也"相伴的还会有意想不到，是偶然加偶然加偶然，我竟按部就班上了学，由小而中，由中而大。小的偶然是恰好在读完初小之时添了高小班；中的偶然是投考官费的师范学校竟能录取；大的偶然是双料的，一是师范学校毕业之后找不到教小学的职业，二是考大学，国文科出了《孟子》题，用启蒙老师教念《孟子》的存货，骗得高分，又侥幸录取。其时北京大学有一顶最高学府的帽子，拥有专精的学术界名人不少，我呢，与一切年轻人一样，羽毛并不丰满而想"抟扶摇而上者九万里"，或者说，也能专精，出大名。语云，有志者事竟成，可是我却相反，而是有志事竟不成。是不肯读书吗？非也，而是见异思迁，不能专，也就不能精。情况很像乡下佬进城，什么都想看看，我是进图书馆，什么都想翻翻。翻看的书不少，却未能停在某一方面，往里深钻。深的对面是浅，即在浮面上滑。可以由不同的方面说明这种情况。一个方面重，是昔人所谓"受用"，因为未能深入，我就几乎是毫无所得。怎见得？以中土的儒道释三家为例，我都尊重，可是儒，我就未能远希"内圣"，也就未能于"孔颜乐处"安身立命；道呢，我推重庄的任运，视得失为无所谓，可是检视己身之行，就总是失之执着过多；至于释，志在"度一切苦厄"，不能不高山仰止，可是直到现在还是没有勇气走入禅堂，自度尚且谈不到，况度诸有情乎？另一个方面轻，是表现，不少写小文，也写书，题材面不窄，由广泛的人生直到墙角的蟋蟀，像是碰到什么能谈什么。惯于以貌取人兼耳食的人就甚至以为我真是无所不通，而实际则如老伴所评论，是样样通，样样稀松。样样通，杂也；样样稀松，不能专精也。现在是确知老之已至，也就确知昔年梦想的专精成为泡影。可是与泡影同在的还有一些浮名，偶尔听到，心中有何感受？除了惭愧以外，只能取法戏迷，高唱一声"一事无成两鬓斑"而已。

三、宜于信而疑。信是听到什么便以为是真的。我幼年无知，情况曾是这样。典型的例是看《聊斋志异》，书生夜读，闻墙外吟"元夜凄风却倒吹"的诗，就相信，并幻想有朝一日也可能有此奇遇，则闻之后还会如此这般云云。其后是入了洋（名）学堂，更其后是读了些洋（实）书，心之官有变，灯下连锁入室的美梦断了，且有说焉，是不科学。科学与不科学对比，前者是而后者非，推想除迷禅、迷气功的以外，不会有人反对吧？这是就此小范围内的"理"说，至于走到范围以外，触及人生的多方面，这理的影响就未必都是可意的。其中最重大的一项，我以为就是难于树立信仰。盖信仰，大如上帝全知全能全善，小如什么庙供桌前求得的签辞，都是躲开科学精神讲的理才能生存的。换句话说，有所闻，总是问"你说可信，根据是什么"，取得信的善果就难了。称为善果，是我，与未能信的同时，却一直认为，人生的福报要由有信仰（指重大而牵涉价值问题的，如怎么活才好之类）来。这方面的情况，近些年来，在《怀疑与信仰》《我与读书》《难得胡涂》等拙作里曾一再谈到。表现的心情是凄苦的，因为确知，如培根所说，"伟大的哲学应该始于怀疑，终于信仰"，我却始于怀疑，未能终于信仰。"吾斯之未能信"有什么不好？恶果可以分为两类。一类是不信奉天承运，依某种口号而行乃天经地义，显然，其结果就必是世路艰险，求立足也成为大难。另一类是不信由"大块载我以形"到"息我以死"有什么意义，也就不能求得安身立命之道。而又不能不活，这就等于口吃烤鸭而心里想吃烤鸭无味，成为既可怜又可叹了。或曰："你不是也写过《顺生论》，说可以接受《中庸》所说'天命之谓性，率性之谓道'吗？"答曰，这是不得已而降一级，虽然也有所取，乃第二义，与净土宗老太太宣"南无阿弥陀佛"佛号相比，那是第一义，地地道道的信仰，所得就有天渊之别了。

四、宜于从风而寡合。一地之中，一时之内，人的绝大多数以什么什么为荣，其反面为不光彩，而很少追问理由，这样的指引兼推动的力量，风也，或称为风气。风，举例不限于一时，与白薯不异，块头有大的，如忠君，能够使臣下甘心死，有小的，如鞋底后部加个木柱，能够使佳人立而难稳，行而难快。可是不这样，重则会遗臭，轻也会美中不足。所以识时务的俊杰就总是顺着走，甚至迎头赶上。我呢，没有逆风的瘾，或说没有逆风的魄力，可是患有少信的病，面对风有时也想问问所以然，而一问，取得满意的答复总是不容易，因而迈步就慢了，或由心情方面说，就苦于跟不上。至于具体情况，那就说不胜说。只好先归类，然后挑个头较大的，摆在案头看看。这是一，在很多人已经升温到热狂的时候，我还是未能积极。未能，是因为，对于依什么口号而行就可以救民于水火的理想，虽然我也同样希望能够这样，却总是担心未必能够这样。这担心不能算作杞人忧天吧，因为至少是为数不少的人，依口号而行之后，仍是未能免于水深火热。当然，有些升温就不再降温的人就不是这样看，所以在这样的慧目之中，我就成为落后，应该望望然去之。去了，夫复何言？大道多歧，各走各的路可也。接着说二，有不少冠冕的群体名堂，走入其中就可以取得一顶光彩的帽子，而这种帽子，既可以飞上头顶，又可以飞上名片，最后还可以飞入悼词，我则欲热心而一直热不起来。是"举世皆浊我独清"吗？完全不是这么回事，而是身和心，整饬与懒散间，更愿意懒散而已。再说三，是率尔操觚，时风要高攀以自重，办法是多引今代的子曰诗云，其意若曰，"如是我闻"，所以必正确可信，我则未能起而效尤。原因仍是少信在作祟，以近于咒语的唯物、辩证等为例，我是一向不敢用，因为一，我不学，未能知其确义；二，比如一个喜欢较真儿的人来问，孔老夫子"知其不可而为"，这种立身处世的态度是唯物的吗？辩证的吗？我只能说不知道。所以执笔为文，也就不能从时风之后，多来几次"某某某教导说"。最后再说个四，是很多人为"发"为"华"而拚命的时候，我却兴趣不高，并写《临渊而不羡鱼》、《消费的我行我素》之类的小文，向热衷于发华的人头上泼冷水。显然，这泼冷水是费力不讨好的事，因为一，求发求华的火热必更难降温；二，还可能惹来反驳的评论，是：你的旧思想感情已经僵化，既然不能适应新潮，那就赶快见鬼去吧。

五、宜于自强而自馁。新世训，人要力争上游。此意还可以说得既深邃又生动，曰"一不怕苦，二不怕死"。可是我却多次坦白，是既怕苦，更怕死；坦白之后还有辩解的话，是大人先生喜欢说这样的话，意在别人听了会信，其后就真去苦、去死，他自己是并不这样的。那么，我之不能"天行健，君子以自强不息"，是受大人先生的影响吗？君子还应该不诿过于人，那就继续坦白，承认乃来于"天命之谓性"，虽然也知道自强之可贵而强不起来。此种不冠冕的心情有时还不停留于迷离恍惚，那是幸或不幸碰到时代和环境的双重伟大，活下去难了，苦思怎么办。理论上，或青史上，有进退两条路，进是陈涉、吴广，退是伯夷、叔齐，可是这就不得不一不怕苦，二不怕死。我是未再思三思，就由"天命之谓性"顺流而下，走了不自强的一条路，心不能变方为圆，求言和行都是圆的。这是否即孔老夫子说的"无可无不可"呢？曰，完全是两回事。无可无不可是中道，我则为资质和习染所限，"不得不"甘居下游。命也夫，也就只好"知其不可奈何而安之"了。

六、宜于菩提而烦恼。菩提和烦恼都是佛家语：菩提是觉悟，悟后则无苦；烦恼正好相反，是迷，指有贪嗔痴等心境，感受为苦。佛家各宗派也说"烦恼即是菩提"，这是另一路的思辨方式，我们常人最好是装作听而不闻。且说这烦恼之苦，佛家用所谓般（bō）若的慧目看，是来于爱染，所以灭苦要用釜底抽薪之法，是求情欲的淡而至于无。这想法，就理说，我认为可以成一家之言；看作一种人生之道，我们更应该刮目相看。可是很遗憾，我的这类看法也是就理说，至于由理而走入实际，就总是"苟未免有情"。这未免有情还有深的根源，是《庄子》说的"其耆（嗜）欲深者其天机浅"。天机浅，在庄学的眼里，得天独薄之谓也，这是"畏天命"的天命，人力又能如何？勉强想个可怜的办法，是向往觉悟的时候写《蒲团礼赞》。不幸是写之后，甚至写之时，迷的根芽仍在心房萌动，眼看就要弃甲曳兵而走，如何补救？我惯用的办法是由阿 Q 大师那里学来的，曰虽败犹荣。称为荣，有何依据？依据可以来于儒，是"率性之谓道"；也可以来于佛，如上面所引，"烦恼即是菩提"是也。

也迷《易经》，所举已经满六爻之数，应该就此打住。六个方面，分而有合，合为结论性的一言以蔽之，是不成气候。不成气候而有胆量常拿笔，亦有说乎？曰，搜索枯肠，竟抓来两宗。其一，所说都是实情，并未用子曰诗云一类大话骗人。其二，自己不成气候已成定局，但跛者不忘履，凡有所想、所说，总含有别人能够成气候的愿望。希望别人如何如何，也应该算作大话吧？若然，那就对镜还是贴了花黄，惭愧惭愧。

一九九七年三月三日

（原刊于《收获》1997 年第 3 期）

看"真"漫记

叶稚珊

看"真",一是看《写真集》,二是看真人。不说看书先说看人,因为做编辑工作,常要向许多名家约稿,对于一些先闻其事见其字的人总喜欢在见面之前脑子里为他画个像。比如多年以前我想象过梁漱溟先生会是什么样子?脑海中和大家一样有几种形象:哲学思想家、乡村建设运动领袖、五十年代知名的敢冒"天下之大不韪"者,那一定是嶙峋瘦骨,一张纹路分明的倔强的脸,一双圆睁着的不知回避的眼睛。及至见到不禁和大家一样地惊喜:"他几乎与我想象中的那个人一模一样。"张中行先生却宜雾里看花、水中望月、书中看人,在"禅外""负暄"中猜度琢磨,随你去想象他应是怎样的儒雅、慈祥、随和或乖僻、耿介、神秘,但一朝见到真人,你会叹一口气或不叹气心中暗暗纳闷:这是真的张中行?张中行就这样?不由想起谁说过的一句话,好像就是张先生自己在文章中写的"听景胜过看景,及至看过,不过尔尔"。

"不过尔尔"的张先生瘦高，无任何明显异于他人的特征。若按眼睛是心灵的窗户这句老话讲，眼睛过于小。

冬天的张先生总好像穿得很单薄，几次遇到有人问"您穿得太少，冷不冷"？他总是一手掀起中山装或外套的左襟，一手拉出里面的衣服说："我还穿着棉袄呢！"印象中那是中式小袄，素暗的棉布，很抱身，出自家人之手。这种式样的衣服在北京城里几十年来难得见了，倒有一些歌星之类时髦人物穿起经过改良的这种中式服装，是为了与众不同，还是表达一种怀旧情绪？青龙湾畔故土香河的老叟，如今穿这种衣服的怕也少了，而少小离家的张先生七十多年后还穿着它。一次我带着朋友的女儿巧遇张先生，向小女孩介绍时先卖关子，问："你看这位老爷爷像做什么工作的？"女孩很快回答"像学者"。同行的人都夸她有眼力。事后这个六年级的女孩对父母说："那位老爷爷其实就像街上卖冰糕的，可我不敢说。"这个纯真聪明爱动脑子的女孩很苦恼地问妈妈："爸爸妈妈总是教育我要讲真话，在这个爷爷面前怎么讲呢？"我曾说张先生外表像学校中看门的老校工，旧时叫门房，新的称呼为师傅，看样子有这种印象的不独是我。连张先生自己都说，有时他在教育出版社的传达室取东西，来访者对他的"师傅"身份毫不怀疑，还有人问道"能告诉我找张中行先生怎么走吗"？老先生对此颇为高兴，并不觉得是失了身份。

这也许就是人们常说的"真人不露相"吧。所谓不露相，布衣布履事小，倒是张先生的眼睛，会使人想起一座藏金纳宝的神秘殿堂，门窗却开得极小。懂得透过皮相看骨相的人，不以衣帽取人，也定懂得"相从心生"，应该说，张先生的眼睛是怕禅机外溢，大小恰到好处。

去年以前，张先生没得那场大病也没搬家，在有名的沙滩红楼附近常会看到他出出进进，脚下的路是当年胡适常走的。

这一年多来，他来出版社的时间少了，但隔一两周总会来。书稿来往、朋友相约，靠近市中心的出版社于人于己两便，况且这里一直有他的办公桌、宿舍、笔墨书籍，住两三天总是安排得满满的。沙滩一带街景建筑较几十年前大有变化，但就整个北京来说，这里的变化算是小的，比如摩天大楼，这里就没有。街道胡同的大致走向没有变，红楼依旧，也是一个证明。可物是人非，街上走的不再是穿长衫夹书本的学生，红楼进出的也不再是陈独秀、辜鸿铭，"德胜斋"的"烧饼夹炖牛肉"、略带南味一毛六一盘的"张先生豆腐"和据说马叙伦先生创的"马先生汤"早已不再风行沙滩。好在出版社中午有荤素搭配很好的盒饭供应，只是待客小酌却很难找可心的地方。在紧靠沙滩的景山公园东门对面，有一家近年新开的铺面不大的烤鸭店，店名"老帝坊"，据说店址正是著名学者张毕来先生生前住过的地方，开店的又是毕来先生的儿子，也许就为了这一点，张先生常来。每次来，除了烤鸭外，菜总是固定的几款，店主和服务员几乎都与他熟了，自然就引入小单间，约稿、签名诸般事宜在薄酒微醺中解决。"欢迎再来"声中推门出来正与景山的朱红大门对脸，不是过往的无轨电车提醒，疑是时光倒转，不远处古树遮荫的路边，影绰是沈从文、徐志摩走来。

胡适、钱宾四在红楼的时光，张先生还是"一个黑黑瘦瘦的青年"，像一本小说里的人物，"留着短分头，眼睛虽然不大，却亮亮的显着灵活和聪慧"。那本小说在五十年代流传很广，后来拍成了电影，很少有人没看过。

追随胡适之师，"从洋装书变成线装书，从学生装变成长袍马褂"。夏天，他穿着纺绸大褂或者竹布大褂，千层底布鞋；冬天是绸子棉袍外面罩上一件蓝布大褂……瓜田李下考进城读书的张先生肯定不会是这个样子，但在我的想象中他就是这样，那里的学生会是短打扮吗？西装，张先生是绝对不会穿的。

胡适的学生，国文系的高材生，热衷研究国故考据的老夫子，也许是许多旧时代青年知识分子的集合，他们都在后来融入时代洪流，遁入茫茫人海，飘泊海外，远去……归或未归。西直门外有条再往西往北的土路，旧时驼铃响洋车过暴土扬灰，穿长衫戴金丝边水晶镜片的教书读书人不时过往，如今已成宽阔的柏油大道，去终点颐和园必经之地——

燕园，还住着不少当年的红楼学子，如今的国之瑰宝。

惟有这一位，貌不惊人，带着浓厚河北乡土民风的"老夫子"，酷似电影中演员或演员酷似的这一个，转过干支纪年的一周，又回到了红楼边，小眼睛中黑亮亮的光泽失去了一些，穿起旧中山装，依旧是一桌一椅一砚一笔，饱读了线装的诗书，浸透了日月的华光，写起了"吾谁与归"？"去者日以疏"……

一街之隔鳞次栉比的街摊蓬檐下，五色杂陈的书摊上摆着张先生写的书：负暄琐话、续话、三话，顺生、留梦，购书人与他浮萍流水，为着作者的才学、文笔、趣味、真情，或初次只是慕其名试着买了书去，复又回来再买。固定的摊位流水的书，卖不出去的书书商不会再进，张先生的书，一而再再而三，进得勤。可书销得再好，书商也想不到去感谢作者，更猜不到这时而沿街走过的瘦长长者是谁。购书人必是以为作者在远离浮世的华屋，却怎么也想不到这位阅尽人间悲喜静观世事沉浮的老人，正在咫尺陋室"惟我独馨"。

"真人"张先生，易读，易懂，难深。外表和待人的过分平易，如果是才学泛泛者也就罢了，对于张先生，这种平易却越发使人感到高深莫测。《写真集》的真，能助人测其高深吗？

《张中行自述文录》分上下卷，上卷《写真集》作者说主旨是坦白思想，下卷《留梦集》则是坦白感情。对于张先生的坦白思想，我始终抱有极大的兴趣，因为他虽一直信守"写则必以真面目对人"的诺言，但在三五年一次七八年一次的大小运动中却从未遭到过灭顶之灾，这几乎是个奇迹。我问过他，他说了类似如临深渊如履薄冰这样的话，这提醒我注意到："写则必以真面目对人"只是半句话，前半句是"不宜写者不写"。三缄其口是他这个足智多谋的"弈者"的一招好棋，以一静应万变。几所名牌大学的男女豪杰正为"知难行易"还是"知易行难"在电视中辩个不休，都想击败对手力拔头筹的时候，张先生却在安安静静地守着老子的"知道易，勿言难"，黑亮亮的眼睛中有一丝丝笑意。

有这样一丝丝笑意的智者的"写真"，难免不有几分狡黠和油滑，难免。

可是错了，张先生的《写真集》，以"桑榆自语"开篇，不单是将自己食无求饱、安苦为道、坐不改姓、自欺而不欺人的为人准则坦诚公开，而且实践了成书之初的主旨——坦白思想，直言了他的"怀疑与信仰"。

张先生是有特殊天赋的人，他倾注几十年心力研究人生哲学，但直到晚年以前却没有理直气壮地承认过，是意图厚积薄发？还是囿于大器晚成？有人问他时，他总是笑而不语，脸上的表情极富魅力。如果只为顺时应势明哲保身求过安稳日子，张先生拿出他机敏和才学的百分之一就尽够了。但研究人生哲学的人面对的是宏阔的宇宙与人生，复杂的社会与人生，绵延的历史与人生，必须克服自身存在的缺陷弱点和难以摆脱的局限，于入世而出世、出世而入世的往复循环中理出头绪，找出经纬。张先生把厚重的东方文化和西方哲学都细细地咀嚼一过，凭着得天独厚的性格、经历和后天学养赋予的分析思考能力，凭着足够的智慧和冷静，他在人生哲学的研究中无疑是走了捷径。不只是他走了捷径，于混沌初开的人生荒漠中他也为后人寻出了一条路径。虽然路还要靠每个人自己去走，但谁又愿把人生极宝贵的生命耗费在迷途、歧途、弯路中呢？

看《顺生论》时就有这样一种感觉，浮躁、焦躁、烦躁的心绪会随着作者为你梳理的三分十二小节慢慢变得心平气静。看《写真集》则在这之外更看到了作者豁达宽容宁静的内心。明眸皓齿的明星的"写真"我们并不少见，虽不一定细读内文，但凡心多少会为封面和插页的"颜如玉"所动。头童齿豁的八秩老者的"写真"我们见到的并不多，它靠什么打动人？单单是"坦白"并不够，尤其是思想的坦白，赤裸裸和盘托出未必能吸引人，领异标新、奇思怪论吸引力也有限，和张先生以往的作品一样，"精神的魅力"是这本书的灵魂和全部动人之处。我曾发自肺腑地这样写过："当年香河农家走出来的顽童，为谋生解惑而倾心国故的读书郎，如今老瘦骨枯，却以拳拳之心，筚路蓝缕，为承袭儒家那最后一脉骨血，为中西文化这人类文明的结晶，为不违背自己的誓言'爱国爱民决不后人',坚守着几千年道德理想的孤岛,生死不渝。"虽不言过其实,但事后想想总是和张先生一贯的为人为文风格不协调。平和朴实不事张扬的风格气度,用过分一本正经慷慨激昂的语句描述,明显不大合拍,甚至像是走了调。书与人一样,魅力并不在于我们从中看到了一位遗世独立做旧学的"先生";也不全在于字里行间的"可传之人,可感之事,可念之情"于我们竟是那样亲切亲近;作者厚实的人生经验和丰湛的人文学知识只是使我们敬慕的一个原因,如果他的"琐话"、"留梦"、"写真"仅仅局限于过于私人化的情绪中,那留给我们的也只能是怀旧和感叹,作者也大可不必静观多年后发制人了。在把深刻的人生哲学深入浅出地传达给我们的同时,我们看到了作者平静安详之外的另一面——刻骨铭心的忧国忧民情绪。他深知自己的势单力孤,自嘲"手无缚鸡之力而想扛鼎"。但他毕竟曾经沧海,深知一个民族一个国家一个社会稳固的根基是什么,他发乎于情地惟恐中国传统文化在自己的发祥地花果飘零,愿竭尽绵薄之力去维护、灌输、推动。同时,他还渴盼民族社会从一次次挫折和盲目中清醒理智起来,希望善良的人民摒弃只盼清官寄托于人治的幼稚幻想,齐心共建一个民主平等法制的健全的社会。他的介入社会问题,是从要害切入,用的却是偏锋或太史公的笔法,有理有利分寸得当。不出"写则必以真面目对人"之规,不逾"不宜写者不写"之矩,"达于情性之理,通于物类之变",不愧为布衣论政的佼佼者。

王国维在《人间词话》中说:"古今之成大事业、大学问者,必经过三种之境界:'昨夜西风凋碧树,独上高楼,望尽天涯路。'此第一境也。'衣带渐宽终不悔,为伊消得人憔悴。'此第二境也。'众里寻他千百度,蓦然回首,那人却在,灯火阑珊处。'此第三境也。"张先生做学问正是达到了"那人却在,灯火阑珊处"这第三种境界,成书出版的不过是安澜之上所露出的冰山之一角。

比之一些冷峻纯理性的学术文章,同样是讨论人生哲学,张先生的文章则因其更平民化更具人情味而为更多读者接受。比之那些如一夜成形足水豆芽般虚胖苍白的浮泛文字，张先生的书更因其货真价实而有了一批稳定的始终如一的读者。

张先生的书里没有佶屈聱牙的文字，没有晦涩的语言和刻薄的口气，多用短句，看似不经意，却严谨有节，止乎于理，如程正揆《清溪遗稿》中所谓"笔不周而意周"是也。

书可以"写真""留梦"分上下卷，人的思想和感情是不能截然分开，甚至是决然不能分开的。在《写真集》中，除了有渐入老境的学人常有的冯唐易老之叹，年华远去的伤逝之情而外，还有一般学而有所成的老人难于或不善表达的"春光易逝，绮梦难偿之痛"。对于人之常情，张先生往往任其随文思所至流于笔端，不矫情掩饰也不肆意泛滥，"坦然走率性一条路，即有玉楼香泽之思就任其有，"在坦白思想的同时可以看到他细腻的感情世界，使人更感到作者的真诚和亲切。

张先生正在全力以赴地写他的回忆录，进展顺利，年内可望交出。但对已成文的部分，张先生护得严严实实，守口如瓶。很多报刊的记者想撬边挖出部分段落都没有成功。我猜想会写到他的感情经历，兴趣百倍，前不久在"老帝坊"的烤鸭前，趁着老先生的酒兴，反复申请哪怕不能先睹就是先听为快也好。老先生的警惕性很高，但话的确比平时多了一些，不知算不算酒后失言，说出其中一章名"情网"，论述了婚姻有可意、可过、可忍等几种境界。马上追问"您的婚姻是哪种"？他不但做了肯定的回答，还举实例说明。我不敢在此露诸纸笔，怕老先生酒醒之后不认账，引起笔墨官司。但自此肯定，"老年的生活，常常并不像他们形貌所表现的那样单调"是可信的。

等着看张先生的好文章，在"何当一整钗头凤，共倚屏山对月明"的诗句后定有好文章。

（原刊于《收获》1997 年第 3 期）

看「真」漫记

235

已经忘却的日子

曹　禺

　　天一亮，隔壁人民大学的高音喇叭便叫嚣起来。起先我以为是批斗人，后来才渐渐听出是两派在互相斥骂，一阵阵刺耳激昂的辩论，阵阵叫骂，连绵不绝。从清晨吵到傍黑。我烦恼，又说不出地惧怕，我是反动学术权威，这一切都像是针对我来的。尤其一位女高音，又念又喊，声调亢奋且单调，刺人耳鼓。酷热的夏天，本来在我的小屋里就很憋闷，现在更加不能忍耐。但是一定要忍耐。我犯了罪，我说不清是什么罪，我却诚心诚意服了罪。这种混沌的感觉像一口无底的陷阱。

　　半夜醒来，不知从什么地方传来一阵阵粗野的声音，那鬼哭狼嚎使我的胸口隐隐作痛。我心惊胆战。我觉得不久发疯的黑狼将会包围我，抓着我，用黑爪子抓伤我的脸、我的背，我感觉自己已缩成一团。我不愿叫醒睡着的方瑞和小欢子，她们沉沉地睡在另一间小屋里。白发的岳母瘫在木板床上，一夜一夜地咳嗽。四面是乌黑的海，黑浪滚荡着，时而漂浮起几个没有眼睛、没有面目的人头，发出声声惨叫……这大约是梦，我惊醒了。

我勉强安慰自己，用一颗安眠药只睡了两三小时。

白天走在街上，能看到被押着、被捆绑的人。那些人的脸上涂了一块块的墨迹，有的戴着尖塔一样的帽子，穿着被撕破的衣服，露出血淋淋的伤痕。造反派的小伙子们把他们的头一个个揪起来，要这些"十恶不赦的老狗"当街示众。

街道两旁站着看热闹的人，但是他们也都沉着脸，默不作声，甚至是肃穆。那些大喊口号的造反派是激愤的，也有些得意洋洋。"老子把世界都征服了，你们早晚也有被收拾的一天。"

街上的人越沉静，口号喊得越响亮。"打倒走资本主义道路的当权派！""打倒反动学术权威！""横扫一切牛鬼蛇神！"

队伍后面有时还跟着一队人，有高个儿有矮子，有胖有瘦，是"革命群众"。大家穿着一样的灰黄色的衣服，谁穿得越旧越破谁就更革命。只有他们胳膊上戴着的红袖标使他们显出一种耀武扬威的意思。碰到这样的情形我尽可能躲开，我有罪，这是我时刻不能忘的。

我羡慕街道上随意走路的人，一字不识的人，没有一点文化的人，他们真幸福，他们仍然能过着正常人的生活，没有被辱骂，被抄家，被夺去做人应有的自由和权利。我眼前又驶过一辆卡车，街上的人或扭头、或踮起脚看。那位白发的老人不就是大伙儿熟悉而且被敬仰的将军么？他的头发几乎掉光了，被两个莽撞的大汉倒拧着胳膊，四周挤满了气势汹汹的红卫兵，可他的目光我看到了，还是带着打不倒的威严。

连他都成了被扫荡的对象，夫何可言！这样的"革命"，这些"革命小将"，他们把我心中所信仰的那一点点道理全扫光了。我垂下头，折回家去。

内心多么沮丧啊，又压抑又气愤，但是更多的是恍恍惚惚。世界完全翻倒了，我不想再看到这个世界。我住的院子有许多邻居，我走进院里，平时与我点头问好的老太太们、叫我"曹爷爷"的孩子们都不理我，因为我是染了麻风病的。最初的打击与悲伤似乎已被木然所替代，可在我心深处我永远不能不痛心。

回到家里，方瑞正抱着我们的女儿小方子说话。小方子是初中一年级的学生，十三岁的孩子，她见到我喊了一声：爸爸……，喊过就转身走开，坐到里屋的床边去了。我看见她流下眼泪。她觉出我在望她，就用袖子擦去泪痕，低下头玩手里的猴皮筋，一拉一松，一拉一松，一会儿就把猴皮筋扔到地上。

我们家门前有一棵海棠树，春天海棠开花的时候，小方子和她同班的女孩子们边唱边玩跳皮筋，"一二一，一二一，一二三四五六七，马莲开花二十一……"如今再没有同学，也没有玩耍。晚间方瑞低声告诉我，学校的红卫兵命令小方子每天一早去学校报到，报到之后就在教室外面坐着，不允许走进教室。这是对黑五类采取的办法。红五类还在教室的地上画一个圈，让这些黑五类的孩子一个个走进来，站到圈里。这是红五类们发明的一种游戏，她们玩得很开心。学校早已不上课了。

我和小方子说，能不能不去。

孩子说不行。她望了望我，转过身走出屋子。

我心痛极了。我有罪，把我抓去斗，狠狠斗死了，就算了；十来岁的孩子有什么错，为什么还要连累我的孩子们！真想紧紧抱着小方子痛哭，但是孩子不干，她没有心情受任何人的爱抚，连爸爸也不能勉强她。但我知道她是爱爸爸的，她湿润的眼睛对我闪出怜悯的光。她知道我在受罪，只是现在还没有被抓进去。

只有小欢子好些。她晚出生几年，还在上小学，因此比她的姐姐幸运。还有同学来找她，另外，两三个幼儿园时的小朋友也来家里和她玩。几个小姑娘凑在一起，不知道她们有什么可玩的。

小欢子不觉得世上的风暴，还是那样傻乎乎的，红润的小脸常常都在笑。时而还大声地唱革命歌曲。

"我是牛鬼蛇神，我是牛鬼蛇神……"这个歌她觉得很有趣，孩子们都觉得很有趣，"我有罪，我该死，我该死，我有罪……"小欢子高兴地反复唱。

姐姐冲到她面前：唱什么，讨厌！

妈妈说，随她唱吧，她不懂。

后来我被关进牛棚，难友们也都要唱这首歌。我之所以会唱，还是受小欢子唱的时候熏陶的结果。此乃后话了。

当时，我整天担心随时被抓去……

（原刊于《收获》1997 年第 3 期）

灵魂的石头

万 方

电话铃声响得那么突兀，我一下子就醒了，四下里一团漆黑。我不知道是什么时候，一点都不知道。我也一点没有想到这铃声会带来可怕的消息，一定是什么人打错了，以前有过这样的事儿。可这一回不是。我听到小白的声音，他一直在医院里照顾我爸爸，在电话里小白只说：曹老情况不大好，医生让你到医院来。不知为什么我没有多问，就把电话放下了。这时我看见床头的小钟指着四点十分。

我穿衣服，穿了一件毛衣，又穿了一件，我拿了包，看清钱包是在里面，我拿了钥匙，然后关灯出门。那个时间没有电梯，我从十四层往下走，楼道里响着我奇怪的脚步声，非常奇怪。奇怪的是这一切都是我自己的动作，但又不像是我的。我走到外面，空气冰冷，天还漆黑，苍黄的路灯下，大街空空荡荡，没有一个人影。我的脑子里也是空的，什么都没有想，混沌极了。我走到街中心，等到一辆出租车，汽车在黎明前的城市飞驰，冥冥中我的心有所期待，期待什么都没有发生，一切回复到正常。然而在这巨大虚空的黑夜后面，我感到了正在发生的事情，我的爸爸走了。

一九九六年十二月十三日黎明。走进病房时，医生说，现在把心脏起搏机关了，请你们看看。我看见一条绿色的直线。我不懂，我完全不懂。病房很高的天花板上亮着那盏昏暗的日光灯，房间里非常混乱，我爸爸的身体斜躺在病床上，光着脚，肚子隆起，脸上罩着呼吸器的面罩，我还是不懂，什么也不懂。在今天以前，我下意识地躲避着那个时刻，现在我克服了自己，极力回想，可仍然只能想起那噩梦般的莫名其妙的场面，好像所有的人都沉没在海底里，我说不出自己的感觉，但我记起我摸了他的脚。

我爸爸走得很安静。做了病理检查之后，也没能查出明确的在这么短的时间里致死的原因。当时的情况是护士半夜查房，给他量了血压，他还在睡着。十多分钟后护士长又进来看看，因为他那两天发烧，发现他的呼吸不对，极慢极浅了。

在做了处理之后，医生让我们再进病房和他告别。这时外面已晨光熹微，但病房的厚窗帘挡住了天光。我爸爸的身体被一条大白单子裹着，下巴用白绷带整齐地兜住，只有脸露在外面，脸上很光滑，看上去就像睡着了，睡得十分安稳。我们和他告别，但是他不知道了。我爸爸他真福气，没有经受垂死的病痛折磨和死亡的恐惧。在寂静的深夜，他衰弱的身体里产生了难以觉察的奇异的波动，也许有个声音告诉他"我们要走了"。他来不及多想，甚至没有听清楚，他想问问对方，可是又没有力气。在最后的时刻，是他对一切事物的好奇心引导他跟着那声音去了，他没有见过死神，他想见一见。

以后的几天里，冬日的天空异常晴朗，太阳明亮极了，街景和往日一模一样，但是它毕竟有一点不一样了，我再不能到医院去看我爸爸了。在他离开我之后，我想他想得很多。许多报刊杂志都约我写他的文章，我尽可能地写了。这篇文章我拖了将近两个月，我觉得需要一段时间，从悲伤恍惚里走出一段距离。我慢慢看了他写给我和妹妹的信，他曾经写给我妈妈的信，还看了其他的文字。我想这一篇文章是最后的一篇，我不是说永远，我是说在能力与条件所及的现阶段。

　　我手上有两张不大的纸，上面是一首我爸爸写的诗，时间是一九八六年十一月八日。

　　　　雷从峡谷里滚响

　　　　莽原的每一棵草在哆嗦

　　　　我听见风吼，黑云从乌暗的天空猛压头顶

　　　　从云里垂下来黏乎乎的东西

　　　　那是龙的尾？是龙的长舌？像无数的钩钩住我的眼睛，心，耳

　　　　和我的手。

　　　　地上喷出火

　　　　我的全身在燃烧

　　　　洪水泛滥，暴雨像尖矛扎透我的背

　　　　我向天高吼："来，再狠狠折磨我！"

　　　　大地震抖，高楼，石头，水泥坍下来掩埋了我全身

　　　　土塞住我的喉咙

　　　　我向天高喊："来吧，我不怕，你压不倒我！

　　　　你不是龙，连一条毒蛇都不配，

　　　　把戏吓不倒我。"

　　　　我看见了太阳，圆圆的火球从地平线上升起！

　　　　我是人，不死的人，阳光下有世界

　　　　自由的风吹暖我和一切

　　　　我站起来了，因为我是阳光照着的自由人！

　　我不是评论者，也不大懂各种的分析与评价。我只是有思考的能力，

我极力思考怎样才能写出我爸爸，写出那个潜藏在种种表象之下的灵魂。他的身体里绝对有一个灵魂。我觉得我不可能把它写出来，因为它太复杂太丰富，太精致太脆弱，太旺盛太强烈，太荒谬太狡猾，根本无法穷尽。我想来想去，决定用客观些的办法，尽可能记录、引用他的话和活动。当然我也还是要发表一些我的看法。

大约在八十年代后期，我陪爸爸去了一趟天津。那一次的旅行使我很贴近地感受到他的童年，感觉出他这个人是从哪儿来的，为什么他所以是他。天津对我来说是个陌生的城市，我们坐汽车寻找他的旧居。司机说：这就是意租界了。我看到路边是一幢幢小洋楼，已经很旧了，还是看得出当年殖民地的味道。忽然，我听到爸爸很大的声音，"就是它！就在这里？"

汽车停在路边，他认出了旧时的街道，兴奋极了，连连说："不错，绝对不会错的，这一家姓萧，那一家姓陈，我真是像在做梦啊！"

他的家"小白楼"是座两层的小楼，颜色灰突突的，门前搭着一些乱七八糟的东西。里面住的人家不多，都上班去了，我记得只有两个老人。我们进去时陪我们来的人向住户解释，我爸爸却顾不得和主人多招呼，这在他是很少有的。他沉浸在激动与恍惚之中。

"真是奇怪呀！这是我的书房，我就住在这里，翻译莫泊桑的小说，读易卜生，读《红楼梦》，看闲书，有个书童陪我读书……"他不对我们任何人，声音喃喃地说。我看到的是一间光线昏暗的普通人的住房，摆着床和桌椅，非常得普通；然而在他的眼光里，这些房间奇异地活起来了，有人在里面出入。

果然他的先生来了。"教我的有一个大方先生，他还教过袁世凯的儿子，叫袁克定。他第一次就给我讲他写的《项羽记》。我记得他住在法租界，好玩古钱，好几个姨太太，人很古怪。他冬天是永远不生火的。"

他迈进一道门槛，脚下绊了一下，幸亏身边的人扶住他，而他毫无觉察。

"啊，这是小客厅……"如烟的往事使他悬思其间，"有一个李补耕，他穿着长袍马褂，在这里等着父亲下楼来见他。父亲慢腾腾地走下来，也是摆着架子，他一见父亲就行三拜九叩礼，每个动作都那么认真。我觉得可笑极了。我父亲一点也不客气。这个人靠我父亲当了县知事，捞了不少钱。他一家人都信菩萨，每次到家里来总是带着他的老婆和两个丫头，吃饭的时候李太太用舌头把碗舔得干干净净，相当滑稽。后来他一来就和我父亲对着抽鸦片烟，他夫人和我母亲对着抽。"

我们走上楼，楼梯更加暗了，又窄；记忆里楼上的光线像是亮堂一些，房子也比较宽敞。

"那时候真是乌烟瘴气哟！哥哥在楼下抽，父亲母亲在楼上大客厅里抽。那间大客厅，北洋军阀的大政客黄郛来过，黎元洪的姨太太也来过。真奇怪，过去的事情竟然记得这么清楚……"

我爸爸一次又一次站住，四下张望，置身于他的童年之乡，实在使他迷惑不解。我则想象出一个不大的男孩儿，放学回家时的情景。家里十分安静，没有人声，空气中飘散着一股他熟悉的气味。他走进自己的屋子，做自己的事儿，但是有一种东西一点点渗透到他的身体里面。

站在阳台上，他指给我看王傻子的家。王傻子就是那个陪他念书的书童，不用交钱，送两袋棒子糁儿给老师。"我们一块在院子里演戏，文戏武戏都演。我和他一起乘电车看无声电影，是《马瑞匹克弗》，在光明电影院。"

后来我们下了楼，经过一间屋子，他说那是他们吃饭的地方。"我最怕吃饭，父亲总是在吃饭的时候发脾气，骂厨子，有一次一脚就把哥哥的腿踢断了。"他沉默了一会儿。"我父亲，他高兴时就背我，我十五岁时，他还背过我，在屋里走啊走啊。"

我们在小白楼前照了相，我爸爸指着街道旁的空地。"就在这地方，排着一溜人力车，天津人叫'胶皮'，不问价钱，上去就走。"他又指着一座临近的小楼。"这就是周金子的家。周金子是个妓女，我忘记了是什么阔老爷花了一万块钱，把她买来做姨太太。这座小洋楼就是专门为她盖的。为什么叫金子？一万块钱，太贵重了，像金子一样。"他说那时他特别想看看周金子的模样，可她不大出来，偶尔在夏天，洗了澡出来一下，只是在阳台上一晃，在他少年的眼睛里，他觉得她长得很美，像神仙似的。

他记得在胡同口经常看到逃难的农民，一头挑着锅，一头挑着孩子，晚上叫得很惨。

这是我陪我爸爸回天津旧居时的大致情景。我想说的是我有一种感想，出生在旧中国的文人，他们大多从小就感到压抑，继而觉悟到有一股与他们格格不入的势力的存在，从此他们的生存就处于个人与一种势力对峙的状态。这成为他们无法逃脱的命运，他们也不想逃脱，他们从来无缘体味"为艺术而艺术"的闲情逸致，这才是他们的情结。

我无法说出这种势力的名称。在我之前，在不同的时代，它以不同的面目存了上千年，它改变了人生存的定义，使个体的生命消失，变成一种适合于它的物质形式。无数中国人的生活被改变，而那些不甘于被改变、有独立意识的人，要有所作为。

我爸爸写剧本就是他的作为。一个人的能力有大小，才华更是上天给的。我爸爸有幸被赋予了才华，他的成名是在很年轻的时候，像几乎所有当代的中国文人一样，在二十几岁就迸射出生命中创造的光辉。我体会他真正的才华，在于他全身心地活在自己独特的感觉之中，登上了自己的那块石头。他迎接命运，他忿忿不平，他痛苦，他要反抗，一股股激流从他身边汹涌而过，他的心被激荡，也许他也想化为激流，或者说把自己投身进一股强大的力量里，可在他的心灵中有一个小人儿，具有把握他的更大的力量。就由于有他的把握，他写出《雷雨》。

那时他还在南开中学念书，有一个同学叫杨善全，他和杨善全说，我有一个故事想写出来。这位同学就说，那你讲讲吧。他说："我讲了，讲得乱七八糟，他也没听出所以然，只说，很复杂呀，你写吧。"

"你们要我讲繁漪是从哪儿来的，有什么原型？有，肯定是有，好多好多。但要我说出张家老太太，李家少奶奶，王家小姐，有什么用？讲了也是白讲，你们也不认识。《雷雨》这个名字，如果硬要我讲，雷，是轰轰隆隆的巨大声音，惊醒他们；雨，是天上而来的洪水，把大地洗刷干净。"这番话是和来采访他的人说的。

我和爸爸一起去过他的母校清华大学，他是在清华的图书馆里写的《雷雨》。他指给我看他老坐的位子，说："不知废了多少稿子呀，都塞在床铺下边。我写了不少的人物小传，写累了，就跑到外面，躺在草地上看天空，看悠悠的白云，湛蓝的天。"

"当年图书馆的一个工作人员，他待我太好了，提供我许多书籍，原谅我一时想不起他的名字。他还允许我闭馆之后还待在这里写作。那些日子真叫人难忘啊！我当时就是想写出来，从来没有想到过发表，也没有想过演出。"

后来，抗战时期在重庆，我爸爸写出了《北京人》。当时有人对《北京人》在那个时期出来有所非议，似乎认为有些不合时宜。我不这样看，恰恰相反，从中我又一次认识了我爸爸内心里的那个小人儿，他站在自己的高度，看到那个高度所看到的世界和人。他是了不起的。

我真心地佩服《北京人》的剧本。时常想，要具有怎样的感悟力，体味多少不愉快，刻骨的厌恶，埋得极深的苦痛，才能写出曾浩那样的人物，而我爸爸那时还是个青年。我一直觉得《北京人》里每个男人身上都有他的影子，他比他们加在一起还要丰富生动。

由此我想到自己的幸运。一个有才华有灵魂的人活在我身边，使我得以一直看着他生命的进程。从某种意义上说，如同看着众多的中国文化人，甚至是中国的知识界。当然我不能把他们之中的任何一个等同于另外一个，但他们的命运确有共同之处。

曾经我写了一个话剧《谁在敲门》，就是出于我所处的独特的位置与切身的感受。我试图写一个充满创造力的人，有过了不起的创作，后来创造力消失了，但奇怪的是一顶闪光的帽子始终戴在他头上。在"文化大革命"运动中，这顶帽子被揪下来，连同他的脑袋一起扔进了屎坑。"文化大革命"结束后，帽子和头再次被安放在他的身体上。这是一种极端反常然而又确实正常的现象，戴着耀眼的"桂冠"，而随时可能连脑袋一起被摘除。

长时间以来，我爸爸和许多的人，他们都被告知他们的思想是需要改造的，这种对灵魂的改造像是脑页切除术，有时是极端的粗暴行动，还有就像输液，把一种恐惧的药液输入身体里。这是一种对自身渺小卑微的恐惧，我知道这是非常严酷的事。

"文化革命"开始时我在上初中一年级，我爸爸被打倒，被揪斗。我家住的院子的大门上写着"打倒反动权威、反革命文人曹禺"的标语，字又黑又大，贯穿整座大门。我在学校里是"黑五类"子女，不允许进教室，只能坐在教室外面，一坐就坐一天，不能动不能说话。现在回忆起来，那时不管我们做什么，怎样做，我们的生存都不可变更地处在假定有罪的状态下。

我发现了一个本子，封皮上是我爸爸的笔迹，写着：十年浩劫回忆录。关于我上面说到的情形，他写道："我心痛极了。我有罪，把我抓去斗，狠狠斗死了，就算了；十来岁的孩子有什么错，为什么还要连累我的孩子们！真想紧紧抱着小方子痛哭，但孩子不干，她没有心情受任何人的爱抚，连爸爸也不能勉强她。但我知道她是爱爸爸的，她湿润的眼睛对我闪出怜悯的光。"

有一段时间，我爸爸被关在牛棚里不能回家，早上让他们到马路上扫大街，小孩子就用石头砸他们。他说："我羡慕街道上随意走路的人，一字不识的人，没有一点文化的人，他们真幸福，他们仍然能过着人的生活，没有被辱骂，被抄家，被夺去做人应有的自由和权利。"后来我记得放他回家了，他把自己关在屋里，能不出门就不出门。造反派命令他参加批判会，一进单位的门他就难受极了，他说："那些人你说是人也好，是鬼也好，是神也好，反正我惹不起。我就是孙子，也不是孙子，就是一条虫，随你们怎么碾。"他上班要路过一条叫"剪子巷"的胡同，看见一个老太太天天在扫地，他非常羡慕她，就想像她那样，在胡同里有半间破房，一天天扫地，浑浑噩噩地过，苟全性命。

人民大学那时就在我家隔壁，每天从早到晚造反派都在高音喇叭里大叫大喊。我爸爸在回忆中写道："酷热的夏天，本来在我的小屋里就很憋闷，现在更加不能忍耐……半夜醒来，不知从什么地方传来一阵阵粗野的声音，那鬼哭狼嚎使我的胸口隐隐作痛。我胆战心惊。我觉得不久这群发疯的黑狼将包围我，抓着我，用黑爪子抓伤我的脸、我的背，我感觉自己已缩成一团。我不愿叫醒睡着的方瑞和小欢子，她们沉沉地睡在另一间小屋里。白发的岳母瘫在木板床上，一夜一夜地咳嗽。四面是乌黑的海，黑浪滚荡着，时而漂浮起几个没有眼睛、没有面目的人头，发出声声惨叫……这大约是梦，我惊醒了。我勉强安慰自己，用一颗安眠药只睡了两三小时。"

再之后他被革命群众"解放"，在团河农场劳动。每个礼拜六的下午，天色近晚的时辰，我就从窗子里看见他的小个子出现在远远的大门口。他推着自行车进了大门，然后又蹦腿骑上车，看上去挺利索。今天，我仍然清晰地记得他在暮色中的样子，脖子上系着一块白毛巾，头上戴一顶蓝布帽子，脸上的神情有点惶惶然，又有一种松了口气的感觉。我爸爸还看过传达室，先是在首都剧场，结果被来中国访问的日本人发现了，就把他调到北京人艺宿舍的传达室去，分发报纸，传呼电话。我记得他被表扬过，因为他在食堂里每顿都只吃四分钱的菜。有一次我外婆吃白薯，把皮剥掉，他觉得浪费，就把白薯皮吃下去。我有我爸爸在那个时期的一张照片，他坐在传达室的一张破桌子前面，手拿报纸，身后的墙上布满水印，脸上倒是乐呵呵的。

我了解我爸爸，他不是一个斗士，也不是思想家，恰恰相反，他是一个很容易怀疑自己否定自己的人。但我深知他是一个真正的艺术家，他的生命是一种半感官半理智的形态，始终被美好和自由的情感所吸引鼓动，但他的情感和思想又都是充满了矛盾的，而且都加倍地放大了。当美好的东西被彻底打碎，所有的路都被堵死，而他觉得自己没有任何的力量，绝望和恐惧就把他压垮。

我说的那本"回忆录"是一个很薄的练习本，写了不到一半，那上面的最后一行字是：当时，我整天担心随时被抓进去……

我爸爸给我讲过他得知粉碎"四人帮"消息的情形。那时候我妈妈已在一九七四年去世了，妹妹从部队复员，他俩住在一起。他说：小欢子从外面回家来，走到我床前，我那会儿天天吃很多安眠药，和废人一样；小欢子两眼发光，对我说，爸！咱们得救啦！

"我不信，不敢信。怕，怕不是真的，还怕很多。我跑到大街上，那会儿已经是夜里了，我走呀走呀，看到多少家的窗口里亮着灯光，整座楼都是亮的，我忽然感到难以支持，靠在一棵树上。我觉得自己的心脏的承受力已经到了极限。老天爷啊！没有经历过的人不可能明白，那种深重的绝望把人箍得有多么紧！我想我是从大地狱里逃出来啦！"

在写出了这些文字后，我不由得想起我爸爸曾经讲起的一段经历。那是一九四九年。他从上海坐船到香港，和一些人一起再坐轮船到了山东解放区，又到了北平。我不能肯定准确的路线，但这并不很重要。重要的是他辗转行程的目的，参加第一届中国人民政治协商会议。在开国大典前，他是庆祝游行活动的组织者之一，身上带着很多的公款，他让我妈妈在住处守着装钱的包，寸步不离。他还担任了庞大的锣鼓秧歌队的一名指挥。他那时戴着一副金丝边眼镜，我简直难以想象他会怎样指挥那雄壮欢腾的队伍，但我能想象得出他本人激动发晕的样子。他的这个身份极少被提起，在这里我觉得值得一提。

粉碎"四人帮"后，我爸爸的社会活动渐渐多起来，头衔也越来越多，他的时间几乎被各种各样的活动填满。每次活动回来，他一阵风似的从门外进来，脚步匆匆，进屋后把衣服一脱就倒在沙发上。他总是弄得十分疲倦，人好像被抽空了似的。

有一回他回到家，精疲力竭往沙发上一倒，我跟过去坐下，同情地说："真够忙的。"

他缓过点神儿来，说："就是无聊就是了，没点儿意思，"他一下子就把话说到根儿上去，"一天到晚瞎敷衍，说点这个说点那个，就是混蛋呗！没法子。"

我听惯了他骂自己，就笑笑。他又说："我现在的脑子是空空洞洞，一无所有呀！"

过了一会儿，他见我还坐在旁边，就又对我说："告诉你，每个人都有一本账，我写不出东西是我自己的账。你别以为我苦恼，你苦你的恼吧！"

千真万确，我亲眼看到一种痛苦持续不断地困扰着他。这痛苦不像"文革"时期的恐惧那样咄咄逼人，人人不可幸免。这痛苦是只属于他自己的。我曾经反复琢磨这份痛苦的含义，我猜想：痛苦大约像是一把钥匙，惟有这把钥匙能打开他的心灵之门。他知道这一点，他感到放心，甚至感到某种欣慰。然而他并不去打开那扇门，他只是经常地抚摸着这把钥匙，感受钥匙在手中的那份沉甸甸冷冰冰的分量。从某种意义上说，这甚至成为一种独特的游戏。真正的他则永远被锁在门的里面。也许里面已经人去楼空，他不知道，也并不真的想知道。但是痛苦确实是痛苦，绝没有掺一点假。

我曾在一篇关于我爸爸的文章里说，痛苦是他的性格。现在我感到这样说不很准确，更准确的说法是，痛苦是他的天性。而他的性格中具有好热闹的一面，不甘寂寞的一面。

好热闹和不甘寂寞我认为是两回事儿。好热闹是个人的事情，好办；不甘寂寞就不光是他自己的事了，弄不好就变得很难办。

有的上午他坐在沙发上看报，看着看着睡着了。电话铃一响把他闹醒，电话总是要他开会、题字、看戏、评奖之类的事儿。他一接电话就清醒了，人也精神了，什么事都应承下来。有一段时间他几乎天天有活动，有时一天有四个日程，日历本儿上记得满满的：追悼会，法国议会代表团，送机场，英国大使馆，等等……

每次参加活动回到家，他都极为疲倦，还有一股说不出的沮丧。当然也有挺得意的时候，但这样的时候毕竟不多。他心里很清楚这是怎么回事。有一次他和我说，我是用社会活动麻醉自己，我想写，写不出，痛苦，就用社会工作来充塞时间。他感叹道：这么下去怎么了？

然而，长时间的寂寞又会使他烦躁。他坐在桌前翻手边的东西，毫不相干的杂志，又走到书柜前漫无目的地找书，读出一本本书的名字；他在屋子里东走西走，他的脸这时候绷得紧紧的；我看见了，走过去摸摸他的脸，他站住，松懈下来，对我说："不行了，孩子，不知道什么时候再出来那个劲儿，可是像是不大行了。"有那么一会儿，我们互相看着，我多么地理解他因而可怜他。事情是多么明白啊！我本想安慰他，才摸摸他的脸，可是我什么也没能做到。

　　我爸爸得过严重的神经官能症，多年来他的睡眠必须要靠安眠药。吃了安眠药之后，他就大大地放松了，种种潜意识都变成话语，像地下的泉水一样往外冒。他的眼睛瞪得大大的，在床头灯的直射下亮得吓人，我就坐在他身边可他并没有看见我，而望着他活生生的痛苦。

　　"我痛苦，我太不快乐了，我老觉得我现在被包围着，做人真难哪！我要坦白出来，我怎么自私怎么坏，我要说心里话，说世界上任何人都不敢说的话。"——"我最恨那些所谓的正人君子，没有一个没坏心眼儿，禽兽比他们好，恨就恨，爱就爱。"——"昨晚那个大使，说什么伟大的作家，了不起的作家，狗屁呀！我听着一点不高兴，我想得太大了。我想但丁，想托尔斯泰。"他顿住一口气，然后深深地吐出来，"都七老八十了，还成什么呀！我呀，在这个世界上白白过了一辈子，但我有一个最大的所得，我悟啊！这个世界实在不高明。人哪，是个丑恶的东西，可是也不，人又那么地吸引你……"他什么都讲，毫无顾虑，他总是为自己一生中所犯的各种错误，失当的行为反复思虑、后悔。有时候他拉着我的手，"小方子，你逼我吧，不逼不行啊！我要写东西，非写不可！"他嘴在脸上用力地抿紧，目光灼灼，闪动着生命的光焰，"我要做一个新人，忘掉过去的荒诞和疑虑，我要沉默，我要往生活的深处钻，放弃这个'嘴'的生活，用脚踩出我的生活，用手写真实的人生。"他的话像文章一样，思路畅通之极。

　　多少这样的时光，我已经睡下，他连声地叫我，接着开始他的倾吐。床头灯照着我们，他立下志愿。

在我爸爸去世后，我和妹妹整理了他给我们的信，一大部分的信是他一九八一年到一九八三年间从上海写给我们的，那时他准备把解放前写了两幕的未完成的剧本《桥》写出来，那一段时间的信几乎都说到写作的问题。

他在信里说："这几年，我要追回已逝的时间，再写点东西，不然我情愿不活下去。爸爸仅靠年轻时写了一点东西维持精神上的生活，实在不行。"他又说："爸爸最近才悟到，没有一定的工作方向，随遇而安，浪费青春和中年时光，这是最可怜的，想起来甚至觉得惨痛。只有在暮年猛追一阵，补去已逝的时间。但创作真是极艰苦的劳作，时常费日日夜夜的时间写的那一点东西，一遇到走不通想不通的关，又得翻工重写。一部稿子不知要改多少遍，现在爸爸连一个草稿，不，一个真正的大纲都没有搞成。当然真有一个结实的大纲与思想，写下去只是费时间，倒不会气馁。"

那一阵子，他找了好多人谈话，搜寻材料。"我现在为了自己最后的创作下了大决心，坚决搞下去，只有乘这股热气、这点灵气才好写下去。我多年没有这种感觉，没有这种创作的欲望了，难得能写，想写，这对我来说是一刻千金的时候。"在这段话之后他加了括号，括号里写着："我也许搞不出来，但这个戏的大纲必须乘这段时间弄出来，因此北京人艺三十周年、全国文联开会都不能参加。这个创作不能放下，我知道一放下就完了，而完了，我最后的机会也就完了，我的生命也就等于不存在了。"

一九八一年十一月二十九日的信里，他写道："最近我十分认识一切事情要办好，无论是求学与写作，都需要愉快的心情。不要以为'心情'本来就'坏'，怎么就会好起来？我的经验是愉快的心情可以由自己争取得到的。大约必须钻进工作或学问中去，万不可怕苦。要苦干，干就会从中得到兴味，对学问的爱好，对工作的感情。……爱因斯坦说：'热爱是最好的老师。'他说自己一生的成就便从这句话得益最多。我要加一句：'着迷是最好的朋友。'"

一九八三年初，他在信中写："我正在写作，每日夜二时或三时四时起来不等。干上四小时，头昏眼花，只好搁笔，但总算有点进展。写作之难，大约不亚于你在医学院攻读医学。"这封信是写给我在大学里学医的妹妹的。"时常干了一个月的工夫，写好的东西，现在一看，不成样子，又把它完全划去。去年春日、暑期的计划与大纲，今日看来绝不能用，太浅，太俗，也太无意义，只好全部作为废纸。然而这一个多月的努力像是站得住！这一点看来站得住的东西，确实由于我这一两年下的功夫得来的。虽然这一两年的稿子终成了废稿，但没有这些废稿中的思想感情，经过一再筛滤，扬弃，是不可能造成现在这点比较站得住的东西。我觉得以往用的功夫与精力并不是白用的。"

　　一九八三年四月五日的信：

　　"人生只此一次，若不战胜私念，决心想为人做点有益的事，则日后心感痛苦。无论学医治学、写作都是一个道理。不悟出自己活着的使命则一事无成，势必痛悔为何早不觉悟。爸爸近来异常奋发，又万分苦恼，就因早未觉悟，早未明白，在私念中浪费大半生命。"

　　四月的又一封信里，他说："目前我确有些气馁，但我终不认输，只能向前干，向前干。"

　　一九八五年二月二十五日的信：

　　"最近读了《贝多芬传》，这位伟大的人激励我。我不得不写作，即便写成一堆废纸，我也是得写，不然便不是活人。

　　"工作第一，知识第一，知识中有无限幸福。到了一定年龄便知这是真理。"

　　到了八五年晚些时候，我在他的信里看到这样的话："心事并不颓唐，还想有所作为，只是年老体衰，何日大去是不可测的。"

　　爸爸去世之后，我的脑子里不由老冒出过去那些美好的时光。那时我家住在铁狮子胡同三号，院子里有一棵很大的海棠树，春天花影满地。我爸爸的书房是一排小北房里的一间，被前面高大的房子挡住了阳光。窗子上挂着白窗帘，门前我妈妈种了一畦晚香玉，夏天开花的时候，那洁白硕大的晚香玉就像一个个朝天的小喇叭，美丽极了也香极了。我和院子里的孩子在海棠树下跳皮筋，一扭头总能看见爸爸趴在窗前的书桌上。我们边跳边唱，偶尔，童稚的声音传进他的耳朵，在他大约是一种隐约的来自天外的音乐。夏天，书桌上放着一大盆冰块，我爸爸写作时就光着膀子。有的时候我看到他在屋子里走来走去，脸上有些阴沉沉的。他会很突然地剧烈地挠他的头顶，就像脑袋里憋着千头万绪，只有拼命地痛快淋漓地挠头才能把它们梳理清楚。在我还是个孩子的时候，我亲眼目睹了他进行创造的景象。

在他年老之后，也有过一段日子，他一个小时一个小时地趴在客厅的方桌上写着什么。我手里有一张上面写着一些字的白纸——

"为什么一个字也写不出。天沉着脸，像是又要下雪，其实方才还是亮晶晶的，怎能一转眼就变成这样一副讨人嫌厌的样子。这个天就像我，一天能几个神气，说明心中有怨气。但天不应该有什么内心的活动。我是人，人却不能不有各种变化。譬如我总像在等待什么，其实我什么也不等待。"

也许他始终有所期待，期待奇迹的出现，可奇迹没有来，不肯再来了。我知道他开过若干个头，但据他说总是写着写着就写不下去了。我问过他为什么？怎么就写不下去呢？他说也不是害怕，就是觉得不对头，觉着可能出错。我想我能理解他。偶尔，我也有另外的想法，这是不是他下意识为自己找到的一种借口呢？难道他真的就不能战胜内心的魔鬼？不能解放自己？我无法得出结论。

多年以来，我爸爸的手边一直有好几个本子，有活页本，有很小的笔记本，也有学生用的横格本，本子里内容纷繁，有他的断想，有日记，有一篇篇的人物对话和他自己写的诗，最多的是他想写的戏的提纲。

有一个叫作《黑店》的戏，提纲他已经想得很细了。人物表有：童五、张俭、刘恭、刁仆和柳童氏。他写下了他们的性格特征，他们的身世，互相间的关系与发展，还有一场场的对话。

关于《黑店》，他写道："天地造物，有如蚊虫，有如雪豹，有如豺狼，有如狐狸，但有的是人，更妙的是真人。风暴中有静静的草舍，雷电中有安静的美好的心，它似高山岩石，似野天信鸟，它忠诚，却忘记人间如何丑恶。黑店是人间，是人住了一生的地方，平和静穆是一切事物，但事物的内中却疾风暴雨。”

还有一个戏，剧名叫作：《外面下着雨》。写的是一对老夫少妻，下雨天在屋子里共度时光的情形，是个独幕剧的构思。他已写了大段的台词。我还发现他在一九八七年写下的断想，其实也是一个戏的构思。一个人物叫：胆大；另一个叫：胆小。“胆大”是一个好冲动、自以为是、好冒头出问题的人，偏说别人不敢说的话。“胆小”是事事害怕，处处设防，惟恐戴上枷锁的人。再有一个人物叫作：神。“神”冷酷、专横，把胆大和胆小都压在大山下面。在宇宙洪荒之中，大地震怒，把神也压在了大山恶石之下，于是有了神、胆大、胆小三人的对话。

他还想写“斗战胜佛”孙悟空的戏，写如来。其中还出了一个大学者，孙猴子向他讨教，而发现大学者的脑袋和心都空空如也，孙猴儿感叹：怪不得他这样神气，四大皆空他就占了两空，头空心空，做了一生万事通，善哉善哉！我要拜他为师。

另外还有一个提纲：《岳父》。这个岳父最早是摆摊子的，后来发了财，开了银行，有五男五女，五个女婿，每个人都有曲折的经历。其中一个女婿是地下党，岳父掩护了他，还掩护过别的地下党员，戏一直发展到解放以后。在他的本子里，我看到他记下要写一个爱听好话的人和一个说谎话的人；一个能说的骗子和一个专爱受骗的傻子，外加一个不正直的聪明鬼。在活页本的一面，顶端写着“张好好”三个字，是剧名。这个张好好是个歌女。他写道：“张好好的双手像两只飞动的鹞子，奏出明快而略带哀伤的音调，唱：‘扑嗒嗒，泪如梭，有情偏被无情磨……’”

我仔细地翻看了我爸爸写下的这些东西，从字里行间，我强烈地感到他对各种人物怀着极大的兴趣和热情，他脑子里那部创造的机器一直在运转不停，人生的问题一个个像滚珠似的，在他的脑子里发出哒哒哒

灵魂的石头

255

的清脆的声响；在他心灵的大厅中，他既是讲述人又是听众，思想的自由的回声在他的身体里振荡，我感到异常欣慰。

直到他的病使他不得不放弃，不得不离开他心里各色各样的人物；一旦离开他们，他感到那样孤独。他的小本子上有一首诗，表达了内心的感觉：

孤单，寂寞，像一个罐头抽尽空气，
我在压缩的黑暗中大喊，没有声息。
孤单，寂寞，在五千丈深的海底，
我浑身阴冷，有许多怪鱼在身边滑去。
孤单，寂寞，在干枯无边的沙地，
罩在白热的天空下，我张嘴望着太阳喘气。
孤单，寂寞，跌落在深血弥漫的地狱，
我沉没在冤魂的嘶喊中，恐惧。

我爸爸去世后，巴金伯伯的女儿打电话和我说：我爸说曹禺真可惜，他就这么走了，他心里有好多好东西，他把它们都带走了。

这话巴金伯伯老早在给我爸的信里就说过，他说："家宝，你要写，你心里有真宝贝，你要把它们拿出来。"

当年我爸爸写出《雷雨》之后，给了他的好朋友、中学同学章靳以。当时章靳以、郑振铎和巴金一起在办《文学季刊》。靳以叔叔把剧本放在抽屉里，放了一年，大约因为我爸爸和他的关系太近了，反而觉得不好讲话。我曾问过我爸爸：你为什么不问问呢？他说："那时候我真是不在乎，我知道那是好东西，站得住。"一年后，巴金伯伯看到了《雷雨》，读过后立刻决定在《文学季刊》上发表。

现在我确实懂得了，我爸爸在年轻时真是非常的自信。这是一种多么大的幸福。然而老年之后，那股自信早已不知去向，不知为何物了。他常常怀疑自己写的东西是不是真的好，怀疑它们的价值。我劝他不要想了，因为这不是他的事。

"怎么讲？"他问我。

我说出看法："你写了剧本，尽了你的力，以后就由时间去衡量了。"

"那我的戏是不是还算经得住时间考验的？"

"你说呢？"我反问他。

"你说呢？"他又问我。

我想他心里是有答案的。在他重访母校南开中学时，为中学生们讲话，他说："我一生都有这样的感觉，人这个东西是非常复杂的，人又是非常宝贵的。人啊，还是极应当把他搞清楚的。无论做学问，做什么事情，如果把人搞不清楚，也看不明白，这终究是一个很大的遗憾。"

在我爸爸一九八二年六月十日给我的信里，他写道："一个作家必须有真正的思想。一个人没有思想便不成其为人，更何况一个作家。其实向往着光明的思想才能使人写出好东西来，你以为如何？希望你能真正在创作中得到平静快乐的心情。"

在他一九八二年七月十三日给我的信里，他说："天才是'牛劲'，是夜以继日的苦干精神。你要观察，体会身边的一切事物、人物，写出他们，完全无误，写出他们的神态，风趣和生动的语言。不断看见，觉察出来，那些崇高的灵魂在文字间怎样闪光的，你必须有一个高尚的灵魂！卑污的灵魂是写不出真正的人会称赞的东西的。

"我的话不是给木头人，木头脑袋写的。你要经常想想，揣摩一下，体会一下，看看自己相差多远。杰克·伦敦的勇气、志气与冲天干劲，百折不回的'牛劲'是大可学习的。你比起他是小毛虫，你还不知道苦苦修改，还不知道退稿再写，再改，退了，又写别的，写，写，写不完地写，'迷'在写作里，那怎么行？"

今天，他不在了，再看他对我说的这些话，我想自己没有辜负这份深切的父女之情。我走进了他指给我的迷人的创作境界，他曾经在这里获得了极大的享受。这是人生多大的幸事啊。

　　夏天里晴朗的一天，我爸爸坐在医院后面的"小花园"里，戴着耳机在听肖邦的钢琴曲，远远看见我走来就大声喊："今天特别得好！早上我在院子里快活得要命要命，我都跳舞了。"说着他的屁股在轮椅上颠了两颠。他拿下耳机，"你听听，一定要听听，美妙至极的钢琴，我这路快活哇！"

　　我听了他的钢琴曲，又还给他，帮他把耳机塞好，他的眼睛一直看着我，亮闪闪的，充满期待，"不知为什么今天这么好。明天就不知道什么样儿了。"

　　我又记起过去的一个白天，那时他还没有住医院。上午时分，我爸爸坐在客厅的沙发上看报纸，家里很安静。我从门厅经过，忽然听见一种怪声音，我惊疑地朝他望去，声音正是他发出来的。不知道他看见了什么文章，引起何种感想，就用一种怪声唱了起来："可怕呀，可怕呀……"他把腔调拖得长长的，像唱戏一样；我盯住他看，他愈发提高嗓门儿，还是唱同一句词："可怕呀，可怕呀，真是可怕呀！"

　　我笑着走过去，问："爸，什么可怕？"

　　他把一句"可怕"唱完，回答我："可怕，什么都可怕。不是吗？"

　　我爸爸，他骨子里实在是一个太真诚的人，心里的快活和悲哀就像地下的泉水一样，有一点点压力就止不住一股股地冒出来。想来那没有别的原因，那是一种自然现象。想到他的这份天性，不知为什么我觉得难过极了。

　　在我的一个本子里，一直夹着一张纸，上面是我抄下来的爸爸写给别人的一段话，现在我再看这段话，感到像是对他本人性格的一种说明，我把它抄在下面：

　　"万不能失去'童心'。童心是一切好奇，创作的根源。童心使你能经受磨炼，一切空虚、寂寞、孤单、精神的饥饿、身体的折磨与魔鬼的诱惑，只有'童心'这个喷不尽的火山口，把它们吞噬干净。你会向真纯，庄严，崇高的人生大道一直向前闯，不惧一切。"

曾经有那么一天，我爸爸看出我不快活，对我说：小方子，别那么不快活。

我说：没什么快活呀！

他想了想，说："是没什么快活事儿。我给你读两句诗，你就懂了。"他找来弘一法师的书，翻到其中一页，念给我听："水月不真，惟有虚影，人亦如是，终莫之领。"他解释道："就是不能懂这个道理。'为之驱驱'，驱驱就是忙呀，忙了一辈子。'背此真净'，真净，这么干净的一个世界，你违背了，'若能悟之，超然独醒。'"他放下书，静了一会儿。"这是另外一个世界，和马克思的世界不一样，和资本主义世界也不一样。你觉得如何？"

他望着我，穿过我，望着他自己的内心。

十二月二七日是我爸爸遗体火化的日子。那天天出奇得好，碧空如洗。灵车沿着宽阔的长安街向八宝山开，街上是上班的人流。我一直朝后扭头看着爸爸，他躺在那儿，身上盖着一条雪白的绸子，化过妆的脸很好看，样子和睡着了一模一样。清晨纯净的阳光最后一次照着他，那阳光透亮得要命，尘世上所有的瑕疵都被这样亮晶晶的阳光遮蔽了。遗体告别后，我们坐在八宝山大门前的空地上，等着他的骨灰。没有一丝风。中午的太阳照在身上暖融融的，简直有点像春天。黑色的树枝清晰地伸向晴空，几只喜鹊飞来，落在树梢上，显得那么美好。后来我妹夫指给我们看，在蓝天的映衬下，烟囱里飞起一股股淡淡的灰烟，那应该是我爸爸。他说：那灰会飘落到地上，等春天的时候，草长出来，花开了，他也就在那些生命里边。他说得很好，给我们以安慰。

继而，我想道，我爸爸终于放下了他的痛苦，放下他心里的宝贝，还放下很多东西。他是一个极丰富极复杂的人，他一生不追求享乐，他很真诚。他有很多的缺陷和弱点，但是他没有罪孽。如今，他透明的生命回到一个好地方去了。

在他的一个本子上，我看到他写下这样一句话："灵魂的石头就是为人摸，为时间磨而埋下去的。"他说得真好，使我感到一个人的心有了应有的分量。

现在，已经到了一九九七年二月六日的晚上，是旧历的大年三十。我选择了独自在家的方式来度过这个夜晚。家里人到别的地方团聚去了，七点钟左右我在附近的"肯德基"店吃了简洁的快餐，然后回到家，打开灯。屋子里真安静，和每一个晚上没有任何区别，然而还是有所不同，我知道我再也不怕电话铃响了。我打开电脑，打开这篇文章，我一点也不是矫情的人，可我要在这个时候写几个字。

…………

我发现我没有别的话可说。

…………

爸爸，我非常想念你。

（原刊于《收获》1997 年第 3 期）

最初的梦

范 用

　　成为养老金领取者，终于闲了下来。没事东想西想，想得最多的，是童年的日子。从能够记事到现在，七十多年了，童年的事情，还很清楚。惟有童年，才是我的圣洁之地，白纸一张，尚未污染，最可怀念。

　　甚至还想到老地方看看。一九三七年十二月，日本人打来，疯狂烧杀，我的家烧得精光，那地方早就变了样，可是留在记忆中的，永远变不了，永远不会消失。

　　那地方，在长江下游，民国十几年，算得上是个像样的城市，有名的水陆码头。

　　从那里坐火车，可以东到上海，西到南京。江里来往的，有大轮船、小火轮，更多的是大大小小的帆船。

　　城里有条河通往长江，跟河道平行的，是条街，两边全是店铺。挨着河的房屋，从窗户可以往河里倒脏水，倒烂菜叶子，河水总是脏兮兮的，有时还漂浮着死猫，一到夏天，散发出一股味道。可是一到夜晚，住在附近的，热得睡不着，愿意到桥上乘凉，聊天。迎着桥的日新街，酒楼旅馆，妓女清唱，夜晚比白天还热闹。

这座桥叫洋浮桥，北伐以前，往东不远是租界，大概桥的式样不同于老式的，所以有了这么个名字。十几年前，舒谭告诉我，他的老太爷在租界里的海关当过"监督"，谈起来，江边一带他很熟悉。

我家只有四口人，除了死掉的姐姐，就是外婆、爸爸、妈妈跟我，我很寂寞；到现在，我想起来，还有一种孤独感。

外婆原先在洋浮桥边开豆腐坊，挣了钱，开起百货店，她是老板，爸爸是招女婿，用现在的说法，当经理。

我不喜欢在店里玩，一点不好玩，成天的得得打算盘，买东西讨价还价，烦死人。姑娘们买双洋袜要挑拣半天，说话尖声尖气，我有点怕她们。

那时候，我已经认字，认方块字，拿红纸裁成一小块一小块，用毛笔写上"人""天""大""小"……后来从书局买来成盒的方块字，彩色印的，背面有画儿，好看，我很喜欢。红纸做的方块字送给隔壁的小丫头牙宝，她死要漂亮，学大人涂胭脂，吐点口水在红纸上抹在嘴唇上，血红血红的。人家说牙宝长大了做我的堂客，我才不要哩。

后来，上私塾念《三字经》《百家姓》，日子过得很刻板，更加寂寞，只好自己找乐趣，我用好奇的充满稚气的眼光寻找乐趣。

我觉得最好的去处，是对门的那家小印刷铺。铺子不大，在我看起来却很神气，因为店里有两部印刷机，一部大的，一部小的，大的叫"对开架子"，小的叫"圆盘"，是后来到汉口进出版社当练习生跑印刷厂才知道。

印刷机就放在店堂里，在街上看得见，常有过路的乡下人站在门口看机器印东西，看得发呆。圆盘转动的时候会发出清脆的响声，"克朗朗朗，克朗朗朗"，蛮好听。三伏天，狗都不想动，街上静悄悄，只听见印刷机的声音。

我每天都到印刷铺子里玩，看一张张白纸，从机器这头吃进去，那头吐出来，上面就印满了字。看工人用刮刀在圆盘上调油墨，绿的跟黄的掺在一起，变成草绿色，红的跟白的掺在一起，变成粉红色。我很想调调，当然不许，碰都不准碰。

后来，上小学了，我有了一盒马头牌水彩颜料，于是大调特调，随我怎么调都可以，开心极了。

我把涂满颜色的纸贴在墙上，自己欣赏。说不定抽象艺术，这个主义那个主义的艺术家，就是这么产生的。

印刷铺有个小排字间，五六个字架，一张案桌。排字工人左手拿个狭长的铜盘，夹张稿子，右手从字架上拣字，他们叫"撮毛胚"。奇怪的是，他不看字架，好像手指有眼睛，能够找到字，而且拣得飞快。我问他拿错了怎么办，他说"不关我的事"，原来另外有个戴眼镜的老师傅专门对字。

上小学的时候，有个姓庄的同乡的哥哥在一家报馆当排字工人，我常到排字间玩，跟他做了朋友。我看他一天拣下来累得很，他教我唱一首歌："做了八点钟，又做八点钟，还有八点钟：吃饭，睡觉，撒尿，出恭。""机器咚咚咚，耳朵嗡嗡嗡，脑壳轰轰轰，再拿稿子来，操他的祖宗。"原来排字不是好玩的，很苦。

印刷铺地上丢着印坏的纸片，上面有画儿的，我就捡几张。用红纸绿纸印的电影说明书，我也捡。我认不得那么多的字，有人喜欢看说明书，我可以送给他，这也是一种乐趣。

我还捡地上的铅字，捡到拼花边用的五角星啊，小花儿啊，更开心。这不算偷，他们让我捡，不在乎这几个铅字。排字工人还从字架上拣了"伏星"两个头号字送我，伏星是我的小名。

我把捡来的铅字、花边，拼起来用线扎好，在店里的印泥缸里蘸上印泥，盖在一张张纸上送人，尽管拼不成一句话，却是我印的。

我把印有"伏星"两个字的贴在墙上，东一张，西一张，到处是伏星，好像仁丹广告。

在这条街上，还有家石印铺，我也常常去玩。印的是广告、京戏院的戏单，字很大。我看老师傅怎样把稿子上的字搬到石头上，还用毛笔细细描改，挺有看头。就是始终不晓得为什么石头是平面的，不像铅字，用油墨滚一下就能印出字来，很奇怪。

那时候，傍晚街上有唱新闻的，边唱边卖："小小无锡景啊，唱把那诸公听……"唱词也是用颜色纸石印的，两个铜板一张。我买了不少张，攒起来借给人看。

还有一种石印的小唱本，叫作"七字语"，就是弹词，唱本封面上有图画，花前月下公子小姐，要五六个铜板一本，我就买不起了。

我看的第一本书，是在家里阁楼上放杂物的网篮里找到的一本《新学制国文》第一册，爸爸念过的课本，油光纸印刷线装，有字有图。第一课的课文是："夕阳西下，炊烟四起，三五童子，放学归来。"画上远处有两间小茅屋，烟囱在冒烟，还有柳树，飞鸟，两个背着书包的学童，走在田埂上，水田里有条拉犁的牛。这本课本，我看了好多遍，有的课文都背得出来。

八岁那年，不再上私塾，改上学堂，从此，看的书就多了，除了印得很好看的课本，还在图书室里看到《小朋友》《儿童世界》《新少年》这些杂志。到高年级，有两位老师给我看了不少文学刊物，韬奋编的《大众生活》《生活星期刊》也看到了。

打这个时候起，我成了不折不扣的书迷。我找到新的天地。我觉得，没有比书更可爱的东西了，成了我的"通灵宝玉"。

不幸的是，小学快毕业，爸爸死了，外婆和妈妈没有钱供我继续升学，打算送我到一家宁波同乡开的银楼学生意。我想来想去，要求让我当印刷徒工，因为我看了《新少年》杂志登的茅盾作的小说《少年印刷工》，那个叫元生的，姑父劝他去当印刷工，说排字这一种职业，刚好需要读过小学的人去学，而且到底是接近书本子，从前学的那一点，也不至于抛荒。一本书，先要排成了版然后再印，排字工人可以说是最先读到那部书的人。当印刷工人，一面学习生活技能，一面又可以满足求知欲。还说，说不定将来也开一个印刷铺。

元生听了以后，晚上确也做了一个梦，但不是开印刷铺子，而是坐在印刷机旁边读了许多书。

我也想做这个梦。不过后来外婆还是借了钱让我考中学。

我不仅是书迷，还热衷于出"号外"，出刊物，我不知道什么编辑、出版、发行，一个人干，唱独角戏。

十岁那年，"一·二八"日本鬼子在上海开仗。那时候，中国人连小孩子都晓得要抗日，打东洋鬼子。我早就知道"五三惨案"，日本人在山东杀了蔡公时，挖掉他的眼睛。知道日本人占了东三省，像大桑叶的地图从此缺了一大块。上海打仗，人人都关心十九路军打得怎样了。每天下午三四点钟，街上叫卖号外。我把人家看过的号外讨来，用小张纸把号外的大标题抄写五六份，送给人家看，不要钱。到现在我还记得写过"天通庵""温藻浜"这些地名，还有那不怕死的汽车司机胡阿毛。

号外尽是好消息，"歼敌三百"、"我军固守"……看了，晚饭都要多喝一碗粥。

我送给想看号外又想省两个铜板的人，两个铜板可以买个烧饼，像茶水炉（上海叫老虎灶）的老师傅，剃头店老板，救火会看门的，刻字铺先生，都是这条街上的，他们挺高兴。

妈妈又生气又好笑，说："这小伢子送号外，晚饭都不想吃了。"她不知道我抄号外要多长时间，抄错了还要重写。

小学五六年级，我编过一份叫作《大家看》的手抄刊物，材料来源是韬奋编的《生活星期刊》"据说"这一栏，《新少年》杂志"少年阅报室"这一栏。比如，停在镇江的日本军舰的水兵时常登陆"游览"拍照，画地图，警察不仅不敢得罪，不干涉，还要保护，真是岂有此理！又比如，湖北有个地方，穷人卖儿卖女，两三岁的男孩，三块钱一个；七八岁的女孩，顶高的价钱是六块钱；十五六岁以上"看货论价"。我要让小朋友们知道有这样丢人的事情，这样悲惨的事情。

刊物每期还抄一首陶行知作的诗歌，像："小孩，小孩，小孩来！几文钱，擦双皮鞋？喊一个小孩，六个小孩来，把一双脚儿围住，抢着擦皮鞋。"谁读了心里都很难过，都会想一想为什么？我的同学，就有家里很穷的，说不定将来也会擦皮鞋。

我还是个漫画迷，办了个漫画刊物《我们的漫画》，买张图画纸，折成课本那样大小，用铁丝骑马钉，从报纸、杂志、画报选一些漫画，描在这本刊物上。原来黑白线条，我用蜡笔、水彩、粉画笔着上颜色，更加好看，在同学之间传阅。小朋友说"滑稽得很"，"好看得很"，他们还不懂得什么叫讽刺，只是觉得夸张的形象有趣，最爱看黄尧画的《牛鼻子》。

漫画刊物一共"出版"了九期，最后一期，是在"八·一三"以后出的，封面是"蒋委员长"的漫画头像。这件事，我从来保密，不曾坦白交代。如果让人知道，还了得。不过那时候，大家说蒋介石是"抗日领袖"，何况我们小学生。画也不错，给蒋介石戴上德国式的钢盔，好像是胡考的手笔。

一九九〇年，廖老冰兄送我一张字："热恋漫画数十年，地翻天覆情不变，范用兄亦漫画之大情人也"。可以说是"婚外恋"。

暑假期间，请老师讲文学作品，我跟几个同学刻钢板，油印"活页文选"，印过夏衍的《包身工》、高尔基的《海燕》、周作人的《小河》、朱自清的《荷塘月色》。

那时候，书店里卖《开明活页文选》，很便宜，很受欢迎，现在没有人做这种工作，为买不起书的读者着想。

就这样，我异想天开，抄抄摘摘，办起了"出版"，自得其乐，其乐无穷。好在没有人告我侵害版权，请我吃官司。

一九三七年，抗战了，既没有去当学徒，也没有读成书，而是逃难去了。逃到汉口，没想到读书生活出版社黄老板收我当练习生，有饭吃，有书读，不是在印刷机旁边读，而是在出版社读，真是天大的幸福！

在出版社，我还是有兴趣跑印刷厂，喜欢闻油墨气味，看工人排字、印书、装订。我跟工人做朋友，也跟印刷厂老板，甚至老板娘，老板的儿子女儿做朋友。

上海大华印刷厂有位叫"咬断"（咬断脐带，鬼就拖不走了）的工人，印封面让我和他一起调油墨，调得我满意了才开印。解放以后，再也得不到这种乐趣。

跑印刷厂，多少学会一点拣字、拼版、改样的技术。一九四三年在重庆，我代楚云、冬垠编《学习生活》杂志，常常带着校样，来回跑二十多里路，到化龙桥新华日报印刷车间，跟工人一起拼版，改样子。我一直记得工人领班的名字，叫杨允庸，他为人可亲，十分耐心，校样怎么改都可以。前几年我还见到过他，和我一样，在过养老的日子。

进出版社不久，我写的字，我设计的封面，居然印到书上，小时候的梦想真的实现了。

周立波从敌后到武汉，写了一本《晋察冀边区印象记》。他要我写图片说明文字："小鬼！你来写。"我大笔一挥，写了"五台城外，一九三八·二·三"几个带有隶书味道的字，那是聂荣臻领导的边区政府成立那天的照片。立波说要写儿童体，我又歪歪倒倒地写了"平津汉奸报广告示例"，是一批剪报的说明。两行字都印在书上，我看了又看，放在枕边，这是我的字吗？简直难以相信，是不是做梦？

立波在书上题了"送给用，立波七月九日"。这本书跟随我六十年，没有丢掉，成为珍贵的纪念品。啊！一九三八，激情的年代，意气风发的年代，我还是个孩子，如今，立波到另一个世界去了，我也老了。

我设计的第一个封面，也是在一九三八年，是戴伯韬、杭苇的《抗战小学教育》，我的"处女作"。设计封面只能算是我的业余爱好，我没有学过，不能冒充装帧家。

说是有缘，机遇，或者命中注定吃出版这行饭，都可以。就这样，从梦想到现实，我跟书打交道，过了愉快的一生。

我挨过不少批评，说我干出版不是"政治挂帅"，是凭个人爱好，个人兴趣。我也闹不清，我只知道：要做好工作，没有一点兴趣，行吗？恐怕做人也不行。

上个月，暮春时节，我重到旧地，寻觅童年旧梦。那条河五十年前就给填了，沿河的房子全拆了，现在是条大马路——中华路。我家开店铺的房子还在，现在是一家旅社。此外，无影无踪。我亲爱的外婆，爸爸，妈妈，你们在哪里？站在老地方，我似乎又感到孤独，多么想再听到那悦耳的印刷机转动的声音！

一九九七年，夏初

（原刊于《收获》1997 年第 4 期）

浪漫的余响

——范用素描

李　辉

1

一说到范用，就想到那个被他的外孙女写得活灵活现的小个子老头。

有一年春节，接到范用寄来的贺年片。贺卡由他自己设计、印制。这是他的雅兴，几乎每年都根据自己的兴趣来印制贺卡。这和施蛰存有些相像。施蛰存喜欢每年自己花钱在香港印制一种贺卡。选一幅藏画，再印上"北山施舍"或者"北山楼"斋号以及地址。印刷之精美雅致，令人收到后品赏再三而不释手。

范用这次寄来的贺卡，却别出心裁，既非藏画，也非题词，而是九岁的外孙女许双写他的作文《我的外公》，另外再加上丁聪画的肖像漫画。读了许双的作文，我乐了，赶紧对人说："你看，写得真逗！写得真像！"

别看许双只是个九岁的孩子，可她却把外公写活了，恐怕别人很难能够如此生动地勾勒出范用的性格。好在作文不长，不妨转录如下：

> 我的外公已六十七岁了，他瘦瘦的，个儿不高。
>
> 他做什么事情都快，看书快，写字快，走路快，吃饭快，就是喝起酒来，慢慢的。
>
> 他喜欢学习，天天看报纸看书，一看就是半天。有时夜里，我们都睡觉了，他还在看书。
>
> 他喜欢音乐，经常欣赏有名的乐曲。他也爱唱歌，总是拿着歌本坐在那里哼歌。有时候还把唱的歌录下来，听听自己唱得好不好。
>
> 外公喜欢收集酒瓶，他的房间里有各种各样的酒瓶，颜色不同，有大有小，大的很大，小的只有一点儿，都挺好玩，我也很喜欢。
>
> 他有些习惯跟我们不一样。我们吃饭的时候，他睡觉，我们睡觉的时候，他又吃饭，走来走去，弄得我们睡不着觉。晚上，我们吃米饭，他不吃，要吃面条，有的时候，我们吃面条，他又要吃米饭。你说他怪不怪？
>
> 这就是我的外公。

我很欣赏这篇作文。小许双用童心感受外公，观察外公，把外人不了解的生活细节，用白描手法生动地勾画出来。于是，一个本来很熟悉的老人，在我的眼中顿时又增加了色彩。

把这样一篇写自己的文章印在贺年片上，大概也只有范用能够想得到。因为他充满童心，即便人过古稀依然如此。

前不久，黄永玉从香港回到北京，一些朋友聚会。黄苗子、王世襄几个人正在聊天，范用走了过来。他说他前两天又摔了一跤。大家问怎么摔的？他说，他突然发现养的金鱼，有两条不停地追来追去。他不懂，害怕后面这条要吃前面那条。他好奇地盯着观察，一不小心，脚下一滑，便摔了一下。但他非常认真地说："真是奇怪，它们干吗要追来追去？真奇怪。"黄苗子指指王世襄说："专家在这里。"

"你说是为什么？"范用扯扯王世襄的衣服问。

王世襄慢条斯理地回答："那是金鱼在产卵。"

王世襄话音一落，大家都开心地大笑起来。只有范用一本正经地点点头，连声说："噢，噢。真奇怪。真奇怪。"那样子，真像一位天真少年，总是在好奇地打量着周围的事物。

这便是一个童心未泯的老人可爱之处。

拥有童心是美妙的。

小许双写得不错，范用做什么事情都快。记得十多年前我第一次到他家拜访他，就对他的"快"深有感受。我们说到一些都感兴趣的人与书。他说话很快，一串接一串，少有停歇的时候。说着说着，提到什么旧的、新的书或者杂志，腾地一下站起来，就走进另外一个房间，只听见木地板嘎嘎发响，一转眼他就拿出一本来。"你看，这就是当年的杂志。"不等我细细翻阅，说着说着，他又转身走进屋，再拿出一本书来。"你看，台湾刚刚出版的，印得多漂亮。"谈话间，他不断地站起来，走进去，拿出来。如一阵不停歇的风，热烈，迅疾。我在想，这老头，倒真像一个名副其实的"小旋风"。

后来熟了，我渐渐明白，他快，是因为无法掩饰谈到书的兴奋。没有别的什么东西能够像书那样吸引他，让他投入，让他陶醉。当他提到那本书，如果不拿出来让客人看上一眼，那一定很难受。

这是一种兴之所致。如同画家得意时挥毫泼墨，歌唱家得意时引吭高歌，不得不如此。一个终生与书为伴的出版家，把这视为生活的一大乐事。

和这种性情的老人来往，是件很开心的事。时间一久，他的藏书有时就成了我理想的"图书馆"。遇到别处很难借到的书，我便会想到请他帮忙。一九九〇年，我想把沈从文三十年代发表于《国闻周报》上的

《记丁玲女士》进行校勘。唐弢藏有《记丁玲》上册，范用藏有下册。我很幸运，得到了这样两位老人的热情帮助。最近，要写黄苗子、郁风的传记，又是范用热心地将自己收藏的所有漫画杂志提供我参阅。

范用收藏有一张一九三八年的照片，这是在汉口读书生活出版社工作时和同事们的合影，为他们拍下这张照片的是红军将领彭雪枫。照片上十个人，年龄最小、个头最矮的是范用。那时，他只有十三四岁。头一年，他从镇江穆源小学毕业，进镇江中学只念了两个月，日本军队打过来，学校解散。从此，他就离开了校门，开始独立闯荡人生。

范用拿上外婆给的八块银圆，独自一人流浪，到汉口找舅公，没想到舅公三个月后病死，剩下他一个为生存而发愁。

也许是一种补偿，动荡时代常常无意之中给年轻人的生活赋予某些意外的浪漫。这便是漂泊。范用是如此，在他之前，与他同时，不少现代文人也是如此，这似乎是五四时代给一代代文人的恩赐。他们离开家庭，走漂泊的路。在漂泊中寻找发展的机会，在漂泊中形成学识、艺术。漂泊既给他们带来磨难和艰辛，但同时也给他们以新奇、浪漫、自由。漂泊成为他们人生一块坚实的基石。假如以"漂泊"为主题来描述"五四"以来的文人成长和发展过程，那一定会是一本丰富、厚重同时又独特的书。

在舅公做事的书局楼上，有另一家出版社办公，这家出版社就是读书生活出版社。从小喜欢看书的范用，很快和出版社的人熟悉，随即成了其中的一名练习生，这一机遇，从此决定了他一生与出版不可分离。

范用注定该做一个出版家。在小学，他喜欢剪报，然后用小卡片将之装订为一本本小册子，供同学之间借阅，这便是他最早编辑的"杂志"。尽管他的兴趣非常广泛，演戏、唱歌、写小说，都曾尝试过，但这些爱好，最终只是成为一种修养和背景，走在前台的永远是出版。

从打包、送信、邮购等杂务开始干起，一直到批发、门市、会计、出版、编辑，有时还设计封面，几乎出版社的每个环节范用都一一经历过。他学历不高，后来在填履历表时，他总是老老实实填上"小学毕业"，用他的话来说，如果想好看一点，就填为"中学肄业"。谈到这些，他有时不免解嘲地说："要是现在，我是没有资格进出版社大门的。"

可是，就是这样一个在今天也许没有资格进出版社的人，却成了一位名副其实的大出版家。他倡导创办的《新华文摘》，他主持创办的《读书》杂志，他担任三联书店负责人期间编辑出版的一套套丛书和一本本颇具分量的著作，已经成为中国出版界的骄傲。由此而形成的独立、自由、平实、典雅的"三联风格"，并没有因为他的退休而中断，而是业已成为一种传统在沿袭，在发展。"三联"，无疑是出版界一片充满生机的绿地，在读者心目中，更是一块温馨、浪漫的领地。

于是，人们自然而然会常常想到范用。

范用喜欢怀旧。

对于他，怀旧并不只是人到老年之后的一种寄托。其实，即便在少年、在青年时期，对往事的珍爱，对旧物的收藏，就已经是他的爱好。从收藏小学时代阅读过的杂志、剪报，到自己亲身参与过的事件史料的细心保留，范用似乎早就预料到这些东西会给他的晚年带来巨大乐趣。因为它们的存在，他的怀旧不仅仅是想象，是回味，更是感觉的具体触摸。

为别人出了一辈子书的范用，自己的第一本书《我爱穆源》，是在退休后才写出来出版。穆源，是他的母校——镇江穆源小学。他给现在母校的学生写信，用这种方式，向他们描述自己当年在穆源的生活：学校门口的大镜子，让每个走进校园的学生看看自己的穿着是否得体；礼堂里的钢琴和风琴，从来不上锁，老师弹琴，学生唱歌；童子军上街募捐，参加公益活动；学生剧团演出新话剧；办墙报，出"杂志"……

范用收藏有一本一九三七年欧阳予倩、马彦祥主编的《戏剧时代》，里面有一篇《镇江儿童剧社座谈会记录》。当年范用和小伙伴们，为筹备儿童剧社公演而召开座谈会，讨论有关事宜。座谈会由范用做报告，介绍有关剧本和演出的准备情况，随后大家自由发言。范用回忆，当时剧作家陈白尘还亲自给他们邮寄来新创作的抗日戏剧《一个孩子的梦》，供他们演出，这一点表明，他们不单纯属于校园，而是已经汇入了社会的大舞台。

说实话，我从未想到，小学生活居然会那么丰富多彩。开始，我还有点奇怪，范用为什么独独对小学生活那么留恋，用那么多的笔墨去写。甚至他还花费不少精力和时间，自己动手用硬纸板做了一个母校的模型。模型很漂亮，专门送回母校，供今天的学生观看。现在想来，他实际上在回味一种浪漫。

这种浪漫，不仅仅限于儿童生活的天真烂漫，而是在他成长时期所深切感受到的教育、文化的浪漫。这是一种历史背景，一种从五四时代开始形成的文化精神对他潜移默化的熏陶。那些拥有新知识新思想的老师，学校图书馆为学生准备的各种各样的图书杂志，学校开展的种种与社会的接触，无不展现出"五四"新文化应有的自由浪漫的魅力。

他所收藏的那些"五四"时代的图书杂志，同样也时时让他感受着那一时代出版业所形成的魅力。从鲁迅、邹韬奋、茅盾、巴金编辑的杂志和丛书，到叶浅予、张光宇等人编辑的五光十色的漫画杂志，他面前呈现的是一个多彩世界。充溢创造性的新文化，同样赋予出版业以自由与浪漫。

读书生活出版社本身也是这一历史背景下富有活力的一种存在。一本本主张革命、宣传新思想的著作，经范用和同事们之手，传送到读者手中。在范用成长的那些日子里，他时时感受着创造性劳动的兴奋。尽管艰苦，甚至还有危险，但这些都无法取代自由与浪漫带给他的快乐。

这是对一个人一生决定性的历史影响。它与充满童心的性格相结合，便生发出生活的诗意。

在以后的岁月里，人们不难发现，范用的人生基调是与这种浪漫紧密相连的。用他自己的话来说，他从来就是一个坚持党性原则的人。但是，他的特点在于，个性从来没有消融于共性之中。对思想、文化、精神价值的执着追求，始终是他作为一个出版家最为看重的东西。于是，在原则与兴趣、在指示规定和独立自由之间，他尽可能寻找着最佳切合点。换一句话说，早年所强烈感受到的文化与出版的自由浪漫，随着现实情形的不断变化，在他手中得到另外一种形式的体现。

《傅雷家书》的编辑出版，是一个很好的例证。

"文革"刚刚结束时，范用拿到了傅雷家书的手稿。几十年前，范用还在读书出版社当学徒时，曾把刚刚买到的傅雷译的罗曼·罗兰《弥盖朗琪罗传》从头至尾抄写一遍。他非常欣赏傅雷的文笔，每当回忆当年灯下抄写的情景，心中便会漫溢出温馨。对傅雷在"文革"中不堪污辱而毅然自尽的命运结局，他感慨万分。此时，读傅雷家书，他看到的不只是一篇篇优美的文字，也不仅仅把它当作自己怀旧情绪的延伸。他强烈感受到家书里面蕴含着的丰富的精神价值、文化价值，以及一个独特个性所具备的人格力量。他感慨万端地对人说："竟有这样为儿子写信的父亲。我们应当让天下的人想想，应该怎样做父亲，怎样做儿子！"

范用决定出版这本《傅雷家书》。尽管这时傅雷的"右派"问题还没有彻底改正，尽管傅聪还戴着"叛国"的帽子，马思聪、傅聪暂时还不能回国，但范用认准的是一种精神和文化的价值，更有一种自己对历史发展的判断。在他看来，无论从哪个角度看，《傅雷家书》都是值得出版的书。

这便是范用的特点。一旦认准，他就会执着地去努力。从组稿到封面设计、排印、装订，范用一抓到底。与此同时，他还筹办"傅雷手迹展"。他要用《傅雷家书》，用这个展览来张扬傅雷的人格。后来《傅雷家书》备受读者欢迎，而范用的胆略与眼光也令人刮目相看。

这样，怀旧就不单单是往事的回忆，在某种程度上是现实的一种映衬，一种补充，并有可能成为现实中创造精神的一块基石。

范用便是如此。

面对如今的出版业，范用有时难免感到某种困惑。他不知道是自己落伍了，还是出版业变化得过于迅疾。许许多多新奇的操作方式，包括纯粹商业性的"炒作"，颇令他诧异。他想不明白，本应以文化为背景、以文化积累、精神创造为己任的出版业，为什么竟然在某一情形下，靠几个人心血来潮策划一番，就能推出畅销十万、二十万册的书，可转瞬之间，这样的书便被人们无情地弃置一旁，将之淡忘？

每当说到这些，他总是不解地问我："怎么会这样？怎么会这样？"虽然他对各种好书逐渐多起来，书印得越来越漂亮，也感到一些高兴，但更为浓重的还是这种不解和忧虑。

现实便是以他不能完全接受的方式发展着。人们需要有着长久价值的精神食粮，需要高品位的著作，同时，也需要短、平、快的炒作之作。其实，这是一种相互平衡自然调节的关系。冷静地看，市场炒作也许可以看作出版业的添加剂，光怪陆离的出版物，甚至某些"文化垃圾"，恰恰是出现高品位出版物的一种代价，或者说必不可少的有机构成。其实，类似的情况，在他早年生活的时代，已经存在过。出版业给社会提供的也并非都是那些让他倾心的读物。市场炒作、劣质读物、商人气息，当时并非少见。事实就是如此，没有它们，又怎能烘托出他理想中的自由与浪漫？

我想，人大概常常会这样，随着岁月流逝，留在记忆中最为珍贵的东西，一般会是经过时间过滤、情感过滤的精华。它是往事的回忆，同时，也赋予了理想化的色彩。

我当然没有和他这样交流过想法。我知道，到了这个年纪的老人，宁愿用美妙的色彩，来打扮思绪。何况，我非常欣赏这样的固执。

一九九四年八月陈白尘去世，范用先生得知，陈白尘在去世前，曾整理过"文革"期间留下的上百万字的日记，并且编好一本交给一家出版社出版，可惜被退回。听到这一消息，已经退休的他，仍然迫不及待地想见到陈白尘的女儿陈虹，他愿意帮忙想办法将这本日记出版。范用难忘，当年已经成名的陈白尘自己花钱给他们小学生剧团寄剧本这份情谊；他更难忘，他们这代人在"文革"中共同走过的艰难日子。他拥有的不仅仅是友情，更有一种强烈的历史责任感。

范用约好与陈虹见面。哪知就在那天上午，他不幸被自行车撞断了腿骨，卧床不起。

几天后，陈虹来看望范用。只见他仰卧在家中的木床上，像上了刑具一般一动也不动。还未开口，他就哭了。陈虹印象中，这位七十多岁的老人像孩子一样呜呜抽泣着，任泪水汩汩地顺着脸颊流淌到枕头上。他接过抄录好的且附有陈白尘生前亲笔撰写的《前言》的书稿，双手将它紧抱在胸前。"你放心，我一定想办法让它出版！一定！"

几个月后，中国现代文学馆在北京举办"陈白尘生平与创作展览"。就在开幕式即将开始的时候，范用拄着双拐来到展览大厅。这是他摔伤之后的第一次出门。他身边是他的儿子，气喘吁吁地扛着一包还在散发着油墨清香的《牛棚日记》。范用告诉大家，该书的正式出版还要有两个月，这是他请印刷厂特意为今天的开幕式而赶制出来的样书。

陈虹的眼睛湿润了，连忙恭恭敬敬地将这本来之不易的小书放在了陈白尘的手稿旁边。人们围上前去欣赏，看到这个场面，看到那本《牛棚日记》，我不由想到了鲁迅在瞿秋白就义后，怀着悲痛为亡友编辑《海上述林》；想到了巴金在罗淑病故后，四处搜集罗淑的遗作，为她出版《生人妻》……

范用默默地站在一旁。这时，他心中一定充溢着满足。作为知情的读者，拿到这本书，感受到的同样是一种美好的情感。

相知相通，对于一个出版家来说，这是最为难得的境界。

这时，我似乎更加理解了范用的固执。是的，他理想的出版家，应该有思想、有人格、有感情，而不是浑身散发着铜臭味；他理想的出版业，也不仅仅是冷冰冰、干巴巴的合同的约定，而是洋溢着自由与浪漫。他在以自己的星星点点的努力中，尽可能地实现与五四时代出版业的优良传统的连接。他的兴趣在于此，他生命的意义也在于此。

在穆源小学的墙报上，范用当年曾经发表过一首诗《我要奔向大海》，这大概要算他最早的文学创作：

我打雪山上下来，
　我要奔向大海。
就好像儿子，
　扑到妈妈的怀里。

我们先是细流，
　然后成为大江。
我们快活得又跳又唱，
　浩浩荡荡奔向远方。

鱼儿在水底下游，
　船儿在江面上走。
不管好天还是下大雨，
　我们一路前进不停留。

啊，我们终于看到了大海，
　她张开臂膀把我搂进怀里。
孩子啊，你歇一歇脚，
　再去大洋看看这个世界！

　　诗虽然显得幼稚，却将一个少年的人生志向尽然表达出来。七十年过去，不妨将它看作是范用一生的写照。
　　一条细流汇入大江，流向大海。
　　范用真的把自己融入了文化大河之中，默默地为他人做嫁衣裳。他的价值，体现在《读书》之中，体现在《傅雷家书》《为人道主义辩护》《理论风云》等等这样一些著作之中，体现在与"五四"精神的连接之中。他便是以这样的方式，创造出属于自己的人生，从而，也就在人们面前呈现出一个独特的世界。

方成为范用画过一幅漫画，题为《无题》。说是"无题"却有题。那就是范用与书的关系。画中的范用"逃窜"至空中，可他仍然紧紧抱着比他整个身体还要大的几本书，头往后张望，有一丝惶惶然，也有一种满足。仿佛他在庆幸，尽管一切都已失去，但他还有书。

　　我想，画中的范用，其实拥抱的不仅仅是书，而是一种浪漫情感。

　　因这种浪漫，他的生活变得有声有色。

　　对于他，有这种浪漫，足矣！

一九九七年五月于北京

（原刊于《收获》1997 年第 4 期）

掌上的烟云

黄　裳

　　我是交通大学电机系出身的，虽然并未毕业，只拿到一张结业证书。记得吴晗在给《旧戏新谈》作序时就曾说过，"想象中此公应该是读书人家的子弟，在大学里读外语系，年纪二十多岁。"接下去又说："同时又从报纸上作者别一篇文章，知道作者不但不是外语系出来的，甚至不是文学院，是学工程的。我最初自以为是的推测全错了。"这样的误会是难怪的，连我自己也料想不到后来的生活道路。

　　那是抗战起后第一届全国高考。因为父亲的主张，要我投考有名的交通大学，好完成他实业救国的夙愿，也就不顾自身的条件，勉强入场。记得国文试题是一节没头没脑的古文，要求考生加以新式的标点符号。这在我算不得什么难事，顺利地完成了。数学题记得有五道，我费了九牛二虎之力才证出了一条几何题，还不是正规的解法。心想大概没有希望了，不料后来却是取的。高中同班中比我学业好得多的绰号"大博士""小博士"却全都落了第。

后来知道这是交大主持人唐蔚芝老先生的主张。特别重视的是国文考分，数理方面却在其次。唐老先生已是高龄了，而且双目失明，却仍旧主讲了一门国学主课。看到每上课时由他的儿子搀扶上台，声如洪钟地讲授时，也真的产生了几分敬意。不过讲授的内容，不说现在，就是当时也没有听进去几分。

就这样从上海到重庆，在九龙坡上的交大过了一年平静的日子。每天在烟雨迷离的长江边上，在有着美丽名字凤凰楼的茶馆里，读读书，写写信，心里充满了少年人的离愁别绪，家国之感。我写过一首旧诗，中间的两句是"为爱湖山成小别，岂堪风雨饯春迟"。发抒的就是这种没落的哀伤感情。

在学校的宿舍里同住的有几个湖南人，记得有一位是姓周的大学校长的儿子，还有一位是老学究似的人物，一天到晚捧着他自己的诗集在吟诵。这还不打紧，忍受不了的是他们整日打着乡谈的高谈阔论，这我听不懂，但从神色里看得出大半是针对我这个"下江人"的。不久，我从上海带来的毛毯和别的衣物，又逐渐莫明其妙地失了踪。这就使我感到了难忍的气闷，仿佛穿了一件脱不掉的湿布衫。总想能早些脱离这个狭的笼才好。这时征调的命令下来了。征调了去做什么呢？是和美国兵打交道。不管怎样这总比湖南同学要好一些。这就是离开学校时竟产生了不亦快哉之感的原因。

一年中间走遍了西南的几座名城，昆明、桂林、贵阳，最后到了印度。看熟了洋人的面孔，领略了中国军人的风貌，看惯了来自田间的中国小兵黄瘦面影，接触了大后方苦痛挣扎着的人民生活。这时才发现在课堂里是绝无可能得到这样丰富的知识的。过去自己身上幼稚的感伤情怀，经不起现实的激荡，已经不复存在。感情一下子变粗了。

在抗战胜利，"解甲归田"，又回到九龙坡上学校里索居的日子里，为了排遣寂寞，我开始记下了年来的所见、所闻和所感。年轻人自有自己的人生理想和价值追求，被无情的现实撞得七零八落之后，剩下来的是按捺不住的激楚情怀。这样我写下了一本小书，《关于美国兵》。这是一本逸出了正规散文轨道的书，也许可以称之为报告吧。出乎意料，竟得到不坏的反响。这就为我的生活道路打开了一扇新的门，我曾说过，有点像水浒英雄上山前必须缴纳的"投名状"一样，它为我成为一名记者起了同样的作用。

做翻译官时曾几次路过昆明，遣散后还住过一些日子，就借住在联大老同学的宿舍里。无事时在街上闲走，常常走过联大后身的莲花池。这是一个大水池，十分荒秽了。莲花也不见，但在池边却有两三座石碑，一座刻着宫妆艳丽的美人，另一座则是一位枯瘦的老尼。读碑文，知道两者原来是同一个人，陈圆圆。圆圆是大大有名的人物。她被"冲冠一怒"的吴三桂掠去以后，随吴来到云南，最后跳进莲花池死去了。

在抗战后期流落在西南一隅的，总不免有时会想起三百年前的南明永历，那是被清军逼处南天一角的小朝廷，在覆亡之前留下过一些可悲可叹的故事的。怀古思今，总不免有些感慨。一时南明史成为热门话题，那原因就在此。在莲花池畔，我写过一首诗，"莲花池畔水青青，芳草依稀绿未醒。三百年前家国事，一齐都付与沧溟"。后来又在滇川道上开始写下一篇《昆明杂记》，是杂缀南明野史的读书笔记。后来到了贵阳，这是弘光小朝廷马士英和杨龙友的故乡，不能不记起孔尚任的《桃花扇》，乘兴又写了一篇《贵阳杂记》。这些都是"南明热"中涌现的小小涟漪。在我自己，则是又开辟了一条新的创作道路，一条到眼下还继续走着的创作道路。

我没有学过新闻学，也没有一个记者朋友，从报社领到的只是一匣印着我的名字和身份的名片。身上穿着的还是一套美军 G.I.，想换装也没有余钱。想不到的是这套 G.I. 却给了我意外的方便。整军方案的签字仪式戒备森严，连中央社的记者都不许进场，我却凭了这身穿着通行无阻地走了进去，完成了报道任务。政治协商会议就不行了，只参加了开幕式，第二天就被挡了驾，因为我没有记者证。国民党的衙门也不想去领教，对记者敞开着大门的是中共办事处，在这里参加过几次记者招待会，留下了几篇不短的报道，成为记者生涯的最初业绩。

以后到南京，依旧用特派员的名义采访报道了和谈的种种，走熟了的仍是梅园新村。又到蓝家庄访问过梁漱溟，到鸡鸣寺下访问过傅斯年，老虎桥边访问过周作人。我想在南京这地方发现、报道一些文化界的情形，以应报纸编者之需的，而所得仅此。倒是无意中找到了阮大铖故居的咏怀堂遗址，这就又和南明联系起来了。索性在像古董铺子似的南京城里城外走来走去，写下了一卷《金陵杂记》。不久回沪编报，开始是编文化教育版，依靠了吴晗和静远的帮助，使版面成为北平进步文化界的一个窗口。后来不慎开罪了一位文化界的名人，被解除了职务，去改编一个娱乐版的"浮世绘"。娱乐就娱乐吧，依旧改不了年轻人好弄的脾性，总想花样翻新，除拉来马叙伦先生的"石屋余沈"的连载外，自己也开始了一个"旧戏新谈"的小专栏，放手写起"剧评"来。这是我动手写杂文的开始，在传统的剧评家看来是不折不扣离经叛道的行径。可是在我自己，则是充分感受到任意驰骋，放言无忌的快乐的。我在"新谈"的后记里曾说："剑拔弩张，像煞有介事。'忽发狂言惊四座'，这种快乐我是直至现在还可以记忆起来的。"当时（1947）京剧还是最受群众欢迎的剧种，不像今天这样的"不景气"，"新谈"自然也受到了普遍的关爱。反面的意见也不是没有，在谈《一捧雪》时对莫成说了几句不敬的话，随即引来了卫道者的痛斥。

《旧戏新谈》不仅打开了杂文写作的道路，也使我萌发了对戏剧的兴趣。颇厚的一册《黄裳论剧杂文》收集的就是数年中论剧的文字。我曾经谈论过水浒戏，涉及了水浒英雄在上梁山前的出身和社会地位，这就惹恼了一位论客，斥责说是"唯成分论"。这使我发现谈戏也不太平，是荆棘丛生的。倒还是述而不作来得平稳，这时我参加了梅兰芳《舞台生活四十年》的组织、编写、出版工作，和梅先生也稔熟起来了。此时距他一九三四年参观天津南开中学，一个中学生又是他的崇拜者的我请他签名，已经二十年过去了。他的待人接物、温文尔雅的姿态宛如旧时。觉得作为一个伟大的艺术家，实在是不可及的人物。这是我以一个外行踏入梨园行门限的开始。不久我又结识了盖叫天先生，为他编了舞台艺术的纪录片。这是位另一风格的表演艺术家，但同样是极易接近、很快就能摸到彼此的心的朋友。作为相识，我觉得他们更易于稔熟、亲密，用不到提心吊胆，比起文坛上实在要好得远。

一九五○年四月四日，我在《文汇报》上发表了一则短文，《杂文复兴》，不料引起了不大不小的一场风波。发表当天上午夏衍读了以后，立即打电话给唐弢，转告我此文不妥，应亟谋补救。我马上又写了一篇，登在第二天的副刊上。但已来不及了。

我深深感谢夏衍的关照，更佩服他眼光之锐利，一下子就看出了文章的不合时宜。我自己是绝无此种水平的。

其实我也不是没有得到过教训的。就在这前后，我参加了老根据地访问团，在沂南的农村里，遇见一位年轻的妇女干部，她的丈夫随军南下，到了大城市，带信来说，已经另有了爱人，要求和她离婚。看到领着衣不蔽体的小女儿，痛苦地向我申诉的女干部，我激动起来了，打算写报道揭露此事。向团领导汇报时却受到了申斥，说这事是说不得的。少不更事的我，完全不能理解此中的奥秘，不懂得言论自由是有限制的。未能接受教训而写下的《杂文复兴》的主要意思也还是主张用杂文的武器揭露抨击时弊。我不相信鲁迅杂文已经过时，不想弃置这尖锐锋利武器不用。料不到一篇小杂文却引来了大量的驳斥，在《文汇报》和别几家报纸上展开了声势浩大的批判。不敬得很，这些文字我一篇也没有通读过。最后出马写了长篇总结性论文的是雪峰，还通过电台向全国作了广播。我同样也不曾拜读。很难理解，鲁迅先生的追随者竟主张鲁迅杂文已经过时。八十年代冒出来的"新基调杂文"论其实继承的正是此一论法。

幸而我惹下的这场祸端不久也就平息了，没有因此而吃更多的苦头。不久运动蜂起，批《清宫外史》，批《武训传》，批俞平伯，批胡适，批胡风的连续运动中，果真出现了数不清"批判性的杂文"。如果为"新基调"排一下发展史，其实早在五十年代就已经开始了。

懔于过去的教训，在这几次运动中我没有说过一句话。何况俞平伯的《红楼梦研究》还是我约稿，最先发表在《文汇报》上的。实在要算是我的运气，交了白卷未始不是好事，至少在编文集时免去了头痛的删削手脚。

在报社里待得久了，不免有些气闷，想想到别的地方看看去也好。先是参加了总政文化部新成立的越剧团，这是第一个穿上军服的民间剧团，由徐玉兰和王文娟领衔。我的任务是编剧。预定的改编剧目是《白蛇传》。我搜罗了看山阁、方成培两种传奇，又从阿英、傅惜华那里借到几种旧钞的曲本、弹词，开始酝酿改编。剧团这时上演的是传统剧目《梁祝》和宋之的新编的《西厢记》。我们就带了这两台戏劳军，先后到过南京、松江、杭州、宁波、舟山。回到上海后又奉命转入上海电影剧本创作所。创作选题中依旧列入了《白蛇传》。打好了提纲，已经开手写作，这时一位所领导到我家里来了。这是难得的，闲谈几句后就委婉地告诉我，这个题材另有一位名人发生了兴趣，劝我放弃写作。没有法子，只有听命。准备好的素材、文稿一起"束之高阁"，后来不知道放到哪里去了。那位发生了兴趣的名人却始终不曾写下一个字。写电影剧本是一种艰难的行业，写出若干稿，经过数不清的讨论，十之八九还是落得个"枪毙"，是常见的事。我的《白蛇传》则是胎死腹中的，可以算作一个特例。

一九五六年秋，《文汇报》从北京搬回上海复刊，我随同许多老人一起归了队。红红火火地干了半年光景，无论版面、副刊，这个时期的报纸确是达到了一个新的高峰，但同时也露出了"资产阶级方向"。没有多久，一场疾风暴雨的批判斗争把报纸卷进了灭顶的旋涡。作为一个记者，理所当然地要为"错误""罪行"承担责任。我参加了市委召开的宣传工作会议，写了一篇报道，题为"解冻"，恰与爱伦堡的小说同名。小说其实是很久以后才读到的，为什么当时竟选中了这标题，就是个老大的把柄。报道中记下了一些高级知识分子的发言，他们也确是说了一些某种限度的"真话"，合乎被引出洞放出了"蛇毒"的标准，至于是否眼镜王蛇的"毒液"，倒是着勿庸议的。后来从发还的文件中还意外发现了一本供批判用的我的"材料"，包括一段时期我已发表、未发表的文字。倒是编入文集的好材料，可惜后来不知道放到什么地方去了。同样被编成材料的记得还有报纸总编辑的徐铸成。

不久我就被安排到资料室、校对科，最后是下放劳动。从奉贤到宝山，都是沿海的地方。我写过一篇《海滨消夏记》，约略记下了这时的生活片段。这标题借鉴了高江村的书名，不同的是他记下的是法书名画，我写下的则是另外的东西。附庸风雅，寄沉痛于悠闲，这正是我的老毛病。划入右派之前，报社的领导人曾找我去谈话。他问我对自己的"罪行"有什么认识，又问起我的心理状态，我的回答是"强颜欢笑"。他大怒了，发誓要给我最严厉的惩罚。"文化大革命"中在奉贤干校，要定我为"现反"的大会上，我跟随群众举手高呼打倒自己的口号，面不改色。其实也是"强颜欢笑"的翻版。从五七年开始，我就发现这些都是演戏，应该随宜扮演被派定的角色，不必认真。这种"玩世"的处世存身方式是应该使自己惭愧的，但也是它使我一再摆脱了"灭亡"的噩运，不曾用自己的手割断自己的喉咙。

我有记日记的"坏习惯"，多年来不曾间断过。自然，在干校时是例外，几十本日记，在若干次抄家中已经被"保密检查"者统统抄去了。自然没有必要再提供新的"罪证"。事实上那时替代了日记的是写不完的思想汇报和交代。一天，我从大田里浇菜回来，挑着一对空粪桶，棉袄里是一身冰凉的臭汗，迎着刺骨的北风走过宿舍时，看见两个小头头正身披棉大衣坐在房前负暄。他们人手一册，面带微笑地读着什么有趣的读物，还用笔写下些什么。一看就知道，那正是我的日记。后来日记发还，我略略一翻，才发现日记里画满了红道道，还有大量的"批注"，指示着追查的线索和应予摘要的处所。和日记一起发还的又有一大包卡片，就是经过批注的日记的提要。这真使我吃了一惊，过去皇帝老倌有奴才为之编写"起居注"，这不就是我的"起居注"么？

批注的内容精彩纷呈。有一条"朱批"说"×××揭路工转述康老批判黄裳骗人"，就是后来大会上提出的康生说我"以伪乱真"的由头。批注是巨细靡遗的。记下了刘鸿生逝世消息是为资本家树碑立传；和朋友吃饭是资产阶级腐朽生活方式。一时也抄不了许多。

多年的"劳动锻炼"虽然没有全收"脱胎换骨"之效，本领却也练得了几套。在乡下，能和农民排队挑百来斤担子到一二十里外去交粮卖花（棉花）；在市内充当一个搬运工来往水陆码头、仓库运送卷筒纸。无论冬夏坐在卡车上来往上海的大街小巷，不知疲倦。我是喜欢这个工作的，不必在校对室内面对密密麻麻的清样，生怕出了"无寿无疆"那样的笔祸；也不必恭听不断的批判训斥。千多斤的卷筒纸在手里也能转动自如。劳动是惩罚性的，不许使用任何器械。装卸车、堆放，全凭一根撬棒和一双手。间或遇到惊险场面，也能从容应付。有的卷筒纸堆放在露天场地的仓库里，打开帆布盖，就发现这是三四层楼高的一座纸山，只靠山脚几块木塞撑持。用撬棒敲开木块后，必须逃得快，不然就要被雪崩似的滚动卷筒纸压扁。

唯一的遗憾是辛苦运来的卷筒纸，却被用来印了姚文元、石一歌之流的大作，那是不能不于心耿耿的。

为了落实康生的"批示"，"英雄"们念头转到我的几本破书上了。在《前尘梦影新录》的前记里，我记下过那经过。《新录》的印数奇少，读过的怕不多，现在让我把前言的上半少加增补转录在这里。

"十五年前一个春天的上午，我正在干校里'造房子'，忽然得到通知，要我第二天一早赶回市内报社人事科报到。原来是要按照'政策'没收我的全部藏书了。这一节事先当然对我是保密的。

"一部大卡车，就是我常乘了运送卷筒纸的那一部，外加二十几个帮手，由一位平常总是安安静静，甚至在'批斗'、'提审'时也还语言缓慢、保持着温文尔雅的 Q 君率领，在我家的两间屋子里'工作'了整整一天。凡是有字的书本，包括拓片在内，一律装入随车带来的麻袋，运下楼去装车。麻袋不够了，又有人自告奋勇回家取来补充。卡车来去了几次，总算抄得一干二净。当然，我以前住过的地方也还有不少书，包括父亲留下的一大批德文旧书、相册，也没有被放过。还是Q君押着我前去。记得他背着手监视着查抄、装袋时曾轻轻地叹息道：'看这许多毒草，害得你弄到这步田地了。还是抄掉的好。这对你的改造有好处。'（这许多书，包括德文书在内，后来终于不知下落，落实政策时算作三角钱一本，给了我"补偿"。）

"我在地上发现了一本鲁迅译的《死魂灵》，忽然产生了贪惜之念，就问这一本是否可以留下给我看看。Q君轻轻地摇着头说，'鲁迅么，也不是没有错误的。何况这书又是俄国人写的，封资修一类的……'

"好像只给我留下四卷《毛选》有点过意不去，他又从地上取了一小本胡风事件的《按语》递给我，'这个么，倒可以留下看看，可以举一反三么。'这'举一反三'四个字他是很喜欢用的。在每次'提审'、追查时就不知道曾经说过多少遍，一直贯穿于把我打成'现反'的始终。"

被抄去的书本，在经过长途旅行之后，终于陆续回到了我的手中。自然，完璧归赵是不可能的。而发还的过程也是艰难而曲折的。我曾拜访过几位文物机构的主管，他们都举出了种种稀奇古怪的理由加以拒绝，后来还挽出我的一个老熟人出面劝说，要我捐献或出让。这些旧书是多年来辛苦聚集的，并不看作"金银财宝"，久别之后切盼的是能"重温旧梦"，不想献出也不想卖钱。因此毅然拒绝了老熟人的建议。

从一九七九年开始，我又开始写点东西。起初是写杂文，后来辑成了一册《惊弦集》。正如我曾说过的，"写杂文不免要触及时弊，转喉触讳，吃力得很。"我曾为《风华杂文选》写过一篇编选随感，为杂文的复兴叫好之余，又触痛了"新基调"论者，被狠狠地斥骂了一通。那篇高文是一位朋友给我找来的。不敬得很，真的是不忍卒读。少后就写"游记"，依旧是走的《金陵杂记》的老路子，也许比旧作多少恢阔了一些。我是主张散文杂文之间没有一条必然的界限的。同时也信奉着吴老英雄（虞）的主张，"英雄若是无儿女，千古河山漫寂寥。"深信大好河山如离开了历史人物的点染就不能不失色。这些游记的结集因此就取名为《山川·历史·人物》。再后来就写读书记，利用的就是回到手边的旧书。"这时就索性在旧书里找资料。古人已死，说些怪话也不会引来过多的麻烦。时日虽迁，而旧谱无恙。往往在古人身上得见今人的影子。这就使读书记多少脱离了骸骨的迷恋，得见时代的光影，免于无病呻吟无聊之讥。想想也可笑，五十年前写《旧戏新谈》用的也正是这种手法。真不禁感慨系之矣！"这是我为《黄裳书话》写的后记中的几句话，约略可以说明我是怎样看和写读书记的一点意思。

写到这里，不能不暗暗道一声惭愧。幸而没有听信老熟人的"忠告"，把书捐或卖掉，不然，它们就早已被锁在善本库房里，想看也艰难，哪里还会留下这些文字。《老残游记》里有一首咏海源阁的七绝，那后两句是"一齐归入东昌府，深锁琅嬛饱蠹鱼"。多少年过去了，似乎至今我们还隐隐听见老残的叹息。

在这里，我想借这个机会把过去半个世纪里积存在自己心中的种种回忆，告诉我的读者。也许我谈得够多了，但必然还有许多省略，或言未尽意之处。回顾过去写作的经历，有个明显的特征，就是风格的善变。我尝试过不同的文学样式，都是激荡的社会环境影响下的结果。时代的变迁，人事的兴替，在一个作者身上都会引发不同的反映，幻化成文字，就产生了不同的风格。至于今后是否还会变，自己也说不出。

一九九七年十一月廿八日

（原刊于《收获》1998 年第 2 期）

沉默的墙

杨　苡

　　面对着一大排用不同方式装帧、不同颜色点缀着的大大小小的书籍，我不禁想起三十年前我失去了最早的他的四本书：《关于美国兵》《锦帆集》《锦帆集外》和《旧戏新谈》。应该说那几本无论装帧和纸张都是比不上现在的，而且也大多又收进新的集子里，但我还是珍惜那失去的；如果说我诅咒那场浩劫，我想这诅咒不算过分！

　　然而我应该责备自己总是逗留在惋惜自己的藏书那样狭窄的心地，因为黄裳失去的更多更多，而且是从五十年代就开始的灭顶之灾！如今我打开书橱欣赏我的老朋友有如此辉煌的成绩时，我不禁在想：对于这样的一个特异的天才或是学者，你真的了解他么？你能走进他的内心世界么？

　　一堵沉默的墙，在不起眼的角落里却虚掩着一扇小门。

　　一九四六年。南京成贤街四牌楼中央大学的校园，一进大门，两边有几座大楼，前面正中是那有名的圆顶大礼堂。当我们抱着一岁的小女儿，牵着五岁的大女儿，带着一点点破旧的行李在进门右边的科学馆楼上一个大房间安顿下来时，我们感到轻松满足，似乎是从此结束了颠沛流离的战乱年代。我们这些分批从重庆"复员"到南京的中大师生坐着中央大学包的轮船沿江而下，有的轮船竟走上一个月！我们坐的是只大船，只走了十多天，算是顺利的。中央大学总务处按照职工的等级划定了一家家睡的铺位。助教和职工只能睡在露天的甲板上，校方用粉笔划好每人占一尺宽三尺长的位置，孩子不能算数，于是我们一家四口只能占二尺宽三尺长的"一席之地"；沿途吃奶的孩子在发着高烧，也只能听天由命。等到八月的一个晚上船抵南京码头，船上的职工中有老南京人，一个个热泪盈眶，互相抢着说城南旧事；终于有大汽车把大家分批送到四牌楼中大。我们一家被安排的大间教室原是个化学试验室，有自来水管、水泥池，正是酷热的气候，我们却如入了清凉之乡！

就在这一切还没完全安顿好，生活用具也还没置齐的时候，我在联大的同班同学杜诗人打听到我们的住处，突然出现了。那个年代每见到老同学都会惊喜得跳起来的，因为我们总是过着生死未卜的日子，但这次我没有大喊大叫，因为他身后还有个腼腆的微黑的小伙子。他穿一身战时美国士兵的服装，我们称之为GI。这小伙子个头不高，简直是不会讲话，或者说只会很注意地听，却不会说。我听说他是个新闻记者，而我一直以为记者老爷们是很会夸夸其谈的，但这位新闻记者只有听到他感兴趣的内容时便会扬起他浓浓的眉毛，那一双炯炯有神的眼睛亮了一下，于是马上从口袋里掏出一个小本子，有几秒钟的工夫在上面画点什么字或符号，然后把小本子放回口袋里，又开始听而没有任何言语。

天晓得这个腼腆的小伙子都记些什么，直到后来从他绵绵不绝的作品中才能懂得他有一个只属于自己的"电脑"，不断地储存，不断地汲取，有一天又会"释放"出来成为珍品！

以后我才知道他也是天津南开中学的，他和黄宗江都曾有幸遇见一位了不起的英文老师，这位老师教给他的学生们很多很多宝贵的东西，会不会也是从老师那里学会了"沉默是金子，滔滔不绝是银子（Silence is gold and eloquence is silver）"？十年劫难中由于我整整六年不停地写检查或"思想汇报"，七斗八斗之后，竟得了"滔滔不绝"的后遗症，而黄裳从"强颜欢笑"走出，却给自己筑上一堵沉默的墙。

其实他在书信中原是喜欢调侃的，可惜在四十年代那些写得一笔好字的信都早已荡然无存。我还记得在我们这些人生活拮据的年代，物价飞涨，金圆券不停地贬值，一拿了工资我们便忙不迭地去闹市买"大头"存起来，黄裳在一封信中还幽默地自嘲："又写了一篇'发财'文章。"当时才二十九岁的黄裳还是必须卖文换来一点点稿费贴补生活的。

到了五十年代初，黄裳已年过三十，一次我去上海看萧珊，她闪着那双明亮的大眼睛笑着对我说："你知道么？黄裳居然讨了个漂亮的新娘子！真想不到像他这个人怎么跟人家求婚！"

我们俩走到他家，害羞的新娘子有一双乌黑的大眼睛，她腼腆地给我们倒茶，甚至灌了小热水袋想请我们暖手，却没好意思说一句话。黄裳也只是简而又简地介绍了一下，但也能让我们看得出他已深深体会到他得到了他一生的幸福，从此这位娇妻将伴他一生，与他同甘共苦，始终毫不犹豫地陪着他闯过一个又一个险滩。

萧珊说："老朋友来了，你应该请客！"于是黄裳就不声不响地把我们俩带进一家杭州小饭馆的楼上，楼上也没有几个人，东道主点了菜，好像是四菜一汤。记得服务员拿过来一条大活鱼给我们看过又拿走了，再端上来已经烹调好了，好像还有点活，这就使我难以下咽；然而又有一盘不知是蚶子还是蛏子，还是什么螺蛳蚌壳之类，我又吃不来；然而又有一盘活蹦乱跳的所谓炝虾，我更害怕。黄裳说这是地道的杭州菜肴，后来萧珊大笑说黄裳请南京来的老朋友专门吃生的。他扬起浓眉微笑着看看我们，大概心里想，这个远方客人在吃方面根本是个外行。

但是在一九五七年以后再也看不到他的"发财文章"，而我也在一九五九年的秋天开始被人口诛笔伐直到一九六一年。到了饥肠辘辘、家里最好吃的莫过于我发明的胡萝卜丁煮稀粥的年代，我的确曾想起那次小宴，我想小宴的东道主这时恐怕更会用沉默来掩饰他肚子里的空虚和头脑里的惶惑了！

根本没有什么"解冻"，具有所谓超前意识的知识分子几乎全都面临着灭顶之灾，我所认识的说过"解冻"这个词的人都是昏了头，无一幸免地被人把他的头按到冰水里让他清醒，我想黄裳也必是如此。从五十年代末到七十年代末，二十年的时间该不算短，足可以让一个不懂世事的孩子长大成人，让他投身到社会的大熔炉里去冶炼；也让我们这些人度过了哀乐中年，步入来日无多的老年。我们多年的友谊中断了二十年以上，我只能称之为"可怕的间隔"。仿佛朋友们和我都被宽阔无边的大海隔开了，而年轻时曾经沉湎在海之梦的巴先生已经失去了最美的梦，这时已白发苍苍。虽然我曾在一九七三年借口探亲向我所在的学校请了假悄悄去看望十二年没见面的巴先生，但只有在后来在巴先生楼上门上的封条已被撕掉时，我进了他二楼的书房，才畅快地谈了很多。他告诉我黄裳还住在老地方，他说，你现在可以去看他了。

去了老地方，大院里曲曲弯弯，我已闹不清他那幢楼的方向了，好不容易找到，谈了一晚上，许多感慨往往说不出几个字便都沉默，虽然那时我已学会了滔滔不绝，有过这么一个话题，就是：在最难堪的时候，为什么我们都不会用自己的手结束这被践踏的生命？我告诉他，我对巴先生说，那几年我常想到他的三哥（我和黄裳的老师），我想幸亏他已早在一九四五年去世，如果他活到那时候，他会受不了那种凌辱而自杀的，巴先生沉默了一下斩钉截铁地说："不会。他跟我一样，不会。"我对黄裳一字不差地转述了这两句话，不由笑起来。我说："我也不会，我哥也是这样的人，他坐了几年牢可也不会。"黄裳的眼睛在眼镜后面忽闪着，他的浓眉又往上扬了一下，微笑着说："我们都不会的。"……也许他和我都能记得莎士比亚的名句："世界是一座舞台，男的女的不过是演员而已。"也许我们虽然都熟知"士可杀而不可辱"的古话，但在那漫长的暗无天日的时代，用自己的手结束自己的生命便是"畏罪自杀"，而我们这些人究竟又犯了什么罪?!

真是一个漫长的苦难历程,那一场史无前例的浩劫说它是十年噩梦,但对于黄裳和数以万计的知识分子也可以说是二十年!既是噩梦,醒来就不想再去品味,我们往往在谈到一些事情时就突然陷在沉默之中,那些年我们已经早就学会遏制眼泪,强颜欢笑了。从四十岁到六十岁,一路磕磕碰碰、跌跌爬爬,金子般宝贵的中年就这样像水一样从手掌缝中流掉,这之后的十年却是比较轻松地一晃而过……

我约黄裳旧地重游,他依然健步如飞,虽说我走路够快,却也跟不上他的脚步,更跟不上的是他到处"拾梦",使我眼花,仿佛他一抬眼、一低头便会捡起一片旧梦。进了南京玄武湖,一边吃着用旧报纸糊的小纸袋中的酸酸的所谓"南丰蜜桔"的假货,坐在湖边的水榭看湖上风景,一边驱赶着可怕的蚊群。我以为这蚊群正像当年的大字报和批斗扑面而来,这联想似乎有点煞风景。但走出玄武湖后面的解放门,走近古鸡鸣寺时,黄裳的兴致来了。绕了一圈又绕了一圈,找山门,研究古砖,断井颓垣,荒草荆棘,他居然引起了守寺者的注意,第二次又开了那扇紧闭的小门。黄裳赶快去攀谈,谈了几句,对方终于委婉地说了声"还是不看的好……"门关上了,黄裳却开心起来,他说他想起了《红楼梦》第三回,马上拿出小本记下几个字,然后揣起小本似有极大收获;然后又要我帮他找胭脂井,我却没法找到。他嘲笑我已住了三十多年居然不知胭脂井的所在,而我心想:你也忘记我有二十多年没来过这里了。

陪他逛了西花园等地,发现他不愧为"老记",对什么都感兴趣。他又发现这里马路上有三轮车,一定要跳上去坐上一段路。上了公共汽车被人踩了一脚一抗议,对方反而出口不逊,他居然是开头沉默,后来忽然用上海方言回敬了一句。若干年后当我看到他有时也会在纸上"抬杠"时,我想他本不是个弃甲而逃的人,说真的,纸上抬杠也是不得已而为之的。

我至今不会忘记一九七九年他被一所名牌大学的中文系两位教师陪着从位于南园的招待所走进北园教学楼的神情,非常尴尬的表情,仿佛是去挨批斗而不是去讲课。他们怕他紧张,特别安排了十分随便的座谈会形式；他的题目却是十分洒脱，"关于《随想录》的随想"。也的确是随想，没有一丝炫耀自己，更没有对作品的胡乱吹捧，他平铺直叙地讲了自己的读后感，只是不会做教书匠，声音略低，但中文系师生安静地谛听非常欢迎。在游过西花园之后，《雨花》编辑部的叶请他和我到一家湖南餐馆小酌时他却放松了！两人的夫人都不在身边，于是几杯酒痛快饮尽后，都有些微醉，两人开始神聊京戏，从《空城计》聊到《盗御马》，忽听黄裳学着裘派唱了窦儿墩的那段"将酒宴摆至在聚义厅上，我一同众贤弟叙一叙衷肠……"唱得有声有色，因为他的嗓子本来是很浑厚的，又有鼻音，说话也瓮声瓮气，正是裘派的味道。那晚的三人小酌令我终生难忘，如今叶早已驾鹤西去，而不知怎么，我当时就有人生一世，十分快乐的事往往很难再现之感！

那一年在南京逗留几天跑了那么多景点，他的"电脑"储存了十几篇文章的构思，还在百忙中看了京戏。那天我们从马鞍山归来，听说胡芝风送来了戏票，这是黄裳以前在上海答应去看她的《李慧娘》，却没有时间实践诺言的事。次日我们去了剧场，还在演出前去了后台；戏开始没多久，他的话便多起来，他说成功的演员在于一出场会使观众的眼睛为之一亮：从化妆到服装，从唱腔到身段，以至胡琴，龙套。我们看得极为投入，到了李慧娘见判官那一场，他认为这一场棒极，是全剧最好的一场；而我至今永远不会忘记那舞台上的火爆场面和台下那个如痴如醉的连细节都不放过的京戏迷。

不过四五天，他却跑了不少地方，有时是自己，有时是我这个老朋友"舍命陪君子"。黄裳吃惊地发现许多地方已大变，他说记得是惨绿颜色的秦淮河河水怎么却变成了暗红，且有与从前不同的气味。我们去安徽的马鞍山采石矶和当涂，也只用了一天工夫，归途天已黑了，坐着公家的上海牌小轿车从马鞍山折回，我已是晕乎乎的，他却在以后写成的游记中非常诗意地把当时公路上来往车灯的交替变幻描述一番，还联想到一部外国电影。

我想这就是黄裳，除了他对旧书版本的执着迷恋，除了那些历史人物在他的头脑中老是像走马灯似的转，他的头脑里还贮存着一大堆外国经典名著，包括文学作品，戏剧，音乐，电影，美术等等。他也能译书，译文极美，而且也的确成绩斐然。他本是十分用功的人，就像二十来岁时在重庆为了生活曾经给一个电机工程师做过绘图员，过了半个世纪，那位也是交大毕业的工程师还称赞他"这个小孩从早到晚低头绘图，一句话也不说"。

当我们都七十岁时，那年春天在上海他家我和他们夫妇聊天的时间还是比较多的，我想可能是从那以后我们都开始衰老了，都有了这样那样的疾病和忧虑。可笑的是到了七十岁才发现他竟与我同龄，而我却一直是喜欢对他以老大姐自居的，于是写了一首诗赠他：

这友谊断断续续有四十年，
谁能追忆这究竟有几次中断；
如今你驰名文坛已被人另眼相看，
到今天我才知道我们是同年！
有一段历史总使我觉得你比我小，
文坛上你别具一格委实高不可攀；
今天让我们一起举杯怀念故人，
也让我们互相祝愿都多活几年！

这首诗当然是开玩笑的，好像是写于巴先生那年寿诞之日，我还注明只能给光耀看，不可外传。我想我们似乎都继承了我们共同的老师在半个世纪前所主张的"happy—go—lucky（听天由命，无忧无虑）"性格，也都不忘记老师喜欢唱的歌《划你的小船》，因为最后一句是"Life is but a dream！（人生不过是一场梦）"也就是这样我们度过了如梦的岁月！一九八四年十一月巴先生八十岁寿辰，那一天来拜寿的客人很多，晚上静下来了，辛笛兄、黄裳、赵和我与巴先生的家人在一起吃寿面，正吃时门铃又响了，黄裳小声对我说："第十五个。"我莫名其妙地望着他，他诡谲地小声说："蛋糕。"我差点笑出声来，原来这一天他不声不响坐在沙发上除了默默地观察客人，还在数着送来的蛋糕！

我常想当年他每天十分吃力地干着运送无数卷筒纸的重活时，正如我在农场水稻田或猪舍靠边劳动时，我们为什么都能够让我们自己的"电脑"启动，总会生出一些与当时"大好革命形势"风马牛不相及的联想，而这些联想往往还会是让自己感到开心的联想，竟使我们毫无恐惧或伤感地跟随着那些"革命群众"一起举手，欣赏他们喊着打倒我们的口号，这自然说明我们这一代知识分子改造多难。直到现在，我们已不能健步如飞，甚至走远路时还望有人相伴，因为我们都容易跌跤，而且再不会回到"跌倒了，在原地爬起来"的岁月，而且我们的记忆力似乎也开始衰退……

然而当我站在书柜前望着黄裳那一排漂亮的书籍时，我想说：这是一个特异的人，写得一笔好字，却从来不愿在公开场合"挥毫泼墨，欣然命笔"，以书法家自居；写得一手好文章，字字珠玑，却决不凑热闹，吹捧名人，他说吹捧别人也就是吹捧自己；拥有考据版本的本领却从不认为自己是专家；翻译好几本西欧经典名著却从来不肯走进翻译家行列，甚至于在二十几岁时由于热心做了好事反而被人误解，过了三十岁，由于少年气盛，多说了几句，更惨遭灭顶之灾，如今提起来也还不过是扬起他的浓眉，潇洒地哈哈大笑，讽刺却又宽容大度，来句幽默："哈哈，都走过来了，还不是好好地活着么？"也真是都走过来了，仍是一堵沉默的墙，那一扇小门也总是虚掩着。劫后余生，此后优哉游哉；只求风调雨顺国泰民安而已，但我为拥有这样一个老朋友而感到骄傲。

一九九八年农历正月初十完稿

（原刊于《收获》1998 年第 2 期）

沉默的墙

297

期待的日子（1941—1942）

冯亦代

1941年

10月1日

亲爱的人，一清早我就想着这时你该已到达南雄了，你会不会马上去韶关呢？报上说着长沙的战事激烈，而你的车是不须经过衡阳，交通会不会因战事而有障碍了呢？路上你会不会受到空袭的惊吓呢？你是从来没有尝过空袭的滋味的，可怜的人，你为我将受着多少的磨难呢？但是电报来了："飞韶改期"，所以你是改期来了，我说不出自己的感觉。

就在昨晚我不能睡去，月亮洒在我的床上，我想着你，想着我们半年多的别离将要很快地终止了，我衷心地欢欣着，我不能睡去。但现在你却改期来了，改到什么日子呢？似乎我们相见的日子又变成一个飘渺的梦了，我感到一种莫名的 set back（挫折），我不知应该怎样办？于是我打了一个回电，但是你无论如何是延迟行期了。

我晓得你会比我更难于安置自己。我们谁都是"心比箭还快"，你将烦忧许多日子了。亲爱的人，不要尽想这些不痛快的不如意事吧，如果我们决心相会，我们必能重聚。

又是一次的湘北的大捷，敌人的泥足终于是无法伸出这泥淖了。倾听着满城的爆竹，真如一屋子的笑声，突然从门里透了出来，路上有着歌声，有着叫"中华民国万岁"的声音，我如何能掩饰自己的衷心的喜悦呢？这捷音，为人们所希冀的，终于是来了，我的心为之浮荡，为之怦然。

下午收到了娜的信，亲爱的人，我简直不能控制住自己，她终于定了八号来了！但看到你写着的"为了这些事在苦恼着"，我的心又惆然了。这些磨折，这些磨折，我是永不能补偿你的。昨天吟圃（罗吟圃当时任中央信托局秘书处处长——冯注）写信给冠华（即乔冠华——冯注）时，我也附去了一则短简，今天娜的信里也说起了他。对于这位友人又是老师，我是一向心里怀疑着，是不是他将我已经从心底除去呢？我离开了他，但我需要他的教育。我从来不能忘记他，因为他将先哲的智慧给了我，于是我在人生的路上走了一条路，一条真理的路。现在我释然了，他没有忘掉我，没有忘掉我。

晚上写了《捷音》。

10 月 3 日

大概为了贫血吧，晚上总是失眠，到午夜才能睡去。静静地躺在床上，想这样又想那样。昨晚突然看到了墙上一闪一明的光亮，于是打铁的声音起来了。我的窗正对着一家铁铺，当四周都是乌黑的时候，烧红了的铁的光亮便映上了我的墙头（可是我从来没有注意过），我从窗口望下去，我看见一块红红的铁，接着是两个黑色的锤子交换地打下去，火星迸了出来，我还看到那两条粗壮的黑臂，在炉火的照光里挥动着。——

这是生命呀，生命像块铁，经过了锤击和火炼，于是成了精钢。但是我怀疑着自己的这块顽铁，它是沉在一泓污水里。我酷爱生命，我希冀着自由翱翔的生命，但我的生命却被锁在"等因奉此"的公牍里，我说这是为了生活，但却是没有生命的生活啊！

于是我想到了娜，她是给予我生命之火的唯一的人。但我们的隔离，使我失去了我的温暖，我的生命的火是暗淡了下来，我没有鼓舞，我被生活所幽囚了！只有娜能给我生命，也只有她能救我出这生活的泥沼，我渴望着她的来临，我需要她给予我的火，这火会精炼了我这块生命的顽铁。

我记起巴金在《海行杂记》里的一句话："我虽然知道我们的心不会被那寂寞的海洋所隔断，但是现在我的心确实是寂寞得很！冷得很！望你们送点火来吧。"

我已过了寂寥的八个月的辰光，我需要火，我需要温暖。

……

巴金另外还有句话："我现在的信条是：忠实地生活，正当地奋斗，爱那需要爱的，恨那摧残爱的。我的上帝只有一个，就是人类。为了他我预备贡献出我的一切……"

10 月 14 日

晚上在"凯歌归"请客，我坐了车去，突然在路上吹起了口哨，吹的什么呢？那是久已不唱了的 *When I grow too old to dream*（《当我变老无法做梦时》），吹着，吹着，似乎人也伤感起来了。想着那些大学的日子，又是打仗那一年娜家刚搬到爱棠路去的日子，看着娜弹琴，有时是我弹着，我们便唱了这支歌。其实使我们特别爱好这支歌的倒是那些初恋的日子，娜是在闪避着，但如果那些日子她真的不接受我，也许现在她的日子会更幸福一点的。但就在那些日子里，我们特别爱好了那支歌。这是她教我的，每晚从图书馆里出来，便吹着口哨，或是唱着，眼里会忍不住含了眼泪的，而今晚当我吹着吹着的时候，我也禁不住忍了泪水。

哦，爱的人，爱的人，就只有分别九个月的时候，可是你亦是真的衰老了。在酒席上，我还是保持着这一个怀旧的落寞的思念的心。

10 月 17 日

只有秋天是充满了温柔的恼郁的苦痛的悲哀。

——尤利·巴基

我虽然没有苦痛的悲哀，却有比悲哀更为落寞的情感，我这几天自己也不知在做什么？但我感到了那种使我沉落与颓丧的落寞之感。娜啊，我知道你会多少急切地要来看我，而我呢？我实在已经没有力量再来抵拒这无尽长的别离了。

10 月 19 日

终于我译完了海明威的《第五纵队》，晚上和嘉、鲤庭、慧深（赵慧深，名女演员——冯注）在"法比瑞"吃晚饭，谈了这个剧本。我是急切地希望这个剧本的上演，我是为了钱。我也自惭于这样的厚颜，但我为了有病而生的债务，我要生活，我必须肩负起重担子来。

下午明经兄带了两个孩子来看我，说孩子们已经在学校里退学了，因为什么都不惯。他托我在市区里找屋子，预备给孩子们找一个保姆。这情形真够凄惨的了。看他一个人拖了两个孩子，这也是生活呀！

晚上抗建堂有纪念鲁迅的晚会，嘉要去，但终给我说得不去了。我以为如果只是每年应景地纪念鲁迅，这只是对于他的侮辱，因为鲁迅不是要我们纪念他才死，而我们纪念他，却应当学习他那种高贵的精神。

10 月 26 日

收罗了一切关于西班牙的书籍，但是这里的图书实在太贫乏了，什么也没有，又想不出一个可以利用的生动的故事配合上去，也许我这工作是画蛇添足，但为了要使海明威的作品易于为中国观众所了解，这是必须的。

香港没有电报来，娜有没有启程呢？这许多等待的日子，这无尽长的等待的日子。

10 月 29 日

我不知应当做点什么？我茫然，似乎世界在动乱了，我的心便是那个样子。我又好像刚从梦中醒来，这是白日，一切明晃晃地耀眼，我茫然无措。

我真的是从梦里醒来，我已做了几个月的好梦，似乎娜决定进来时开始，而现在梦醒了，这对于我是一个残酷的打击，我怎样承受呢？

娜来了信，说已经在香港就了职业；为了要分担我的负担，为了我们的孩子。我第一个思想是 in rage（生气），我要她立刻进来。但过后我静下来仔细想了下，娜不来也是好的，因为这里的生活太多，而且她欢喜工作，这事是会使她快活的，这是多少年来她的梦想。我不应该自私，我没有权利强迫她放弃她的生命的信仰。于是我打了电报去，我说你留在香港工作吧！

但从我的内心里，我却具着绝望的呼声，我需要她，我要亲近她，我不能再忍受这些孤寂的日子，我不能再忍受这长期的别离。晚上写了信给她，但我是流了泪，我茫然无措，似乎我的梦是残破了！

10 月 31 日

十月过去了，是在梦幻里过去的，我想起了那个永远的明天，明天复明天，那些永远等待的日子。

《愁城记》在风雨里演完了，我的心也在愁城里。午夜散戏，我一个人在急雨的街头奔驰，一片的黑暗，不辨脚下是石子还是水潭，一直到跑倦了才回家。我什么也不想，我只看见一片黑暗，和我未来日子里的一个大窟窿。

她会想着我吗？她早已安睡了。

11月7日

华（即乔冠华——冯注）有信来，说自从我走了，他感到很寂寞，而且希望我能回香港去，但他又说对于工作有耐心也是好的。

寂寞，寂寞，这该是个寂寞的时代。为什么有这许多人在喊着寂寞呢？难道人的心都冷了吗？看着他写的"寂寞"二字，我想起有一次他喝醉了，我送他回家去，他突然幽幽地哭了起来，他喊着："我难过极了，我寂寞，为什么人世这样冷酷地待我哩！"

正因为他有着广大的心爱着人世，他是感到一种被人世遗弃的感情，我当时很感动，我不忍看他的一天天衰弱下去的身体，我悄悄地回来了。

娜来信常提到他的身体大坏，我真替他担心。

仲文（中央信托局同事——冯注）明天飞港，我临时写了信给娜，介绍他。他是回去结婚的。

11月9日

今天花了一个整天将《第五纵队》的第一幕第一场完全写好了，忙碌了一天，但是精神反而好好的。现在除了在工作中忘却自己之外，再不能使自己平静下来，这难道是一个责罚，为什么我要经受这种孤寂呢？

我没有办法养家，于是安娜必得求生活。自然我不能自私到一定要她来，但是为什么要我忍受这些寂寞的日子。工作是娜的慰安，但娜是我的慰安，"生命的光辉"，"生命的光辉"，但是我却没有看见这光啊！黑暗的生命，我想起了《茵梦湖》的句子："死时候哟死时候，你只合独葬荒丘。"

11月14日

是多么明媚的天气呀！不像是冬天，也不是秋天，却是春天。但是春天离我是太遥远的，我不应该有春天，因为我冰冷得厉害，我需要温暖。

写了给安娜的信，但那样短短的，我提起笔来就对自己生气，我的心绪太坏了，我没有办法写下去。我生什么气呢？而我是不应该对娜生气的，可是我却变了，对什么都生气了，真是天晓得！

我的情绪是太放纵了，我应当将它收束起来，我会发狂的。在黄昏里我静静地解剖了自己，我是多无聊多固执的一个家伙呀！

11 月 16 日

上午去了鲤庭家里。长久没有享受家庭的空气，所以即使是在友人的家里，也觉得心上是温暖了，一方面是友情，一方面则是对于家的憧憬。

下半天是郭沫若创作二十五年的纪念会，也去了，人到得很多，可以说是重庆文化人的大聚会。但演讲又演讲，不免乏味，坐了一会还是走了。再回到鲤庭那儿睡了一会，吃了晚饭和舒湮去看了王泊生的《文天祥》。

我们曾经讨论了鲁迅和郭沫若。一班青年人（我自己也在内）总是先为郭的文字所鼓舞，如《女神》，如《瓶》，但后来当他对于文艺有了进一步的爱好和研究时，他便会和鲁迅接近。我自己便是这样，在二十岁前虽然也读鲁迅的东西，但无论如何不能进一步地了解他。以后则觉得郭的东西虽热情，而缺沉着与隽永，于是才研究了鲁迅的著作。但郭沫若对于中国古代社会史的研究，却是他真正成功的地方。

我以为这样的集会是多余的，有一位先生在报上写文章说郭应当再进一步（大意），我是同意的。如果鲁迅在日，他决不会容许人家做这样的事。

11 月 22 日

今天收到了娜的信，可怜的人，我的信是写得多残酷呀，我没有权利可以埋怨她的。此外还有辉叔（即夏衍——冯注）的信，光楣（即袁水拍——冯注）的信，我还是被他们所喜欢的朋友，我还是为他们所钟爱的，我真感到一种说不出的温暖，这是我许久没有感到过的。

晚上去抗建堂看《棠棣之花》，这是郭沫若早年的作品，而经过改作的。郭氏在报上曾经说过一句话，意思是他之做《棠棣之花》，有如歌德之写《浮士德》。我看了很不痛快，郭氏是比不上歌德的。没有位子，所以和舒湮、孟斧一块儿去黛吉喝可可，舒湮预备编一辑世界名剧译丛，我答应了 John Steinbeck（约翰·斯坦贝克）的 *Of Mice and Man*（《人鼠之间》），这是辉叔喜欢的，我译这本书赠给他，作为他频年给我鼓励教训的纪念。

12 月 1 日

补写日记是愚蠢的行为，如果我不能当天写下了对于这一日的观感，第二天来了，我为什么还死劲地拉住这已去的日子，想记下些什么来呢？如果今天是空虚的，而想再回忆更记下了昨天的充盈的一日，焉知到了明天又会想到今天才是充实的一天呢？于是我宁愿将上面一周的日记空着不写，这不是说昨天是真的空虚了，事实上我又何日不感到空虚呢？这些日子像水那样地流，对于我一无眷恋，我恨这些岁月！

昨天整天是在张家花园过的，我们聚了四个人在一起做寿，是东山的夫人，庆祥的夫人，慧深的妹妹，我们聚了三桌人，有孟斧、沈浮、公美（江公美是重庆印刷厂同事——冯注）夫妇等，欢乐了一天。但晚上回来了，却觉得日间的欢乐还是过眼的烟云，是空虚，是空。因为在我的心绪里，寂寞已经生了根。

晚上有好月亮，从膳厅里出来，只觉得心里一阵孤凄之感，我的心在叫着："娜呀，娜呀，为什么你要留在香港，而使我过孤寂的日子呢？"是呀，娜还有机会看到太阳，但我却只是怕看月亮。一个人在热闹的大街上走，感到自己只是游魂，我在寻找什么呢？娜呀，是你，是你。在公美家里玩了会 Solitaire（单人象棋），感到的是 solitaire（孤独），虽然我是被围在盈耳的笑声里，我无以自解，我会发疯的。出去喝了咖啡，拖着自己的影子回家。这只是我的长长的影子，我的心冰冷着，我想着娜，想着娜。

我想着《茵梦湖》的那句"死时候哟死时候，你只合独葬荒丘"。娜啊，你也知道我现在眼泪盈眶地在想着你吗？

12月8日

日本正式进攻英美了，不断传来的消息是香港有空袭，香港大火，香港在日海军猛烈围攻中，另外的则是上海情势混乱。

娜没有消息！其实又有谁料到昨天日军的不宣而战呢？香港成了火海中的孤岛了，然而我的娜呢？我的娜，我亲爱的人。

我仍是怀疑着那面破碎了的镜子，这是上苍给我的预告吗？我不能想，我不敢想。亲爱的人哪，愿你平安，平安地渡过这次纷扰。我们没有做过什么损害别人的事，我们该不会受到这恶毒的刑罚吧！

我衷心地祝祷上帝，给你的儿女们平安呀！

下午打了电报给娜，虽然这电报的拍发已经花了九牛二虎之力，但是不是能到达娜的身边呢？

12月11日

香港的战况不佳，自然报上是没有说什么，但英国人的退守却是必然的，那么娜怎样出来呢？还有我的敬爱的友人们，他们是中国的文化种子，这该是中国的一个大不幸，我真不忍想！

忙碌地过了一天，晚上是没有灯的生活，黑暗笼罩了一切，我的生命也会是这样的黑暗吗？

12月12日

心突然宁静下来，也许娜是平安地在岛上过日子吧！于是晚来将许久未碰过的 *Of Mice and Man* 拿出来翻译。这是辉叔所喜欢的书！我译它是为了他给我教育的纪念，还有是木兄（即乔冠华——冯注），这两位到今天止还在香港，我不知他们的近况。

但是我今夜的心是宁静的，娜一定是平安的了！只有在我的平安之中，才能感到她的平安。

12 月 16 日

昨晚梦了，梦到回香港，但却找不到娜，遇见每个人就问，但什么人都望一下我走开了，我急得醒了过来。天正有点蒙蒙亮，远地的号角在呜咽着，是多少凄凉的声音呀！

消息是越来越恶了，但没有娜的消息，还有那批友人，那些和我如父兄如弟妹的友人。

还是静不下心来，工作忙，人是昏昏的。

12 月 26 日

天下着雨，人如这寒漠的天，也觉得凄凉起来了，这真是无可奈何的日子哟！我还得过多少这样的日子呢？没有温暖，没有温暖，永远是一颗落寞的凄凉的心。早晨苗子（黄苗子）打电话来告诉我，香港是正式投降了。我怀念香港的一批友人，还有我的娜、我们结婚后所住的那座高楼、香港的山水、香港的风物。

12 月 27 日

雨是越大了，住在这远离街尘的屋楼里，听荒村狗吠，不能睡去，反侧了一夜。"最是夜阑人静后"，却又夹着风声雨声，心事如潮，人何以堪？

译了一夜的《千金之子》。如果娜不回来，我这些工作又有什么意义呢？

无尽的别离，有限的岁月，又是一年了，不禁怆然欲绝！

12 月 31 日

　　断送古今惟岁月，

昏昏腊酒又迎年。

——谭嗣同

　　大除夕，什么都隐在欢笑的笼罩里，可是我是孤凄的呀！想着娜，想着过去的旖旎的生活，想着年华，也想着一切。无尽的想，无尽的思念。又是一年了，但剩下的却只是欢乐的回忆。

　　让我埋葬在工作之中吧，亲爱的人，我们曾经一同愉快地工作了多少的日子，那是真正的快乐的源泉。是呀，他们叫我去快活，今天是大除夕，但是我不能去，我是永远不会再有快活的了，除非我们再在一块过生活。即使这是人世里最贫乏的生活，但是只要你在我的旁边，我将永远甘之如饴。我不能让一点点虚伪的欢乐来遮盖我对你的思念，娜呀，你是怎样地在度过这岁月？你也知道我是在苦苦地思念你吗？

　　我的眼里满含着眼泪，我心里难受得厉害，娜呀，难道这一世我们就不能再相见吗？不会的，不会的，我们不应受这种惩罚，我们从来没有伤害过别人，为什么我们要忍受这苦恼呢？

　　娜呀，你现在在哪儿呢？我则坐在厂里的写字间中，不时可以听到传来的笑语和欢音。室中也有炉火，一室如春，但是我的心冷如冰。你不会笑我这是才子气的做作吧?！我是真正地需要你该我的温暖。让我讲些故事给你听：即使我在路上走着，我看到女人们穿着Camelox的大衣，我便忆起了那些日子我抱着你的感觉，我欢喜你那件大衣所给我的柔和温暖的感觉，但是我现在只能回忆，我见不到你。

　　明天是个新的开始，我希望我们以后的岁月再没有苦难。让我们平安地过下去，我们不要求世上的荣华富贵，我们要的是恬静的家：你、我和Allan（我的儿子——冯注）。

　　祝祷上帝，赐福给你的小儿女，阿门！

1942年

1月7日晨

"如果冬天到了，春天还会远吗？"念着雪莱的诗，我想望着我的春天。今晨的天气特别美丽，太阳透过轻雾，露着金色，又射在云层里，现在再不是灰茫茫的一色的天了！这是春天的天色，春天是真快来了吗？和我同走的橘说："再过一个月，就要立春了。"那似乎春天真已经到了门边。我默默地爬着山坡，我的眼里饱含眼泪，我想着那句我们常在一块唱的歌词：

当春天降落到岩石上，

我会回到你的身边……

我们曾经是那样热烈地渴望过春天，一年又一年的，可是我们永没有一同过春天。我们过了夏又到了秋，过了秋又到了冬，可是我们的春天，我们的春天在哪儿？

昨晚听了一夜的贝多芬的《月光曲》，街头路灯像月亮似的洒进了我的屋子，我将灯熄了，就坐在这伪装的月光下，开眼过了一宵。月光虽幻，可是我的心却是沉入于真正的忆念中。我记得那些日子的黄昏里，娜和我留在客厅里，这应该是走的时候了，但是我还依恋着这温暖的景色，我不想走，我不愿有那种无可奈何的别离。我赖着她教我《月光曲》，于是我在琴键上弹了段这恬静的旋律。屋子已经昏黑了，只有炉火的光，照着她的脸，那是多纯洁的无邪的脸，我禁不住吻了她。……外面有怒号的风，快下雪了，公共汽车和电车的喧音从风里传过来，这该是回家的时候了，但是我怎能离开她呢？她给我温暖，她给我光亮。这屋子是多寂静呀，我们可以听到自己心的跳动，那是韵的节奏，心的共鸣，我心里说着我的誓言："我永不离开娜，我是娜的人！"于是我们盼望一个春天，一个明媚的春天……

娜，亲爱的人呀，你听到我的诉说吗？是呀，你一定听到的，因为你昨夜也和我一样地听了一夜《月光曲》。可是娜呀，我的心情——唱片上的声音，正如我自己在键盘上按着一样，你是在我的旁边，你正微笑地看着我的不自然的手指，于是你说："亦，你真像个孩子！"

可是现在的我不再是孩子了。我们不过是一年的别离，但这已经是过了几世纪，亦老了，他再没有孩子的心情，因为他对你的忆念，已经催老了他。

是的，我是在忆念你，苦苦地，深深地。你是怎样地生活着呢？已经一个月了，我和你断了联系，我只知道你是在过火与血的恐怖的日子，你怎样了？你怎样了？

如果春天会来，我们的春天也会来吗？娜，你回答我呀！

1月27日

昨晚为了特别储蓄券，开夜工到早上三时许，可是虽然有着这辛苦的工作，我又何尝能掩盖自己的喜悦呢！我不能掩盖，因为这消息实在太使我激动了。就是这几个字：

"安抵台山娜"。

我忘掉了这两个月来的统治着我的焦心苦思，我忘掉了人世的不如意，因为娜来了，娜终于来了，她回到亦这里来了。她就启程来吗？她身体好吗？那些可诅咒的日子里，她受了多少的无可补偿的辛苦和艰难？但是她终于脱离了那个魔窟，这曾经是海上神山的香岛呀！

我收到了电报时，我开心得跳了起来，我还疑心是在梦里，因为曾经有多少日子我是在追求着这个梦，而现在事实是这样时，我反而不能相信是真的了。哦，我的娜，我亲爱的人，我的宝贝，你来了，你又回到你的亦身边来了；哦，亲爱的人，亲亲。

即使是那样迟地睡上床，我不能睡去。我想着过去的欢乐日子，我想着未来的欢乐日子。我睡去，但早晨七点不到又醒来了，我不想再囚在这小小的屋子里，我要飞，我要跳，我要拉着娜的手在原野上飞跑。

推开窗有一天浓雾，这是一个好天气，有太阳的日子。哦，我的亲亲，你的亦张大着手在欢迎你，回来吧，想想这些别离的辛酸日子，我们要永远在一块，不再分离，不再分离。

——上午十时半

2月7日

这几天每晚有应酬，大概油腻吃多了，不消化，人又显出疲倦样子，晚上不能好好地睡也是个原因。

下午接到娜的电报，说："安抵柳刻赴运江休养"。

心里是放下了一块石头。但过后却又为她的身体担起忧来，Henry说走沦陷区和游击区一共抢了六次之多，这次娜之来，真是太辛苦的事了，到运江去休息也是好的。可是我心里是多少地想她能早点来呀！我们要一块儿过她的生日。今天是阴历的二十二了，还有一星期。

2月9日

想不到在下午会收到娜的信，真是开心得不得了，我已经有一个月没有看到她的字迹，我似乎观看她人的样儿。密密的字，那是孕育着多少的辛酸生活与无穷的思念呀。娜写着：

"整整一个月未拿起笔来给过你一个字，可是心上却说了多少话，当那些梦魇正在磨折着我们的思绪时，你一定有信心我是会安然脱险的，我是会归来的吧。"

她又说：

"这许多话，这许多思念，亦，我怎容得下，而你也来不及听呀。家人们是再也不会知道我们的思绪。"

这正是我所要说的话。但是当我打开信纸写信时，我却真不知要说什么好。亲爱的人哟，不要自怨自艾，你没有罪过，我才应该负责使你留在香港，因为你是在痴痴地守着你的家去南岛上过一个幸福的春天哟！

晚上没有灯，在烛光下，写了些字给她，但是这几张白纸又怎能表示我的思念于万一呢？娜，早点来吧，你的亦在想望你，从今以后，我们永不再分离。

大概你是来不及到这里来过生日了，但是我希望你能早点来过一个新春。

爸也来了信，说在上海很平安，我托 Wm. 拨的钱还没有到达，他说 Allan 很会说话，又聪明，一切平安，我放下了心。

但是如果父亲、Allan 和娜我们能够在一起，那我的生活该是最幸福了。娜啊，快来吧，我要补偿你的一切。因为我，你受的辛苦太多了，太多了。这些是我终身都来不及报偿的，但我将尽心尽力地补偿你，我的爱。

3 月 3 日

终于收到娜的信了，心里之快活非言可喻。我以前的设想，实在是多余的事了，我这个性急的人。

娜在信上写了她在运江的生活，是怎样的巧合呀，她在听了马叫之后，想念到以前我们在牧场上看落日的生活。那些日子，常常可以看到一二匹马在草地上散步，有时马在我们的身边走过，和善地望我们一眼。我总是紧紧地搂着娜，怕她给马碰坏了，其实却是我自己在怕马。她爱那个农场的生活，她说 Eugene 要说服我去做民生垦殖公司的经理，住在乡间，但是她认为我是欢喜外面的世界的，同时她决意跟我在一块。其实这的确是我一个不能解决的问题，我已厌烦了城市的名利的逐鹿生涯，但问题是在和 Henry 的关系上，他需要一个帮手，他以朋友待我，我还不是走的时光哟！

3 月 19 日

在这恬静的小居里，也住了三天啦，每天和娜在一块，一切旧时的温情全回到心里来。这是我们第二个在一块过的春天，这是我们想望了多少日子的春天哟！娜说当我们二人在一起的时候，似乎没有什么东西可以写上日记了。是哟，即使是短短的三天，可是我们似乎过尽了那些离散的日子，我们该有多少值得纪念的事写下来呢！但这却不是用文字所能记出来的，它们已永远铭刻在我们的心版上了。

我是十六日下午动身到运江的，没有轻便车，我和高、章二位从柳州的南岸步行到鸡喇，这该是我近年来所走的最长的道路了，大概有八九里吧。于是上了一只叫林三渡的船，等到七点钟才开船。这是一条辽阔的江，有着清可见底的江水，船用八个人划，在江上滑着。我们蜷伏在船里，老板们整夜地盘算着钱，真使我感到厌烦了，但船夫的歌声却是悦耳的。我不时地醒来，听到隔壁旅人的鼾声，还有船头上吹来的带着点悲凉的船夫曲。这真是一个瑰旖的旅行，从飞机、火车、帆船上通过，我似乎是在一瞬间过了几世纪的生活。第二天（十七日）早上七点半船才到运江的农场里。我是五点多醒的，我已经实在等得不耐烦了，高立船头上大叫着 Eugene，我则等着小船拢岸，心里怀着一些微微的战栗。我不知见了娜该说些什么，正如那些日子，我每次上女宿舍去的心情一样。看见娜像孩子样地跳出来，我的心 melt down（融化）了，多少日子的思念呀，可是在我们见面的日子，一切的幽怨和无可奈何的心情都消除了，哦，我爱的人。

昨天去骑了马，又和娜在夕阳里散步，这里的生活对于我是有益的，一年来在山城里所受的烦嚣，看来都为这明净的山水洗涤殆尽了。如果我们是有福气的话，我们该可以终老是乡。但使我耿耿于怀的却是 Allan。Alice 的孩子很好玩，我们的孩子应该上这样好的地方来 brought up（长大）的。他又聪明又伶俐，这些日子里我可讲许多故事给他听，和他在草地上一块玩，但世上是很少十全如意的事的。

下午躺在阳台上读《托尔斯泰之死》，院子里橘花的香味阵阵地飘上来，我的心宁静如水，望着在玩桥牌的娜，我真想吻她。我们已经有了两夜的畅快的 come out 了。

晚饭后去散步，看一钩新月，一天繁星，一山的野火。坐在石阶上，对面是镜水，我们的心弦颤动着，在一个节奏里，在一个心的歌曲里。

3月22日

又是三天了，日子似乎过得像在梦里，从天亮到天黑，我简直有点迷糊起来，想想那就要满的假期，想想那些繁俗的世事，我真有点不想回去了。

昨夜一夜的风雨，早晨起来还没有停止，站在阳台上看江上的雨点，使我想起雨里的西湖，另有一番迷人的姿态。可是到了晚上却有一钩新月。我记得有一夜在黄角桠也是这样的新月，害得我一夜没有睡好觉。但是今天的月格外明亮，加上繁星，我倚在娜的身边，我心里有着一种说不出的柔情，我爱她，我爱她，到死都爱她。

4月1日

在这山居已经住上了半个月了，每天过着恬静的生活。和娜在一块，我总有那么一种自信的感想，何况又在这山山水水的地方，人间的不如意，一年来的苦辛，似乎已经和我离得远远的了。那些只是噩梦，而我和娜在一块的时候，便感到生活是真实的，有意义的了。但是这样的日子又可以过多久？我们还是世俗的人，为了世俗，我们却又得回到红尘去。我自己好笑我的出世之想，但在这茫茫人世，如果一个人必得要为了眼前的生活，而埋掉他对于生命的真正理解的话，那个人真是太可怜了，我就是这样一个可怜的人。

（原刊于《收获》1999年第4期）

陪都迷离处

——冯亦代和他的日记

李　辉

1

　　最初冯亦代给我的印象，朴实、淡泊、平静、甘于寂寞。他最为痴情的是书，是翻译的乐趣。

　　也难怪，我认识他的时候，他正忙碌着为《读书》写书话文章。他把这个"西书拾锦"专栏看作他晚年最为重要的事业。从六十多岁一直写到八十几岁，将近二十年从未停歇过。二百多期《读书》上，他以质朴而淡雅的文字，将外国文学的现状介绍给读者，成为读书人一扇不可多得的窗户。他像一位巨大书库的导读，不厌其烦地引着人们在书架之间穿行。这样，在初认识他的那些日子里，每次走进他的房间，与他聊天，都是这些话题。

　　在搬到位于京城小西天那座高楼的"七重天"书斋之

前，冯亦代一直住在三不老胡同的"听风楼"。那时，在每篇文章后面，他都会注明"写于听风楼"。在那间破旧狭窄的小屋里，他听过不知多少夜的风声雨声。这样的老人，平静地听风，平静地创作、翻译，都是很惬意的事情。

他是个很和善的老头。他的和善在于朴实和平淡。他聊天时，时而会用幽默的插曲来让人感到愉快，但他不会有别的人时常表现出来的那种妙语连珠的本领。这样的平淡，却另有一种魅力，这就是因平淡而产生的亲切。亲切，于是可爱，于是给人以快乐。

一次向他请教翻译，是关于一个词组的特殊译法。在解答后，他谈到在翻译过程中的体会。他的语调一如往常，没有抑扬顿挫，但是例外地语气有所强调："有的人觉得翻译很单调，其实翻译挺有意思。有时一个句子怎么也想不出好的译法，但是过了几天，嘿，突然从脑子里冒了出来。"说到这里，他的神情变了，仿佛一种巨大的幸福降临于身。微微仰起脸，眼睛轻轻闭上，一边说还一边稍稍晃晃头，"啊，"停下，深深吁一口气，"那真是让人高兴！真有意思！"

他的神态真像一位嗜酒者，品尝一杯好酒，且已进入了微醺状态。

我可以理解他的这种陶醉。他这种性情的文人，一些别人看来十分枯燥乏味的事情，却总是对自己有特殊的魅力。他迷恋它。自得其乐，自我沉醉。

他以这样的心境写书话。那些书话似乎简略，有时甚至带有不少转述的成分，但是，它却需要深厚的文学功底和外文能力作为背景，缺一不可。我常想，其实这是一件费力而又吃苦的工作。读者需要它，但它又不会引起轰动；作者需要学识，但这种文体又不需要把炫耀才华放在首位。实际上，冯亦代在持之以恒地做着寂寞的工作。有时我不免有种担忧，还会有人像他那样做同样的工作吗？

冯亦代乐于寂寞带给自己的满足。每次我看他翻阅寄自英国美国的书评报刊，听他讲即将写作或者已经完成的"西书拾锦"，都感觉他带有一种如醉如痴的神情。

后来，随着交往的频繁，才发现，在寂寞中写作其实只是他性格中的一个侧面。不错，他能够耐着性子做寂寞的工作，可是他却又并非是甘于寂寞之人；他可以安安静静在书斋里看他的书，写他的文章，可是他也喜欢热闹，喜欢不时感受一下众星拱月的满足；他平常很随和，可要是较起真来，一点儿也不含糊，任凭你怎么劝也不管用，在这种时候，你会觉得其实他并不属于那种豁达豪爽的人。

当然，最大的发现是他的浪漫。前几年，他与黄宗英的黄昏之恋让不少朋友大吃一惊。浪漫，执着，着实让我看到了他性情中的另一面。当时，承蒙他信任我，早早将他与黄宗英的通信给我看，甚至还在小范围的几个人中征求意见时，把我这个年轻人也算在内。现在看来，他的黄昏之恋的确是难得的和谐和圆满。难以想象，如果没有黄宗英的细心照料和精神支撑，他能否从一次又一次的重病中挺过来？我想，说这是浪漫也罢，说这是生命力的坚韧也罢，反正到目前为止，他们是我所见到的众多黄昏恋中最为成功的一对。从那时起，这个写"西书拾锦"的老头，在我眼里，顿时生动跳跃起来。

一个浪漫的冯亦代。

2

几个月前，当冯亦代把他的一本写于四十年代的日记本交给我时，我又一次走进他的浪漫。

这是一本由生活书店印制的极为考究的日记本，封面和扉页上都标有"中华民国廿九年生活日记"字样。日记本为深咖啡色硬壳封面，扉页是建庵的一张木刻《拥护蒋委员长抗战到底！》，画面上蒋介石骑在马上，手指前方，身后是青天白日旗，身旁是持枪士兵在冲锋。日记本每月前面都有一页反映抗战生活的照片和一页"献辞"。"献辞"分别选用了艾青、艾芜、鲁彦、舒群等人的文章，每页下方则附有中外名人和中国抗战时期要人的名言。

在这样一本有着浓郁抗战色彩的日记本上，冯亦代和妻子郑安娜先后分别写了两部分日记。前面由冯亦代记述，题为"期待的日子"，时间为一九四一年十月一日至一九四二年四月一日；后面由郑安娜接着记述，题为"山居日记"，时间为一九四二年四月二十日至一九四六年八月二十五日。冯亦代是连续记录，而郑安娜则是断断续续，有时一年只记了一则。

冯亦代写这些日记时，独自一人在重庆。他在一九四一年一月离开香港，到重庆担任印制钞券事务处业务科主任一职，留下安娜在香港。日记记录的便是他在重庆等待安娜前来与他重逢期间的生活。他在第一天写日记时，在该页上端，用中文写上"期待的日子"，旁边又用英文写道"Always in Waiting（一直在等待）"。在日记本上标明"今天的生活计划"这一页，冯亦代还抄录了一首泰戈尔的诗。这首诗集中概括出冯亦代期盼时的心境：

> 坚定地持着你的信心，
> 我亲爱的，
> 天将要黎明了。

> 希望的种子
> 深深的在泥土里
> 它将要萌芽了。

> 睡眠，像一个蓓蕾，
> 将要张开它的心胸向着光明，
> 而寂静就会获得它的声音。

> 白昼近了，

那时你的重荷会变成你的礼品，

你的痛苦会照亮你的路程。

读这些日记，自然就想到八年前逝世的安娜老人。

八十年代，每当我去"听风楼"看望冯亦代时，总是安娜来开门。她瘦小精干，穿着十分俭朴，虽已年老，但透出一种典雅气韵。她把我引进门，给我倒上茶，就静静地坐到她的书桌前，听我们聊天，偶尔也参加进来。看书时，她手上总是拿着一个放大镜，原来七十年代在干校时她患了青光眼未得到及时治疗，结果右眼从此失明。看她年轻时照片上美丽的大眼睛，再看眼前的她，确有一种悲凉与遗憾在心头。后来我才知道，眼前这位从不张扬的老太太，其实也在时代大风大雨中闯荡过，风光过。现在我有时不免后悔和她聊得太少，不然，仅仅是抗战时期她在香港担任宋庆龄的秘书的记忆，就该有不少重要的故事和细节，这对于我了解那一时代的风云变幻和复杂性格，一定会有帮助。可惜，她在一九九一年去世，一切都随之远去。

晚年住在"听风楼"，他们的生活显得平淡安稳，当然也就无从让人感觉到他们情感中曾经有过的浪漫。直到安娜去世后，读冯亦代的怀念文章，听他的交谈，我才得知，他们的爱情婚姻，虽然有过波折起伏，但却有着少有的浪漫情调。而这样的一些故事，也就加深着对他们性格的了解，对那个时代中的人与事的了解。

他们认识是在一九三四年的沪江大学。冯亦代还记得，那天晚上，在大学的露天剧院里，学生演出莎士比亚的《仲夏夜之梦》，安娜在剧中扮演小精灵迫克。"她娇小的身材，加上她诗一样的语言，柔和的声调，似乎是天生要我去爱的人。但是我还不知道她的姓名；我又用什么办法和她接近呢。我一面欣赏她的演技，一面痴痴地向往着能够早日结识她。"谁知，第二天，他才发现原来安娜和他选修同一门课，一同走进教室。到了晚年，冯亦代仍然用这种留恋、回味的语调说到当年的"一见钟情"。

经过几年的交往，他们一九三九年六月三日在香港大酒店平台举办婚礼，出任傧相的是戴望舒夫妇和徐迟夫妇。他们的喜事，给身处战乱中的朋友们带来巨大快乐。就在婚礼这天，他们两人又上演了一次他们的浪漫。

那天下午，吃完安娜切开的大蛋糕，朋友们便翩然起舞，而他们两人却偷偷离开了酒店，跑到一家戏院去看电影。是什么电影，冯亦代如今已记不清楚。他记得的只是，他呆望着身旁的安娜，那样安详，感觉就好像他们依然端坐在当年的教室里一样。她不时瞥他一眼，看见她笑，他也跟着笑了。看完电影，他俩又去吃宵夜，早把客人抛之一旁了。回到新居，房东太太说客人刚刚散去。这便是他们的婚礼。用冯亦代自己的话说，坐在影院里相视而笑，"这就是我们看的影片！"

说得多妙。

知道了他们的这些故事，再看"期待的日子"中的日记，就不难理解冯亦代笔下所记录的种种情绪：等待中的思念、浪漫中的想象、焦急中的埋怨、重逢时的欣喜若狂……说实话，过去主要是读冯亦代的书话，我从未想到，他居然能写出"期待的日子"中的这种色调强烈的抒情文字。那简直是浓得化不开的甜蜜，是少男少女一般的情怀。在我看来，这些日记整理发表出来，大大充实了他的散文收获，呈现出他的写作风格的多样性。

看着人们拿着中秋礼品，看着人们忙着整理东西预备回家过节，那么欢欣的孩子似的腔调呀，心里有着说不出的怅然之感。一年容易，又是中秋，这团圆的季节，但我们却分散着，虽然我心里不断地拿"现在有着多少的离散的人"的那句话来安慰自己，但我的家应该是可以团圆的。真是太感伤了，但又有什么使我不感伤呢？

黄昏看月亮升上山头，那样明亮的像面镜子，月光照在雾上像片海，雾里的灯光是水里的倒影。而今晚没有灯火，月亮便显得格外明朗了。我抵不住它的诱惑，便硬将自己囚在烛火的书桌上，我不敢看月。

　　娜是不欢喜月亮的，但我记得去年有一晚香港灯火管制之夜，我们站在阳台上，夜凉如水，我却感到她身上的温暖。安适的家，和平的家，又是一年了。（1941年10月4日）

这里，场景变换伴随心绪流动。惆怅、思念、感伤，与月光、烛火竟如此密不可分。诸如此类的篇章，在长达半年、数万字的日记中几乎比比皆是。

"期待的日子"绝非一般意义上的日记。尽管写它们时冯亦代丝毫没有将之发表的想法，但他显然是在精心地把它当作艺术品来雕琢。从散文创作的发展来看，这样的文字今天看来也许显得有些稚嫩；但从记录个人心境角度来看，从主人毫无顾忌地袒露心迹，从他刻意追求文学效果来看，仍堪称日记创作中不可多得的果实。

3

假如仅仅是一种个人间浪漫情感的记录，这些日记也许还不至于引起我如此浓厚的兴趣。

在回望本世纪的行程时，我常常感到历史研究或者历史描述中，总是留有不少空白。这一方面因为史料匮乏所致，另一方面也因为某些人为因素所致，各种原因各种因素，人们好像很难客观冷静地认识历史，更谈不上全面地描述历史的所有阶段所有场面。在这种情形下，我觉得史料的收集与整理极为重要。特别是个人的、档案性质的记录，如日记、书信、检讨、交代、"黑材料"，等等，在历史研究和描述中都有不可替代的作用，将是填补历史空白的必不可少的材料。这也就是我一直想编辑一套档案性质丛书的原因。

关于抗战期间重庆的研究和描述，我一直觉得是现代史研究的一个薄弱环节。当年它曾经作为战时中国的临时首都——陪都，在日本侵略战火中支撑八年，一时间成为世界关注的热点地区之一。在这里，那些岁月上演过许许多多政治、军事、文化的故事，或悲壮，或凄惨，或恐怖，或沉闷。其实都有必要一一梳理，进行详尽的记录和分析。在这个意义上，冯亦代的日记（包括郑安娜的在内），从个人的角度，生动记录了大时代背景下个人生活与情感的波动。作为知识分子，他在陪都的苦闷、寂寞，颇能帮助人们了解当时、特别是一九四一年以后重庆的现状。

　　随着抗战初期的亢奋过后，重庆已日趋乏味。战火激烈时掩盖的种种弊病和矛盾，也渐渐露出水面，改变着人们的心情和态度。这一点，来自西方的记者们感觉得更为突出。我最近正在翻译美国作家 Peter Rand 写的《美国记者在中国》一书，其中不少篇幅都涉及外国记者在陪都重庆的生活。在他们眼里，一九四〇年之后的重庆无疑是一个乏味沉闷难以忍耐的城市。该书在描述著名战时记者白修德的章节中，这样描写当时的重庆：

　　　　在阴冷的冬天和酷热的夏天，以及一九四〇年随之而来的大轰炸中，白修德继续担任《时代》记者，他的精神决不能被这个地方打败。要做记者，这就需要为之努力。首先，重庆在冬天变得封闭，没有新闻发生。日本人不再频繁地轰炸重庆，阴冷、厚重的浓雾，从深秋开始就久久笼罩着城市，一直到来年五月，天都是灰蒙蒙的，阴冷难耐。这种气候既冻又潮湿，令人沮丧得很。到处都是陡峭、拥挤的小巷，里面堆积着臭鱼烂肉，垃圾发出的气味实在难闻。这个样子就像一个很多年前与世隔绝的霍皮族人的巨大村庄。没有一点儿绿色让人感到赏心悦目。整座城市一片灰暗，为避免空中轰炸，所有建筑都刷成黑色。危险的还有重庆的街道，都那么陡峭，泥浆根本积不到脚脖子那么深。

　　　　然而对于记者来说，重庆最糟糕的是中宣部对新闻的封锁。在蒋努力作战的时候，重庆的外国记者尚能一时容忍新闻检查。在一九三九年，记者们便开始不管中国政府，自己来观察因政府的无能而暴露出的更多的突出问题。位于中国内陆省份的这座封闭城市，如同中世纪的一个巨大城堡，在这里住上一年之后，外界便没有多少新闻吸引记者们。他们发现，他们已经陷入在政治泥沼之中却又无能为力。譬如白修德写信告诉费正清："人越在这里待下去，就变得越狼狈。"他写道，这里有三个阶段。"第一，所看到的到处都是肮脏和污秽。""第二，你得接受这些肮脏和污秽，因为你看到善良勇敢的人们，在克服一切困难为这个国家而奋斗。"他写道："第三，在这些善良和勇敢背后，你看到的是腐败、贪污、阴谋、管理荒唐、怯懦、官员的贪婪。于是，人便不得不开始怀疑。"怀疑过后便是沮丧。"我认为我比这座城市的任何人，包括《泰晤士报》的德丁，更为了解这个国家的现状。"白修德说，"但是，尽管了解却派不上用场。它还在燃烧……它还挺立着……我们不能说出我们今天所了解的真相，因为这会伤害我们正在努力帮助的一个民族；而等到了明天，人仍却又不会再对我们必须说出的一切有任何兴趣；不管如何，希望这不会是真的。"

外国记者的这种感受，正是不少中国知识分子当时的感受。这也是冯亦代记录他的日记时的背景写照。"寂寞，寂寞，这该是个寂寞的时代。为什么有这许多人在喊着寂寞呢？难道人的心都冷了吗？"读冯亦代这样的感叹，很容易想到巴金描写战时重庆生活的长篇小说《寒夜》。男女主人公早年的所有热情和理想，一日日被陪都的苦闷蚕食殆尽，进而生命也就萎缩凝固了。

现实生活的沉闷和灰色，冯亦代无疑难以接受。他颇为自负和清高，看不惯重庆一般人那种卑微：

　　《愁城记》在演的第一天，有许多看客不到终场便跑了。人们不能在一个纯真的生活里获得一种人性的温暖，这是我最感失望的。

他们在过着怎样的生活呀！他们不敢看到自己，想到自己，于是当描写自己的故事搬到台上时，他们不敢看，也不愿看。是呀，他们的生活本来是深埋在污浊的笑料中的，他们作假，他们骗自己，于是一天天过去，赵婉和林盂平不过是小圈子的生活，但他们却生活在泥沼里，闭着眼，什么也不管，用卑微的笑料为自己的滋养，他们生了又死了，可怜的人！但是我们不但要打破小圈子，而且应当打破泥沼，否则我们没有纯真的生活，我们只是一批开着眼的瞎子。

戏散了，又是在雨里冲回去，我脑里有着太多的思绪，我不想睡。但是床头的灯却突然熄灭了，我躲在黑暗里，我永远躺在黑暗里，天呀！（1941年11月1日）

对现实灰色人生采取蔑视态度的人，心里一定有着亮光在闪烁。这便是爱情的浪漫。他需要用它充实自己，安慰自己。我想，冯亦代之所以在等待与妻子重逢的那半年里，几乎每天都能够用浪漫的笔调如此执着地记录他的思念与期盼，甚至相互之间的误会，就是想借此来摆脱日常生活的沉闷、压抑。在想象中的与妻子相对的场景里，在诸般感受的挥洒中他的情绪得以发泄，不然，用他后来的话来说，他会在那里发疯的。

这样，个人的记录也就成了一段历史的丰富注脚。

一九九九年四月二十六—二十八日，北京

（原刊于《收获》1999年第4期）

君子之道

余秋雨

一

一位朋友来电，说近日几家报纸同时刊出两条新闻，一条是我的妻子撰文恳求诬陷者们饶恕我，另一条是白先勇先生也参加了他们的队伍，严厉地批斥了我。

我一听便笑了。任何谣言都是自我写照，这两条假新闻下意识地吐露了一种人格习惯：自己遇到麻烦便苦苦求饶，朋友遇到麻烦便落井下石。

这使我想起"文革"中一再出现的图像：一场场日新月异的斗争，不在乎事实，只在乎"态度"，而备受称赞的"态度"正与求饶和卖友有关。

多年的训练和遗传，已使那些人不能想象另一种人格习惯：在任何情况下决不求饶，也决不卖友。

我用不着做任何核对，在第一秒钟里就可做出判断：白先勇先生不可能凑这个热闹。因为这里包含着某种心照不宣的君子之道。君子之道有一种不必核对的稳定性，就像险径边的栏杆、惊涛中的浮标，总是可以信赖和依靠。

二

想起一些往事。

我第一次去台湾，是被邀参加两项学术活动，与散文无关。一项是白先勇先生读了我的《中国戏剧文化史》一书，推荐我在一个昆曲研讨会上演讲；另一项是现任历史博物馆馆长黄光男先生读了我的《艺术创造工程》一书，邀请我在一次现代美学研讨会上演讲。照理两项邀请加在一起颇有力度，谁料，阻难重重，我被滞留在香港束手无策，好不容易才赶上台北研讨会的闭幕式，而闭幕式为了等我还拖延了一个多小时。

造成这样的麻烦其实与白先勇先生毫无关系，他也是从美国赶来的，并不是东道主，但他一直觉得对不起我，反复地质询东道主是否在哪些细节上疏漏了，天天设想着如何补救。最后终于想出了一个办法，那就是由他担任一家报纸的"特约记者"，对我进行采访。这真叫"折煞我也"。他在全球华文文学界的崇高地位人所共知，已经很少回台湾，因此一举一动都被各报记者密切追踪着，怎能想象他反倒摇身一变而成了"记者"？

那天晚上他真的来到了我住的宾馆，手上拿着一张纸，认真地准备了几个与昆剧艺术和东方美学精神有关的问题，逐一"采访"。他反复向我道歉，说自己从来没有采访过别人，不知像不像。录音机在悄悄转动，四周坐着一些闻讯赶来的真正的记者，第二天，一篇名之为《至情至美》的谈话录被整版地刊载出来。

我心里明白，他设计这样一个让人吃惊的补偿方式，并不仅仅是为我。当时两岸文化界的交流还没有真正开始，彼此间还存在着大量可笑乃至可怕的误会，两方学者在第三地开会，还不敢互相打招呼，连这次接待我的一位女士也一直担心我走在台北街上会不会遭到伤害，其实当时台湾谁也不认识我，哪里会发生这种事情？就在这种严峻的情况下，白先勇先生先人一步，一眼看到了超越于层层积怨之上的沟通方位，那就是中华文化的千古话题。他用自己力所能及的最高行为方式来尊重一个来自彼岸而又名不见经传的普通文化人，无疑是在申述一种久违的文化态度，这就是君子风范。

在这之前，我已在大陆多次见到过他。第一次见面是在上海观看昆剧《长生殿》；第二次见面是广州上演他的《游园惊梦》，我担任文学顾问。那时大陆刚刚改革开放，文化界、新闻界还有很多人习惯于绷紧了思想等着他说出一些有刺激性的社会评判和历史断语，但很快就失望了。他不想违避社会历史问题，只是这些问题一旦由他吐露全都变成了沧桑冷暖、人生感叹，因此也很难声色俱厉；而让他双目炯炯的话题，永远是中国文化之美。一个有着著名家族背景和国际文化视野的大作家竟然如此？人们惊讶了，但很快又清醒了，明白了在仇仇相报的循环中，文化的介入意味着什么。

我也曾一度疑惑：他如此温文尔雅，难道就没有强烈的是非取舍吗？后来经历了一些事件，才知道他不仅有，而且比我想象的都强烈，只不过他所取舍的是非，是真正的大是大非，关及人类文明的终极标准，绝不琐碎。不仅是他，我所熟识的海内外文化大家几乎都是这样，要从他们嘴里听到对同行的诋毁，真是万难。所谓"文人相轻"，只发生在某些层面，有明确的上限。白先勇先生在谈话中从不涉及文坛纠纷，好像与"文坛"整个无关，偶尔谈到某些艺术作品和艺术家则总是赞不绝口。他没有称赞的，可能就是他不大喜欢的吧？但他毕竟是个多元文化论者，知道对于自己越是隔阂的东西越没有发言权。这就像，他喜欢圣芭芭拉这座小城市，便把自己的大半生交给了它，但他怎么会因此而贬损世间其他城市？这是人生常识，也是文化原则。他常常感叹中国现代文化因否定前人和他人过甚而失落根基，难有建树。这种情况使他产生了一种悲悯情怀，既对中国文化，也对中国文人。悲悯情怀也可简称为"悲情"，最早在他的来信中看到这个词我还弄不明白准确含义，但已可推测与这两个字在大陆的通常理解很不一样，后来在来信中一再出现，慢慢就领悟了。在愚昧和野蛮的旷野中出现一点文明的细流极不容易，把这种文明点点滴滴地留存下来更不容易，可叹人们总不知爱惜，包括不少文化人。他在香港的一次演讲中说："中国人对自己文化的破坏那么彻底，世界上好像没有哪个民族对自己的传统文化那么痛恨，好像必要去之而后快"。但如果全然"去之"，文化人何以安身？中国人何以立命？因此他产生了悲悯。悲悯的结果，不是痛斥，而是引领，引领大家去看旷野里留存的点滴文明，然后小心翼翼地捧持起来。在早已习惯于拳脚来往的领域，反倒是这种捧持的动作，令人惊心。

回想八十年代他第一次回大陆，面对浩劫方过、百废待兴的情景，他那重叠着东西方高层坐标的内心不能不感受到全方位的颠荡，但是谁能想到，他寄回台湾发表的文章居然是这样写的：

> 这次重回上海，最令我感动的一件事就是看到了上海昆剧团演出的全本《长生殿》。……三个钟头下来，我享受了一次真正的美感经验。昆曲无他，得一美字：唱腔美、身段美、词藻美，集音乐、舞蹈及文学之美于一身，经过四百多年，千锤百炼，炉火纯青，早已到达化境，成为中国表演艺术中最精致最完美的一种形式。落幕时，我不禁奋身起立，鼓掌喝彩。我想我不单是为那晚的戏鼓掌，我深为感动的是，经过"文革"这场文化大浩劫之后，中国最精致的艺术居然还能幸存！而"上昆"成员的卓越表演又是证明昆曲这种精致文化薪传的可能。昆曲一直为人批评曲高和寡，我看不是的，我觉得二十世纪中国人的气质倒是变得实在太粗糙了，须得昆曲这种精致文化来陶冶教化一番。

我初次在《联合文学》上读到这篇题为《惊变》的文章时也是"深

为感动"，不是因为他替上海说了好话，而是因为他这种一见像样的文化成果便神醉心驰、不计其余的纯粹精神。可以想象这类文章以他的大名刊出，在当时会使多少海外华人减少心头的隔阂，重新体验中华文化的永恒内质。

说到这里，我想，我已经触及了更深刻意义上的君子之道。

对于荒芜，他会痛惜，却不会嘲笑。因为痛惜，他会百倍细心地拾捡，若有所得，便心悦诚服地朝拜。因此他高贵而不高傲，随和而不随俗。他心中没有寻常是非，最大的是非是文明的消长；他一生没有太高的私人目标，最高的心愿是中华文化的复兴。他把复兴的期限定在二〇一九年，即"五四"运动之后一百年，有点天真，却非常认真。我在马来西亚的吉隆坡读到这封阐述中华文化复兴年限的来信产生很大震动，回国后便郑重地在岳麓书院转告给湖南读者。天真，本是君子的一大特征，君子重道义而轻谋术，焉能不天真？文化的一脉生机就是凭着一群君子的天真企盼截截延伸的，八百多年前两个三十多岁的年轻君子曾在岳麓书院讨论过中华文化的内质，也是书生意气，不乏天真，后来也曾屡遭贬损，引起无穷无尽的麻烦，但历史终究首肯了他们的讨论。我想，即便中华文化不能如期复兴，人们也不会嘲笑白先勇先生的憧憬。

三

就在读到白先勇先生来信的前两天，我在新加坡遇到了老朋友王润华教授和他的夫人淡莹。从这对慈爱的诗人夫妇背后，闪出一个叫何华的年轻人。这让我兴奋不已，又想起了白先勇先生。

原来，白先勇先生八十年代首次回大陆时曾到上海复旦大学讲学，读到了该校一位毕业生的一篇毕业论文《历史之门》，论的是他的小说，学生的名字就叫何华。白先勇先生有点惊讶，想不到阻隔重重的大陆也有年轻人如此准确地理解了他的作品。自己的作品成了大学毕业论文的研究对象，这对像他这样一位作家来说应该是很常见的事，我当时也没太在意，但我显然低估了白先勇先生面对大陆年轻一代身上闪现的文化悟性所产生的激动。何华毕业后到家乡安徽做了一名记者，当然也无法再研究白先生的小说。但是，此后很多年，白先勇先生只要来信、来电和见面，总是一再提起何华，希望我能有所关照。我前些年有很多时间住在安徽，确有不少机会邀请何华来家里坐坐，或到合肥一家叫久久隆的餐馆吃饭。交谈中发觉何华很苦闷，狭小的空间和复杂的人事使这位习惯于仰视历史之门的年轻人不知所措。但是，无论是何华还是我，都没有向白先勇先生说起过这种情况，而白先勇先生则凭着一位作家的敏感远远地发现了问题，他很想为何华扩大一个空间，以便从国际视野上来进一步认识中国文化，只是他作为一个深居简出又不愿麻烦别人的作家，在这方面的能力有限。一年年过去，不知托过了多少人，终于有一天他找到新加坡大学的王润华教授，恳切地说："我有一件私人的事情想托你……"他亲自执笔推荐何华报考该校的研究生，并指定我为另一个推荐人。

王润华、淡莹夫妇显然被白先生感动了，他们现在对何华的照顾程度，使我妻子看了之后惊叹不已。淡莹像母亲一样为何华端汤搛菜，而王润华教授还在一旁自语："白先生说是私人的事情，但他从不拿真正私人的事情麻烦人。别人的事，再小他也认真。"

这我相信。记得一九九〇年突然接到白先生的电话，他已在上海，从杭州赶来，立即要去石家庄。我见到他，满脸倦容，原来是为他的一位得了绝症的朋友来寻找救命良药。从美国赶来，纵横九州大地，如此一位大作家，钻到穷乡僻壤去——叩动乡间名医的家门，这个情景实在很难让人平静。那时他与我谈起觅药的过程，俨然已是一位中草药专家。顺便他告诉我，那位得病的朋友是他中学的同学，也是余姚人。

君子之道很大，又很细。我不相信一个漠然于朋友的困境和灾难，甚至随口贬损朋友的人，能在文化上做出什么大事。

——正在写这篇文章，又接到白先生的电话，说他刚从美国到台湾，

还没有住定，有一位影视界的朋友找他，希望他动员我准允他们把我的
散文拍成影视作品。其实这正是白先生多年来不断向我建议的事，为此
他还特地寄来一部厚厚的英文版的《欧洲文明》电视专题片脚本。他万
分认真地代我询问了他们的拍摄意图，甚至还谈到了我的利益，然后立
即打来电话通报。

他给我介绍的影视制作人就是著名演员刘德凯先生。我立即就信任
了，因为九年前他给我介绍的尔雅出版社的隐地先生就是一位在品德上
几乎无可挑剔的真君子。君子当然也会上小人的当，但他们的基本网络
必然是君子。这是文明的渠道，即便已近干涸，一有水流也还是淙淙
琤琤。

（原刊于《收获》2000 年第 5 期）

且说说我自己

陈丹青

　　这不是"我自己"起的题目。事情是这样子：《收获》杂志编辑说是《人生采访》专栏要请艺术家谈论"自己"，长途电话里几番情词恳切向我要稿子，终于推托不过，我说，非要写，出个题目，发几句问吧，于是电传传过来，给了这题目。

　　我不愿谈论我自己。我的家不挂自己的照片、自己的画——不为什么，也没想过为什么。平时偶尔发表文字，编辑索要照片，我也不寄。不知起于何时，中国的书刊作兴发表一张以至一张以上的作者照片（十九还是彩色照片，彩色照片真难看）。我不明白：为什么要麻烦读者看自己？你怎么知道读者愿意看见你？

　　可是好几位编辑语重心长劝过来："随俗吧！这是读者的愿望。"

　　谁是读者？他们在哪里？就算真有读者坐在我跟前，我也不知如何"谈谈我自己",人只要是坐下写文章,即便写的是天上的云彩,地上的蒿草,其实都在"谈自己",而我是读到文章里出现太多的"我"字,便起厌倦,因我向来怕见进门坐下滔滔不绝大谈自己的人。

今岁我回国存身,不走了。人一旦成了所谓远来的和尚,归国的游子,即便仍是黄脸一张,"读者"总不免过来瞧一眼——采访,座谈,约稿,热乎乎的,都是抬举,都该解作善意。好吧,豁出去,我就三陪小姐似的陪一阵,陪过一阵,总会四散的吧,然而难办的是临了还要提供自己的照片拿去印,怎么办呢,挨得过初一挨不过十五,我终于屈服,就范,随了几回"俗"。新近接受《ELLE》杂志(中文叫作《世界服装之苑》)的采访,就给要去几张与家人一起的照片,说是读者看了会有"亲切感"。我事先征求女儿的意思,不料她就高兴叫道:YES!同学们可以在《ELLE》上看见我!——她倒预先知道谁是她的"读者"了,而且中文版《ELLE》拿到美国去,怕是比法文原版还吃香。

自己拍照自己看,没什么。谁手边没有自己的相片呢,可是一朝发表流布,譬如在《ELLE》连篇累牍的朱唇、香肩、玉臂、秀腿之间忽然撞见"我自己",我顿时变成身份不明的"读者"。昨天,十一月号《ELLE》上了市,封面是美国影星"甜宝贝儿"布兰妮,侧身斜睨着,一对丰乳在滑亮的胶版纸上几乎跌出来。打开,翻下去,心惊肉跳,闯了祸似的:"我自己"!

在"我"与"自己"的画作之间,情形、感触是怎样的呢?九月,我的个展在北京展过,十月即开始了从湖北发端的巡回。在武昌那所空阔陌生的展厅,我又眼看一百六十多幅大大小小自己的画从货柜里一件件取出:有点亲腻,有点烦。二十年来年年办展,自己的画,早已看熟、看厌,每当这样地打点布置自己的展览,我总不像是"读者",也不太像是作者,仿佛置身事外,并对自己的冷漠与茫然暗暗惊异。这暗暗的惊异,外人不易觉察,我心里是知道的,此刻无妨说出来:那其实出于作者与作品难以弃绝的自顾、依恋，仍算是轻微的热度吧。

但这都属于后台的"内心活动"，纸面上的"文字处理"。人在现场，"我"与"自己"往往还是不知如何坦然相处，犹如当年初出道。

只要有观众，我向来羞于走进张挂着自己作品的展厅中去——不为什么，也不知为什么。多年前读到一篇关于马奈的回忆文字：他也竟羞于走近沙龙里自己的画幅跟前去，朋友拉他，他固执拒绝，停在远处。我知道，我岂能自比马奈，但是人同此心。幼年在体育场看见球手投中，满场叫好，那球手却总是埋首疾步跑开去，毫不理会周围的响动，而那神色又分明听见并知道周围的响动的。胡兰成对此有他的说法，他似乎格外倾心于这样的说法，他说：古人箭中靶心的一刻，每在心里叫声"惭愧"！为什么呢？因为此时是"在众人里看见了自己"。

放学了，一群小孩子，欢天喜地连打带闹，这时最怕爹娘冷不防窜出来，连名带姓叫回家。

贡布里希说："没有艺术，只有艺术家。"是吗？好像是这样。真的是这样。每在大画家的回顾展厅里徘徊不去，我常会想起那位罗马总督手指耶稣说的话："瞧—这—个—人。"是啊，我常想，真有所谓"艺术史"么？没有这单个单个的"人"，艺术史是什么？

在作品上签署姓名的传统是十分晚近的故事，相传始于乔多。乔多的时代，相当于我们的元末明初吧？中国的艺术家的署名，似乎要早得多了。但我们可知道兵马俑的作者是谁？敦煌的作者又是谁？

纪德（抑或是福楼拜？）说："呈现艺术，隐退艺术家。"

"艺术家"一词是翻译过来的（原文根本没有"家"的意思）。在敦煌与兵马俑的时代，那些伟大的作品并不被看作是艺术，"艺术"一词，也是翻译过来的。

签名只是签名。如今满世界的油画行货张张都签名，在中国，许多作者用的是拼音字母，斜体，飘逸，粗看以为是英文，是法文，其中最快的快手，一天能刷几十张。真的，在五颜六色的行货画面上，**没有**

"艺术"，只有"艺术家"。

我长久迷惘于委拉士贵兹的魅力。他当然签名，在他的画中，**只见艺术，不见艺术家**。

小时候翻墙越界，手腕子给大人捉牢了，拽到办公室，桌子一拍：讲！此刻，我若犯事败露扣在局子里，我将被迫"说说我自己"，正式的说法，即"坦白交代"——我愿坦白，我自认很坦白，只怕我说出的话，编辑、读者不要听。

编辑在电传里问：什么因素、什么时刻使你萌生了、确认了要当一名"艺术家"的想法？

我不知道，也不记得。至今我羡慕能够留起络腮胡子的人，我真想知道是什么因素、在什么时刻，那密密麻麻的胡子开始"萌生"，并"确认"为络腮胡子，而我却没有。

编辑又问：面对现在艺术学院最年轻的艺术学生，如果他不知道您，会如何？

两年前，我的侄女同一位刚过二十岁的画家谈恋爱，讲起她的"姑夫"，那年轻画家说："哦，就是那个很老的家伙吧？"在今年出席的几次座谈会上，"最年轻的学生"递给我的字条会这样问："请谈谈您的初恋，还有中年的欲望"，底下加个小括弧，里面歪歪斜斜写着："一定要回答呀！"我"会如何"呢？我说，在我的青少年时代，男生女生根本不讲话。至于中年的欲望，请诸位等到中年再问吧。

编辑还问：听说两次您的流泪，一次是在伦勃朗画前，一次是在学生面前。

瞎说。我从未在"伦勃朗"或"学生"面前流过泪。在别的时刻或场合，我确曾纵容过自己的眼泪，有时，那简直是欢欣的经验，但除非"刑具伺候"，我绝不招供详细，直到我愿意将之转化为别的叙述方式。罗兰·巴特在他追念亡母的著作《明室》中，母亲以及母亲的照片是贯穿全书的话题，可是在书中的大量照片里既没有他的母亲，也没有他自己。他坦白，但什么也没交代。他说：

"我要发表心灵，而不公开隐私。"

年轻的达里初访毕加索："先生，我今晨抵达巴黎，没去卢浮宫，先来看您！"

毕加索应声答道："你做得对！"

艺术家自当如是看自己，说自己。凡·高同志要算是倒霉的，但他在给亲兄弟的信中说："有一天，全世界会用不同的发音念我的名字。"

这算是"隐私"还是"心灵"？二十世纪初，据说散在巴黎蒙马特高地的"盲流画家"中有位老兄每天早起将脑袋伸出阁楼天窗对着大街吼叫着：我是天才，我是天才！

看来我不配是个艺术家，不因谦虚，或因我是中国人。少年时，我在穷山沟里好像曾经躲进被窝偷偷默念过"我是天才"之类谵语，因是过期太久的陈年"隐私"，可以"发表"，聊供读者笑一笑。当代中国艺术家总算敢于公开求声名，放狂话，遑急旷达，旷达而遑急，似也渐与西方人连同一气。我就不止一次在国中关于艺术的文字中读到引自安迪·沃霍的话：

"每人出名五分钟"。

二十多年前，我时或被人告知我已出了名。近年回转来，小小美术圈居然依旧记得"陈丹青"。只是这点若有若无的小名声，与"我自己"有什么关系？是什么关系？每见围上来要求签名的"最年轻的艺术学生"，我总是感到委屈而失措：替他（她）们委屈，替他（她）们失措。我签，但即便是伦勃朗或毕加索此刻坐在正对面，我一定不会走上去要求签个名。我会目不转睛看他们，假如能够，我愿为他们捶背，洗脚，倒尿壶。齐白石说他甘愿给青藤八大磨墨理纸当走狗，绝对真心话。

编辑的电传还说：即使现在，也有人不断在对《西藏组画》做解读。不见得吧，要真是那样，我该怎样解读这"不断的解读"？那是我的"声名"还是"我自己"？关于那些画，倒是四川美院一位学生说得最痛快。他生长在拉萨，与我老交情，看到后来一拨拨画家跑去画西藏，他脱口而出：打倒陈丹青！

上个礼拜我遇见了陈丹青，真的！还是在湖北，讲座过后，同学们又纷纷挤过来要签名。忽然人丛里钻出一位能说会道的小姑娘，头顶及我肩，江西人，属羊，与我闺女一般大——大家哄笑了：原来这姑娘与我同名又同姓。名叫"丹青"的同志我知道好几位，同名同姓，现前面见，却是第一回。我们彼此瞪着、傻笑，不知如何是好。她要是个男子，与我同龄，我就可以模仿安迪·沃霍聪明而善良的恶作剧，聘请这位陈丹青为我抛头露面开讲座。不是吗？在众人的持续哄笑中，我俩终于并排站站好：这回是我要求与"我自己"合个影。

临了，陈丹青同志一定要我为她写句话，我就写：

丹青：你怎么也叫陈丹青？接着签了我的名。

但随即我就后悔了：凭什么人家不能也叫陈丹青？我该这样写：

丹青：我也名叫陈丹青。

二〇〇〇年十一月一日

（原刊于《收获》2001 年第 1 期）

且说说我自己

337

从七房桥走出来

叶　辛

从前，有一个青年，逃难来到太湖边上的峄嶂山。

这个青年姓钱，当时只有十几岁。原来他随父母亲居住在嘉兴的北门外。只因为元朝打败南宋时，苏州、无锡、嘉兴沿太湖一带，都曾有反抗。故而大量的田地抛荒，大批民众被杀，大小城镇遭毁，一片凄惨景象。父母亲死于战乱的逃难途中，钱姓青年侥幸逃生，迫于生计，只得到无锡南坊前镇的陶家，当了上门女婿。细算起来，这是六七百年前的往事了。

二十多年过去了，上门女婿生了两个儿子，在他四十岁时，妻子去世了。他就和陶家的族长商量，让他的大儿子姓陶，续陶家的香火，继承陶家的产业。让他的小儿子归宗钱氏，仍姓钱，不带走一文家产，另辟门户。将来，无锡的钱陶两家不通婚。陶氏家族恩准了他的提议，他就带着小儿子离开了南坊前镇，顺着梁溪往东走。

他们父子俩，身无分文，走到哪里去呢？

翻开江浙地图，可以看到，苏州、无锡、湖州，挨着有名的太湖，是标准的鱼米之乡，春天来了，河网密布，鸟语花香，只要有一双勤劳的手，饿不死人。

梁溪通太湖，它有一条小河稍稍拐出去，叫啸傲泾。这三个字不好讲也不好写，也有人直呼作逍遥津的。

离开陶家的父子俩，到了逍遥津就定居下来。

这里有万亩高地，因为高出周围远远近近的良田五六米，水抽不上去，故而虽然地处水乡，也都荒着。居住在这里的农户，大多是因战乱避难而来，只能靠天吃饭，一遇干旱之年，只能唉叹老天的无情。

父子俩就在这里安下家来。在当陶家上门女婿的那些年里，他学了一手好木匠活。住下来，他们父子也不种地，专门做了水车卖或是出租。

那万亩高地，有了水源，秋季的收成也便有了保证。春夏之交农忙之时，买下或租了他们水车的，父子俩要去给农户安装，讲解使用要点；秋冬时节不用水车了，父子俩要应农户的要求对水车维修。父子俩成了逍遥津少不了的人物。而原本人烟稀少的高地上，由于能抽水种田，迁来的农户也越来越多。

这父子俩，就是钱伟长校长的老祖宗。所以我一开头，用了"从前……"这个最为传统的方式。

钱校长啜一口茶，笑眯眯地瞅着我，用略带幽默的语气问我："你说，有意思吧？"

我点头，说有意思。但是我觉得有意思的是这一段久远的往事中的人物。我还不明白他何以要讲这一番话，这一带有传奇色彩的家史。天气很好，初冬的阳光给人一股暖洋洋的感觉，刚刚经过休息的钱校长红光满面，谈兴上来了，眉飞色舞，还伴着手势。从他的举止神态，你根本想象不到，他在上半年生过一场大病。你也看不出来，钱校长已是八十八岁的老人。

木匠父子的事业，传到孙子那一代，正是明朝的洪武年间。钱家真正地大发起来。除了继续经营水车，他置有最大的库房，兼营打壳风车。这以后又办了酒厂、酱油厂和南货铺，成了远近闻名的首富。

钱校长接着向我介绍着祖宗的家族史。他的声音不高，吐字清晰，叙述的条理十分清晰。他说，到了明代末年，钱氏家族不仅是首富，而且已是良田万亩的大地主。

这就是钱氏家族在七房桥的起源。

在钱校长说到七房桥时，我打断了他的话，询问这三个字怎么写。他在桌面上比画着，岔开去讲了一段插曲。

一九七〇年五月，美国作家韩丁访华，要求了解清华大学在"文革"期间红卫兵运动的情况，周恩来总理特地发出指示，指定由钱伟长陪同接待。

也正是这件事，钱伟长从当时劳动改造的特钢调回清华，专门从事接待工作。为了接待外宾，清华的革命委员会给他调整了房屋，将原已搬进他家住的邻居迁走，五间北屋都还给钱伟长。从此，他又有了卧室和宽敞的客厅，校方还临时动员教研组的同志来粉刷墙壁，并勒令他添置几件家具。

韩丁在中国逗留了一个多月，钱伟长跟他谈了一个多月，根据周总理的指示："合情合理照实说"。他给韩丁讲一段英语，回过头来又给同时陪在身侧的工宣队刘师傅讲一段中文。韩丁回到美国后，写了一本书《百日大战》，一度畅销美国。

从那以后，钱伟长开始不断地接待国际友人，诸如荷兰导演伊文斯，美国作家斯诺，英国记者格林，《纽约客》记者斯泼林斐尔德等等。就是在这期间，来了一位美国学者，提出要去看看七房桥。

钱校长说那时候他还不明白，美国人为什么要跑到他的故乡七房桥去。美国人只说，在美国出版的《世界名人录》里，收了五个中国人。这五个中国人都姓钱，其中两个人，一个是钱伟长，一个是他的叔叔钱穆。而且这五个中国人，都出生在无锡附近的七房桥。这就引起了美国学者的浓厚兴趣，他非要跑到那里去看一看，为什么这个叫七房桥的地方，会一下子涌现这么多的杰出人物。

美国学者如愿以偿地去了，做了考察，极力想透过眼前简陋、传统、古朴、歪斜得几近破落的农舍和弥漫着"文化大革命"气息的公社的氛围，去辨识和想象七房桥的世界。他是专门研究钱穆的，而钱穆是中国学者中未经大学深造而成为大学教授、又成为国学大师的两个人中间的一个（另一人为梁漱溟）。美国学者在考察了无锡郊外的水乡风光和湖荡特点以后，把七房桥看作是钱穆作为国学大师一生坚持中国传统文化精神的"源泉"。

经钱校长这么一解释，我顿时对七房桥有了一种急欲了解的渴望。

明代中期，钱家大发起来，成了真正的大地主和大富豪，生下了七个儿子。他花了十年时间，在啸傲泾的北岸，修建了七所豪华的大宅院。每一个宅院都是七进，每进都是七开间，每进之间两侧都有厢房，当然还有几间仆人的住房。在宅院的两侧各有东西两条陪弄。平时人们不走正门，而由东西陪弄进出。两所宅院之间，有一条共同的排水沟，排水沟上盖着石板。两所相邻的宅院之间，亦即陪弄之间有三个通道。每所宅院都有一个后花园。完整的一所大宅院，称为一房。七所建在一起的大宅院，并列着，形成一股气势，也便称作七房。

在啸傲泾的两端，各架了一座桥。人们称呼这个村落，就叫作七房桥。

七房桥里面房屋的分配，并不是挨着顺序来的。从东往西，第一所大宅院给了二房，第二座给了大房，顺次才是七房、六房、五房和三房。四房则分在最西端。各自住在里面的人分得清楚，外面的人根本分不清。尤其是外村的乡邻，听来甚至感觉到一点神秘。

说穿了，事情也很简单，七个儿子，前四个是原配夫人生的，后三人是继母生的。到分配房子的时候，权力都在老祖宗和继母手里，三个小的儿子自然放在中间，两侧就分给前四个儿子。

七房桥的鼎盛时期，是清朝的同治年间。那时钱氏家族形成了一个五世同堂的吉祥大喜，况且这五世中有两代在南京中了举人。金匮县知事将此事上奏皇帝，皇帝御赐了"五世同堂"的四字横匾，知事大人也亲临祝贺，真是盛况空前。

可惜好景不长，不到一年，五世中的老祖宗和最晚辈的婴儿先后去世，五世剩下三世。与此同时，太平天国占领了南京和苏州一片江南地区，而曾国藩的南大营就驻扎在江阴无锡。苏州的太平天国部队和曾国藩的南大营就在梁溪隔河对垒。太平天国的前线指挥部，直接设在七房桥全族各房议事的"宏议堂"内。战乱又来了，钱氏家族悉数逃到荡口镇上避难。

荡口是苏、锡之间河网地带的大镇，对外不通陆路，故而两军也没在荡口交战。战争期间，总算能保全性命。

不过，太平天国运动一结束，七房桥的钱氏家族迅速没落。一来七房因避难，东逃西跑，有的去了上海，有的跑往常熟、苏州经商，脱离了和七房桥的关系。二来七房桥的佃户有的参加太平军，有的逃亡不知去向，有的已在战乱中死去，只剩下少量的佃户，处于赤贫状态。地主没了佃户，不仅收不着租子，还得继续向县衙里交粮。况且七房中有四房的大宅院已被大火烧毁。一度盛极一时、风光百里的七房桥大族，便迅速地破败没落。留在七房桥的钱氏后裔，也很快贫穷下去。

到了钱伟长出生的一九一三年一月，他的父亲、叔父和祖父，已都是贫穷的乡村教师，仅靠微薄的收入负担着家庭的开支，上要奉老母，下要养活妻儿幼弟。用钱校长自己的话说："我幼年就深知生活贫困的艰辛。在进大学前从来没有穿过一件新的衣服，穿的都是叔父们小时穿旧了并经过母亲改裁以后的旧衣，腰部都折叠着缝起来的，随着身长逐步放长，时间长了别处都褪了色，腰部就像围了一条深色腰带；布鞋布袜都要补了又补，有时补到五六层之多，穿起来很不舒服，夏天干脆赤脚。"

贫穷的生活也给钱伟长留下了后遗症，他曾患过肠胃寄生虫病、疟疾、痢疾、肺病、伤寒，整个青少年时期，这些疾病一一伴随着他，给他留下了一个发育不良的瘦弱体格。当他十八岁那年进入清华大学时，身高只有一米四九。后来清华大学的体育教师马约翰教授告诉他说，这是清华大学多少年里招收的唯一一个身高在标杆最低刻度一米五十以下的学生。

但是他终究活了下来，并且以不懈的追求成就了人生的事业。

我忍不住又提出了问题：家境既如此贫困，他又怎么能读完高中，去上大学，而且是清华大学？

钱校长眯眯含笑地瞅了我一眼，又喝了一口茶，胸有成竹地继续对我侃侃而谈，仿佛他早就知道我会提出这一问题。

钱伟长的祖父钱季臣，是清末的县学秀才，自从曾祖父母去世以后，他就挑起了族长的重担。他办私塾养家糊口，到茶馆里获取社会上的种种信息，经常读上海出版的报纸，又接受了孙中山平均地权的思想。根据七房桥的实际情况，一方面与金匮县知事商量，一方面又和七房桥留下来的各房主妇协商，经过深思熟虑，提出了一个建立"钱氏怀海义庄"的办法，来解决佃户和地主之间的矛盾。

义庄由族长和一位公推的副主任主持监督，由二到三个账房主持收租、交税和社会福利工作。把原先自己管的田地交给义庄管。对上，义庄负责交税；对下，义庄可以决定给佃户减租。义庄还制定了规矩，对凡是七房桥的孤独老人及失去父亲的未成年儿女，都可以从义庄领取每月每人的一斗米和一贯钱，作为福利。这么一来，使生活陷于困境的大批族人得到安置。账务是公开的，凡族人都可以查询。

这样的义庄制度，得到县知事的赞同。这对太平天国之后安定农村和克服农业生产的困难都有好处。县知事就如实向上呈报，要求降低纳粮标准。降低比年年都收不上来要好。

兴办义庄的办法很快传了出去，不到一年荡口也建成了黄石弄义庄和华绎之义庄。不到三年，无锡、苏州、昆山、常熟、太仓甚至崇明也都纷纷成立了义庄。义庄成了江南乡间最有力的经济组织，安定了农村，发展了农村经济，在江南兴办小学成了风尚，乡村贫困的儿童有了社会保险，义庄的福利还包括了上中学的补贴。

从当时当地的实际情况来看，义庄的兴办无疑是一个值得注意的社会现象。怪不得，哈佛大学的教授在研究钱穆的生平中，会搜集那么多的关于江南义庄的材料。

义庄的故事还连带出两小段尾声。

一段发生在一九五○年，土地改革时，曾经富甲一方的七房桥，只评出两个地主，三个富农。其余都是贫下中农和村镇贫困户，而且评出的两个地主，还都是早就迁入上海的工商户。在讲究填写成分的年代，该是"工商地主"。

为什么会是这样，就因为大量的土地由义庄统一管理，不属于各家各户了。

另一段颇有意味的尾声则发生在"文化大革命"中，批斗钱伟长时，造反的红卫兵说他能在旧社会读完了中学又读大学，还能出去留洋，家庭不是地主就是官绅，说不定还是土豪！可是内查外调，跑到七房桥一了解，他家确实是贫穷的乡村教师。连红卫兵们也弄不懂了，这究竟是怎么回事？

这一天所有的时间，钱校长都在和我谈"义庄"，谈那个名叫七房桥的小村子，谈被美国学者称作"七房桥的世界"的水乡。

我渐渐从钱校长的叙述中感觉到，他的人生之路，正是从七房桥走出来的，他自小受到家庭和长辈的熏陶，在接受教育的成长过程中，懂得了安贫正派、洁身自好、刻苦自励、胸怀坦荡、积极求知这样的道理。

正因为从小打下了良好的基础，他才会在一九三一年考取了清华大学的文科以后，不顾陈寅恪对他的欣赏，为了科学救国，改学了物理。在基础比别人差的情况下，改进学习的方法，并时时受到吴有训、叶企孙、萨本栋、赵忠尧、周培源、任之恭六位名教授的言传身教，大学四年和研究院两年的学习中，大大提高了他对科学技术的认识，如饥似渴地追求着科学发展的国际轨迹。

直到年已八旬，钱校长还意犹未尽地说：这样的条件可惜一辈子中只有六年。这是最不能忘怀的六年！

在我受聘担任上海大学文学院院长的近两年时间里，无论是钱校长约我去长谈，还是列席参加两院院士座谈会和他专门请我一起午餐，或是共同参加开学典礼、毕业典礼、图书馆落成典礼仪式，他不止一次地和我谈到："做好一个大学教授是很不容易的。每年虽然讲的是同一门课，但应该年年改变其基本理论的应用范围，使一门基础课一定要跟上科学发展的时代步伐，年年阅读大量有关科技国际期刊，消化吸收进教材中去，才算尽了教授的讲课责任。这应该是一个教授一辈子讲课的指导原则。"

就是在这次专门安排的采访结束以后，录音的杨楠同志收拾起机器，陪同的助手小徐在看表，我准备告辞，他还特意留我下来，说："你难得过来，我还要和你谈谈文学院的工作。"

遂而，他向我描绘了文学院近几年应该达到的目标，指出了文学院工作在哪些方面做得还不够，应从哪几方面入手。同时，他又一次向我阐述了上面这层意思。

重复讲到这段话的时候，他握住我的手说："今年上半年我生了一场大病，现在痊愈过来，我更感到，想到的事情，一定要赶快去做。"

他用充满希冀和期待的目光凝望着我。耿耿之心，令我怦然心动。

钱老已经八十八岁了，他如此地倾心于工作，倾心于教学事业，为的是什么呢？正如同他当年弃美归国、迎接解放时一样，正如同在"文化大革命"史无前例的困难条件下，他仍坚持"地下"的科学工作一样，为的是祖国，为的是我们中华民族的昌盛振兴！

助手又在一边催了，钱老挥手打断了他说："那是私事，我这是在谈工作。"

助手用无奈的目光瞅着我。

我知道钱老后面还有安排，但我仍耐心地听着他的话：机会难得。

我已几次提到了钱老下面的安排，这一天，因为我的采访，他整整推迟了四十分钟才出发。直到上车之前，我才获悉，钱老的夫人孔祥瑛老师因病住院，他每天下午四时半，都要准时去医院探望，这是风雨无阻、雷打不动的。

车子行驶在前不见头、后不见尾的长流中，我突然想到，钱老和夫人于一九三九年由钱穆当主婚人，朱自清和吴有训作为介绍人、证婚人，完婚至今，已过去了整整六十一年。这是多么漫长的岁月，这又是"人生采访"中多么有意味的一个题目，可惜我一句也没问及，一句也没向钱老打听。

真是憾甚。

但是正如钱老所说："虽然岁月催人老，可欣逢盛世，愿夜以继日地奋发工作。桑榆匪晚，奔驰不息！"

钱伟长校长健康长寿，我还是有机会补上今天遗漏下的这一笔罢。

附注：我写完这篇短文，读给钱校长听，在读到孔祥瑛老师那一小段时，钱校长一直含笑倾听着的神情凝滞了，当我有所意识仰起脸来瞅他的时候，他的眼里涌出了两行热泪，顺着面颊流下来。

我惊骇地停了下来，不知所措地望着他。不知自己该怎么办？

事后秘书小徐告诉我，孔祥瑛老师这两天刚报了一次病危。我深深地感到震动，钱校长为了文学院的工作，竟推迟了去探望孔老师的雷打不动的时间。

二〇〇一年元月十一日，这篇文章已经发排，李小林打来电话告诉我，凌晨二时，孔祥瑛老师再次病危，抢救无效不幸逝世……

（原刊于《收获》2001 年第 2 期）

我为什么翻译

草 婴

　　我做了六十年翻译工作。有朋友问我怎么会一辈子搞文学翻译？我说是历史作的安排，我无怨无悔。

　　我父亲是位西医，抗战前在宁波铁路医院工作。他有爱国思想，也有人道主义精神，我从小受他的影响。

　　一九三七年七月七日日本侵略中国，同年十二月我随家从宁波避难上海，那时我十四岁。日本军国主义的血腥罪行唤起了我少年时期忧国忧民的心情和追求真理的朦胧意识。我如饥似渴地阅读进步书刊和文艺作品，反复阅读刚出版的《鲁迅全集》，开始对俄罗斯文学发生浓厚兴趣。也就在那时，我开始跟一位俄侨教师学俄语，因为付不起更多的学费，每星期只学一次。当时没有一本俄汉词典，没有一本俄语语法书，学俄语确实很困难。

　　两年后我认识了姜椿芳同志，他是地下党的一位领导。他知道我这个中学生在努力学习俄语，就主动帮助我解决学习上的一些困难。他早年在哈尔滨学过俄语，俄语修养很好，是俄语界的前辈。姜椿芳同志是我一生的楷模。抗战前他就在哈尔滨和上海做地下工作，抗日战争时期在上海领导反法西斯斗争，解放初期创办上海俄文专科学校（上海外国语大学前身），后去北京实际负责马恩列斯著作的编译工作，"文革"期间在秦城坐了六年零八个月的单身牢房，在狱中反复思考中国发生这样一场浩劫的原因，出狱后双目已近失明，仍决心创办《中国大百科全书》，经过十年呕心沥血的奋斗终于在一九八七年去世时基本完成这一宏伟的文化工程。

一九四一年六月二十二日，希特勒入侵苏联。当时地下党同苏联塔斯社合作，利用苏日还有外交关系这一情况，在上海创办《时代》周刊，专门报导苏德战讯，发表战地通讯和特写。《时代》于一九四一年八月二十日创刊，姜椿芳就要我给《时代》翻译稿件。当时上海只有很少几个人懂俄语，我就白天在中学读书，晚上和星期日偷偷在家里翻译。这样，从一九四一年苏德战争开始，到一九四五年五月德国投降，这四年的战争过程，我至今记忆犹新。通过阅读和翻译，我清楚地看到了法西斯主义的残酷和反法西斯斗争的重大意义。反法西斯战争是决定人类命运的一场搏斗。希特勒是法西斯主义，墨索里尼是法西斯主义，日本军国主义也是法西斯主义。希特勒和墨索里尼在欧洲屠杀了几千万人，光犹太人在集中营里就被活活杀害了六百万，这真是人类历史上少有的悲剧。日本军国主义者在中国和亚洲也屠杀了几千万人，光南京大屠杀就杀了三十万，还在中国东北设立了细菌工厂和化学工厂，拿活人做试验……

我翻译了肖洛霍夫的小说《学会仇恨》和《一个人的遭遇》。肖洛霍夫的真挚感情和精湛艺术使我十分感动，我怀着悲愤的泪翻译这些作品，进一步增加了对法西斯的仇恨，也加强了对苦难人民的同情，并且明确了什么是当今世界的大是大非，应该培养怎样的大爱大恨。

"文化大革命"开始时，江青就污蔑肖洛霍夫是苏修文艺鼻祖，我因翻译他的作品被斥为肖洛霍夫在中国的代理人和鼓吹手，罪责难逃，全家遭殃，我也两次处于生死边缘，好不容易才熬过十年灾难。

其中一次是一九七五年。我在工地劳动，扛水泥包。一天黄昏，一卡车水泥开到瑞金路工地，我也参加把水泥包从卡车搬到建筑工地仓库。当时天已昏暗，我走到卡车边等候搬运，还没等我站稳，车上的人就把一包水泥一松手压到我的背上。我当时只听得格嗒一声，我的脊梁骨被压断了，人也昏倒在地。我立刻被抬到附近的瑞金医院。经 X 光检查，确诊我的十二节胸椎压缩性骨折一个多公分。医生对我家属说：轻则下肢瘫痪，重则有生命危险。因为我当时还是牛鬼蛇神，不能让我住院治疗。医生要我回家仰天躺在一块木板上，一动不动几个月，让断骨自然愈合。我忍受了极其厉害的疼痛，懂得了什么叫"痛彻骨髓"。无可奈何，家里就临时搭了一块木板，把我放在板上，一切生活活动就局限在这块板上。当我躺在板上，咬紧牙关忍受剧痛，同时下定决心要遵照医嘱让断骨自然愈合，绝对不能错位。我想，万一我不能痊愈，那么下半辈子就没有什么事可做，我也将成为一个废物了，可我还有不少事要做，我还要完成翻译托尔斯泰小说全集的一项计划呢。经过近一年的痛苦煎熬，我的断骨总算愈合了，我又能恢复活动，慢慢坐到桌旁，重又拿起笔来"爬格子"了。

我在养伤期间反复思考，为什么江青要首先抓住肖洛霍夫，把他说成是文艺界头号敌人呢？我渐渐明白了，江青这帮人嗅觉很灵，他们看到肖洛霍夫用高超的艺术手法塑造人物，通过人们悲欢离合的遭遇，揭示人性的坚强和美丽，来宣扬人道主义。这同他们竭力蹂躏人性，摧残千百万人生命，鼓吹阶级斗争，煽动人与人之间的仇恨，正好是背道而驰的。因此，他们要千方百计制造舆论，为开展这场史无前例的浩劫扫清障碍。他们的野心在"文革"前就已开始暴露，掀起一次又一次的"大批判"，反对人性论，咒骂人道主义，目的都是要加强他们的专制统治，愚弄善良的人们。

通过"文化大革命"，我越来越清楚，在历史上少数人统治多数人，少数人以自己的意志决定多数人的命运，这是人类苦难的根源，也是人类无数次浩劫的原因。要结束这样的悲剧，首先必须培养人与人之间的美好感情，建立人与人之间的平等关系，宣扬人与人之间的爱，也就是人道主义精神。

在阅读和翻译文艺作品中，我认识到托尔斯泰是伟大的人道主义者，他的一生就体现了人道主义精神，他的作品用感人至深的艺术手法培养人的博爱精神，反对形形色色的邪恶势力和思想。在苏联作家中，肖洛霍夫是继承托尔斯泰精神和艺术技巧最成功的一位。我在二十世纪五十年代重点介绍肖洛霍夫的作品主要是出于这个动机。我在"文革"之后集中精力翻译托尔斯泰的作品，花了二十年时间把四百万字的托尔斯泰全部小说翻译过来，主要也是出于这样的动机。但是，我之所以重视托尔斯泰的作品，是由于他伟大的精神和高超的艺术技巧。有人说，托尔斯泰是十九世纪世界的良心，我同意这个评价，而且认为托尔斯泰的伟大人格至今仍值得我们尊敬和学习。不过，我要声明，我不是一个"托尔斯泰主义者"，也不赞同当年那些自称为"托尔斯泰主义者"的人们。我觉得，那些人并不真正理解托尔斯泰的思想和精神，其中有些人甚至别有用心。

人类经历了苦难深重的十九世纪，度过了多灾多难的二十世纪，进入了二十一世纪。在这新世纪开始的时候，我们应该回顾历史，特别要从刚过去的二十世纪中总结必要的教训。二十世纪里发生了两次世界大战，经历了法西斯主义和反法西斯主义的血腥斗争以及其他几次浩劫。每一次大战和浩劫都造成千万人死亡和千万个家庭破灭。有人说，最有理性的人类制造最无理性的历史，这确实是事实。因此，我觉得改变这情况是我们的首要任务。但要改变这情况谈何容易，必须让世界上多数人分清是非，而要能分清是非，必须有交换意见的自由，也就是言论的自由。真理越辩越明，言论自由是探索真理的起码条件。

我们从事翻译，主要就是要使人们了解世界各国杰出人物的思想和感情，扩大自己的视野，活泼自己的思想，丰富自己美好的感情。这项工作也是世界各国人民文化交流的重要一环。文化交流必须通过翻译。

只有通过广泛的思想交流、学术交流和文化交流，才能真正改变闭关锁国、夜郎自大、愚昧落后的局面。我想，我从事文学翻译工作，过去、现在和将来也都是为了这样一个目的。

二〇〇二年八月

（原刊于《收获》2002 年第 6 期）

翻译家草婴其人

高　莽

　　草婴先生已年近八旬，是我国当今老一辈杰出的文学翻译家。

　　我感到很幸运，和他有过几次较长时间的接触，聆听他的心诉，领会他的建议，接受他的启迪。

　　草婴先生身材清瘦，可是精神抖擞，走路不慌不忙，说话有板有眼，戴着一副茶色眼镜，头发总是梳得光光溜溜，衣着永远利利落落。

　　有一次，我好奇地问他："您为什么给自己起了笔名叫'草婴'？"

　　他微微笑了笑，说："草——是最普通的植物，遍地皆是，我想自己就是这么一个普普通通的子民。"

　　一个普普通通的子民，在文字领域干了一番不同寻常的大事，完成列夫·托尔斯泰十二卷集和米·肖洛霍夫三卷的译文，实现了自己几十年来的夙愿。如今，他继续过着普普通通子民的生活，享受幸福的晚年和天伦之乐。这就是他非凡的处世哲学与生活方法。

走上翻译之路

草婴先生的童年是在浙江宁波度过的。一九三七年，日寇大规模入侵我国，那年十四岁的草婴随家一起迁居上海，进中学读书，后来考入农学院，想用农业科学知识拯救贫穷的中国广大农民。

上海是一座各种势力聚集的城市，既有帝国主义的猖獗，也有无产阶级的抗争。封建的、殖民主义的文化泛滥，五四以来的先进文化思想也在这里得到广泛传播。年轻的草婴对俄国十月革命后社会主义苏联发生的一系列事情感到新鲜。他对俄罗斯富有民主主义思想的文学尤为爱好。目睹日本帝国主义的种种罪恶行径，在他少年的心灵里产生了学习俄国人民那样争取解放和爱国与抗敌的朦胧思想。

草婴决心学习俄语。他要从俄文报刊上了解更多的真理。他看到俄侨教授俄文的广告，就找上门去。俄侨教师收费很高，每小时一个银圆。草婴感到为难。那时他家里每月给他五元零花钱。经过一番思想斗争，求知欲占了上风，他决定每周上课一次，一个小时，拿出四元来作学费。我们从中不难看出这位少年当时决心之大和毅力之强。

那时学习俄文条件很差，我国甚至连俄汉字典一本也没有。草婴顽强刻苦地学习俄语。一九四一年德国法西斯入侵苏联，苏联人民万众一心展开了伟大的卫国战争，苏联塔斯社上海分社创办一种汉文《时代周刊》杂志。周刊的实际负责人是我党在上海的地下领导人之一姜椿芳。

姜椿芳精通俄文，是位优秀的翻译大师。他通过新文字研究会知道中学生草婴在努力学习俄文，便主动帮助他解决一些学习上的困难。《时代周刊》创刊（1941 年 8 月 20 日），他就要草婴为《时代周刊》翻译一些新闻报道。草婴抱着试试看的心理答应下来。他的初译得到了姜椿芳的指点。草婴先是利用课余时间，后来就全身心地投入了翻译工作。一九四二年该社又创办《苏联文艺》杂志，草婴便开始为该杂志翻译苏联文学作品。

一九四五年五月草婴正式到塔斯社上海分社上班，从此开始了他终生不悔的翻译生涯。

新中国成立时，草婴已是具有一定成就的翻译家了。五十年代上海成立华东作家协会，他是该协会最早的一位专业会员。从此，他的译文不断出现在报刊上。

一九五五年，草婴译的苏联女作家尼古拉耶娃的长篇小说《拖拉机站站长和总农艺师》在《世界文学》上发表，接着《中国青年》杂志予以转载。当时团中央号召全国青年向女主人公娜斯嘉学习。那是一部反对官僚主义的小说。但过了不久，我国反右斗争开始，小说被视为毒草。一九五五——一九五七年间，《世界文学》杂志又载出草婴译的肖洛霍夫的《被开垦的处女地》第二部，该作后来出单行本时改名《新垦地》。一九五七年《世界文学》杂志上还发表了他译的肖洛霍夫的短篇小说《一个人的遭遇》的译文。这篇译作给他带来了更大的灾难。

黑色的十年

和草婴先生的接触中，我发现他很少提及"文革"岁月，可能当时他的处境太悲惨了。

那个时期，苏联的文学作品几乎都被扣上了修正主义帽子，连高尔基的某些作品也受到了怀疑，更不用说肖洛霍夫了。草婴是翻译苏联文学作品主要人物之一，又以很大精力翻译过肖洛霍夫的著作，岂能逍遥自在？

江青把肖洛霍夫定为"苏联修正主义文艺鼻祖"时，草婴的厄运便跟踪而至。他被定为这个鼻祖在中国的"吹鼓手"、"代理人"。他被隔离审查，成为重点批判对象。他的全家为此遭了殃，他们被纷纷赶到农村去接受再教育，甚至是劳动改造。

草婴精神上受到巨大的摧残，肉体上又两次面临死亡。

草婴的体质自幼不佳，他在学生时代患过肺结核，曾不得不辍学养病。所幸草婴的父亲是位医生，为他制订了严格的治疗方案。更主要的是草婴本人刚强的意志使自己几度战胜病魔。

一九六九年他在农田超负荷劳动，加上营养不良，终于引起胃大出血。吐血，便血，五天五夜滴水不进。于是动手术，胃被割去四分之三。这是生死关头的又一次。但他奇迹般地康复了。

另一次是六年后的一九七五年。那时他已从五七干校回到上海，在出版社接受批判和劳动。有一天，他参加搬运水泥包。体重一百斤的他，去扛一百斤的水泥包，他那赢弱干瘦的身体怎能承担得了？结果被水泥包压倒在地，他甚至听到自己身上咔吧响了一声。经医生检查，是第十二节胸椎压缩性骨折一公分多。医生警告说：只能躺在木板上，一动不动，让胸椎自己恢复，如不听忠告，轻则下肢瘫痪，重则生命难保。那时，能够照顾他、体贴他、安慰他的只有相濡以沫的妻子盛天民。他在木板上老老实实地躺了差不多一年。那一年他的夫人给予他的是永远说不尽的深情和挚爱。

草婴没有被病魔压垮。他活过来了。

黑色的十年过去了，他的名誉得到了恢复。一九七七年重新恢复工作时，有关领导安排他担任出版社总编辑职务。草婴谢绝了。他认为人各有志，他已选定自己终生的目标，便不再随意改变方向。他暗下决心，把自己的全部余生放在翻译托尔斯泰和肖洛霍夫的著作的浩大工程上。

黄山夜谈

那是一九八三年六月二十二日。我们四个人：草婴、文学翻译家力冈、浙江文艺出版社编辑刘微亮和我冒着纷纷小雨从黄山脚下开始登山。山很陡，路很滑，翻过黄山第三高峰光明顶之后，到达了玉屏楼。我们那次攀山用了四个多小时。那天晚上我们下榻于玉屏楼宾馆。夜色已黑，宾馆人声嘈杂，我们都是初访这座天下闻名的黄山，大家很兴奋，一时无法入睡，便在昏暗的灯光下神聊起来。从黄山的雄伟到译文的俊美，从游人的熙熙攘攘到译者的甘于寂寞的工作，海阔天空无所不谈。很多事情都忘记了，而草婴先生那晚关于自己从事翻译的几个过程却深深印在我的脑海里。

草婴贫于开口，但，一旦谈到他常日思考的事，话就有些止不住。他说，他翻译一部作品要经过很多个步骤。他掂量了一下语句的分量，"第一步是反反复复阅读原作，首先把原作读懂，这是关键的关键。"他说："托翁写作《战争与和平》时，前后用了六年的时间，修改了七遍。译者怎么也得读上十遍二十遍吧？""读懂了，作品中的人物形象在自己的头脑里清晰了，译时才能得心应手。"我在静静地听。他接着说："第二步是动笔翻译，也就是逐字逐句地忠实地把原著译成汉文。翻译家不是机器，文学翻译要有感情色彩……""您平时用字典吗？"我问道。他说："离不开字典，离不开各种工具书和参考书。"他有所思忖，然后一字一句地说："你试想，《战争与和平》有那么多纷纭的历史事件，表现了那么广阔的社会生活，牵涉到那么多的形形色色的人物。作为译者就必须跟随作者了解天文地理的广泛知识，特别是俄国的哲学、宗教、政治、经济、军事、风俗人情、生活习惯等等。我们哪能有那么多的知识？"草婴缓了一口气，"下一步是仔细核对译文。检查一下有没有漏译，有没有误解的地方。仔仔细细一句一句地核对。再下一步就是摆脱原作，单纯从译文角度来审阅译稿。"他说他尽量努力做到译文流畅易读。说到这里时他狡黠地笑了笑，"有时还请演员朋友帮助朗诵译稿，改动拗口的句子。""再下一步就是把完成的译稿交给出版社编辑审读了。负责的编辑能提出宝贵的意见。然后我再根据编辑的意见认真考虑，做必要的修改。"草婴沉思了一刻说，"在校样出来后，我坚持自己至少通读一遍。这是我经手的最后一关。再以后得听读者的意见了。"

那天晚上，我躺在床上，对他的话又想了很久。想到一位真正的翻译家，为了出色地完成自己的天职，需要付出多大的努力呀！

我曾问过他，为什么不把这些经验写成文章？他腼腆地笑了笑，没有回答。我也不便再深究。

那几天，黄山给我留下极深的印象。那几天，与草婴先生的同游，也让我牢牢记在心中。

苏联之行

草婴先生两次访问苏联，其中一次我也去了。

第一次是一九八五年。那时苏联正值戈尔巴乔夫当政时代。他在苏联漫游了不少地方：俄罗斯，白俄罗斯，乌克兰，亚美尼亚，莫斯科，列宁格勒，基辅，明斯克，埃里温。他目睹了他早在俄苏文学作品中所熟悉的地方与事件。但给他留下印象最深的是遍布各地的长明火。在苏联，凡是经历过战火浩劫的城市都有烈士陵园、卫国战争纪念馆、纪念群雕、纪念碑，而在那些地方也总有悠悠燃烧的长明火。长明火就是在一座雕塑物上留出一个孔，利用天然气，点上火。火焰日夜熊熊燃烧，常年不熄，象征烈士永生不死的精神。

那次访苏最大的收获是参观了列夫·托尔斯泰的庄园亚斯纳亚波利亚纳，亲眼看到伟大文豪的生平、创作与生活环境，增加了他的感性知识。他不无感慨地说："托尔斯泰的庄园很大，占地三百八十公顷，合五千七百亩土地。以这样的财富来供人享受是一辈子也用不尽的。但是一个贵族少爷，却放弃了生活享乐而投身于文学的道路，去关怀下层人民的苦难，探索生活的真理，是难能可贵的。我深深感到要发扬托翁这种伟大的精神也就是人道主义精神。"也许他心中感受到托翁点燃起这股精神的长明火。

第二次是一九八七年。

那一年的六月，应苏联作家协会之邀，草婴先生率领三名翻译工作者黄伟经、白嗣宏和我，前往莫斯科出席第七届苏联文学翻译国际会议。那次出席会议的有近六十个国家的代表。

几次大会都是在苏联作家协会礼堂举行的。草婴先生在会上做了报告，谈了自己从事翻译工作的经历，着重谈到他如何翻译托尔斯泰与肖洛霍夫的巨著。他的话朴实无华，有根有据，实实在在，颇受各国翻译家的欢迎。

他说，他是从六十年代初开始翻译托尔斯泰的作品。他计划翻译托翁十二卷作品，包括长篇小说《战争与和平》《安娜·卡列尼娜》《复活》等。他说他为托尔斯泰的人道主义思想所感动，为托尔斯泰作品的艺术魅力所感染。他认为人类发展到今天，除了物质上高度发展外，更需要推广人道主义思想，需要和谐，需要心灵的美。

他说他翻译的另一个重点是肖洛霍夫。肖洛霍夫是苏联作家中继承托尔斯泰的传统、发扬他的人道主义精神的佼佼者。在同时代的苏联作家中肖洛霍夫有胆有识，敢于在作品中反映生活的真实，较少受教条主义的影响。他翻译了肖洛霍夫的《顿河故事》、《新垦地》第一部和第二部、《他们为祖国而战》(章节)、《一个人的遭遇》(小说和电影文学本)等。

那一天，草婴先生把自己翻译出版的俄苏文学作品呈献给大会主席团，几十部译作令人赞叹不已。外国同行们用热烈的掌声表示了祝贺。七月三日闭幕会上，苏联作家协会授予草婴先生"高尔基文学奖"，并颁发了奖状和奖金。

我一直纳闷，草婴访苏时为何未去维辛斯卡镇访问肖洛霍夫的故居。他简简单单说："没有机会。"草婴就是这么一位本本分分的人。集体活动时他从不提出个人要求。没有机会时他绝不硬性要求。如果他能前往肖洛霍夫的故乡，能亲眼看一看顿河哥萨克的生活与劳动，对他翻译肖洛霍夫的作品该有多大益处啊！是译者之幸，也是译界之幸！

艺术追求没有止境

我们在列宁格勒一同访问时，正是白夜时节。玉带般的涅瓦河，习习的夏风，金煌煌的教堂屋顶和各种塔尖，众多的雕像和喷泉。郁郁葱葱的树木，优美别致的铁艺栏杆，还有那彻夜不眠的青年男女在马路上的身影和不消逝的歌声，在不明不暗的夜色中，显得格外迷人与神秘。

那几天，我和草婴先生在一起，面对着美的世界，话题常常扯到文学翻译的艺术美上，艺术的追求上。

我想到《被开垦的处女地》作为书名已在我国流传几十年，可是草婴将这部长篇小说重译之后，毅然把书名改为《新垦地》。他不仅要改变已习惯了的语法，而且在汉文词组上也做了突破。"新垦地"从理解的意义上来讲，比"处女地"更为汉化。这是草婴在翻译上的一种艺术追求。

我也想到他译的《一个人的遭遇》，他不仅严谨地遵守了原文，而且用优美的汉文做了表达。每句话都可有不同的译法，但我觉得草婴的译文实在高明。

我虽然也从事文学翻译，但没有章法，没有固定的标准，没有一致的要求，翻译每一篇作品时，可能有不同的意向与兴趣，特别是译诗。我将自己的想法告诉了草婴先生。他总是笑眯眯地听我陈述，透过茶色的镜片，用深邃的目光注视我，然后讲起自己的体会与感受。

他说从事文学翻译就是为原作者和译文读者搭架一座桥。搭桥——要对双方负责任。"文学创作是一种艺术工作。作家在创作一个人物形象时，他要费尽心血。文学翻译也是一种艺术工作，也要费尽心血，他的工作还必须忠于原作，因此是一种艺术再创作。再创作之苦是一般人所难以理解的。"他想了一下说，"我认为一部好的文学翻译作品应该是译文读者的感受相当于原文读者读后的感受。"他住了口，看我的反应，然后接着说道："当然，要达到这个要求极不容易。翻译家确实要花大工夫，下大力气，使译文读者也能尽量欣赏到原作的艺术魅力。……翻译的艺术追求是没有止境的。"他的话像是没有说完，但让我遐思无穷。

翻译家的画家女儿

草婴的女儿盛姗姗，是位画家，玻璃雕塑家。她的成长受过父母的影响，但在这变幻无穷的时代光折下，有过变化。

姗姗曾在上海戏剧学院美术系进修班学习过。想起我初次见到她时，她正在上海《萌芽》杂志编辑部任美编。那时，我有机会在她家中欣赏了她的单幅水墨画和插图作品。我感受到她作品中的美。我把自己的想法讲了出来。没有想到她回答我说，她正在追求另外一种美，使我为之一愣。

一九八二年，姗姗告别父母和上海，去了美国。一九八三年在美国麻省蒙赫利·约克学院获杰出艺术证书，一九八六年获美国麻省大学艺术硕士学位。一九八四年开始她在美国、荷兰、比利时、日本、印度、新加坡等地举行过几十次个展和群展。

姗姗的油画越画越大，已经到了一般楼房容纳不下的地步。在上海香格里拉波特曼酒店、上海国际会议中心底层大厅、上海金茂大厦天庭都有她的作品，面积最大的超过一百平米。

我很欣赏作家王小鹰对姗姗的评价，说她的画是"从传统走向现代，从具象走向抽象，从轻巧走向豪放，从典雅走向炽烈"。

二十几年过去了。二○○一年五月十九日我在中央电视台第一频道"美术星空"节目里看到了姗姗。她已经不是个亭亭玉立的少女，而是身手矫健、动作挥洒、大胆豪放的女性。那天的节目，介绍她如何与意大利玻璃艺术工匠们共同制造玻璃艺术品。她挽着袖子，扎着头发，在炉前火光中指挥工匠翻转熔烧的玻璃艺术品，活像一名统帅在指挥千军万马。

姗姗还在探索，还在追求，说明她的艺术还在成长。我觉得她继承了父母在事业方面顽强不息的精神基因，又比父母多了些内容。草婴先生没有用自己的艺术观点去影响自己女儿的艺术事业，任其发展，这也许促进了她个人特长的发挥。毕竟是又一代新人了。

老翻译家的心声

草婴先生做了一辈子文学翻译工作。他担任过上海译协会长、上海作协副主席，现任全国译协副会长，还是华东师大和厦门大学的兼职教授。他参加过《辞海》等大型辞书的编辑修订工作。他受过阳光雨露的滋润，也遭过暴风骤雨的袭击。但他从来没有骄傲，更没有气馁，他坚持了自己的生活与工作的道路。面对现实，回首往事，无论是做人还是从文，他都积累了丰富的经验，产生过无限的感慨。每当我们谈及这方面的问题时，他总是平和地说：

"我生平只追求一点，那就是：老老实实做人，认认真真做事。"

草婴先生是专业翻译家，生活只靠文学翻译的收入，这样的人在我国人数极少。生活中经常遇到各种困难，业务上同样困难重重。他常谦虚地说：他的俄文水平不够，中文水平也不够，翻译时不能运用自如。这是一种困难。他还常说他知识面不广，文学素养不足，同样造成翻译工作上的困难。他说自己只能凭中国的一句俗话"勤能补拙"坚持艰苦的文学翻译工作。只要多花工夫，不怕麻烦，总能克服各种困难。另外一点，是更为重要的："凭良知"。

他在写给我的一封信中曾专门谈到过知识分子的良知问题。他说：良知是什么？是心，是脑，是眼，是脊梁骨，是胆。"心就是良心。做人做事都要凭良心。要是没有良心，什么卑鄙无耻的事都可以做。""脑就是头脑。不论什么事，什么问题，都要用自己的头脑思考、分析、判断，也就是遇事都要独立思考，不能人云亦云。""第三，是眼睛。经常要用自己的眼睛去观察社会，观察人民的生活，不能只听媒体的介绍，也就是要随时分清是非，尤其是大是大非。""第四是脊梁骨。人活在世上总要挺直脊梁，不能见到权贵，受到压迫，就弯腰曲背，遇到大风就随风摇摆。""第五是胆，也就是勇气，人如没有胆量，往往什么话也不敢说，什么事也不敢做。当然，我并不是提倡蛮勇，但我认为人活在世上一定的胆量还是需要的，如果胆小如鼠，也就一事无成。"

他告诉我，他的这些想法，并非一时的随感，而是长期思索的结果。他在信中说：中央电视台于一九九六年九月三十日联合国规定的翻译节那一天的东方之子节目中播出了他。"我谈的知识分子良知五点都播出了。事后也得到一些朋友的肯定。"

草婴先生正是在六十年的文学翻译生涯中经过风风雨雨，积累这一堆宝贵的精神财富，所以他才能在人品和文品上达到如此境界。他是这样说的，也是这样做的！

我似乎更深地听到了这位老翻译家的心声。

（原刊于《收获》2002 年第 6 期）